HEYNE <

D1874413

Das Buch

Eigentlich hat Ave Maria Mulligan endlich Ordnung in ihr Leben gebracht: Nachdem sie vor nicht allzu langer Zeit mit einigen Gefühlswirren zu kämpfen hatte, kommt sie ihrem Mann Jack nun wieder näher. Doch kaum ist ihre Ehe etwas gefestigt, beginnt Tochter Etta Probleme zu machen. Sie hat ganz eigene Vorstellungen, was ihre Zukunft betrifft - leider unterscheiden die sich sehr von den Plänen ihrer Mutter. Und das soll nicht das einzige Problem bleiben, denn in New York trifft Ave Maria plötzlich Pete wieder, den Mann, für den sie schon einmal fast ihre Ehe riskiert hätte.

Die Autorin

Adriana Trigiani wurde in Virginia geboren und ist Autorin von Theaterstücken und Drehbüchern, für die sie mehrfach ausgezeichnet wurde. Seit den 80er Jahren arbeitet sie auch für das Fernsehen und als Filmemacherin. Sie lebt mit ihrem Mann und ihrer Tochter in New York City.

Bisher liegen im Wilhelm Heyne Verlag vor: *Der beste Sommer unseres Lebens, Herbstwolken* und *Lucia, Lucia!*

ADRIANA TRIGIANI

Frühlingsmond

Roman

Aus dem Amerikanischen
von Susanne Höbel

WILHELM HEYNE VERLAG
MÜNCHEN

Titel der Originalausgabe
Milk Glass Moon

Umwelthinweis:
Dieses Buch wurde auf chlor- und säurefreiem Papier gedruckt.

Taschenbuchausgabe 04/2006
Copyright © 2002 by The Glory of Everything Company
Copyright © der deutschsprachigen Ausgabe 2003
by Wilhelm Heyne Verlag, München,
in der Verlagsgruppe Random House GmbH
Printed in Germany 2006
Umschlagillustration: Neo Vision / photonica
Umschlaggestaltung: Hauptmann & Kompanie
Werbeagentur, München - Zürich
Druck und Bindung: GGP Media GmbH, Pößneck

ISBN-10: 3-453-72114-4
ISBN-13: 978-3-453-72114-2
www.heyne.de

Für meinen Vater,
Anthony J. Trigiani

Kapitel 1

Auf die Kirmes von Wise County freut sich meine Tochter mehr als auf jedes andere Ereignis im Jahr, und das schließt, so glaube ich getrost sagen zu können, Weihnachten mit ein. Seit zwei Wochen ist Ettas Betragen so vorbildlich und tadellos (sie hat sogar unaufgefordert mein Bett gemacht und in meinem Garten Unkraut gezupft), dass ich mir schon Sorgen mache.

Durch die aufgeklappten Fenster im Jeep strömt die warme Augustluft herein und verbreitet süßes Geißblattaroma, das aber von Iva Lous Parfum jedes Mal, wenn wir um eine Kurve fahren und eine Schwade nach vorn driftet, überlagert wird. Etta guckt aus dem Fenster nach den Straßenschildern, um zu sehen, ob wir bald da sind. Ich habe den schnelleren Weg genommen, den durch das Tal von Big Stone Gap nach Norton. Im Zwielicht fahren wir die Berge hinauf und sehen unter uns Coeburn liegen, dessen Lichter blinken wie eine Hand voller Smaragde. Etta streicht sich die Zöpfe glatt und lehnt sich zurück.

»Ich habe es mir so gedacht: Erst einmal essen wir«, erklärt Iva Lou und faltet die Sonderbeilage der Zeitung auseinander. »Ich genehmige mir einen kandierten Apfel. Ganz gleich, ob ich mir am Montag von Doktor Guest eine Brücke machen lassen muss. Für die kandierten Äpfel lohnt es sich, einen Backenzahn zu opfern.«

»Ich kaufe mir blaue Zuckerwatte«, beschließt Etta.

»Und ich einen Chili-Hot-Dog mit Zwiebeln«, sage ich.

»Ich habe ganz viel Geld«, sagt Etta stolz und fühlt in ihrem Portemonnaie nach.

»Frag Dad, ob er dir das Abendessen spendiert, dann hast du das Geld für die Glücksspiele.«

Etta lächelt und zählt das Geld nach, ohne es aus der Börse zu nehmen. Ich sehe einen ganz klein zusammengefalteten Fünf-Dollar-Schein (am Tontaubenstand wird jemand unverhofft ein schönes Sümmchen verdienen). »Und wenn wir ihn nicht finden?«

»Wir finden ihn schon.«

»Wir gehen einfach zum Freilufttheater. Da wird er zusammen mit den anderen Männern bei den Proben für *Miss Lonesome Pine* zugucken.«

»Die Bühne hat er selbst gebaut«, erinnere ich Iva Lou in einem Ton, der bedeutet: *Fang nicht wieder damit an.*

»Wenn das kein guter Grund ist«, sagt Iva Lou und zwinkert mir im Rückspiegel zu.

Wir finden einen Parkplatz unter einem Baum mit Blick über den Kirmesplatz und steigen aus. Iva Lou prüft im Seitenspiegel auf der Fahrerseite ihre Frisur und lächelt uns zu: Es kann losgehen. Sie trägt dunkelblaue Jeans mit Schlag und eine rot bedruckte Bluse, die sie in der Taille geknotet hat. Ihre Zigeunerohrringe gucken unter dem blondierten Pagenkopf hervor wie zwei Wasserräder. Iva Lou ist alterslos, niemals würde man erraten, dass sie über fünfzig ist. Allerdings sollte man sie, so wie ein gutes Gemälde, am besten aus einiger Entfernung betrachten. Wenn man zu nahe kommt, können einem leicht einige Details auffallen.

Etta lässt den Blick fachmännisch über den Kirmesplatz schweifen und mustert die verschossenen Zelte aus gestreifter Plane, um die herum Fackeln stehen wie Kerzen auf einem Geburtstagskuchen. Als sie das Riesenrad entdeckt, lächelt sie. »Ma, fährst du mit mir Riesenrad?«

»Ja klar.« Aber Etta weiß, dass ich im letzten Moment, wenn wir schon auf der Metallrampe stehen, kneifen und sie mit ihrem Vater fahren lassen werde.

»Müssen wir uns den Schönheitswettbewerb angucken?«, fragt sie.

»Ich dachte, du siehst das gerne.«

»Ich mag die Modeshow, aber die Talentproben sind immer ganz schrecklich.« Etta zuckt mit den Schultern. Sie hat Recht. Im letzten Jahr hat die blonde Ellen Tierney mit den langen Beinen in ihrem Auftritt für Big Stone Gap zu der Musik von »Happy to Keep Your Dinner Warm« getanzt, und als sie das Bein in die Höhe schwang, flog ihr der Steppschuh vom Fuß und traf einen Mann in der ersten Reihe am Kopf, worauf der Mann ohnmächtig wurde. Das Opfer wurde ins Krankenhaus gebracht und überlebte den Unfall, aber den Absatzabdruck hat er wahrscheinlich sein Leben lang auf der Stirn. »Und das Vorturnen, wenn sie im Badeanzug auf die Bühne kommen, finde ich richtig doof. Das kann doch jeder.«

»Etta, Herzchen, um im Badeanzug gut auszusehen, braucht man kein Talent. Die Gaben hat man von Geburt.« Iva Lou atmet tief ein und wirft die Schultern zurück. »Ich muss es schließlich wissen.«

»Ich werde nie bei einem Schönheitswettbewerb mitmachen«, verkündet Etta.

»Ich auch nicht.« Ich drücke meine Tochter an mich.

Die Bänke des Freilufttheaters sind schon gut besetzt. Auf den Gängen ist Kunstrasen ausgelegt, die Bühne ist mit Girlanden aus roten Papierrosen geschmückt. Die hintere Kulisse ist eine riesige aus Pappe ausgeschnittene Kiefer, und darauf steht in Goldbuchstaben: MISS LONESOME PINE.

In einigen Wochen fängt die Schule wieder an. Ich kann kaum glauben, dass Etta zwölf Jahre alt ist und schon in die siebte Klasse kommt. Meine Mutter wäre in diesem Jahr sechsundsechzig geworden. Irgendwie fühle ich mich zwischen ihnen beiden verloren: noch nicht alt, nicht mehr jung. Ich hatte geglaubt, als Mutter hätte ich eine sichere Stelle, aber das stimmt nicht. Es ist der unbeständigste Job auf der

Welt, der einzige Job, in dem der eigene Aufgabenbereich über Nacht überflüssig wird. So war es von Anfang an. Als ich den Dreh mit dem Stillen raushatte, war es Zeit, auf feste Nahrung umzustellen. Als ich beunruhigt darüber war, dass Etta sich nicht von selbst auf den Bauch drehte, fing sie im nächsten Moment an zu krabbeln, und bevor ich wusste, wie mir geschah, konnte sie laufen. Als sie in die Schule kam, glaubte ich, sie würde mich mehr brauchen, stattdessen hatte sie plötzlich ein Leben ohne mich und kam blendend zurecht. Und jetzt, da wir ein ganz normales Familienleben führen, in dem auch Etta ein paar Pflichten hat, wird sie immer unabhängiger und hat ihre eigenen Meinungen. Ich weiß natürlich, dass darin der Sinn des Ganzen liegt – man bereitet sein Kind darauf vor, dass es einen verlässt –, aber ich habe solche Angst, sie gehen zu lassen. Ich weiß nicht, wie ich damit zurechtkommen werde, wenn sie erst achtzehn ist und aufs College geht. Wie hat meine Mutter das bewältigt? Ich wünschte, sie wäre hier und könnte mir helfen, all diese Veränderungen zu meistern.

»Dad!« Etta winkt zu Jack hinüber, der von einer Plattform neben der Bühne zurückwinkt. Er hilft dem Beleuchter, die Scheinwerfer in die richtige Position zu bringen, dann steigt er von der Leiter herunter und kommt zu uns. Mein Mann ist immer noch sehr behende, seine muskulösen Arme greifen in einem festen Rhythmus nach der jeweils nächsten Sprosse. Seine Jeans sind verblichen, und sein weißes T-Shirt hebt sich hübsch von seinem grauen Haar ab. Manchmal, wenn ich ihn so aus der Ferne sehe, vergesse ich, dass er mein Mann ist, und denke: was für ein prächtiges Mannsbild. Immer noch geht mein Puls bei seinem Anblick schneller – ziemlich erstaunlich nach all den Jahren. Es sind keine Altersfalten, die sich um seine gerade Nase und seinen Mund gebildet haben, sondern die Fältchen einer lebhaften Mimik. Er ist verdammt attraktiv, mein Ehemann, und ich gebe mir Mühe, es ihm nicht übel zu nehmen, dass er so gut altert.

Otto Olinger kommt auf mich zu und wischt sich mit einem Halstuch über das Gesicht. »Fast hätten wir die Bühne nicht fertig gekriegt. Stimmt's, Worley?« Otto dreht sich zu seinem Sohn um, der mit seinen weißen Haaren ungefähr so alt aussieht wie sein eigener Vater.

»Es war knapp«, bestätigt Worley.

»Das kommt davon, wenn ihr dauernd den Mädchen hinterherguckt«, sagt Iva Lou.

»Das stimmt, ein bisschen rumgeguckt haben wir.« Worley lächelt.

Otto zuckt mit den Achseln. »Wir können nichts dafür, dass sie alle so hübsch sind. Ich hab noch nie eine hässliche Frau gesehen, nur dass manche hübscher sind als andere.«

Jack gibt mir einen Kuss und nimmt Etta bei der Hand. »Willst du von da oben zugucken?«, fragt er sie.

»O ja!«

»Ich habe ganz vorn Plätze für euch freigehalten.«

Ich drehe mich zu Iva Lou um. »Möchtest du bleiben?«

»Wozu hast du denn Lust?«

»Ich würde lieber ein bisschen rumgehen.«

»Gut, dann machen wir das.« Iva Lou dreht sich schon zum Gehen um.

»Also gut, wir sehen uns später.« Jack geht mit Etta zur Leiter und hilft ihr die Sprossen hinauf. Sie kniet auf der Fläche, und ihr Vater erklärt ihr die Installation. Sie hört aufmerksam zu und nickt. Schwer vorstellbar, dass dies wirklich mein Kind ist, so ganz ohne Angst vor Höhen. Überhaupt, sie hat nie Angst – keine Angst, streunende Tiere anzufassen, in der Öffentlichkeit zu sprechen, mit Jungen umzugehen. Etta interessiert sich dafür, wie die Dinge funktionieren, und in dieser Hinsicht ähnelt sie ihrem Vater. Sie ist eine MacChesney, durch und durch, und es fällt mir nicht immer leicht, das zu akzeptieren.

»Was machen wir jetzt?«, fragt Iva Lou.

»Wir gehen zu Schwester Claire.«

»Wer ist das denn? Eine Katholikin?«

»Nein. Eine Wahrsagerin.«

»Voodoo ist nichts für mich, meine Liebe.«

»Komm schon. Wenn sie dir erst mal einen von ihren Cocktails aus Molchauge verabreicht und ihren Zauber über dir ausgesprochen hat, wird die Welt viel besser aussehen.«

Schwester Claire hat ein kleines grünes Zelt am Rand des Platzes. Vor dem zurückgeschlagenen Eingang stehen zwei Klappstühle. Ich bin überrascht, dass niemand davor wartet. Schwester Claire ist in dieser Gegend sehr bekannt, sie stammt aus den Bergen von North Carolina in der Nähe von Greensboro. Ein Pharma-Vertreter aus Raleigh, der durch Big Stone Gap kam, hat mir empfohlen, zu ihr zu gehen, sollte sie je in unsere Gegend kommen. Er sagte, sie sei eine echte Wahrsagerin, eine richtige Mystikerin. Ich bin überrascht, als eine kleine, zart wirkende Frau um die sechzig mit herzförmigem Gesicht und einem Teint so braun wie starker Tee mit Milch aus dem Zelt tritt, um uns zu begrüßen.

»Wollen Sie zu mir?«, fragt sie. »Ich bin Schwester Claire.«

Iva Lou packt mich am Arm und will mich wieder zur Platzmitte zerren, wo niemand, nicht einmal die Jury des Miss-Lonseome-Pine-Schönheitswettbewerbs, die Zukunft kennt.

»Ja, Madam. Wir wollen zu Ihnen.« Iva Lou wirft mir einen bösen Blick zu, also verbessere ich mich und sage: »Ich zumindest.« Ich weiß nicht recht, wie ich mit einer Wahrsagerin sprechen soll.

»Willkommen.«

»Ich glaube, die meisten Menschen sind beim Schönheitswettbewerb«, sage ich, gewissermaßen als Entschuldigung für den Mangel an Kundschaft.

Schwester Claire sieht Iva Lou direkt in die Augen und sagt: »Ich verstehe, dass die Wahrsagerei ihnen nicht ganz geheuer ist. Ich mag es auch nicht, wenn man mir die Karten legt.«

»Wirklich nicht?«, sagt Iva Lou mit etwas piepsiger Stimme.

»Nein, wirklich nicht. Zu glauben ist nicht leicht. Man braucht blindes Vertrauen. Und manchmal fehlt es selbst mir.«

»Es ist ja nicht so, dass ich Angst hätte, und ich glaube auch an die Existenz einer übernatürlichen Kraft in unserem Leben. Es ist nur so, na ja, ich habe mir mein Leben auf eine bestimmte Art und Weise eingerichtet, und ich will nicht unbedingt wissen, wo alles hinführt.«

»Das verstehe ich.«

»Warte hier auf mich, ja?« Ich zwinkere Iva Lou zu und gehe hinter Schwester Claire ins Zelt. Der Inneraum ist karg möbliert: Zwischen zwei Klappstühlen steht ein kleiner rot lackierter Tisch. Ein elektrisches Kabel ist an einen kleinen Generator angeschlossen und führt an der Seitenwand zu einer schummrigen Birne hinauf, die in einer Metallfassung über dem Tisch baumelt. Schwester Claire bittet mich, Platz zu nehmen, und schenkt uns beiden ein Glas Wasser ein. Sie selbst setzt sich auch und legt eine Hand auf einen Packen Tarotkarten, der auf dem Tisch liegt.

»Ich habe gehört, Sie sind indianischer Abstammung«, sage ich, während sie die Karten mischt.

»Cherokee. Ich bin ein Nachfahr des großen Chief Doublehead. Aber natürlich behaupten das alle Cherokees.« Sie lächelt.

»Waren beide Eltern Cherokee?«

»Ja. Aber ich bin auch gemischt. Eine meiner Großmütter war afrikanischer Abstammung, und ein Großvater war Ire.«

»Die grünen Augen verraten Sie.«

»So ist es.«

»Wie haben Sie entdeckt, dass Sie hierfür Talent haben?«

»Es ist weniger ein Talent, als vielmehr eine Lebensform. Oft liegt es in der Familie. Schon meine Mutter konnte die Zukunft aus Karten lesen und hatte Visionen, und bei mir ist es genauso.« Sie hört auf, die Karten zu mischen, und hält sie so, dass ich eine nehmen kann. »Wie kann ich Ihnen helfen?«

Ich hatte mir schon ausgedacht, was ich sagen will, denn ich habe viele Fragen an die Zukunft, aber plötzlich versagt mir die Stimme. »Entschuldigung.«

»Sie brauchen sich nicht zu entschuldigen.« Schwester Claire mischt den Packen wieder und legt zwölf Karten so auf den Tisch, dass sie zusammen das Muster von Sonnenstrahlen ergeben.

»Wie heißen Sie?«

»Ave Maria.«

»Ein ungewöhnlicher Name.«

»Besonders in dieser Gegend.«

»Es ist der Name der gebenedeiten Mutter. Ein Name sagt viel über den Menschen aus.«

»Und was sagt Ihnen mein Name?«

»Sie sind nach einer starken Frau benannt, manche würden sagen, nach einer Göttin. Sie sind seit dem Tage Ihrer Geburt von starken Frauen umgeben. Sie haben Glück. Sie werden geliebt und beschützt, und um Sie herum sehe ich viele Frauen, die fast eine Art Wall bilden. Ist Ihre Mutter tot?«

»Ja.«

»Ja und nein. Sie ist immer bei Ihnen.« Schwester Claire lehnt sich mit geschlossenen Augen zurück. »Sie trägt etwas Purpurrotes.«

»Meine Mutter?«

»Ja.«

»Für die Beerdigung habe ich ihr ein purpurrotes Kostüm angezogen. Sie hatte es sich selbst geschneidert, aus Seidenkrepp, den sie in New York gekauft hat, als sie mit ihrem

Mann Fred Mulligan dort war. Sie hat mir erzählt, dass sie lange Zeit nichts aus dem Stoff nähen wollte, weil er so schön war und sie ihn nicht zerschneiden wollte.«

»Fred Mulligan ist nicht Ihr Vater.«

»Nein.«

»Und es hat Ihnen großen Schmerz bereitet, als Sie die Wahrheit erfuhren.«

»Das stimmt. Aber gleichzeitig war es auch ein großer Segen für mein Leben. Ich habe meinen leiblichen Vater in Italien gefunden, dort habe ich eine ganze Familie.«

Schwester Claire lehnt sich wieder mit geschlossenen Augen zurück. »Ihre Mutter zeigt mir ein Haus mit vielen Zimmern. Sie hängt Vorhänge an einem Fenster auf.«

»Sie hat Vorhänge genäht.«

»In dem Zimmer ist ein Junge. Er ist gerade reingekommen. Er hat braune Augen und lockiges Haar. Wer ist das?«

»Mein Sohn.«

»Ist er tot?«, fragt sie mich leise.

»Ja.«

»War er sehr jung?«

»Er war vier Jahre alt.«

Schwester Claire lacht. »Er ist lustig. Er ist gern bei ihr. Sie passt auf ihn auf.« Sie macht die Augen auf und sieht mich an.

Sie erzählt mir noch viel mehr über mich – über meine Arbeit, über Jack und Etta. Sie sieht uns zusammen auf Reisen, und sie sieht Etta zu neuen Ufern aufbrechen, was mein Gefühl bestätigt, dass meine Tochter ihren Weg gehen wird, mit oder ohne meinem Segen.

»Schwester, wie ist das eigentlich mit dem Leben nach dem Tod?«

»Wie meinen Sie das?«

»Wird mein Sohn immer vier Jahre alt sein und meine Mutter so alt wie damals, als sie starb? Und wenn ich sterbe …«

»Was meinen Sie?«

»Ich dachte immer, die Toten sind in einer Art Warteschleife und warten auf den Tag des Jüngsten Gerichts.«

Schwester Claire lacht, obwohl ich es gar nicht witzig gemeint habe. »Das ist eine Möglichkeit, und es kommt ganz drauf an. Ihre Mutter und Ihr Sohn wollten Ihnen sagen, dass es ihnen gut geht, deswegen sind sie mir in einer Form erschienen, die Sie erkennen können. Es passiert nicht jedes Mal so.«

»Sie sind also ... sie sind also irgendwo?«

»Ich glaube, die Vorstellung von ihnen ist irgendwo noch da, aber ihre Energie ist ewig, und es ist möglich, dass sie als andere Menschen ins Leben zurückkehren, um mehr zu lernen.«

»Sie könnten also hier sein?«

»Sie könnten überall sein.«

»Sollte ich nach ihnen suchen?«

»Das brauchen Sie nicht; sie werden Sie ausfindig machen.« Schwester Claire mischt die Karten neu und legt sie diesmal in einer langen Reihe. Sie fordert mich auf, eine Karte von dem übrig gebliebenen Stapel zu nehmen. »Jetzt kommen wir zu Ihrer Zukunft.«

Ich atme tief ein. »Ich bin bereit.«

»Sie haben sich in Ihrem Leben viele Ziele gesetzt. Die meisten davon haben Sie erreicht. Aber ich sehe, dass Sie einen neuen Anfang machen müssen. Sie müssen entscheiden, wie Ihr Leben weitergehen soll, Sie müssen es neu träumen.«

»Neu träumen?«

»Sie müssen es neu erfinden. Sie müssen sich überlegen, was Sie in der zweiten Hälfte Ihres Lebens erreichen wollen. Verstehen Sie?«

Ich nicke, aber eigentlich verstehe ich es nicht, oder vielleicht bin ich noch nicht bereit, über den Rest meines Lebens nachzudenken. Im Moment liegt mein Weg so klar vor mir – ich will meine Tochter auf das Leben vorbereiten, ich will für meinen Mann sorgen und weiterarbeiten. Ich denke nicht darüber hinaus, obwohl ich weiß, dass das gefährlich ist. »Wissen Sie, Schwester Claire, ich frage mich eigentlich nie, was ich möchte oder was die Zukunft bringen wird. Ich habe kaum Zeit, all das, was die Gegenwart von mir verlangt, zu schaffen. Wie soll ich da neu träumen?«

»Es gibt am Tag zwei Momente, wenn die Seele sich neuen Gedanken öffnet. Das erste Mal morgens beim Aufstehen, wenn alles noch ruhig ist. Das zweite Mal am Abend, wenn man in dem verschwommenen Bereich zwischen Schlafen und Wachen ist. Bitten Sie Ihre innere Stimme in diesen Momenten um Führung. Ihre Intuition wird Sie zu den Antworten führen, die Sie suchen.«

»Meine Mutter hat früher immer gesagt, alle Antworten seien schon in mir.«

»Sie hatte Recht. Nur trauen wir meist unserer inneren Stimme nicht. Doch sie führt uns immer auf den richtigen Weg. Darin liegt der Schlüssel zum Glücklichsein: Man muss nur gut zuhören.« Schwester Claire schiebt die Karten wieder zusammen.

Ich bezahle und lasse mir noch einmal alles, was sie gesagt hat, durch den Kopf gehen. Über vieles muss ich nachdenken. Es verwirrt mich, dass meine Mutter und mein Sohn nach mir Ausschau halten könnten und ich sie vielleicht nicht erkenne. Was hätte das für einen Sinn? Der Geruch von Iva Lous Zigarette holt mich in die Wirklichkeit zurück. Sie sitzt auf einem der Klappstühle vor dem Zelt und bläst den Rauch in die Luft. »Ich bin so weit«, sage ich zu ihr.

»Na ja, Schätzchen, wo wir schon dabei sind, vielleicht sollte ich mir doch die Zukunft weissagen lassen.« Iva Lou dreht sich zu Schwester Claire um und zeigt mit dem Zeigefinger auf sie. »Aber ich warne Sie, Schwester, sagen Sie mir bloß nicht, wann ich sterben werde, selbst wenn Sie es wissen. Oder besser gesagt: Sollte ich mit hunderteins und bei vollem Verstand sterben, und neben mir im Bett liegt ein junger Mann, der findet, dass ich besser bin als Pfefferpudding, dann können Sie es mir ruhig sagen.«

Schwester Claire lacht. »Ist in Ordnung.«

Sie gehen ins Zelt, und ich höre das leise Gemurmel der beiden. Ich setze mich hin, strecke die Beine aus und lehne mich zurück. Aus diesem Blickwinkel sehe ich, wie die Scheinwerfer beim Schönheitswettbewerb einen Strahl aus silbrigem Licht aussenden, der vor den Bergen schwebt. Es ist ein matter Lichtstrahl, kaum sichtbar neben dem Riesenrad, das sich mit seinen Streifen aus rosa Gefunkel dreht. Die Berge bündeln Applaus und Pfiffe der Zuhörer wie durch einen Trichter. Im Gebirge wird der Ton so schnell weitergetragen, dass der Wettbewerb auch tausend Meilen von hier entfernt stattfinden könnte. Wie leicht ist es doch, sich im Lärm der Welt zu verlieren und das Leben, so wie es ist, zu akzeptieren, mit Resignation hinzunehmen. Wann werde ich die Zeit finden, mein Leben neu zu überdenken? Erwartet mich noch etwas Neues, oder ist das schon alles? Ein Leben als Ehefrau, Mutter und Apothekerin? Was meinte Schwester Claire damit, dass ich mich noch einmal neu erfinden müsse? Was soll ich sein? Und wie?

Nach einer ganzen Weile, die mir viel länger vorkommt als meine Sitzung bei Schwester Claire, tritt Iva Lou aus dem Zelt und kramt in ihrer Handtasche nach ihren Zigaretten.

»Und?«

»Ach, Schätzchen, so viele gute Neuigkeiten. Schwester Claire hat mir Unmengen von Dingen mitgeteilt. Hoffentlich behalte ich das alles, damit ich es später aufschreiben kann. Sie sagt, ich sei ein Adler.«

»Ist das was Gutes?«

»Unbedingt. Ich bin stolz und habe mich in der Gewalt und so. Aber natürlich, was soll sie mir auch für fünzehn Dollar schon Neues sagen, was ich nicht schon wüsste. Und wie war es bei dir?«

»Mama und Joe sind ihr erschienen.«

»Was haben sie gesagt?«

»Gar nichts. Aber das ist in Ordnung. Sie haben sich gezeigt, mehr wollte ich gar nicht.«

Iva Lou legt den Arm um mich, und wir gehen zusammen auf die Lichter und den Lärm zu, aber ich nehme von all dem nichts wahr. Meine Gedanken sind in dem Haus mit den vielen Zimmern.

Nachdem ich Etta geholfen habe, auch den letzten Rest blauer Zuckerwatte von ihrem Gesicht zu schrubben, setze ich mich auf ihre Bettkante. Sie will noch ein Kapitel in *Harriet, die kleine Detektivin* lesen, aber sie ist so erschöpft, dass ich sie überreden kann, einfach die Augen zuzumachen. Etta liebt die Geschichte von Harriet, einem elfjährigen Mädchen, das nicht mit Puppen spielt, sondern mit einem Notizheft in der Hand an der Upper East Side von Manhattan herumläuft, den Leuten nachspioniert und dann aufzeichnet, was sie so treiben. Etta leiht sich das Buch so häufig aus der Bibliothek aus, dass ich gar nicht weiß, ob die anderen Mädchen in ihrer Klasse auch dazu gekommen sind, es zu lesen.

»Mama, können wir irgendwann mal nach New York fahren?«

»Sicher.« Ich blicke auf meine Tochter, die noch ein Kind ist, aber schon jetzt ahnt man das junge Mädchen in ihr. Ich hülle sie fest in die Decken und werde mir im gleichen Moment bewusst, dass dieses Ritual bald ein Ende haben wird, und das macht mich traurig.

»Ich glaube, mir würde es gefallen.«

»Die große Stadt? Mit dem ganzen Lärm und den vielen Menschen?« Ich gebe Etta einen Kuss und gehe zur Tür.

»Es würde Spaß machen, Ma, und es wäre etwas Neues«, sagt sie und dreht sich auf die Seite.

Ich schalte das Licht aus. Als ich schon im Flur bin, höre ich, wie sie mit leiser Stimme ruft: »Mama?«

»Ja?« Ich kehre um und lehne mich an den Türpfosten.

»Bin ich hübsch?«

»Ja, du bist hübsch.«

»Wie entscheidet man, ob jemand hübsch ist?«

»Wer – man?«

»Die Menschen. Du weißt, was ich meine – jeder in einer Gruppe weiß, welche hübsch ist, und alle behandeln sie als die Hübscheste, und sie weiß es die ganze Zeit.«

»Ich weiß nicht, Etta. Ich habe nie darüber nachgedacht.«

»Ich meine, manchmal sehe ich es auch, aber manchmal finde ich, dass das hübscheste Mädchen gar nicht so hübsch ist.«

»Du bist hübsch«, sage ich schlicht und aufrichtig.

»Na gut.« Ettas Ton macht deutlich, dass sie mir nicht glaubt. Ich warte, dass sie noch etwas sagt, aber als sie still bleibt, gehe ich nach unten.

Jack ist in der Küche und macht Kaffee; den gibt es zu dem Kirschkuchen, den wir auf der Kirmes gekauft haben.

»Das war gerade seltsam«, sage ich.

»Was war seltsam?«

»Etta hat mich gefragt, ob ich sie hübsch finde. Weiß sie nicht, dass ich sie hübsch finde?«

»Vielleicht nicht.«

»Sage ich ihr das nicht?«

»Du sagst ihr, dass sie klug ist und gut lesen kann und dass sie tüchtig ist und so weiter, aber sonst überschüttest du sie nicht gerade mit Komplimenten«, sagte Jack sachlich.

»Lieber Himmel, ist es nicht wichtiger, klug zu sein?«

»Sicher. Aber sie ist ein Mädchen, Ave.«

»Das weiß ich sehr genau.«

»Also, ich bin seit dreizehn Jahren mit einer Frau verheiratet, und fast genauso lange habe ich eine Tochter, und es scheint mir, dass Frauen nicht oft genug gesagt bekommen können, dass sie hübsch sind, auch wenn sie noch andere Qualitäten haben.« Jack lächelt.

»Ich werde es in Zukunft häufiger sagen.« Ich merke, dass ich defensiv klinge.

»Ich will nicht sagen, dass du was falsch machst. Aber ich glaube, dass Etta in einen neuen Lebensabschnitt eintritt. Sie ist schon bald ein Teenager. Heute Abend hat Misty Lassiter sie alle aufgeklärt.«

»*Wie bitte?*«

»Ja. Offensichtlich wollte sie ihr Wissen loswerden.«

»Um Himmels willen. Wo hat Misty ihr Wissen denn her?«

»Sie ist zwei Klassen über Etta, und sie ist wie ihre Mutter, wie du weißt. Sagen wir mal, sie ist ein bisschen frühreif.«

Misty Lassiter ist die Tochter von Tayloe Slagle Lassiter, der schönsten Frau in Big Stone Gap. Wenn ich Etta von der Schule abhole, sehe ich Misty. Sie ist hoch gewachsen, größer als die anderen Mädchen in ihrer Klasse, sie ist die Anführerin; ihr blondes Haar trägt sie in zwei ordentlichen Zöpfen, die sie mit Bändern schmückt, was bei ihr aber nicht niedlich aussieht, sondern raffiniert. Als ich noch am Freilufttheater Regie geführt habe, habe ich Tayloe in einem Stück die Hauptrolle gegeben – damals war sie gerade fünfzehn. Sie war keine umwerfende Schauspielerin, aber das war nicht von Belang; man wollte sie einfach ansehen, ihre feinen Züge betrachten, die langen Gliedmaßen und diese Augen, von einem unglaublich klaren Blau und mit schweren Lidern darüber. Sie war so schön, dass man dachte, sie kenne ein besonderes Geheimnis, eine uralte Wahrheit, die in ihr verborgen lag und sich in jeder ihrer Bewegungen ausdrückte. Tayloe hat ihrer Tochter alles Wissenswerte beigebracht, denn Misty ist genauso beliebt und vollkommen, wie Tayloe es war. Keine geringe Leistung in einer Kleinstadt, besonders wenn man bedenkt, dass Bo Lassiter (einer von den Lassiters aus East Stone Gap, die mit der niedrigen Stirn) der Vater ist.

»Etta hat viel mehr zu bieten als Misty. Was hatte Misty über Sex zu sagen?«

»Sie weiß alles.« Jack gießt uns Kaffee ein. Er setzt sich und zerteilt den Kirschkuchen mit der Gabel.

»Und was genau heißt ›alles‹?«

Jack versucht, Misty nachzumachen, wie sie den Mädchen Aufklärungsunterricht gibt. »›Also, erst mal ist da der Mann. Und der Mann ist anders gebaut als die Frau.‹«

»O nein.« Ich will das gar nicht hören, aber ich mache Jack ein Zeichen, dass er weitersprechen soll.

»›Und der Mann nimmt sein Ding und erklärt der Frau, dass er eins hat. Sie muss sagen, ob sie das will oder nicht. Und wenn sie es will, dann nennt man das Sex. Und wenn sie es nicht will, dann bleibt sie Jungfrau.‹«

»Fantastisch.« Ich stütze den Kopf in die Hand; es fühlt sich an, als wöge er gut hundert Pfund.

»Ich fand das ganz lustig.«

»Hat Etta dir das erzählt?«

»Ich habe es mitgehört, als sie bei der Zuckerwatte anstanden. Die Schlange war ziemlich lang.«

Ich wünschte, ich wäre da gewesen. Warum war Jack dabei, als Etta die Geheimnisse des Lebens offenbart wurden, und nicht ich? Derweilen saß ich in einem Zelt und habe mir die Karten legen lassen. Ich hatte mir das ganz anders vorgestellt. »Ich spreche mit Tayloe.«

»Warum?«

»Damit sie ihrer Tochter sagt, sie soll die anderen Mädchen nicht ängstigen.«

»Etta ist nicht verängstigt.«

»Was heißt hier, sie ist nicht verängstigt? Wer hat denn keine Angst vor Sex –« Ich breche ab. Jack sieht mich an. Ich mache den Mund auf, aber es kommt nichts heraus. Jack weiß genau, dass ich ein spätes Mädchen war und beinahe den Zeitpunkt verpasst hätte. Ich hatte ehrlich geglaubt, das spiele jetzt keine Rolle mehr, aber Dank Mistys Aufklärungsversuch ist dieses alte in mir schlummernde Gefühl, dass ich anders und fremd bin, von einem Rinnsal zu einem reißenden Fluss angeschwollen. Einmal die alte Jungfer, immer die alte Jungfer. »Kein Wunder, eigentlich.« Ich schneide mir noch ein Stück Kuchen ab.

»Was meinst du mit ›Kein Wunder‹?«

»Dass sie mit mir nicht darüber spricht. Sie merkt genau, dass ich nicht darüber sprechen will.«

»Das hast du richtig erkannt.« Mein Mann sieht mich an und lächelt.

»Sie sollte mit allem zu mir kommen können. Ich habe nur keine Anzeichen dafür gesehen. Sie malt noch mit Buntstiften, Himmelnochmal. Es geht alles viel zu schnell.«

»Dann tu was.«

»Was meinst du?«

»Sprich mit ihr.« Jack zuckt mit den Schultern, als wäre es so einfach wie Damespielen.

Ich nehme einen großen Schluck von dem heißen Kaffee (Jack gibt immer genau die richtige Menge Milch hinein). Dann streife ich die Schuhe ab und lege die Füße auf Jacks Schoß. »Ich wünschte, sie würde für immer ein kleines Mädchen bleiben.«

»Diese Möglichkeit gibt es nicht, Schatz.« Jack drückt mir den Fuß. Er hat Recht. Dies hier ist wie das Reifenrennen am Stone Mountain – wenn man den Reifen nur einen Moment loslässt, rollt er einem davon.

Wir haben einen Stand auf dem Bürgersteig vor der Apotheke aufgebaut. Es ist nichts Besonderes, wir haben uns von den Baptisten einfach zwei Klapptische geliehen und die Ladenhüter darauf ausgelegt – pfirsichfarbenen Lippenstift, Handcreme mit Erdbeerduft, Schuhkartons voller Grußkarten, nach Themen und Jahreszeiten sortiert. Am Anfang bieten wir alles fünfzig Prozent billiger an, aber am Freitag verschenken wir die Sachen praktisch. Das wissen die Leute, und deshalb warten sie ein paar Tage ab, lungern nach dem Lunch ein wenig im Erfrischungsraum herum und versuchen, von Fleeta etwas umsonst zu bekommen. Fleeta trägt schwarze Leggings und darüber eine Schürze, sie lehnt an der Hauswand und zündet sich eine Zigarette an. Als die Zigarette brennt, richtet Fleeta sich auf und betastet ihre schwarz-blaue Ballonfrisur (sie hat eins der Loving-Care-Produkte ausprobiert, die gerade eingeführt werden), um sich zu versichern, dass jedes Haar richtig sitzt. Ich winke ihr zu, als ich in meine Parklücke einfahre.

»Pearl ist schwanger«, ruft sie mir entgegen.

Bevor ich sie bitten kann, die Neuigkeit zu wiederholen, tritt Pearl aus dem Geschäft. »Fleeta!«

»Ich weiß, es soll ein Geheimnis sein, aber du weißt doch, dass ich nichts für mich behalten kann. Du hättest es mir lieber nicht sagen sollen«, sagt Fleeta zu Pearl und nimmt einen tiefen Zug von ihrer Zigarette. »Außerdem, wenn du dreimal an einem Morgen kotzen musst, dann bin ich nicht die Einzige, die sich einen Reim darauf macht.«

»Stimmt das?«, frage ich Pearl, deren Lächeln mir die Antwort verrät. »Was sagt dein Mann dazu?«

»Er ist überglücklich.«

Ich umarme sie. »In welchem Monat bist du?«

»Im dritten.«

»Fantastisch.«

»Ich wollte nichts sagen, bevor es nicht sicher war.«

Ich blicke Pearl nach, als sie wieder in die Apotheke geht, und erkenne die Anzeichen der Schwangerschaft. Ich hatte schon bemerkt, dass sie ein paar Pfund zugelegt hatte, wie wir alle gelegentlich, aber bei ihr ist es anders. Pearls Körper verändert gerade seine Form, die Taille verschwindet, und sie geht behäbiger, weil sie das neue Gewicht in den Knien spürt. Ich erinnere mich sehr gut an die verschiedenen Stadien der Schwangerschaft. Es stimmt, dass sich die Leiden

letztendlich alle lohnen, aber jede Sekunde in
Monaten hatte ich das Gefühl, als hätte ich mei
an jemanden untervermietet, der mich ohne jede
behandelte. Die morgendliche Übelkeit, die eigent
wie eine tagelange Seekrankheit war, die schme …nden Brüste und die geschwollenen Fußgelenke und, bei mir, die Schmerzen in den großen Zehen, weil ich mir eine ganz andere Art zu gehen angewöhnen musste – an jede dieser Einzelheiten erinnere ich mich, als wäre es gestern gewesen.

Pearl dreht sich zu mir um. »Ich zähle auf deine Ratschläge.«

»Oh, damit kann ich dienen.«

»Und was ist mit mir?« fragt Fleeta. »Schließlich habe ich drei Babys zur Welt gebracht, und Pavis – der kam in der Steißlage – hat mir das Steißbein zersplittert, als er sich mit aller Wucht rausgepresst hat. Ich kann dir viele gute Ratschläge geben, besonders, was die Geburt selbst angeht.«

»Deine Ratschläge brauche ich auch, Fleets.« Pearl geht in die Küche.

»Das mit dem Steißbein stimmt wirklich?«

»Ja, und das war ja ein sicheres Omen. Der Junge hat mir nichts als Sorge und Ärger und Schmerzen gebracht, körperlich und seelisch. Erst tritt er mir aufs Steißbein, dann tritt er mir dauernd auf die Füße – du weißt schon, als er anfing zu krabbeln –, und dann, als er in den Knast kam, ist er mir auch noch auf dem Herzen rumgetrampelt.«

»Hörst du manchmal von ihm?« Pavis sitzt schon, so lange ich denken kann, im Gefängnis in Kentucky.

»An seinen Telefontagen.« Fleeta zieht einen Karton mit Grußkarten unter dem Klapptisch hervor. »Dieser Bürgersteig-Verkauf ist jetzt schon ein Verlustgeschäft«, sagt sie und wühlt in den Grußkarten, als wären sie der letzte Dreck.

»Du hast die falsche Einstellung dazu.«

»Wenn es eine gute Idee wäre, würden die anderen Geschäfte in der Straße doch auch so etwas machen. Aber die

Mikes Kaufhaus kommen nicht raus und breiten ihre Aigner-Lederwaren draußen aus, auch nicht Zackie mit seinen Wranglers. Aber wir wollen unbedingt noch die Sachen verscherbeln, die das ganze Jahr über kein Mensch kaufen wollte.« Wenn Fleeta so rummeckert, erkennt man normalerweise gleich, dass es ihr einfach nur Spaß macht, aber diesmal klingt sie ernst.

»Stimmt irgendwas nicht? Du bist nicht so wie sonst«, sage ich zu ihr.

»Doc Daugherty hat gesagt, ich soll mit dem Rauchen aufhören.«

»Und warum?«

»Er hat auf dem Röntgenbild einen Fleck entdeckt. Er sagt, im Moment ist es nichts Schlimmes, aber wenn ich nicht mit dem Rauchen aufhöre, kann daraus ein Emphysem werden. Und das macht mich echt sauer.«

»Fleeta. Das ist doch ein ganz klarer Fall. Du musst mit dem Rauchen aufhören.«

»Das kann ich nicht«, sagt sie geradeheraus.

»Aber du musst.«

»Du hast keine Ahnung, wie mies meine Laune wäre, wenn ich meine Zigaretten nicht hätte. Ich würde schon vor dem Frühstück drei Leute abmurksen, wenn ich mir keine anzünden könnte.«

»Das weißt du doch gar nicht.«

»Natürlich weiß ich das. Meine Nerven sind jetzt schon so zerrüttet, dass ich den ganzen Tag zittern würde. Ich brauche meine Zigaretten, und das habe ich dem Doktor auch gesagt.«

»Und was hat er dazu gesagt?«

»Er hat gesagt, das versteht er, aber er will auch nicht, dass ich mir ein Emphysem einhandle. Er hat gesagt, ich soll nach und nach aufhören. Immer eine weniger, bis ich bei einer am Tag bin. Eine Zigarette am Tag, kannst du dir das vorstellen?«

»Das schaffst du. Ich weiß, dass du das schaffst.«

»Aber dann bin ich keine Freude für meine Mitmenschen.«

Spec Broadwater, Otto und Worley sitzen an der Theke im Erfrischungsraum der Apotheke und essen das Mittagsgericht: Rindergulasch und Zwieback, dazu gebratene Apfelscheiben. Specs Zigarette glimmt auf der Untertasse. Auf dem Weg zur Kaffeemaschine drücke ich die Zigarette aus.

»He, was soll das?«, brüllt Spec. Er rückt das Namensschild auf seinem gebügelten khakifarbenen Hemd zurecht. Seine langen Beine hat er seitlich um den Hocker geschlungen wie Eisenbahnschienen. Neuerdings schmiert Spec Gel in sein dichtes weißes Haar, sodass es an den Schläfen glänzt und dicht am Kopf anliegt und mich an George Jones erinnert, der für seine Frisur mindestens genauso berühmt ist wie für seine Sangeskünste.

»Du solltest nicht rauchen. Denk dran, du hast eine Bypass-Operation hinter dir.«

»Eine fünffache. Mach dir keine Sorgen, Ave, ich reduziere schon.«

»Und wenn du schon dabei bist, weniger zu rauchen, dann könntest du Fleeta ein gutes Beispiel geben. Sie muss aufhören.«

»Seit wann ist Fleeta Mullins mein Problem?«

»Seit sie beim Arzt war und der gesagt hat, sie soll mit dem Rauchen aufhören.«

»Himmel, Ave, ich habe schon genug eigene Sorgen. Du brauchst mich nicht noch zusätzlich zum Gesundheitsminister von Wise County zu machen.« Spec rückt sich die Brille zurecht und kramt nach seinen Zigaretten.

Ich erlaube ihm nicht, sie rauszuholen. »Du kommst jeden Mittag hierher. Sie braucht deine Unterstützung.« Ich gieße mir eine Tasse Kaffee ein und fülle Ottos Tasse auf.

»Ich kann sehr gut auf mich selber aufpassen«, ruft Fleeta aus der Ecke. »Ich brauche eure verdammte Unterstützung nicht.«

»Ach, Fleeta, reg dich ab.«

»Sag mir nicht, was ich tun soll, Otto Olinger. Bloß weil du Präsident vom Club der Arschlosen bist, der sich hier jeden Mittag trifft, heißt das noch lange nicht, dass ich mir von dir alles bieten lassen muss.«

»Was meinst du damit: Club der Arschlosen?«, fragt Otto.

»Guckt euch doch an. Ihr habt alle keinen Arsch. Weiß der Himmel, wie eure Hosen oben bleiben.«

»Man benutzt dazu einen Gürtel, Fleeta«, sagt Otto und lacht leise.

»Bisher habe ich noch nie irgendwelche Beschwerden wegen meines Hinterteils gehört«, sagt Spec und klingt pikiert.

»Kann ja sein, dass jemand in Lee County besonders nett zu dir ist. Wenn Twyla Johnson ehrlich wäre …« Als Fleeta Specs Geliebte in Lee County erwähnt, fangen Otto und Worley an zu kichern. (Ich dachte, Spec hätte die Affäre aufgegeben, aber anscheinend doch nicht.) Fleeta ist nicht zu bremsen: »… dann würde sie dir die Wahrheit sagen: Dein Arsch ist flach und eckig. Sieht aus, als hätte dir jemand einen Fernsehkasten in die Hose gesteckt.« Fleeta verschwindet in die Küche.

»Sie ist ja wie ein Bulldozer«, sagt Worley und schüttelt den Kopf.

»Himmel, muss sie so persönlich werden?« Spec gießt sich Sahne in seinen Kaffee.

»Das wird in Zukunft noch schlimmer, Jungens!«, brüllt Fleeta aus der Küche.

Ich bin auf dem Weg nach Johnson City, um das Olivenöl abzuholen, das Jack bestellt hat. Er ist inzwischen ein richtig guter Koch und ziemlich wählerisch bei den Zutaten. Manchmal träumt er davon, ein italienisches Restaurant aufzumachen. Ihm ist überhaupt nicht klar, dass die Leute hier kein Interesse an Pesto mit frischem Basilikum haben; sie mögen ihre eigene Küche und essen lieber ihre Biscuits mit Soße und irgendwelches gebratenes Fleisch. Außerdem könnte ich zusätzlich zu dem Erfrischungsraum in der Apotheke, wo nur ein Mittagsgericht serviert wird, kein weiteres Lokal bewältigen. Pearl und ich waren überrascht, als wir uns letztes Jahr die Bilanzen angesehen haben. Angesichts der wirtschaftlichen Probleme und der vielen Schließungen im Bergbau ist es ein Glück, dass Pearl vor Risiken nicht zurückscheut, denn der Erfrischungsraum hat mehr erwirtschaftet als die Apotheke.

Auf dem Weg durch Wildcat Holler und zurück nach Cracker's Neck übe ich das Sexualkundegespräch ein, das ich mit Etta führen will. Es gibt so viel zu dem Thema zu sagen, dass ich noch überlege, ob ich mit den physischen Fakten anfangen und dann zu den emotionalen Aspekten kommen soll oder ob ich sie fragen soll, was sie denkt und wie viel sie schon weiß, oder ob ich die ganze Familie einbeziehen und ihren Vater dazu bitten soll. Es irritiert mich, dass ich Jack bei dem Gespräch dabeihaben möchte. Es dürfte doch nicht so schwierig sein. Ich möchte zu meiner Tochter gern die gleiche Nähe herstellen, die ich zu meiner Mutter hatte. Sie hat mich beschützt, und ich habe sie verteidigt. Wir haben nie über Sex gesprochen, aber ich hatte immer das Gefühl, dass ich sie alles hätte fragen können, wenn ich das gewollt hätte. Ehrlich gesagt, mir war nie wohl bei dem Gedanken, sie über Sex oder Beziehungen oder körperliche Dinge zu befragen. Ich wusste ja, dass ihre Ehe alles andere als glücklich war, und vielleicht wollte ich sie nicht an das erinnern, was sie nicht haben konnte. Nie wollte ich meine Mutter in eine schwierige Situation bringen, ich wollte nichts sagen oder tun, was schmerzlich für sie war.

Vielleicht ist das der Grund, warum ich so verklemmt bin – dass ich meine Gefühle nie ausdrücken konnte. Aber das mache ich nicht meiner Mutter zum Vorwurf, es war schließlich meine Entscheidung.

Als ich zu unserem Haus komme und dabei versuche, die Schlaglöcher zu umfahren, sehe ich Otto und Worley auf dem Dach. Früher hat Jack die Reparaturen an unserem Haus durchgeführt, aber seitdem er sein eigenes Bauunternehmen hat, fehlt ihm die Zeit dazu. (Wie heißt es so schön? »Das Kind des Schusters geht barfuß.« Und die Frau eines Bauunternehmers hat ein schadhaftes Dach auf ihrem Haus.) Es macht mir aber nichts aus. Wenn Otto und Worley bei uns sind, fühle ich mich an meine Tage als Alleinstehende erinnert. Damals kamen sie immer, wenn es nötig war, zu meinem Haus in der Stadt und führten alle notwendigen Reparaturarbeiten aus, ohne dass ich sie erst fragen musste. Ich springe aus dem Wagen, und da sehe ich noch jemanden auf dem Dach: meine Tochter.

»Etta, was machst du da oben?«

»Ich helfe Otto und Worley.«

»Geh sofort ins Haus.«

»Warum?«

»Es ist gefährlich da oben.«

»Es ist nicht gefährlich«, sagt Etta trotzig.

»Ich passe auf, Miss Ave«, sagt Worley, ohne aufzusehen.

»Ich auch«, sagt Otto, um mich zu beruhigen.

»Geh ins Haus, Etta.«

Von unten sieht Etta so klein aus. Als sie vorsichtig über das Dach zum Fenster krabbelt, muss ich daran denken, wie sie als Baby zu krabbeln lernte, und statt mich zu freuen, dass mein Kleines etwas Neues erlernte, hatte ich damals Angst, sie würde sich in die Welt hinausbegeben, und zwar ohne mich.

»Etta! Pass auf!«

Ettas Schuhspitze bleibt zwischen zwei losen Dachziegeln stecken. Sie versucht, den Schuh frei zu bekommen, aber so, auf allen vieren, gelingt ihr das nicht. Sie will sich mit dem linken Fuß abstemmen, aber der findet keinen Halt, und Etta rutscht auf die Dachrinne zu. Otto und Worley legen die Werkzeuge hin und kommen ihr zu Hilfe, aber Etta rutscht tiefer und schneller.

»Ave, hol die Leiter, schnell!«

Die Leiter lehnt am anderen Ende vom Dach. Ich bin wie erstarrt. Vielleicht kann ich Etta auffangen, wenn sie fällt. Aber ich weiß, das geht nicht. Sie ist mindestens drei Meter über mir. Ettas Jacke verhakt sich, während sie weiterrutscht. Ich renne mit der Leiter zur Dachrinne, aber Ettas Füße baumeln schon über dem Abgrund. Worley hat sich seitlich auf das Dach geworfen und hält Etta an einer Hand fest.

»Komm hoch, Ave, komm und halt sie!«, schreit Worley und keucht. Otto versucht auch, näher an Etta heranzukommen, aber er wagt sich nicht weiter, weil er damit das Dach zu stark belasten könnte. Ich stemme die Leiter fest gegen den weichen Boden und klettere rasch nach oben. Als ich Etta an den Füßen packen und ihre Beine festhalten kann, atme ich ein wenig auf. Sie fühlt sich so zart an in meinen Armen. Ich weiß noch, wie es war, als es allein in meinen Händen lag, dass ihr nichts zustieß. Vorsichtig ziehe ich sie zu mir hin. Worley lässt sie los, als ich sie fest im Arm habe. Ich halte ihre Taille fest umschlungen und lasse sie auf die erste Sprosse der Leiter gleiten, schütze sie mit meinem Körper.

»Meinst du, du schaffst es, runterzuklettern?«, frage ich. Ettas Antwort ist kaum mehr als ein Flüstern, und wir gehen Sprosse für Sprosse, ganz langsam, die Leiter hinunter. Ich bemühe mich, nicht nach unten zu gucken, der Boden scheint so weit weg. Mit jedem Schritt, den wir machen, atme ich etwas leichter. Als wir unten ankommen, sind Otto und Worley, die durch das Haus gegangen sind, schon da und helfen uns von der Leiter runter.

»Tut uns Leid, Miss Ave. Wir dachten, da oben bei uns kann ihr nichts passieren«, sagt Otto.

»Ist schon gut«, sage ich knapp. Dann drehe ich mich zu meiner Tochter um, die sich ihre Handflächen betrachtet: Sie hat ein paar blutige Kratzer, wo sie sich beim Rutschen an den Dachpfannen verletzt hat. Ich schaudere. Ich konnte es noch nie ertragen, wenn sie geblutet hat.

»Komm, wir waschen das ab.« Ich gehe mit Etta ins Haus und warte, bis Otto und Worley außer Hörweite sind.

»Was hast du dir nur dabei gedacht, Etta?« Das ist das erste Mal, dass ich sie anschreie, und sie weicht einen Schritt zurück. »Du darfst nicht auf das Dach. Das weißt du. Es ist mir egal, wer hier was macht, du kennst die Regeln. Du hättest fallen und dir das Genick brechen können.«

»Habe ich aber nicht!«, sagt sie patzig.

»Wie bitte?«

»Ich habe mir nicht das Genick gebrochen!«

»Du hattest Glück. Glück, dass ich da war und dich gehalten habe!«

»Ja klar, zum Glück warst du da«, sagt Etta spöttisch.

»Machst du dich über mich lustig?«

»Ich bin dir doch sowieso egal.«

Etta war noch nie wütend auf mich, und ich weiß nicht, wie ich reagieren soll. Ich weiß nicht, ob ich mit ihr schimpfen soll, weil sie frech zu mir war, oder ob ich auf ihren Vorwurf antworten soll.

Etta sieht mich an. »Ich bin dir doch egal.«

»Wie kommst du denn darauf?«

»Es stimmt doch.« Etta rennt davon und die Treppe hoch.

Ich eile ihr nach. »Bleib sofort stehen!«

Sie dreht sich zu mir um.

»Es ist sehr hässlich von dir, so etwas zu sagen. Du bist mir überhaupt nicht egal. Aber wenn du etwas Dummes machst und weißt, du darfst es nicht, dann kannst du mir nicht die Schuld dafür geben. Diesmal bist du im Unrecht, nicht ich.«

»Das ist das Einzige, was dich interessiert. Wer Recht hat und wer Unrecht.«

»Pass auf, wie du mit mir sprichst.«

»Du willst nur, dass ich nicht sterbe, wie Joe. Mehr nicht.« Etta schlägt die Tür zu ihrem Zimmer hinter sich zu.

Einen Moment lang überlege ich, ob ich ihren Wunsch, allein sein zu wollen, respektieren soll, aber ich bin zu wütend. Ich reiße die Tür auf. »Was hast du denn bloß?«

Etta sitzt auf ihrem Bett. Mein Herz wird mir schwer, und ich setze mich neben sie. Sie rückt von mir ab.

»Lass uns darüber sprechen.«

»Ich will nicht mit dir sprechen. Ich will Daddy.«

Als ich sie in den Arm nehmen will, steht sie auf, wendet sich von mir ab und wirft sich in den alten Lehnstuhl mit der zerbrochenen Armlehne. So kenne ich meine Tochter gar nicht, und ich bin verwirrt. Gleichzeitig bin ich so verletzt, dass ich nicht weiß, was ich tun soll. Deswegen halte ich an meiner Regel fest, nichts durchgehen zu lassen. Ich werde sie nicht einfach damit durchkommen lassen. »Dad wird dich diesmal nicht in Schutz nehmen. Überleg dir mal, was du heute Nachmittag gemacht hast. Und wie du mit mir geredet hast.«

Ich gehe aus dem Zimmer und mache die Tür leise hinter mir zu. Ich gehe nach unten und durch die Fliegentür auf die Veranda. Ich setze mich auf die Stufen, so wie ich das ungezählte Male im Dämmerlicht getan habe. Otto und Worley packen schweigend ihre Sachen in den Wagen. Sie fühlen sich verantwortlich dafür, dass Etta aufs Dach geklettert ist, und ich möchte nichts weiter zu ihnen sagen. Sie setzen sich in den Wagen und winken ernst herüber, bevor sie abfahren.

Ich lehne mich zurück und atme tief ein. Die Berge, die jetzt, gegen Ende des Sommers, noch grün sind, scheinen ineinander zu greifen wie die Seiten eines Pop-up-Buches.

Dieses alte Steinhaus steht in ihren Falten versteckt wie eine verlassene Burg, und ich, die ergraute Haushälterin, ist vergessen und überflüssig. Heute bin ich an eine Wand geprallt, wie das allen Mütter eines Tages geschieht, nämlich dann, wenn die Tochter sich gegen sie wendet. Und das an einem ganz gewöhnlichen Tag in Cracker's Neck Holler! Nichts Befremdliches oder Absonderliches oder besonders Dramatisches, was das Wetter oder der Wind gebracht hätten. Der Himmel berührt die Bergspitzen mit seinem prächtigen Blau. Die Sonne verglüht in rosa-goldenen Strahlen und taucht hinter Skeens Ridge unter. Ich verliere mich in der Stille, in den Farben und der Brise und wandere in der Erinnerung zurück zu einer Zeit, als das Leben noch einfach war und Jack und ich noch keine Kinder hatten und dies das Haus war, wo wir von der Liebe und von gutem Essen gelebt und den Garten gepflegt haben.

In der kühlen Luft lässt das Pochen in meinen Schläfen nach. Ich versage in meiner Rolle als Mutter. Was weiß ich schon von Kindern, mal ehrlich? Ich selbst war Einzelkind. Gut, vielleicht habe ich gelegentlich auf andere Kinder aufgepasst, aber mein eigener Lebensplan hatte keine Kinder vorgesehen. Als ich feststellte, dass ich schwanger war, habe ich Iva Lou gebeten, mir alle Bücher über Mutterschaft aus der Bezirksbibliothek zu bestellen. Ich habe diese Bücher gelesen und die Ratschläge, die mir am sinnvollsten schienen, ausgesucht und mir überlegt, wie ich sie befolgen wollte. Als meine Kinder zur Welt kamen, dachte ich, alles würde sich von selbst ergeben. Aber meine Tochter ist nicht so, wie ich es erwartet hatte. Ich hatte mir vorgestellt, sie würde so sein wie ich, so wie die Menschen auf meiner Seite der Familie – eine Italienerin, die in Southwest Virginia gelandet war, sich ein gutes Leben gestalten und sich einfügen würde. Aber sie ist eine reine MacChesney, sommersprossig und furchtlos. Meine Tochter hat keine dunklen Seiten, kein italienisches Temperament, keine mediterrane

Überschwänglichkeit. Und ich weiß, dass auch ich für sie eine Enttäuschung bin – sie braucht eine sportliche und unternehmungslustige Mutter, die sie ermutigt, Risiken einzugehen. Ich tue genau das Gegenteil: Ich ermahne sie, vorsichtig zu sein und überlegt zu handeln. Ich will sie in Sicherheit wissen, und das passt ihr nicht. Manchmal ängstigt mich der Gedanke an das, was vor uns liegt. Wie kann ich aufhören, vor der Zukunft Angst zu haben? Das steht in keinem Buch.

Die Scheinwerfer von Jacks Wagen schwenken über das Feld, als er in die Holler Road einbiegt. Er bleibt stehen, um die Post aus dem Briefkasten zu nehmen, und ich sehe, dass er ein paar Umschläge auf den Beifahrersitz wirft. Dann fährt er wieder an, und der Kies spritzt seitlich weg. In dem Moment höre ich meine Tochter die Treppe hinunterrennen. Die Fliegentür schwingt auf, und Etta springt die Stufen runter. Sie beachtet mich nicht und rennt zu ihrem Vater, da, wo er den Wagen parkt. Ich höre, wie sie mit gedämpfter Stimme anfängt, von dem Unglück auf dem Dach zu erzählen, und wünsche mir einen Moment lang, dass ich tatsächlich die ergraute Haushälterin wäre und nicht die Mutter, dann würde ich sie nicht verraten müssen. Aber ich weiß, dass ich hart bleiben muss, damit sie später, wenn sie schwierige Entscheidungen zu treffen hat, sich an diese Tage erinnert und, weil die Erfahrungen sie weise gemacht haben, stets die richtige Wahl trifft (ja, genau!). Ich muss die Rolle des Bösen übernehmen. Jack legt Etta den Arm um die Schultern, und gemeinsam kommen sie zum Haus. Ich stehe auf. Etta geht mit distanziert hochmütiger Miene an mir vorbei. Sie lässt die Fliegentür hinter sich zufallen.

»Wie geht es dir?« Jack gibt mir einen Kuss.

»Ich bin ein reines Nervenbündel«, sage ich, und darin schwingt eine kräftige Dosis Selbstmitleid mit.

»Wir werden uns eine deftige Strafe ausdenken«, verspricht er mir.

»Ja.« Mein sorgfältig vorbereitetes Gespräch über Sex wird nicht stattfinden; wieder mal ein Plan, der nicht ausgeführt wird.

»Kinder probieren Sachen aus, sie begeben sich in Gefahr, das gehört zum Leben, Ave.« Jack seufzt.

Als wir die Treppe hochsteigen, will ich meinem Mann sagen, dass ich Angst habe. Ein hilfloses Baby und ein Kleinkind zu versorgen, ist die eine Sache, aber wenn das Kind einen eigenen Willen entwickelt, dann zeichnet sich die Zukunft ab – dann entzieht sich das Kind der Kontrolle, und man kann es nicht mehr beschützen. Mein Mann wird uns durch dieses unwegsame Gelände führen müssen, da die Vaterrolle ihm so auf den Leib geschnitten zu sein scheint. Ich muss lernen, ruhiger zu werden und für meine Familie da zu sein. Und dann muss ich meine Rolle als Mutter schätzen lernen und den sich ändernden Anforderungen gerecht werden. Und dazu brauche ich Jack, er muss mir dabei helfen.

Kapitel 2

Drei Wochen sind vergangen, seit Etta fast vom Dach gefallen wäre. Die zwei Wochen Hausarrest hat sie überstanden. Sie waren ziemlich schrecklich, weil Etta weder bei den Grillpartys noch bei dem Picknickausflug zur Natural Bridge mitmachen durfte, den ihre Freunde unternommen haben. Tagelang hat sie geschmollt, doch nach einer Woche wurde es zwischen uns etwas besser. Am Sonntagmorgen hat sie uns das Frühstück gemacht, und ihre Wäsche hat sie, ohne dass ich sie bitten musste, selbst in den Schrank gelegt. Jetzt ist der Hausarrest vorbei, und Jack ist mit ihr zu der alljährlichen gemeinsamen Einkaufsexpedition nach Kingsport gefahren, wo sie Dinge für den Schulbeginn besorgen. Etta wünscht sich einen Rucksack, den sie bei Miller and Rhodes gesehen hat.

Ich gehe mit dem Wäschekorb durchs Haus und räume auf: Ettas Schuhe, ihre Comics, Schulhefte und Bleistifte wandern in den Korb. Plötzlich schießt Shoo die Katze an mir vorbei und rennt in Ettas Zimmer. Ich folge ihr.

Letzten Sommer haben wir Etta erlaubt, ihr Zimmer zu streichen. Sie hat einen hellen Fliederton ausgesucht und die Ränder mit Weiß abgesetzt. Das eiserne Bettgestell ist hell lackiert, und auf dem Bett liegt eine von Grandma MacChesneys Patchwork-Decken mit einem Muster, das »Betrunkener Weg« heißt. Über dem Bett klebt ein Poster von Fury.

An der Wand gegenüber vom Bett hängt eine Weltkarte. Etta hat rote Kreise um die Orte gemacht, an denen sie schon war, und Bleistiftkreise um die, die sie sehen möchte. (Zu meiner Überraschung sehe ich Orte in Indien und Neuseeland mit Bleistift umrandet.) Ich fahre mit dem Finger von den Vereinigten Staaten nach Italien und mache bei Schilpario Halt, dem Heimatort meines Vaters, der nördlich von dem meiner Mutter liegt. Sie stammt aus Bergamo, einer Stadt in den italienischen Alpen. Etta hat die Namen ihrer Verwandten neben die Bergdörfer, in denen sie leben, geschrieben. Südlich davon, an der Mittelmeerküste, hat sie Sestri Levante umkringelt und den Namen ihrer Cousine Chiara daneben geschrieben. Seit ich mit Etta in Italien war, sind die beiden treue Brieffreundinnen, und in gewisser Weise ist Chiara mit ihren fünfzehn Jahren wie eine ältere Schwester für Etta. Sie möchte gern in die Staaten kommen. Nach der Länge ihrer Briefe zu urteilen, hätte sie bestimmt viel zu erzählen, wenn sie herkäme.

Ettas Spielzeugkiste, die noch vor einem Jahr voller Puppen und Plüschtiere war, ist jetzt mit ihren Gerätschaften gefüllt: einem Angelkorb, Rollschuhen, einem Basketball und mehreren kleinen Ästen (keine Ahnung, wofür sie die braucht). Sie hätte ein Junge sein sollen, denke ich, als ich mir den Finger an einem Angelhaken aufritze. Ich nehme ein paar Bleistifte, die unten in der Kiste liegen, heraus und stelle sie zurück in den Becher auf ihrem Schreibtisch.

Auf das Packpapier, das auf der Tischplatte liegt, hat sie eine Himmelskarte gezeichnet. Darüber steht in Schönschrift: DIE STERNE AM HIMMEL VON CRACKER'S NECK HOLLER. Sie hat verschiedene Sternbilder aufgezeichnet und beschriftet. Die Bleistiftzeichnung ist mit einem Lineal gemacht und so exakt, dass ich kaum glauben kann, dass sie von Etta stammt. Zwar ist das Papier an vielen Stellen ganz dünn vom vielen Radieren, aber im Großen und Ganzen ist die Zeichnung mit sicherer Hand ausgeführt. Etta interessiert sich sehr für Astronomie – an klaren Abenden zeigt sie uns die Milchstraße oder einen Stern, den sie am Himmel erkennt –, aber ich wusste nicht, dass ihre Leidenschaft so groß ist und sie mit solcher Hingabe und Sorgfalt den Nachthimmel studiert. Offensichtlich hat Etta ein Innenleben, von dem ich nur sehr wenig weiß.

Als ich klein war, habe ich mir oft Gedanken darüber gemacht, warum ich gerade in Big Stone Gap zur Welt gekommen bin. Oft habe ich den Himmel betrachtet und mich gefragt, wie weit er sich wohl erstreckt. Ich hatte eine solche Sehnsucht danach, die Welt zu erforschen, dass es mir schwer fiel, mein Schicksal in den Bergen von Southwest Virginia verhaftet zu sehen. Ich fand, ein Mädchen wie ich, das gern große Abenteuergeschichten las, die sich vor vielen Jahrhunderten ereignet hatten, sollte an einem aufregenderen, einem magischen Ort leben. Als ich dann herausfand, dass meine Mutter ohne Ehemann und mit mir schwanger aus Italien fortgegangen war, konnte ich mich nachträglich auf einen exotischen Ursprungsort berufen. Etta ist zwar ganz anders als ich, aber tief in ihr steckt, genau wie bei mir, die Sehnsucht nach der großen weiten Welt. Die Berge hier beschützen uns vielleicht vor der Welt da draußen, aber sie können uns nicht halten. Wir haben die Fähigkeit, durch sie hindurch- und über sie hinwegzugucken, was sich viele Menschen hier überhaupt nicht vorstellen können.

Am unteren Rand des Packpapiers hat Etta eine sehr genaue Zeichnung von unserem alten Steinhaus gemacht, viereckig und ländlich, mit den vier Schornsteinen und der hellblauen Eingangstür. Sie hat die Fenster gemalt und die Netzgardinen, die sich im Wind bewegen. Sie hat das Dach gezeichnet, jede Dachpfanne einzeln (die kennt sie jetzt aus eigener Anschauung), und ihr Fenster, das auf das Dach hinausgeht. Im Fenster sitzt Etta mit riesigen Augen und langen, geschwungenen Wimpern. In den Händen hält sie ein kleines Fernrohr, durch das sie die Sterne am Himmel betrachtet. Wahrscheinlich war sie schon ziemlich oft auf dem Dach, bevor ich sie erwischt habe.

Das Telefon klingelt. Zu Ettas Strafe gehörte auch, dass wir ihr das Telefon weggenommen haben, deshalb muss ich jetzt nach unten laufen, um abzunehmen. Nach dem dritten Klingeln bin ich dran.

»Ave!« Als ich die Stimme meines ältesten Freundes höre, fühle ich mich sofort wieder so wie früher – jung und sorgenfrei. Damals, als ich noch nicht verheiratet war, war das Schlimmste, das mir passieren konnte, dass mein Haus ein schadhaftes Dach hatte, und das kommt mir jetzt, da meine Tochter fast vom Dach gefallen wäre, ziemlich lächerlich vor.

»Theodore! Was gibt's Neues?«

»Ich ziehe um.«

»Gut, endlich hast du Vernunft angenommen und kommst wieder nach Big Stone Gap.«

Theodore lacht. »Wohl kaum.«

»Komm schon. Wir haben fantastische Majoretten, und unsere Blaskapelle ist die beste im ganzen County.«

»Klingt verlockend.«

»Wohin ziehst du? Weit weg?« Für mich war es wunderbar, dass mein bester Freund ganz in der Nähe, in Knoxville, wohnte. So manches Wochenende bin ich einfach in meinen Jeep gesprungen und habe ihn besucht und mir seine Musikeinlagen bei Sporterveranstaltungen an der University of Tennessee angehört.

»Es ist die Traumgelegenheit.«

»Nein, nicht etwa –?«

»Doch. New York!«

»Das ist ja unglaublich!« Theodore hatte von New York immer als einem Ort gesprochen, der zwischen dem Himmel und Oz lag, der alles bot und voller Möglichkeiten war. Jetzt würde er es selbst erleben.

»Nichts anderes habe ich mir mein Leben lang gewünscht, und jetzt passiert es wirklich«, sagt Theodore; er klingt dankbar.

»Wo wirst du unterrichten?«

»Gar nicht.«

»Du unterrichtest nicht? Du wechselst das Berufsfeld?« Ich kann mir nicht vorstellen, dass Theodore sein Leben als Leiter einer Band aufgeben würde.

»Nein, ich werde einfach zum Profi. Man hat mir eine Stelle als künstlerischer Leiter an der Radio City Music Hall angeboten.«

»Ach, du lieber Gott! Die Rockettes!«

»Die Weihnachtsshow, die Ostershow, die Konzerte. Die ganze Palette. Und ich werde mit Joe Layton, dem fantastischen Regisseur, arbeiten. Er hat bei *The Lost Colony*, der Freiluftaufführung, Regie geführt. Weißt du noch, wie wir nach North Carolina gefahren sind, um sie uns anzusehen?«

»Einer unserer schönsten Ausflüge«, sage ich.

»Wer hätte je gedacht, dass ich mit der Rolle des Predigers Red Fox in deiner Inszenierung einen Fuß in die Tür bekommen würde, was?«

»Das ist nicht der Grund. Du bist ein Theatergenie, und bald wird es in aller Munde sein. Bald lebst du im Big Apple! New York!« Ich hoffe nur, dass ich nicht gerade am Telefon kreische, es ist alles so aufregend.

»Jetzt müssen wir uns nur noch überlegen, wann du mich besuchen kommst.«

Etta und Jack kommen gegen Abend zurück. Sie haben für Etta einen Rucksack, einen Ringbuchordner mit dem Kometen Halley vorne drauf, eine Daunenweste in grellem Pink und etliches mehr gekauft. Ich gehe ihnen entgegen und erzähle ihnen Theodores Neuigkeiten.

»Wann besuchen wir ihn?«, fragt Etta aufgeregt.

»Er möchte, dass wir im Oktober kommen, am Columbus-Tag.«

»Dad kommt auch mit, ja?«

»Ich bin nicht elegant genug für New York«, sagt Jack und zwinkert mir zu.

»Du brauchst nicht elegant zu sein, du musst einfach nur

schnell gehen und fluchen können und die Menschen aus dem Weg schubsen«, erklärt Etta, die es genau weiß.

»Etta kennt sich mit New York bestens aus. Sie hat *Harriet, die kleine Detektivin* mindestens siebzehnmal gelesen.«

»Du und deine Mutter, ihr werdet hervorragend ohne mich auskommen.«

Ich habe Ettas Lieblingsessen gekocht: Spaghetti mit Tomatensoße aus frischen Tomaten und Fleischklößchen, dazu einen großen Salat, und zum Nachtisch Brownies mit Vanilleeis. Nach dem Essen räumt sie, ohne zu murren, den Tisch ab.

»Ihr Frauen habt Post.« Jack kommt mit den vertrauten blauen Luftpostumschlägen vom Flur. Etta springt ihren Vater förmlich an, um ihren Brief zu ergattern. »Ich hatte ganz vergessen, dass ich sie in der Tasche hatte, sie sind so dünn«, entschuldigt sich Jack.

»Meiner ist von Chiara!«, kreischt Etta. »Hier, Ma, du hast einen von Grandpop.«

»Die beiden halten die italienische Post auf Trab.« Mein Mann nimmt die Zeitung und setzt sich ins Wohnzimmer.

»Das stimmt allerdings.« Ich reiße den Brief meines Vaters auf. Papa und Giacomina, seine neue Frau, verstehen sich prächtig, aber seine Mutter sorgt für einige Irritationen denn Nonna tut sich schwer damit, Giacomina die Haushaltsführung zu überlassen. Papa sagt, die Verhandlungen dauern an; ich könnte mir denken, dass Jack nicht der einzige Mann auf der Welt ist, der zwischen zwei Frauen für Ausgleich sorgen muss. Papa ist häufig in Bergamo, wo er die Familie meiner Mutter besucht, die Vilminores in der Via Davide. Es gibt sogar Neuigkeiten von Stefano Grassi, einem Waisenjungen, für den meine Zia Antonietta gesorgt hat wie für einen eigenen Sohn. Als sie starb, haben sich die anderen Mitglieder der Familie Vilminore seiner angenommen. Er kam immer mittags zum Essen und half dann Zio Pietro bei seinen Tischlerarbeiten, wohnte aber weiterhin im

Waisenhaus. Er ist ein paar Jahre älter als Etta, und als wir in Italien waren, hat sie sich richtig in ihn verknallt. Anscheinend haben auch die Barbaris einen Narren an ihm gefressen: Papa und Giacomina haben Stefano mit in die Oper genommen, und Papa hat ein Foto von den dreien, das vor dem Teatro alla Scala in Mailand gemacht wurde, in den Brief gelegt.

»Stefano Grassi sieht wirklich süß aus.« Ich gebe Etta das Bild.

»Ma, er ist obersüß«, sagt Etta. Und sie hat Recht. Er ist groß und schlaksig, hat ein schönes Gesicht mit einer langen, geraden Nase und dunklen Augen, und seine blonden Locken geben ihm das Aussehen eines Dichters der Renaissance. »Stefano ist viel reifer als die Jungen hier.«

»Nächsten Sommer will er in die Staaten kommen und hier arbeiten. Er studiert Bauwesen und Architektur und will bei Dad in die Lehre gehen«, erzähle ich ihr.

»Ma, darf er kommen? Bitte!« Ettas Augen leuchten wie zwei Kerzen.

»Da müssen wir deinen Dad fragen. Aber ich glaube schon, dass das gehen wird.«

Etta setzt sich hin und betrachtet das Bild genau.

»Das ist das berühmte Opernhaus, La Scala«, erkläre ich ihr.

»Ich finde Italien besser als Big Stone.«

»Ach ja?«

»Vielleicht nicht besser. Ich mag ja meine Freunde und meine Schule. Aber ich vermisse unsere italienische Familie. Zum Beispiel Grandpop. Er ist der Einzige von meinen Großeltern, der noch lebt.«

»Das stimmt. Hier haben wir nicht mehr viele Verwandte.«

»Nur noch Tante Cecilia. Und die ist fast vierhundert Jahre alt.«

»Na ja, dein Vater war Einzelkind, und ich auch –«

»Ich weiß, ich weiß, und als du geheiratet hast, warst du nicht mehr so jung, und deswegen hast du nicht haufenweise Kinder bekommen wie andere, die viel früher heiraten.«

»Wer sagt das?«

»Du. Dauernd.« Etta lächelt. »Kann ich das Bild behalten?«

Ich erlaube es ihr, und sie geht in ihr Zimmer. Ich habe plötzlich das Bedürfnis, ihr nachzugehen und genau zu erklären, welche Entscheidungen ich in meinem Leben getroffen habe und dass es nicht meine Absicht war, ihr Geschwister und Cousinen und Cousins und folglich Lärm und Streit und lange Wartezeiten vor dem Badezimmer vorzuenthalten, sondern dass dies eher die Folge von Zufall oder Glück oder Schicksal ist, etwas, das durch mein Leben geweht kam und mich aufweckte und mein Leben als Alleinstehende zu einem Leben als Ehefrau und dann, unerwartet und zu meiner großen Freude, als Mutter umwandelte. Aber heute Abend möchte ich meine Entscheidungen nicht rechtfertigen. Und mit Sicherheit kann ich nicht den Tod ihres Bruders und die umwälzenden Veränderungen, die das mit sich gebracht hat, erklären. Ich weiß nicht, wie ich einer Zwölfjährigen vermitteln soll, dass es Dinge in diesem Leben gibt, die passieren, ohne dass es eine Erklärung dafür gibt. Ich frage mich, warum ich immer das Bedürfnis habe, mich vor meiner Tochter zu rechtfertigen. Wenn ich die Antwort darauf gefunden habe, kann ich mich vielleicht auch den großen Fragen zuwenden, zum Beispiel der, die Misty Lassiter etwas vorzeitig aufgebracht hat.

Im Erfrischungsraum stehen dienstags immer Bohnensuppe und Maisbrot auf der Speisekarte, und das bedeutet, dass sich alle Stammkunden in der Apotheke einfinden. (Wenn der Erste des Monats auf einen Dienstag fällt, haben wir doppelt viel zu tun, weil dann auch die kommen, die ihren Schwarze-Lunge-Hilfsscheck ausgezahlt bekommen.) Ich sitze in der Apotheke und bearbeite die Rezepte, während Fleeta im Erfrischungsraum bedient. Es wird immer hektischer.

»Ave Maria Mulligan MacChesney, ich fahre nach Florida, und wage es ja nicht, mich davon abzuhalten!«, verkündet Spec von der Tür her.

»Machst du Ferien?«

»Allerdings. Bist du überrascht?«

»Sehr. Du hast noch nie Ferien gemacht.«

»Nein, wenn man die Male nicht zählt, als Leola und ich mit den Kindern an den See gefahren sind. Aber wir sind noch nie außerhalb des Staates gewesen. Ich finde, nach siebenundvierzig Jahren hat meine Frau einen Sandstrand und einen Verwöhnurlaub verdient. Was meinst du?«

»Ich finde es fantastisch. Wann fahrt ihr?«

»An Thanksgiving. Erst fahren wir Richtung Süden und verbringen sechs Tage in Disney World, dann weiter nach Sarasota – eine Cousine von ihr wohnt da –, und dann fahren wir an der Florida-Küste entlang wieder Richtung Heimat.«

Aus dem Erfrischungsraum brüllt Fleeta: »Spec, hör auf zu quasseln. Ich halte dir deinen Platz nicht länger frei, die Leute rennen mir hier die Bude ein.« Spec verpasst nie den Mittagstisch, und er gibt Fleeta ein Zeichen, dass er kommt.

Iva Lou begrüßt mich von der Tür (sieht ganz so aus, als verspürte jeder im Ort Appetit auf Bohnensuppe). »Ich musste in zweiter Reihe neben deinem Jeep parken, so voll ist es«, sagt sie und stellt ihre Handtasche auf die Theke.

»Das macht nichts, ich fahre sowieso nicht weg.«

»Brauchst du Hilfe?«

»Wenn du magst, kannst du die Adressaufkleber vorbereiten.«

Ich gebe Iva Lou die ausgedruckten Aufkleber. Sie klebt sie auf die Medikamentenbeutel, und ich fülle die Medikamente hinein.

»Ich habe eine neue Assistentin in der Bibliothek, Serena Mumpower aus Appalachia. Im Mountain Empire College war sie Klassenbeste.«

»Wie kommst du mir ihr zurecht?«

»Sie telefoniert die ganze Zeit. Wahrscheinlich das beliebteste Mädchen im ganzen County.«

»Sie ist hübsch.«

»Keine ist so hübsch, dass sie sich alles erlauben kann.«

»Du solltest mit ihr darüber reden.«

»Werde ich wohl müssen. Ich möchte nicht, dass sie die Slemp Library benutzt, um ihre Verabredungen zu treffen.«

»Hast du Lust, heute Nachmittag nach Appalachia zu fahren?«

»Sicher. Was brauchst du?«

Ich flüstere: »Etta braucht – ehm – einen BH. Ich dachte, wir gehen zu Daves.«

»Ich will unbedingt dabei sein. Ettas erster BH? Nichts formt die Figur und bestimmt die Taille so sehr wie ein BH. Ich kann es nicht glauben. Etta ist ein junges Mädchen mit einer Figur! Mein Lieblingsinitiationsritus. Obwohl, vielleicht war es auch das erste Mal, als ich mir die Haare getönt habe. Mit vierzehn habe ich mir blonde Strähnen ins Haar gemacht, mit Wasserstoff. Breite Strähnen wie die von Tammy Wynette auf ihrem Greatest-Hits-Album. Damals habe ich entdeckt, dass Blonde nicht nur *mehr* Spaß haben, sondern *allen* Spaß der Welt.«

»Es soll nur etwas Funktionales sein, kein Superding«, erinnere ich Iva Lou.

»Wenn du einen normalen Konfektions-BH willst, warum gehst du nicht zu Zackie gegenüber? Und bei Mike gibt es Sport-BHs, das ist auch nur die Straße runter.«

»Etta möchte nicht, dass wir in der Stadt einkaufen. Sie ist ziemlich empfindlich in diesem Punkt. Sie wollte mich überreden, nach Kingsport zu fahren, aber dazu habe ich keine Zeit.«

»Ich kann mir ja meine dunkle Sonnenbrille aufsetzen und ein Lana-Turner-Kopftuch umbinden, damit uns niemand erkennt.«

»Du wirst lachen, aber Etta würde das gefallen.«

Iva Lou und ich haben einen Plan ausgeheckt, wie wir den Kauf von Ettas erstem BH ganz natürlich gestalten. Iva Lou will sich ein paar Stiefel kaufen, und ich möchte mir ein Kostüm ansehen, das runtergesetzt ist, und ganz weit unten auf der Liste steht Ettas BH. Ich habe Julia Isaac, der der Laden gehört, vorher angerufen. Sie hat gelacht, weil sie jedes Mädchen in Appalachia in dieser Frage berät.

Daves Kaufhaus gibt es seit Jahren, und man bekommt dort Konfektionswaren aller Art, von Arbeitsanzügen für Bergleute bis hin zu Chiffonkleidern, die Julia von ihren Einkaufsfahrten nach New York mitbringt. In der Abteilung für junge Leute gibt es flotte und, für unsere Berggegend, ziemlich aktuelle Mode zu kaufen. Etta geht an den BHs auf den kleinen Plastikbügeln vorbei zu den Schuhen. Iva Lou und ich sehen uns an. »Ich weiß, wie wir es anstellen«, flüstert Iva Lou.

Ich gucke zu, wie Iva Lou ein Paar Schuhe, die Etta gefallen, bewundert. Etta probiert sie an, und Iva Lou probiert die Stiefel, dann stellen sie die Schuhe auf die Theke bei der Kasse. Iva Lou geht mit Etta zu den Accessoires, zeigt ihr eine kleine Tasche, die zu den Schuhen passt und an den Gürtel geschnallt werden kann. Dann türmt Iva Lou mehrere Schachteln Strumpfhosen neben ihre Stiefel. Langsam füllt sich die Theke mit Einkäufen. Iva Lou nimmt einen Spitzen-BH auf dem Weg zu den Teenie-BHs und zeigt ihn Etta. Er ist viel zu erwachsen für Etta, aber ich mische mich nicht ein. Ich hoffe, dass Etta etwas Angemesseneres auswählt. Das tut sie auch. Sie nimmt einen schlichten Sport-BH von der Stange und zeigt ihn Iva Lou, worauf Iva Lou die Größe schätzt, die Etta braucht, und ihr ein paar andere Modelle gibt. Dann nimmt Iva Lou den Spitzen-BH, um ihn anzuprobieren. Etta folgt ihr und verschwindet in einer Kabine, Iva Lou geht in die daneben. Sie ist großartig. So, wie sie es macht, ist es ein Spiel. Meine Freundin ist die natürlichste Mutter der Welt, dabei hat sie nie ein Kind großgezogen.

»Ma, ich bin fertig«, ruft Etta mir von der Kasse her zu.

»Wo ist Tante Iva Lou?«

»Sie ist noch in der Kabine.«

Ich gucke mir Ettas Sachen an, während Julia die Preise eingibt. Drei schlichte BHs mit einer kleinen Baumwollspitze sind unter dem T-Shirt versteckt, das Etta sich ausgesucht hat.

»Iva Lou?«, sage ich durch den Vorhang vor der Kabine. Keine Antwort. »Bist du da drin?« Sie antwortet immer noch nicht. Ich gucke mich im Geschäft um. Es ist leer, gleich wird geschlossen. »Iva?«, frage ich wieder. Ich linse am Vorhang vorbei. Iva Lou sitzt auf der Bank und hat den Kopf in die Hände gestützt.

»Was hast du?«, frage ich.

»Ich bin einfach erledigt, Schätzchen.« Iva Lou sieht mich an. Im Neonlicht erkenne ich die Erschöpfung unter ihrem Make-up.

»Es tut mir Leid. War Etta so anstrengend?«

»Nein, es liegt nicht am Einkaufen. Ich bin die ganze Zeit so müde.«

»Was meinst du mit ›die ganze Zeit‹?«

»Jeden Tag, so gegen fünf, muss ich mich einfach hinsetzen und verschnaufen.«

»Warst du beim Arzt?«

»Doc Daugherty sagt, es ist das Alter. Ich muss kürzer treten. Der gleiche Schwachsinn, den sie immer erzählen.«

»Ach, hör auf.«

»Was soll es sonst sein?«

»Kann alles Mögliche sein.« Ich setze mich neben sie auf den Fußboden. »Vielleicht hast du Insulinmangel.«

»Ich glaube nicht, dass es Zucker ist.«

»Oder Vitaminmangel.«

»Das könnte sein, ich nehme nie Vitamintabletten.«

»Wir können mal zum Holston Valley Hospital fahren, da checken sie dich von Kopf bis Fuß durch.«

Iva Lou steht auf. Sie widerspricht nicht, ein klares Zeichen dafür, dass es ihr wirklich nicht gut geht.

»Wir kriegen das raus, okay?«, beruhige ich sie. Sie klopft mir auf die Schulter und atmet tief durch, dann zieht sie den Vorhang auf und geht zur Kasse.

»Na, das nennt man Einkaufen.« Jack guckt die Nachrichten, als wir kommen, und hebt kurz den Blick.

»Wir brauchen wirklich alles, was wir gekauft haben, stimmt's Etta?«

»Ja, das stimmt.« Sie nimmt ihre Tüten und geht nach oben.

»Das kann ich mir denken.« Er wendet sich wieder den Nachrichten zu. Das Telefon klingelt. Jack macht keine Anstalten dranzugehen (das macht er nie), und ich nehme im Flur den Hörer ab.

»Ave?«

Beim Klang der vertrauten Stimme durchfährt mich ein Schauer. »Pete?«

»Wie geht es dir?«, fragt er, und ich spüre, wie mir die Knie weich werden.

»Sehr gut, und dir?«, sage ich. Pete Rutledge war meine Sommerliebe (inzwischen sind fünf Jahre vergangen, seit ich mich mit ihm auf einer Wiese voller Glockenblumen oberhalb von Schilpario in den italienischen Alpen geküsst habe) und ist jetzt ein Freund der Familie.

»Mir auch. Und wie geht's Etta?«

»Sie wird erwachsen.«

»Verstehe.«

»Ja, im April wird sie dreizehn.«

»Ich bin mir sicher, du kommst gut mit den Veränderungen zurecht.«

»Ich gebe mir Mühe.«

»Ist Jack da?«

»Sicher, ich geb ihn dir.«

Ich rufe Jack, und der kommt und lächelt, als er hört, dass es Pete ist. Als ich Pete kennen lernte, war er geschäftlich in Italien. Er kommt aus New Jersey und importiert Marmor. Seit kurzem ist er außerdem Gastprofessor an der New York University – es gibt nicht viele Experten für Marmor auf der Welt. Seit jenem aufregenden Sommer hat er sich mit meinem Vater und Giacomina angefreundet und besucht sie jedes Mal, wenn er in Italien ist, um einzukaufen. Und immer, wenn Jack Marmor bei seinen Aufträgen braucht, kauft er ihn von Pete. Aus ihrer geschäftlichen Beziehung ist eine Freundschaft geworden, was mich anfangs völlig verunsichert hat, sich aber jetzt ganz normal anfühlt. Erst als ich heiratete, habe ich gelernt, dass es schwer ist für Männer, mit anderen Männern Freundschaft zu schließen; sie sind weniger emotional und wenden sich nie an andere Männer, wenn sie Rat brauchen, was für mich und meine Freundinnen hingegen ganz natürlich ist. Obwohl es also seltsam ist, Pete Rutledge mit Jack Mac zu teilen, bin ich doch sehr froh, dass mein Mann einen Freund gefunden hat.

Ich höre, dass Jack den Hörer auflegt. Er kommt in die Küche und legt den Arm um mich, während ich Hühnchenteile paniere.

»Was wollte Pete?«

»Wir renovieren die Halle in der Sparkasse in Norton, und dazu brauche ich Marmor. Er sagt, ihr, du und Etta, sollt ihn auf jeden Fall anrufen, wenn ihr in New York seid.«

Jack geht und wäscht sich vor dem Abendessen, und mir bricht der Schweiß aus. Zwischen mir und Pete ist nichts passiert, sage ich mir, außer dass ich in Versuchung war. Und natürlich rechtfertige ich meine Versuchung immer mit der Tatsache, dass Jack zur gleichen Zeit eine Affäre mit Karen Bell, einer Holzhändlerin aus Coeburn, hatte. (Heute kauft Jack sein Holz woanders. Das ist eine unausgesprochene Vereinbarung zwischen uns.) Diese Schwierigkeiten waren nicht unser Untergang – im Gegenteil, sie haben unserer Ehe geholfen. Wir haben uns zusammengesetzt und die Konflikte in unserer Beziehung gelöst. Wenn Karen Bell und Pete Rutledge nicht gewesen wären, dann wären Jack und ich jetzt sicherlich nicht mehr zusammen. Allerdings heißt das nicht, dass ich mich bei Karen Bell bedanken möchte, weil sie sich meines Mannes angenommen hat, aber rückblickend erkenne ich, dass sie mir einen Gefallen erwiesen hat.

»Ma?« Etta unterbricht meine Gedanken.

»Ja?«

»Danke für die Sachen.« Etta sieht, dass der Tisch noch nicht gedeckt ist, und holt die Teller und das Besteck aus dem Schrank.

»Es hat Spaß gemacht.«

»Ja, fand ich auch«, sagt Etta.

Ich drehe mich um und sehe sie an. »Hast du einen anprobiert?«

»Ich habe ihn an«, sagt Etta und schiebt sich den Träger unter dem T-Shirt zurecht.

»Und wie kommt es dir vor?«

Etta zuckt mit den Schultern. »Ist doch nur ein BH, Ma.«

Ich lache. Das ist so typisch für sie. Ich überschlage mich fast, um ihr die Sache zu erleichtern, und sie braucht meine Hilfe gar nicht! Sie ist wie ihr Vater – wenn er vor einem Problem steht, sucht er eine Lösung, und damit ist die Sache für ihn abgeschlossen. Und ich bin diejenige, die alles über alle Maßen dramatisiert und jetzt auch noch einen Abschlussbericht über die Einkaufsexpedition haben will, nachdem ich sie wie eine CIA-Operation geplant habe.

»Komm jetzt, Ave. Die sind schon bei Zackie. Beeil dich!« Fleeta ruft mich vom Eingang zur Apotheke und macht die Tür auf und zu, sodass die Glöckchen bimmeln, falls ich ihr Rufen nicht gehört habe.

»Bin schon auf dem Weg.«

»Großer Gott! Ich höre die Rasseln. Mach voran!« Fleeta stürzt auf die Straße hinaus.

Eine beträchtliche Schar von Zuschauern hat sich auf der Main Street versammelt, wo gerade die Übungsparade der Blaskapelle von der Powell Valley High School stattfindet, die mit einem Minikonzert auf den Stufen vor der Post abgeschlossen wird. Es handelt sich um ein Ritual, das alljährlich vor der Eröffnung der Footballsaison durchgeführt wird. Die Schüler sind gerade von einem Übungscamp zurückgekommen und wollen zeigen, was sie gelernt haben.

Die Parade wird von dem technisch hochmodernen Feuerwehrautos von Big Stone Gap angeführt, und am Steuer sitzt Captain Spec Broadwater (der außerdem der Leiter des Rettungsteams ist). Die Karosserie des Wagens ist auf Hochglanz poliert, sodass es einen geradezu blendet. Als Spec über die Kreuzung und die rote Ampel fährt, stellt er das rote Blinklicht auf dem Dach an, was für die Kapelle das Zeichen ist, nach rechts auszuschwenken und sich auf den Stufen zur Bibliothek zu formieren. Specs Gesichtsausdruck ist so ernst, dass man denken könnte, er fährt zu einem Treffen mit General Patton, bei dem das Schicksal Berlins besiegelt werden soll. Der Wagen ist mit Dekorationen beladen, denn die Cheerleader haben auf den Leitern Aufstellung genommen wie Fächertänzer in einem Busby-Berkley-Musical. Sie schwenken ihre leuchtend blauen Pompoms, die so blau sind wie der Nachmittagshimmel. Spec hält, lässt aber das Blinklicht an, um den Auftritt dramatischer zu gestalten. Er zündet sich eine Zigarette an und blickt über die Menge hinweg. Als er Zackies Blick auffängt, nickt er feierlich, statt ihm zuzuwinken. Hinter dem Feuerwehrwagen marschiert die Kapelle in perfekter Anordnung zum Rhythmus der Trommel und Rasseln und bildet auf der Main Street eine lange Kolonne, die sich von der Post bis zu dem ›Alles für einen Dollar‹-Geschäft erstreckt.

Die Mitglieder der Kapelle tragen keine Uniform, sondern Jeans und frisch gebügelte weiße T-Shirts. Die Majoretten sind in knappen roten Shorts und ärmellosen Oberteilen. Anscheinend haben sie sich mit den Cheerleadern abgesprochen, die weiße Shorts und rote Oberteile tragen. Meine Etta ist eine der Bannerträgerinnen, wozu sie von Kate Benton, der neuen Leiterin der Kapelle, ausgewählt wurde. Die Bannerträgerinnen sind immer aus der Mittelstufe, weil so die jüngeren Kinder erleben, wie ihre Altersgenossen mit den großen Schülern marschieren, und sich ermutigt fühlen, selbst in der Kapelle mitzumachen, wenn sie in die Highschool kommen. Ich habe noch nie eine Band so konzentriert musizieren gesehen. Theodore wäre stolz. Miss Benton ist an den Wochenenden bei der National Guard, sie weiß also, worauf es ankommt.

Ettas Haltung ist perfekt. Sie nickt der anderen Bannerträgerin zu, der kleinen Jean Williams, deren Zöpfe mit den eingeflochtenen roten Bändern sehr hübsch auf ihrer braunen Haut aussehen. Jean nickt feierlich zurück. (Ich widerstehe dem Drang, ihnen zuzuwinken, ich will sie ja nicht in ihrer offiziellen Funktion als Anführerinnen der Parade in Verlegenheit bringen.)

Nachdem die Kapelle auf den Stufen vor der Post Aufstellung genommen hat, drängt sich die Menge näher. Der Direktor gibt jedem der Mädchen einen roten Hut aus Zellophan (es sind die Melonen, die sie auch zu Silvester ausgeben), und die Holzbläser stimmen »Puttin' on the Ritz« an. Die Majoretten tanzen einen Charlie-Chaplin-Tanz, bei dem sie ihre Batons als Spazierstöcke benutzen.

Doch plötzlich werden die Bläser von dem Feueralarm übertönt, der vom anderen Ende der Stadt losgeht. Der Trommelmajor ist verwirrt und dirigiert einfach weiter.

Spec steckt den Kopf aus dem Wagenfenster. »Alle runter vom Wagen!«, brüllt er. Die Cheerleader sehen sich verdutzt an (es gibt nichts Schlimmeres als Cheerleader, die in Panik geraten).

»Runter habe ich gesagt!« Jetzt kommt Leben in die Menge, Arme strecken sich aus, die Zuschauer helfen den Mädchen vom Feuerwehrwagen.

»Beeilt euch, alle runter da!« Spec trommelt mit der Faust gegen die Wagentür und erschreckt die Mädchen.

»Beruhige dich, Spec!«, ruft Fleeta vom Gehweg. »Sonst kriegst du noch einen Herzinfarkt.«

Die Mädchen klettern, so schnell sie können, vom Wagen und benutzen die Aufbauten als Trittflächen, sie kreischen sehr undamenhaft, suchen überall Halt und rutschen über Ventile und Halterungen zu Boden. Kelly Gembach, die besonders klein und flink ist, lässt sich am Schlauch wie an einem Seil herab. Die anderen Mädchen springen wie ein Funkenregen in alle Richtungen zu Boden. Nur die pummelige Kerry Necessary, Captain der Turnergruppe, die bei den meisten Turnübungen als Bock dient (letztes Jahr hat sie allerdings beim Schießen in der Mädchenbezirksgruppe den ersten Platz belegt), rutscht in aller Gemütsruhe über die Windschutzscheibe nach unten, und ihre roten Shorts verdecken Spec und seinem Freund Don Wax, der zum Vergnügen mitgefahren ist (bestimmt bereut er es), die Sicht. Als Kerry unten ankommt, haben ihre Hände auf der blitzblanken Scheibe eine Schweißspur hinterlassen. Sie dreht sich auf den Bauch und ist in Augenhöhe mit Spec. Er wirft ihr einen so fürchterlichen Blick zu, dass sie sich von der Kühlerhaube runterrollen lässt und auf den Gehweg plumpst. Die anderen Cheerleader versammeln sich um sie und klopfen sie ab.

»Aus dem Weg!« Spec schaltet die Sirene an. Bei dem Lärm schrecken die Zuschauer zusammen, halten sich die Ohren zu und machen Platz, damit Spec durchkann, und er rast los in Richtung Frog Level, wo offenbar ein Feuer ausgebrochen ist.

»Wenn das kein schlechtes Omen ist. Das wird bestimmt eine miserable Footballsaison«, sagt Fleeta gedämpft. Der Trommelmajor gibt der Kapelle das Zeichen zum Einsatz, aber die Bläser sind noch ganz benommen von Specs Gebrüll und haben nicht genug Luft, um kraftvoll einzusetzen. Ich gucke zu Etta hinüber, sie sieht mich an und schüttelt langsam den Kopf. Das war nicht der großartige Auftakt zu ihrer Karriere in der Kapelle, den wir uns erhofft hatten.

Nachdem Ettas Schule wieder angefangen hat, sind Iva Lou und ich fest entschlossen, an unserer Verabredung, einmal in der Woche zusammen Mittag zu essen, festzuhalten. Wir haben einen Rollplan: Eine Woche essen wir in der Bücherei (jeder bringt sein eigenes Lunch), die nächste Woche gehen wir zu Stringers (man bedient sich am Buffet) und in der Woche darauf zu Bessie's Diner in Appalachia (wo es die traditionellen Burger gibt).

»Setz dich mal besser hin.« Iva Lou rückt zur Seite, um mir auf der Bank in der Nische Platz zu machen. Sie hat schon für mich bestellt, wie immer einen Hamburger und eine Cola Light, und mit ihren Makkaroni in Käsesoße angefangen.

»Tut mir Leid, dass ich mich verspätet habe. Was ist denn? Hast du deine Untersuchungsergebnisse?« Iva Lou hat sich am Holston Valley einer gründlichen Untersuchung unterzogen – Blut, Stresssymptome, einfach alles.

»Ja, die haben gesagt, alles ist in bester Ordnung. Ich muss noch mal hin für ein paar Sachen, aber bisher bin ich so gesund wie ein Ochse.«

»Gut.«

»Nein, Schätzchen, das hier hat mit Etta zu tun. Ich glaube, es ist besser, wenn du es von einer Freundin erfährst.«

»Was denn?«

»Es ist ein Prachtstück. Ich muss schon sagen, deine Tochter hält sich an das Altbewährte.«

Meine Gedanken überschlagen sich, aber mir fällt nicht ein, worauf sie anspielen könnte. Seit der Sache mit dem Dach ist Ettas Betragen vorbildlich. Sie war bei dem Bandfestival in Bristol, zu dem Jack und ich sie begleitet haben. Aus der Schule hat sie bisher lauter Einsen nach Hause gebracht. Sie hängt nicht die ganze Zeit am Telefon und ist nicht wild auf Jungen. In einer Woche fliegen sie und ich nach New York, zu Theodore. Ich habe keine Ahnung, wovon Iva Lou spricht.

»Die ganze Stadt wird davon reden, es ist besser, du weißt es vorher.«

»Was denn?«, sage ich, so gefasst ich kann.

»Etta hat einen Streich gespielt.«

»Einen Streich?« In den Ohren einer Mutter klingt das nicht gut.

»Ich erzähle dir, was passiert ist. Nach einer schlechten Bandprobe hat Kate Benton die Mädels um den Platz gescheucht. Anscheinend haben sie nicht gut mitgemacht, deswegen mussten sie alle mehrere Runden drehen, von den Fahnenmädchen bis hin zu den Bannerträgerinnen.«

»Und?«

»Die Mädels fanden das ungerecht und haben protestiert.«

»Wie?«

»Etta und ein paar von den anderen haben eine Tonne Kohle bestellt und sie an Miss Benton in der Wyandotte Avenue liefern lassen.«

»O nein.«

»O doch, und Miss Benton heizt mit Gas.«

»Nein.« Eine Ladung Kohle an jemanden zu schicken, der Gasheizung hat, ist ein klassischer Streich, den sich die Jugendlichen in der Gegend erlauben, und alle zehn Jahre oder so macht jemand es wieder. Der Streich besteht darin, dass ein Jugendlicher den Kohlelieferdienst anruft und eine Ladung Kohle für den Winter bestellt. In unserem Teil der

Welt wird alles, einschließlich der Kohlelieferungen, nach Absprache gemacht; man macht keine Anzahlung, man bekommt die Rechnung nach erfolgter Lieferung. Der Kunde legt ein Datum fest, normalerweise einen Tag im November, und dann kommt der Kohlewagen und lädt die Lieferung im Vorgarten ab. Der Kunde muss die Kohlen selbst in seinen Keller schaufeln. An den schrumpfenden Kohlebergen in den rückwärtigen Gärten der Hausbesitzer kann man sehen, wie lange der Winter noch dauern wird.

»Ich glaube es nicht.«

»Es stimmt aber.« Iva Lou lacht.

»Es ist nicht lustig. Es ist gegen das Gesetz.«

»Ach, sieh das doch nicht so eng. Ich weiß noch, als ich jung war, da haben wir das Beerdigungsinstitut in Appalachia angerufen und gesagt, unser Direktor habe einen Herzinfarkt gehabt und sei gestorben, sie mögen bitte die Leiche abholen. Also hat Roy sich in seinen schwarzen Buick gesetzt und ist zum Haus des Direktors gefahren. Seine Frau kam zur Tür, und Roy hat sie mit seinen traurigen Hundeaugen angesehen und gesagt: ›Madam, wir wollen die Leiche abholen.‹ Und sie ist auf der Stelle ohnmächtig umgefallen. Das war richtig gut.«

»Zum Schreien komisch«, sage ich zu Iva Lou, aber mir ist nicht zum Lachen zumute.

Ich rufe Jack an; der hat die Neuigkeit schon von dem Schuldirektor gehört, der der Cousin von Jacks Geschäftspartner Rick Harmon ist. Jack ist auf dem Weg zur Schule. Er ist stinkwütend und hat gesagt, er nimmt sich der Sache an.

Ich fahre in die Stadt zurück und mache einen Umweg über Wyandotte Avenue, um mir den Schaden selbst anzusehen. Ich weiß nicht genau, in welchem Haus Miss Benton wohnt, aber ich denke, wie dumm, ich muss einfach nach dem haushohen Kohlehaufen im Garten Ausschau halten.

Ich finde das Haus: Es sieht viel schlimmer aus, als ich mir vorgestellt habe. Der Berg schwarz glänzender Klumpen glitzert in der Nachmittagssonne wie die Diamanten, zu denen die Kohle geworden wäre, hätte man sie in der Erde gelassen. Das Holzhaus sieht kleiner aus als der Berg Kohle davor, aber das liegt vielleicht an meiner Wut und meiner Perspektive. In der Auffahrt steht ein Auto, auch das sieht wie ein Spielzeug aus, verglichen mit dem Kohleberg, und ich halte an und steige aus. Neben dem Kohleberg entdecke ich Specs Wagen. Er kommt um das Haus herum auf mich zu und schüttelt den Kopf. »Das ist ja ein Ding.«

»Hallo, Spec. Was machst du denn hier?«

»Miss Benton wusste nicht, wen sie zu Hilfe rufen sollte, und ich habe gesagt, ich würde rüberkommen und alles Weitere in die Wege leiten.«

»Ich kann nicht glauben, dass meine Tochter so etwas gemacht hat.«

»Das war nicht sie allein.«

»Nimm sie nicht in Schutz, Spec«, sage ich leise.

»Oh, das tue ich nicht, das tue ich gar nicht. Aber ich weiß, wie das bei diesen Kindern ist, sie stecken alle unter einer Decke, und das hier ist das Ergebnis.«

»Mir wird schlecht bei dem Anblick.«

»Ich habe mit Delmer Wilson von der Kohlenhandlung gesprochen, und die schicken einen Wagen und laden alles wieder auf, wenn geklärt ist, wer dafür bezahlt.«

»Am liebsten würde ich Etta auf eine Militärakademie schicken.«

»Also, Ave.« Immer wenn Spec das sagt, hat er einen väterlichen Ratschlag bereit. »Du musst einen kühlen Kopf bewahren, wenn die Sache sich aufheizt. Zu heftig zu reagieren, ist genauso schlecht, wie keine Reaktion zu zeigen. Weißt du noch, was ich dir über eine Reaktion in Notsituationen beigebracht habe? Bewahre den Überblick und die Ruhe. Verstanden?«

Spec geht mit mir zum Gehweg vor dem Haus, klopft mir auf den Rücken und steigt in sein Auto. Mit wackligen Knien gehe ich zur Haustür. Ich bin so verängstigt, dass man denken könnte, die ganze Sache wäre meine Idee gewesen.

Miss Benton kommt zur Tür. Sie trägt eine Windjacke und weiße Trainingshosen, und um den Hals hat sie eine Trillerpfeife. Sie hat aristokratische Züge – eine gerade Nase und die hohe Stirn einer Anführerin. Ihre starken Kieferknochen wirken durch die kastanienroten Locken, die sie zu einem losen Pferdeschwanz gebunden hat, weicher. Sie könnte vierzig sein, aber sie ist groß und schlank und hat breite Schultern, also eine von den Frauen, die eher alterslos wirken.

»Hallo. Es tut mir Leid, Miss Benton.«

»Ein einzige Sauerei.«

»Wir werden Etta bestrafen.«

»Ich hatte gerade neue Erde im Garten aufgetragen, die sollte noch vor dem Winter untergegraben werden. Das ist jetzt verdorben.«

»Wir liefern Ihnen Ersatz.«

»Na ja.«

»Es tut mir wirklich Leid.« Ich weiß nicht, was ich noch sagen soll. Sie bittet mich nicht ins Haus, aber warum sollte sie auch? Meine Tochter hat ihren Garten verschandelt. Plötzlich wendet sie sich ab.

»Miss Benton, ist Ihnen nicht wohl?«

Sie sieht mich an, in ihren Augen stehen Tränen. »Es ist so... so gemein.« Sie atmet tief ein. »Sie wissen vielleicht, dass ich aus Richmond hierher gezogen bin. Ich dachte, Big Stone Gap, mitten in den Bergen, eine Kleinstadt – das wird bestimmt ganz schön, ein neues Abenteuer. Meine Freunde haben mich gewarnt, sie haben gesagt, es sei tödlich, in eine Stadt zu ziehen, in der nach der Schule nichts los ist. Aber ich liebe meine Arbeit, und an den Wochenenden habe ich die National Guards, also habe ich gedacht, ich versuche es einfach mal. Aber das hier, das ist einfach zu viel. Es macht mir nichts aus, wenn man mich nicht mag, aber ich ertrage es nicht, gehasst zu werden.«

»Die Kinder hassen Sie nicht!«

»Ach so, das machen hier also die Kinder, die einen mögen, ja?«, fährt sie mich barsch an.

Ich stehe einer Frau gegenüber, in deren Lage ich selbst war und deren Frustration ich für den größten Teil meines Erwachsenenlebens gekannt habe, und ich will ihr sagen, dass ich weiß, wie es ist, wenn man als Unverheiratete in einer Kleinstadt lebt, wenn man allein ist und sich um das eigene Haus kümmern muss, darum, dass das Dach repariert, der Schornstein gefegt und der Rasen gemäht wird. Oder wenn man schlechte Nachrichten von Verwandten in der Ferne erhält und dann gute und niemanden hat, dem man sie erzählen kann. Wenn man sich nach Kontakten sehnt, nach einer Zugehörigkeit, und trotzdem das Alleinsein genießt und die Zeit zum Nachdenken und Lesen, ohne sich um einen anderen kümmern zu müssen. Ich weiß, wie es ist, wenn man Abgeschiedenheit pflegt, aber gleichzeitig weiß, dass sie einen von anderen Menschen trennt, obwohl sie doch so bedeutungsvoll und köstlich ist, dass man daran festhalten möchte. Ich weiß, wie es ist, wenn man die Woche über so viel arbeitet, dass die Wochenenden keine Freizeit sind, sondern einfach zwei Tage, an denen man glaubt, weiterhin nützlich sein zu müssen. Ich weiß, wie sie sich fühlt, und ich möchte, dass sie das weiß.

»Ich verstehe Sie. Ich war lange Zeit alleinstehend in dieser Stadt«, sage ich zu ihr.

»Dann kennen Sie das alles.«

»Ja, ich kenne es.«

Kate legt die Hand auf die Tür – das Signal für mich, dass sie sich mir nicht weiter mitteilen wird. Ich gehe die Stufen hinunter. Da fragt sie: »Was versteht man hier unter ›Ausländer‹?«

»Menschen, die von auswärts hierher kommen. Warum fragen Sie?« Aber ich habe das Gefühl, dass ich die Antwort schon weiß.

»Ich wollte es gern wissen. Eins der Kinder hat mich so genannt.«

»Wir sorgen dafür, dass die Kohle abgeholt wird und Sie neue Erde bekommen«, verspreche ich ihr.

Sie schließt die Fliegentür.

Kate Benton tut mir unaussprechlich Leid. Sicherlich fühlt sie sich wie eine Fremde, aber nun weiß sie, dass sie auch so wahrgenommen wird. Jedes Mal, wenn wir talentierte Menschen in diese Gegend locken, vertreiben wir sie nach einer Weile wieder, weil sie es wagen, sich über Althergebrachtes hinwegzusetzen oder weil sie strenger mit unseren Kindern umgehen. ›Ausländer‹ sind Menschen, die von außen kommen, aber wir machen sie zu Außenseitern. Warum sollte sie hier bleiben? Was gibt es hier für sie? Ich hatte wenigstens Theodore, der mit mir Dinge unternommen und ausgegangen ist. Wir hatten die gleichen Vorlieben – gute Bücher, gutes Essen und das Theater. In den zehn Jahren, die Theodore hier gelebt hat, war mir kaum bewusst, dass die Zeit verging, so glücklich war ich, einen gleichgesinnten Freund zu haben. Wir sind in den Bergen herumgeklettert oder ins Kino und zum Einkaufen nach Kingsport gefahren. Wenn einer von uns einen Partner bei einer Party oder zu einem offiziellen Anlass brauchte, sind wir immer zusammen gegangen. Kate Benton hat keinen Theodore. Ich weiß nicht, wie lange sie es hier aushalten wird ohne einen.

Fleeta schließt gerade zu, als ich auf dem Weg nach Hause an der Apotheke halte.

»War es sehr schlimm?«, fragt sie mich und sortiert die Schlüssel an dem großen Schlüsselbund.

»Es war schrecklich.«

»Ja. Misty hat die Sache ihrer Mama erzählt, und die hat es in der Bücherei Iva Lou erzählt.« Fleeta wartet, dass ich etwas sage. Als ich schweige, fährt sie fort: »Das ist wirklich schlimm, was die Kinder da gemacht haben. Aber wenigstens hat Etta darauf gedrungen, dass die ganze Gruppe zum Direktor geht. Das sollte dir ein kleiner Trost sein.« Fleeta zündet sich eine Zigarette an, sie raucht jetzt nur noch zwei am Tag.

Es sollte ein Lichtblick sein, ist es aber nicht. »Ich mag nicht mehr darüber sprechen, Fleeta.«

»Alle Jugendlichen stellen irgendwann etwas an. Du weißt, was ich mit Pavis durchgemacht habe.« Fleeta bläst heftig den Rauch aus, als wollte sie gleichzeitig alten Rauch, der tief in ihren Lungen sitzt, ausstoßen.

Wie könnte ich Pavis vergessen? Als er in der Highschool war, musste ich Fleeta mehrmals einen Vorschuss auf ihr Gehalt geben, damit sie die Kaution für ihn zahlen konnte, wenn er wegen verschiedener Delikte, von Trunkenheit bis zum Verkauf illegaler Feuerwerkskörper, im Knast saß.

»Armer, bedauernswerter Pavis«, sagt Fleeta, als wäre das sein vollständiger Name. Dann fährt sie fort: »Als er das erste Mal eingelocht wurde, ist die Polizei zu mir gekommen und hat mir gesagt, dass sie ihn mitnehmen. Ich weiß gar nicht mehr, was gegen ihn vorlag, ich weiß nur noch, dass ich einen Weinkrampf gekriegt habe. Ich hab zu dem Polizisten gesagt: ›Warum? Warum habe ich zwei Kinder, die ganz normal sind, und einen Pavis, der immer in Schwierigkeiten ist? Wieso ist ein Kind so missraten?‹ Und er hat gesagt: ›Madam, es gibt ein altes Sprichwort, und das ist wahr: Wenn man Korn sät, dann erntet man Korn.‹« Fleeta seufzt und schließt den Erfrischungsraum ab.

Mit zitternden Händen drehe ich das Steuerrad, als ich in die Cracker's Neck Road einbiege. Ich rufe mir ins Gedächtnis zurück, was Spec gesagt hat – Ruhe bewahren –, aber mein Körper hat etwas anderes vor. Als ich zu Jack gesagt habe, wir würden uns zu Hause sehen, waren wir beide wütend, trotzdem glaube ich, dass er von meinem Ton überrascht war. Und jetzt, da ich den Kohleberg gesehen habe, ist meine Stimmung noch schlechter. Nachdem ich den Jeep abgestellt habe, bleibe ich noch einen Moment sitzen und atme tief durch, bevor ich ins Haus gehe.

»Etta. Komm runter. Sofort.«

Jack steht neben der Treppe und gibt mir mit einem Zeichen zu verstehen, dass er erst mit mir allein reden möchte. Ich hebe die Hand, um ihn daran zu hindern. Ich stelle nicht einmal meine Handtasche ab. Etta erscheint oben an der Treppe und hält sich ängstlich am Geländer fest.

»Ich bin gerade bei Miss Benton gewesen.«

»Es tut mir Leid, Mom.«

»Ich bitte dich.«

»Ja, es tut mir wirklich Leid.«

»Hast du das Miss Benton gesagt?«

»Der Direktor hat uns vor der Übungsstunde in sein Büro gerufen, und Miss Benton war auch da, und wir haben ihr gesagt, dass es uns Leid tut.«

»Jetzt ist es also wieder gut, ja?«

Etta zuckt mit den Schultern.

»Antworte mir.«

»Nein.«

»Nein, was?«

»Nein, Mom.«

»Komm runter.«

Etta kommt langsam die Treppe hinunter. Ich gehe ins Wohnzimmer. Jack und Etta kommen hinter mir her. Ich mache ihr ein Zeichen, dass sie sich setzen soll. »Wie ist es dazu gekommen?«

»Ich und Misty –«

»Misty und ich.«

»Misty und ich waren in der Bibliothek, und da hat sie mir erzählt, als ihr Dad in der Highschool war, hat er Westmoreland Coal angerufen und für seinen Biologielehrer Mr. Bates eine Ladung Kohlen bestellt. Wir fanden das lustig.«

»Ihr fandet das lustig. Habt ihr gesehen, was ihr angerichtet habt?«

Etta schüttelt den Kopf.

»Weißt du, dass Miss Benton erst vor kurzem hierher gekommen ist und dass sie ganz allein ist? Kannst du dir vorstellen, wie ihr zumute ist?«

Etta sieht mich an. Offensichtlich hat sie noch gar nicht an Miss Benton gedacht.

»Als Erstes werdet ihr die Kohlen wieder wegschaufeln. Du und deine Freundinnen.«

»Das weiß Etta schon.« Jack sieht sie streng an.

»Und du kommst nicht mit nach New York.«

Etta sieht mich an. »Was?«

Jack will etwas sagen, aber ich lasse ihn nicht zu Wort kommen. »Du hast gehört. Du kommst nicht mit nach New York.«

»Aber es war ein Streich!«

»Hoffentlich habt ihr ordentlich drüber lachen können, denn das ist alles, was ihr davon haben werdet. Jetzt geh in dein Zimmer.«

Etta steht langsam auf und geht zur Tür. Ich sehe, dass sie etwas sagen möchte, aber sie besinnt sich und geht die Treppe zu ihrem Zimmer hoch.

Ich lasse mich auf die Couch sinken. Jack setzt sich neben mich.

»Wie konnte sie das nur tun?«, frage ich ihn.

»Es sind Kinder.«

»Das ist doch keine Entschuldigung. Ich mache mir Sorgen um sie.«

»Warum?«

»Sie geht mit den größeren Mädchen. Das ist nicht gut für sie.«

»Meinst du Misty?«

»Misty, die Mädchen in der Band.«

»Sie ist Bannerträgerin.«

»Trotzdem.«

»Es tut ihr aufrichtig Leid.«

»Das ist das Mindeste.«

»Nein, wirklich. Als sie beim Direktor waren, hat sie geweint.«

»Was meinst du, Jack? Reagiere ich zu heftig?« Jack antwortet nicht. »Ich war bei Kate Benton, und sie war am Boden zerstört. Ich könnte mir vorstellen, dass sie wegen dieser Sache wegzieht.«

»Warum?«

»Mein Gott, Jack, verstehst du das denn nicht? Sie ist ganz allein. Sie ist hierher gekommen, weil sie dachte, es könnte interessant sein, in einer Kleinstadt zu leben, und das hat sie nun davon. Für die Mädchen ist es nur ein Streich. Wie würde es dir gehen?«

»Ich würde die Sache in die Hand nehmen. Das muss man, wenn man mit Kindern arbeitet.« Jack lehnt sich zurück und legt die Füße auf den Couchtisch. Seine unbekümmerte Haltung macht mich noch wütender. Ich will meinen Mann schütteln, er soll der Sache ins Auge sehen, er soll erkennen, dass es nicht nur ein herzloser Scherz ist, sondern tiefer geht. Es geht um uns und sie, um Einheimische und Fremde. Wie soll ich erklären, dass ich mein Leben lang eine Fremde war, dass ich Kate Benton verstehe? Meine Tochter wird nie die Erfahrung machen, dass sie eine Außenstehende ist. Mit ihrem Namen MacChesney und ihrer Herkunft gehört sie dazu. Ich kann das meinem Mann nicht erklären. Er gehört auch dazu. Er erkennt das nicht, er findet es auch nicht wichtig. Also werfe ich ihm seine Gleichgültigkeit vor.

»Weißt du was? Du nimmst die Sache auch nicht in die Hand.«

»Sie hat sich entschuldigt.«

»Vielleicht ist es mein Problem, aber ich glaube ihr nicht. Sie ist alt genug, um zu verstehen, dass sie etwas Schlimmes gemacht hat. Wo ist ihr Gewissen? Ihr Mitgefühl? Findest du es nicht Besorgnis erregend, dass sie kein Verständnis für die Gefühle anderer hat?«

»So wie du Verständnis für meine Gefühle hast?«, fragt Jack leise.

»Was meinst du damit?«

»Wann haben wir darüber gesprochen, wie wir sie bestrafen wollen? Du hast das mit New York gesagt, ohne es vorher mit mir zu besprechen. Ich will dich unterstützen, aber du musst mir wenigstens sagen, was du vorhast.«

»Ich kann es nicht glauben! Plötzlich habe *ich* etwas falsch gemacht.«

»Wenn du meine Hilfe möchtest, dann musst du mir erlauben, die Entscheidungen mit dir zusammen zu treffen. Das ist alles.« Jacks Stimme ist gleichbleibend ruhig, als hätten wir schon früher über diesen Punkt gestritten. (Das haben wir auch.)

»Es tut mir Leid. Die Sache hat mich einfach sehr mitgenommen.«

»Das sehe ich.« Jack legt den Arm um mich. Ich lasse mich gegen ihn fallen.

»In den Büchern steht, man soll sich selbst unter Kontrolle haben, bevor man sein Kind bestraft. Habe ich das nicht bisher immer befolgt? Ich habe mich normalerweise unter Kontrolle, oder?«

»Meistens ja.«

»Aber diesmal habe ich mich selbst gesehen. Lange Jahre ging es mir wie Miss Benton. Es ist so, als hätte Etta dem Menschen etwas angetan, der ich früher war.«

Jack hält mich lange Zeit im Arm, und ich spreche nicht weiter. Wie viele Jahre auch immer vergehen, ich bin nie weit davon entfernt, eine Fremde zu sein, eine unverheiratete Frau, eine einsame Italienerin. Und wie viele Jahre auch ins Land ziehen, diese Fremde wird immer in mir sein. Irgendwie weiß ich, dass es immer so sein wird.

Etta ist schon früh zur Schule gegangen. Sie hat vor der Schule ein Basketballspiel in der Mädchen-Turnergruppe, aber ich glaube, sie will mir aus dem Weg gehen. Jack ist auch schon zur Arbeit gefahren, und das Haus ist ganz still. Als ich einen Becher aus dem Schrank nehme, sehe ich einen an mich adressierten Umschlag auf der Fensterbank. Ich schlitze ihn mit dem Stiel eines Teelöffels auf, nehme den Brief heraus und falte ihn auf. Dann gieße ich mir eine Tasse Kaffee ein.

Liebe Mom,

ich weiß, dass du mich jetzt hasst, aber ich möchte gern, dass du die Geschichte aus meiner Sicht hörst. Ich habe mich falsch verhalten. Ich habe am Freitag den Kohlenhändler angerufen und die Bestellung aufgegeben, weil wir wussten, dass sie die Lieferung schnell rausschicken wollten und nicht erst nachprüfen würden. Ich finde Miss Benton nicht blöd, außer, wenn wir um den Platz rennen müssen, aber sie ist eine ziemlich gute Bandleiterin. Wir dachten, es wäre lustig, einen Berg Kohlen in ihrem Garten zu sehen. Ich hatte nicht darüber nachgedacht, wie wir sie wieder wegkriegen. Es tut mir wirklich sehr Leid. Es tut mir Leid, dass ich Miss Benton verletzt habe, und es tut mir Leid, dass ich nicht mit nach New York kommen darf, weil ich doch immer dahin wollte. Ich mache das mit den Kohlen nie wieder.

Etta.

Ich nehme mir ein Blatt Papier und einen Stift und schreibe Etta eine Antwort.

Liebe Etta,

ich hasse dich überhaupt nicht. Was du getan hast, gefällt mir nicht, aber das ist etwas anderes. Ich glaube dir, dass es dir Leid tut und dass du es nicht wieder machen wirst. Aber wenn du dir das nächste Mal einen Streich ausdenkst, solltest du dir erst überlegen, wie das die Gefühle des anderen treffen könnte. Wie würdest du dich fühlen, wenn jemand so etwas mit dir machte?

Alles Liebe,
Mom

Ich lege den Brief auf Ettas Bett und stelle fest, dass ihr Zimmer so ordentlich wie nie ist. Sie ist kein schlechtes Kind, denke ich, als ich meine Sachen für die Arbeit zusammenpacke. Sie hat nicht versucht, der Strafe zu entgehen oder einer anderen die Schuld zu geben. Vielleicht hat sie sogar etwas dazugelernt. Es ist erstaunlich, wie mein Kind meine eigenen Empfindlichkeiten versteht. Sie weiß, dass ich mich schützend vor neu Hinzugezogene stelle. Und sie weiß auch, was sie tun muss, damit ich bereit bin, ihr zu verzeihen.

Das Leben in Cracker's Neck Holler ist seit der Sache mit der Kohlelieferung vor einem Monat so ruhig gewesen, dass man das Haus glatt für ein Kloster halten könnte. Ich hatte mich entschlossen, die Strafe nicht zurückzunehmen. Etta wird diesmal nicht mit mir nach New York fliegen, und Jack unterstützt das. Es fällt mir richtig schwer, bei dieser Entscheidung zu bleiben, denn ich wünsche mir für meine Tochter, dass sie reist und die Welt kennen lernt, dass sie Museen, Theater und Kultur erlebt. Vor ein paar Tagen wäre ich beinahe schwach geworden, aber Jack hat mich zurückgepfiffen. Er hat mir klargemacht, dass dies nicht Ettas letzte Gelegenheit ist, nach New York zu kommen. Und wir beide finden es wichtiger, fest zu bleiben, als ihr den Eindruck zu geben, dass wir uns von einem hübsch gemachten Bett erweichen lassen. Ich habe das Bild von Pavis Mullins klar vor Augen, denn er erinnert mich daran, dass Kinder es immer wieder versuchen, wenn sie denken, sie könnten mit etwas durchkommen.

Iva Lou hat sich angeboten, mich zum Flughafen zu bringen – ich habe einen sehr günstigen Flug und werde zum Abendessen in New York sein. Etta hat ein Footballspiel, und Jack macht dort am Erfrischungsstand Dienst. Conley Barker, der Taxiunternehmer, hat keine Zeit, weil er nebenher beim Radio als Kommentator von Sportveranstaltungen arbeitet, deswegen ist Iva Lou eingesprungen, obwohl sie ein Fan von Powell Valley Football ist und ungern ein Spiel versäumt. Ich entschuldige mich für die Umstände, die ich ihr bereite.

»Ich tu's gerne. Triffst du dich mit dem Teufelskerl aus New Jersey, wenn du da bist?« Iva Lou verstellt den Rückspiegel und sieht mich an. Die Straße nach Tri-Cities Airport schlängelt sich durch die Berge, und mir wird ganz schwindlig bei Iva Lous Fahrweise.

»Wen?« Ich stelle mich dumm.

»Pete Rutledge.« Iva zieht den Namen in die Länge.

»Ich weiß noch nicht.« Das ist natürlich gelogen. Ich möchte Pete gern treffen, meinen Was-wäre-wenn-Fantasie-Mann. Gibt es eine verheiratete Frau, die keinen Plan »für alle Fälle« hat? So etwas wie einen attraktiven Mann aus der Vergangenheit, der unter anderen Umständen der Mann der Gegenwart wäre? Vor vier Jahren war Pete sehr verliebt und sehr interessiert, aber ich war ja verheiratet. Deswegen halte ich ihn mir warm, für den Fall, dass ich mal mit Jack unzufrieden bin oder mein Leben zu langweilig ist oder meine Tochter mir das Leben zur Hölle macht. Pete Rutledge ist wie ein guter alter Film, den ich mir ansehe, wenn ich mich aufheitern möchte. In solchen Momenten sage ich mir, sollte je etwas mit Jack sein, habe ich immer noch Pete. Zwar habe ich Gewissenbisse dabei, aber ich nenne es einen Therapietraum: Wenn ich nicht richtig gewürdigt werde oder im Alltag zu ersticken drohe, dann kann ich mich wieder auf die Wiese mit den Glockenblumen zurückversetzen und mir ausdenken, was hätte passieren können.

»Ich dachte, New York und New Jersey sind so nah beieinander wie Coeburn und Norton.«

»Das sind sie auch.«

»Er ist also vor deiner Nase, und du bist vor seiner. Hast du deine hochhackigen Schuhe eingepackt?«

»Wozu?«

»Damit du mit ihm auf einer Höhe bist.«

»Meinst du nicht, ich habe schon genug Sorgen?«

»Ja, klar, die hast du, ich mache nur Spaß.« Iva Lou lacht.

»Wir sprechen von mir, nicht von dir. Ich flirte nie offen.«

»Ach ja. Du überlegst dir also, wie du heimlich dein Vergnügen haben kannst.«

»Gar nicht. Ich habe einen guten Ehemann, und ich brauche keine Aufregung.«

»Ach, Schätzchen, Aufregung ist das Einzige, was das Leben lebenswert macht.« Iva bleibt an der Ampel vor Gate City stehen. »Aber ich sorge dafür, dass in Gap alles stinklangweilig bleibt. Und ich passe auf deinen Mann auf, während du dabei bist, keine Aufregung zu erleben.«

»Nicht nötig.«

»Lass mich das lieber beurteilen. Wir haben ihn gerade bestellt, damit er uns neue Regale in der Bücherei baut, das müsste ihn eine Woche lang beschäftigt halten.« Iva Lou zwinkert mir zu.

»Wie seltsam – genauso lange werde ich weg sein.«

»Genau. Wir Ehefrauen müssen zusammenhalten und einen Schutzwall um unsere Männer bauen«, sagt Iva Lou mit einer Entschlossenheit, die ich bei ihr nicht mehr erlebt habe, seit sie vor den Stadtrat zog und ein neues Büchermobil gefordert hat (sie hat es natürlich bekommen).

Ich steige ins Flugzeug, sehe mich um und winke Iva Lou zu. Es fällt mir nicht schwer, ihr meine Lieben anzuvertrauen. Überhaupt nicht schwer.

Kapitel 3

Die erste Regel, die ein New Yorker (laut Theodore Tipton) zu beherzigen hat, lautet: Gäste werden auf keinen Fall vom Flughafen abgeholt. Nie. Offenbar ist La Guardia Airport ein Zoo, und der Besucher muss zusehen, dass er allein den Taxistand findet (mit dem Bus fahre ich nicht, Theodores Erklärungen waren viel zu verwirrend); dann gibt er dem Taxifahrer die Adresse und lehnt sich zurück, in der Hoffnung, dass der Fahrer keinen ausgedehnten Umweg über Connecticut oder noch weiter macht.

Für die Reise habe ich den Kleiderschrank meiner Mutter geplündert. Ich habe dort eine Schoßjacke aus dunkelblauem Samt gefunden sowie eine bestickte Hose mit weiten Beinen und einem hohen Taillenbund im Stil der vierziger Jahre. Theodore hat gesagt, es sei vorzeitig kalt geworden und ich solle warme Sachen mitbringen, und ich finde, dass die Samtjacke genau passend ist. Ich möchte vor Theodores Freunden glänzen, deswegen habe ich auch ein paar Schmuckstücke meiner Mutter mitgenommen. Sie hatte vor Jahren eine Brosche aus Strass gemacht, die ich abends bei einem Theaterbesuch tragen könnte. Die Schuhe machen mir allerdings einige Sorgen – sie sind bedauernswert unmodisch, und ich werde mir in Greenwich Village ein paar neue leisten (Theodore nennt die Achte Straße, die ganz in der Nähe seiner Wohnung ist, Shoe Town). Ich habe einen schwarzen Rollkragenpulli an und schwarze Jeans; soweit ich weiß, ist das die standardmäßige Bekleidung in New York, und ich hoffe, dass mir nicht »Tourist« mit großen Buchstaben auf der Stirn geschrieben steht.

Es ist erstaunlich, wie gut ich zurechtkomme, wenn ich allein bin. In der Ehe wird man träge, und zu Hause überlasse ich das Planen (zum Beispiel herauszufinden, welcher der beste Weg zum Haus und Park von Biltmore ist, wenn man einen Schulausflug plant) und unangenehme Aufgaben (wie die Reinigung des Schornsteins und das Fangen von Mäusen) meinem Mann. Dass ich mich jetzt in einem der geschäftigsten Flughäfen der Welt zurechtfinden muss, gibt mir einen richtigen Energieschub. Ich betrete die Halle durch das Portal, über dem in roten Leuchtbuchstaben LA GUARDIA flackert; wie aufregend, dass der Flughafen nach einem Landsmann von mir, einem Italiener und ehemaligen Bürgermeister New Yorks, benannt ist.

Während ich auf mein Gepäck warte, kommt es mir so vor, als schwirrten Tausende von Menschen in der Halle herum, und keine zwei sähen sich ähnlich. New York ist eindeutig die Hauptstadt der Welt, und ich bin gleichermaßen fasziniert von der glutäugigen Inderin in einem türkisfarbenen Sari mit golddurchwirktem Saum wie von dem großen Russen, der schlecht gelaunt seine enormen Reisetaschen vom Gepäckband zerrt und auf den Wagen lädt. Ich recke meine Arme über den Kopf, als wollte ich die ganze Szene umarmen, und strecke mich; ich bin so aufgeregt, so glücklich, hier zu sein, wo alles so spannend und neu ist (wenigstens für mich).

»Das erste Mal in New York?«, sagt eine Stimme hinter mir (vermutlich haben meine erstaunten Blicke und meine erregte Stimmung mich verraten). Ich lasse die Arme sinken und drehe mich um.

»Ich bin schon einmal in JFK umgestiegen, auf einer Reise nach Italien.« Klingt sehr defensiv, als müsste ich mich rechtfertigen.

»Hmm. Sie sind Italienerin?«

»Ja.« In New York ist man erst an zweiter Stelle Amerikanerin, an erster Stelle steht das Ursprungsland.

»Ich auch.« Der Mann ist um die sechzig und hat dichtes, grau-schwarz meliertes Haar. Er ist klein und sehnig und hat eine lange Nase mit einer schmalen Nasenwurzel (nach der uralten chinesischen Kunst des Gesichtlesens müsste er gut hundert Jahre alt werden).

»Woher kommt Ihre Familie?«, frage ich ihn.

»Aus Neapel.«

»Aus dem Süden also.«

»Und Ihre?«

»Aus dem Norden, den Alpen.«

»Die Leute da sind ein besonderes Kaliber.« Der Mann lacht.

»Woher wissen Sie das?«

»Ich habe eine von da geheiratet.« Der Mann hat den Blick stur auf das Gepäckband gerichtet, das sich immer weiterdreht. »Einmal waren meine Frau und ich in Atlantic City und haben uns eine Show angesehen, und da ist so ein Komiker aufgetreten – Sie wissen schon, einer, der die Leute auflockert. Jedenfalls, er kam an unseren Tisch und sagte: ›Sind Sie verheiratet?‹, und wir bejahten, und dann sagte er: ›Meine Damen und Herren, diese Herrschaften hier sind sich *nie* einig.‹ Und alle haben gelacht, wir auch, denn es stimmt. Norditaliener und Süditaliener könnten auch von verschiedenen Sternen kommen, wissen Sie, was ich meine?«

Ich nicke; ich weiß es genau. Es ist unglaublich, wie schnell die Leute hier reden. In Big Stone Gap hätte es drei Stunden gedauert, diese Geschichte zu erzählen. Aber natürlich haben wir da auch drei Stunden Zeit, um etwas in epischer Breite vorzutragen. Hier ist jeder in Eile.

Mein Taxifahrer ist Pakistani und erzählt ausführlich von seiner Heimat. In New York habe ich innerhalb der ersten fünf Minuten interessantere Gespräche als in Big Stone Gap in einem ganzen Jahr. Wir biegen vom Grand Central

Parkway ab in die Straße, die zur Queensboro-Bridge in Queens führt und dann rüber, zur Neunundfünfzigsten Straße in Manhattan. Der Fahrer deutet mit einer ausladenden Geste auf die Skyline von Manhattan, als würde er mir eine Schatulle mit Schmuck präsentieren. Ich erwarte jeden Moment, dass Fred Astaire und Ginger Rogers durch den Himmel wirbeln; die Wolken ähneln für mich ihrem Marabu-Cape und die Sterne den Absätzen seiner spitzen Lacklederschuhe, und während sie tanzen, berühren ihre Füße kaum den mit Smaragden besetzten Himmel. Gibt es etwas, das dieses Bild übertreffen könnte? Theodore kann sich glücklich schätzen, und ich bin so froh, dass mein bester Freund jetzt unter diesen Lichtern und in dieser wahnsinnigen Stadt lebt. Ein paar Gewissensbisse nagen jedoch an mir: Etta sollte bei mir sein.

»Alles in Ordnung, Lady?« Der Fahrer sieht mich im Rückspiegel an.

»Ich wünschte, meine Tochter wäre hier«, sage ich.

»New York geht nicht weg, es wird immer hier sein«, sagt er mit einem Lächeln. Und seltsamerweise fühle ich mich gleich viel besser.

Ein Portier in dunkelblauer, mit Tressen besetzter Uniform begrüßt mich in der kleinen stuckverzierten Einganghalle von Theodores Apartmenthaus an der Ecke Fifth Avenue und Neunte Straße. Nachdem ich aus dem Taxi gestiegen bin, habe ich bestimmt fünf Minuten lang auf den Triumphbogen am Washington Square gestarrt, einen vier Stockwerke hohen hellblauen Bogen in der Form eines Hufeisens, der dem Arc de Triomphe auf den Champs Elysées in Paris nachempfunden ist. »Noch schnell einen Blick«, sage ich zu dem Portier, der Theodore über die Sprechanlage Bescheid gibt. Ich gehe wieder auf die Fifth Avenue hinaus, wo die gelben Linien auf der Straße in der Ferne zu einem enormen

Pfeil verschmelzen und nach Norden hin in der Dunkelheit verschwinden.

»He, das Wiedersehen findet drinnen statt!«, sagt Theodore, als er aus dem Aufzug tritt. »Du bist endlich angekommen!« Er sieht gut aus. Sein rotes Haar ist jetzt von sandfarbenen Strähnen durchzogen. Er ist in bester Verfassung, als wäre er Tänzer beim Radio City, statt die Leitung innezuhaben. Irgendwie sieht er jünger aus. Die Sorgenfalten zwischen seinen Augen sind verschwunden, und er wirkt insgesamt entspannt (bestimmt nicht leicht für einen Perfektionisten wie ihn).

Jede Einzelheit an Theodores neuem Zuhause interessiert mich: der Aufzug mit den polierten Bronzeknöpfen, in den Fluren die Paneelen aus Walnussholz mit der chinesischen Stofftapete darüber, die Teppiche mit dem Rautenmuster aus schwarzer und grauer Wolle (sehr Art déco). Jeden Moment könnte Carole Lombard den Kopf aus einer der Türen stecken, um zu gucken, ob William Powell zu sehen ist. Wir kommen zu Theodores Wohnung. Das kleine Namensschild über der Klingel, auf dem TIPTON steht, beweist, dass ich diese Reise nicht träume.

»Wie findest du es?« Theodore steht in seinem Wohnzimmer, das geschmackvoll in schlichtem Grau und gebrochenem Weiß gehalten und sparsam möbliert ist. Es gibt drei große Fenster mit Blick auf die Fifth Avenue. Ich gehe hinüber und gucke hinunter auf die Straße. Der auf den Washington Square zurauschende Verkehr sieht aus wie eine Kette mit lose aufgezogenen Perlen.

»Da kann deine Holzhütte in Powell Valley nicht mithalten.«

»Aber ich wünschte mir, ich hätte die Wandschränke, die ich in Big Stone Gap hatte. Die einzigen Menschen in dieser Stadt, die große Wandschränke haben, sind die Hausbesitzer.« Ich gehe hinter Theodore einen schmalen Flur entlang, der von verdeckten Lampen erleuchtet wird. »Gucken wir uns die Schlafzimmer an. Das ist deins.« Er stellt meinen Koffer in einem Zimmer ab, das so klein ist, dass nichts weiter hineinpasst als ein schmales Bett, ein Nachttisch und ein Stuhl. Es ist ganz schlicht, die einzige Dekoration ist eine Patchwork-Decke, die meine Schwiegermutter gemacht hat (und die ich Theodore geschenkt habe, als er seine Stelle an der University of Tennessee bekam). »Und hier ist meins.« Theodore macht die Tür zu einem weiteren Zimmer auf. Es wirkt sehr elegant mit dem Bett, das auf einem Podest steht, und einem grauen niedrigen Sessel in der Ecke. Es ist fast so groß wie das Wohnzimmer und hat einen Blick in Richtung Washington Square Park.

»Oh, ist das schön!«, entfährt es mir.

»Ich weiß, ich weiß. Jeden Abend, bevor ich ins Bett gehe, denke ich an Henry James.«

»Da unten hat doch Doktor Sloper gewohnt, oder?« Ich zeige auf eine Reihe niedriger Backsteinhäuser, die an den Park angrenzen.

»Könnte sein.«

»Weißt du noch, als wir uns gegenseitig *Washington Square* vorgelesen haben?«

»Natürlich. Deine Interpretation von Catherine Sloper ist unübertroffen. Auch wenn ich der einzige Mensch auf der Welt bin, der sie gehört hat.« Theodore lacht.

»Sagen wir einfach, ich konnte mich in die Geschichte einfühlen.« Und wie! Die Geschichte einer von einem grausamen Vater niedergehaltenen Tochter hatte bei mir einen Nerv getroffen. »Wer hätte je gedacht, dass du eines Tages im Land von Henry James wohnen würdest?«

Es wäre falsch, zu sagen, Theodore hätte sich verändert, vielmehr ist er in ein anderes Entwicklungsstadium eingetreten. Er fühlt sich in seiner Haut, in seiner Wohnung, in seinem Leben wohl. Es geht eine Anmut von ihm aus, die früher nicht da war. »Du siehst besser aus als je zuvor. Ich meine das ernst.«

»So geht es einem, wenn man den Ort gefunden hat, an den man gehört.«

»Hat dich der Gedanke, nach New York zu ziehen, nicht geängstigt?«

»Aber nein. Ich konnte es gar nicht erwarten. Ich bin einfach froh, dass ich es endlich geschafft habe.« Theodore sieht mich mit einem Lächeln an. »Du siehst auch gut aus.«

»Ach, komm.«

»Nein, wirklich.«

Ich gehe hinter Theodore in die Küche. Eine Theke trennt die Küche vom Wohnzimmer, vor der Theke hat Theodore einen kleinen Tisch mit einer weißen Decke und weißem Porzellan gedeckt. Dann geht der Türsummer.

»Das Abendessen.«

»Das Abendessen?«

»Charlie Moms chinesisches Essen ist einsame Spitze. Warte, bis du die Spareribs mit Honigkruste probiert hast. Setz dich hierhin, da hast du einen guten Blick.«

Theodore geht zur Tür. Ein süßer Chinesenjunge bringt zwei braune Papiertüten. Man stelle sich vor! Das Abendessen, heiß serviert in der eigenen Wohnung! So etwas wünsche ich mir in Big Stone Gap. Theodore packt die Tüten aus und stellt lauter kleine weiße Behälter auf den Tisch. »Erzähl mir, warum Etta nicht mitgekommen ist.«

Ich erzähle Theodore die Kohlengeschichte in aller Ausführlichkeit. Er hört mir zu, ohne mich zu unterbrechen.

»Worin bestand ihre Strafe?«

»Sie mussten die Kohlen wieder auf den Lastwagen schippen und neue Erde in ihrem Garten auftragen.«

»Da ist sie ja glimpflich davongekommen. Ich hätte darauf bestanden, dass sie die Kohle auf Schubkarren wieder nach Appalachia bringen.« Theodore belädt meinen Teller mit lauter Köstlichkeiten – kleinen Krabben, duftigem Reis, fein geschnittenem gedünstetem Gemüse. »Etta hat fünf andere Mädchen dazu gekriegt, das mit ihr zu inszenieren?«

»Ja. Ich habe es kaum glauben können. Sie war die Anführerin, aber Misty Lassiter hat sie dazu angestachelt.«

»Ist das Tayloes Tochter?«

»Ja. Sie ist so schön wie Tayloe und genauso talentiert, und dazu hat sie viel kriminelle Energie, was ihren Reiz noch erhöht.«

Theodore lächelt. »Hört sich schlimm an, was?«

»Ich muss zugeben, dass mich das Ganze ziemlich aufgeregt hat.« Ich spieße ein Rippchen mit der Gabel auf. »Im Moment habe ich das Gefühl, dass ich Etta nicht mehr trauen kann. Wenn sie nicht gerade auf das Hausdach klettert, spielt sie solche Streiche. Ich möchte sie nicht die ganze Zeit bewachen, aber sie lässt mir keine Wahl.«

»Du musst dafür sorgen, dass sie genug zu tun hat.«

»Sie ist in der Band, vor der Schule spielt sie Basketball, an den Wochenenden hilft sie bei ihrem Dad aus. Womit kann ich sie noch beschäftigen? Ich weiß nicht, was ich noch tun kann, außer dass ich sie bei den Nonnen zur Schule schicke.«

»Auf der anderen Seite vom Hudson, in New Jersey, gibt es eine gute Klosterschule.«

»Du bringst mich noch auf Ideen.«

»Damals, als ich Kinder unterrichtet habe, sind mir Muster aufgefallen –«

»Was für Muster?«, platze ich nervös heraus. Wie immer stelle ich mir gleich das Schlimmste vor.

»Reg dich nicht auf. Es waren immer die hellsten Kinder, die solche Scherze machten. Ich meine nicht die superintelligenten Strebertypen, ich meine die Kinder, die immer noch Zeit übrig haben, und wenn sie in noch so vielen Clubs und Vereinen mitmachen. Es hört sich so an, als ob Etta sich ein bisschen langweilt. Sie geht mit den älteren Mädchen, ihr Schultag ist nicht genügend ausgefüllt. Das sind die klassischen Vorzeichen für einen Unruhestifter. Du musst ihr die Möglichkeit geben, ihren Verstand einzusetzen.«

»Mir wäre es lieber, sie würde ihr Herz einsetzen«, sage ich schlicht zu Theodore.

»Was meinst du damit?«

»Ich möchte, dass sie mehr über andere Menschen und deren Gefühle nachdenkt. Versteh mich nicht falsch. Ich weiß, dass es schlimmer sein könnte, und ich weiß, dass sie ein gutes Herz hat, aber sie ist eher willensstark als liebevoll.«

»Sie klingt wie Mrs. Mac.« Theodore lehnt sich zurück und lacht, als er an meine Schwiegermutter denkt. »Das war ein echter Drachen. Sie ging immer mit einem Stock. Nicht, weil sie sich darauf stützen musste, sondern weil sie die Leute damit drangsalieren konnte. Dauernd hat sie damit auf den Boden geklopft oder eine Tür aufgehalten. Einmal, das weiß ich noch, war ich in der Post und ging gerade raus, als sie reinkam. Ich hatte es eilig und rannte praktisch. Sie hat mich angehalten und gesagt: ›Mr. Tipton?‹ Und dann hat sie mir einen Schlag mit dem Stock gegeben und gesagt: ›Diese jungen Leute! Immer haben sie es eilig.‹«

»Und weißt du noch, damals, als sie in die Apotheke kam und gefragt hat, warum ich den Antrag ihres Sohnes nicht angenommen habe? Ich habe mich so gedemütigt gefühlt.«

»Am Schluss hat sie sich doch durchgesetzt, stimmt's?« Theodore lacht und füllt unsere Weingläser wieder auf.

»Wie geht es dir und Jack überhaupt?«

»Wir haben es sehr gut miteinander.«

»Keine Ablenkungen?«

»Meinst du Karen Bell?« Wenn es nur das kleinste Gerücht gibt, dass der Ehemann auf Abwegen ist, wird das jedes Mal, wenn die Ehe zur Sprache kommt, aufs Tapet gebracht. Aber diesmal macht es mir nichts aus, schließlich ist es Theodore. »Ich habe keine Briefchen gefunden, es hat keine Anrufe gegeben, und Iva Lou sagt, dass Karen in Honaker einen Freund hat, mit dem sie eine ernste Beziehung eingegangen ist, und Fleeta behauptet, Karen sei in

Norton nie wieder gesehen worden, also denke ich, sie ist aus dem Rennen.«

»Gut. Aber irgendwie sind Affären komisch, findest du nicht? Sie sind so – so dringend, wenn sie anfangen, fast unkontrollierbar, und wenn sie vorbei sind, dann kann man sich kaum noch daran erinnern, was die Leidenschaft so entfacht hat.«

Das ist mit ein Grund, warum Theodore und ich uns über die Jahre so nahe geblieben sind. Er betrachtet mein Leben ganz unvoreingenommen, was mir nicht immer möglich ist. Er liest in meinem Herzen wie in einem Theaterstück, und er versteht immer die Launen des Augenblicks, ohne das größere Bild aus den Augen zu verlieren. Wo er auch ist, ich fühle mich immer wohl bei ihm, sogar in New York, das einst nur in meiner Fantasie existierte.

Im Gästebad gibt es einen Korb mit verschiedenen Schaumbadfläschchen und Seifenstücken. Ich bediene mich aus einer Flasche, auf der CALM steht, und gieße die cremige Lavendelmilch in das Badewasser, das gerade so heiß ist, wie ich es aushalten kann. Die Anspannung von der Reise und der Zeit davor fällt von mir ab und steigt mit dem Dampf auf. Ich lasse los und atme tief ein.

Theodore weiß, wie man einen Gast verwöhnt. Die Kerzen in den kleinen Kristallschalen duften wie süße Bonbons und werfen Schatten wie Schneeflocken an die Wand. Auf einem antiken schmiedeeisernen Handtuchständer liegt ein ganzer Stapel weicher, weißer Handtücher, auf denen statt eines Monogramms das Wort RELAX steht. Es gibt sogar ein Radio, und ich stelle mir Musik an, während ich mich in dem warmen Wasser ausstrecke. (Es ist auf Country-Music eingestellt, und darüber muss ich lachen.) Theodore denkt einfach an alles. Vielleicht hat ihn Radio City Music Hall deswegen engagiert – große Kunst steckt im Detail.

Theodore weckt mich früh und bringt mir eine braune Papiertüte ans Bett, in dem ein großer Pappbecher Kaffee und ein enormer Zimtbagel ist (bekommt man in dieser Stadt alles Essen in braunen Papiertüten?). Er möchte, dass ich früh aufstehe, damit wir zeitig aufbrechen können. Theodore muss ins Büro und hat mir eine Liste der Sehenswürdigkeiten um Radio City Hall herum gemacht, die ich mir vornehmen werde, während er arbeitet. Er hat einen ganzen Wochenplan ausgearbeitet: Wir werden ins Theater gehen, uns die Stadt ansehen, und am Montag gucken wir uns die Columbus Day Parade auf der Fifth Avenue an. »Da siehst du jede Menge Italiener«, verspricht er mir.

Die Büros in der Radio City sind gar keine richtigen Büros, sondern kleine beigefarbene Kabinen, die aussehen wie ein riesiger Eierkarton. An den Wänden hängen Pläne und Kalender und Stoffmuster, Borten und Zierleisten für Kostüme, Entwürfe von Bühnenbildern und Schuhen (man ahnt ja gar nicht, wie viele verschiedene Sorten von Stepptanzschuhen es gibt). Die Telefone hören nicht auf zu klingeln. Es sind lauter junge Leute da, und alle haben es eilig. Sie blicken kaum auf, als Theodore mich vorstellt, aber sie sind nicht unhöflich, nur sehr beschäftigt. Als er im Zentrum des Labyrinths ankommt, wird er umringt von seinen Mitarbeitern. Natürlich ist dies die Jahreszeit, zu der es besonders viel zu tun gibt, weil die Weihnachtsshow produziert werden muss. Als sich die Gruppe um Theodore drängt, greife ich in seine Jackentasche, ziehe den Besichtigungsplan heraus und gebe ihm ein Zeichen, dass ich mittags zurück sein werde.

Im Erdgeschoss von Saks Fifth Avenue gibt es sicherlich an die hundert Make-up-Stände. Ich muss an Fleeta denken, die sich immer beklagt, dass sie in der Drogerieabteilung der Apotheke nur zwei mickrige Drehständer zu bestücken hat, und frage mich, wie sie wohl mit dieser Fülle von Verkaufsständern zurechtkäme.

Auf meinem Weg durch das Erdgeschoss werde ich mit vier verschiedenen Parfums besprüht (jedes Mal werde ich höflich gefragt und bringe es nicht fertig, nein zu sagen) und aufgefordert, mich schminken zu lassen: im französischen Stil, nach dem letzten Schrei, im natürlichen Look oder was immer ich möchte – die Möglichkeiten der Make-up-Kästen sind unbegrenzt.

Am Clinique-Stand sitzt auf einem der hohen Stühle ein Mädchen in Ettas Alter, daneben steht ihre Mutter (es ist eindeutig die Mutter: Man erkennt es an dem kritischen Blick, mit dem sie ihre Tochter mustert). Als die Kosmetikerin ein bisschen Grundierung aufträgt, beugt sich die Mutter vor.

»Das ist zu viel.«

»Mom.«

»Widersprich mir nicht, Amy.«

»Man kann es ganz dünn auftragen, dann fällt es kaum auf«, sagt die Kosmetikerin beschwichtigend zu der Mutter.

Das Mädchen betrachtet ihr Gesicht im Spiegel. »Man sieht gar nicht, dass was drauf ist.«

»Ich will auch nicht, dass man was sieht.«

»Aber ich brauche es«, sagt Amy in dem allwissenden Ton, in dem meine Tochter täglich mit mir spricht.

»Das Make-up macht dich nicht hübsch, wahre Schönheit kommt von innen«, erklärt Amys Mutter.

»Wenn man Nonne ist«, sagt Amy ungerührt.

»Nonne zu sein ist nicht das Schlechteste. Nonnen dienen den Menschen. Außerdem bringt man es weiter im Leben, wenn man seinen Verstand benutzt.« Jetzt ist sie zu weit gegangen; sie klingt wie eine Mutter, die ihre Weisheiten von Glückskekssprüchen gelernt hat.

Ich nehme die Rolltreppe ins nächste Stockwerk und blicke auf Amy und ihre Mutter hinunter, die immer kleiner werden. Plötzlich sehe ich nicht sie, sondern Etta und mich. Auch wir führen solche Gespräche, sind uns uneinig und streiten uns um die kleinsten Dinge. Danach fühlt Etta sich missverstanden, und ich habe das Gefühl, dass ich alles falsch mache. Ist es wirklich so schwer für Mütter, zu begreifen, dass ihre Töchter auf der Schwelle zum Frausein stehen und dass diese Zeit in ihrem Leben nur allzu schnell vorbei sein wird?

»Wie hast du den Tag verbracht?«, fragt Theodore, während das Taxi uns in besonders rasantem Tempo zu unserem Abendessen bringt, sodass ich mich an den Haltegriff klammere.

»Ich habe viel gemacht. Ich war in der St.-Patrick's-Kathedrale, im Rockefeller Center und bei Saks. Dann bin ich zum Central Park gelaufen. Während ich so ging, sah ich eine streunende Katze, und als ich genauer hinguckte, war es eine Ratte, aber da war es zu spät um loszuschreien, weil sie hinter einen Felsen gehuscht war. Und dann bin ich zu dem Karussell gegangen und habe sehr lange dort gesessen. Die Frauen in New York wissen wirklich, wie man sich anzieht.«

Die Türen zum Blue Pearl sind blau gestrichen, und darauf sind goldene Quasten in Trompe-l'oeil-Technik gemalt. Theodore hält mir die Tür auf. »Das Dekor darfst du nicht beachten, es ist maßlos übertrieben«, flüstert er, als wir eintreten.

Mir gefällt das Dekor. Wir sind in einer blauen Höhle mit kleinen Nischen, in denen die Tische stehen, mit kleinen Lampen darüber. Die Tische sind klein und quadratisch, perfekt für zwei, und mit blauen Rosenblättern bestreut. Auch die Spiegel haben eine bläuliche Tönung, was mich an eine ›Flüsterkneipe‹ der zwanziger Jahre erinnert. Der Oberkellner führt uns durch das gut besuchte Lokal zu einem Ecktisch und reicht jedem von uns die Speisekarte.

»Wie bist du auf dieses Restaurant gekommen?«, frage ich Theodore.

»Ich kenne den Koch. Er ist einer meiner speziellen Freunde.«

So wie er das sagt, klingt es, als sei es nicht einer seiner speziellen Freunde, sondern sein ganz spezieller Freund. »Hast du einen Geliebten?«, frage ich viel zu laut. Theodore nickt. »Warum hast du mir das nicht erzählt?«

»Hast du Lust, ihn kennen zu lernen?«

Ich gehe mit Theodore zum Kücheneingang. Er zeigt durch das Bullauge. Die Küche ist klein und sauber. Es gibt einen langen Zubereitungstisch aus rostfreiem Stahl, dahinter einen offenen Grill und zwei tiefe Bratröhren. Theodore nimmt meine Hand und geht mit mir durch die Schwingtüren. Wir stellen uns in die Ecke und schauen bei der Essenszubereitung zu, aber es ist so eng, dass wir im Weg stehen. An der Wand hängt ein Telefon, an dem eine Reihe von Lichtern blinken und dringende Beachtung fordern. Theodore zeigt darauf. »Hab dir doch gesagt, dass es hier hoch hergeht.«

»Die Crème flambieren!« Der Koch steht mit dem Rücken zu uns und brüllt die Anweisung durch den Lärm. Ein Gehilfe führt sie umgehend aus.

»Das ist Max!« Theodore zeigt auf den Bariton mit der Kochmütze. Max ist kompakt gebaut (er besteht hauptsächlich aus Muskeln) und hat kräftige Unterarme und Hände. Er hat schwarzes, kurz geschnittenes Haar und einen großen Kopf (was in der Kunst des Gesichtlesens bedeutet, dass er immer gut verdienen wird). Seine schwarzen Augen sehen alles, er hat alle Töpfe im Blick und schiebt sie auf den Platten hin und her, während die Speisen darin garen. Schließlich spürt er unsere Gegenwart und hebt den Blick. Er lächelt und wischt sich die Hände an einem Tuch ab, das er durch die Gürtelschlaufe gezogen hat.

»Sie müssen Ave Maria sein.« Max schüttelt mir die Hand.

»Das ist Max Berkowitz«, sagt Theodore stolz.

»Es freut mich sehr, Sie kennen zu lernen«, sage ich. Max hat ein schönes Lächeln und tiefe Grübchen (aber ich glaube, seine Mitarbeiter bekommen sie nicht oft zu sehen).

»Hoffentlich haben Sie Hunger.«

»Und ob!«

»Setzt euch, und macht es euch bequem. Lasst euch von mir überraschen.« Max zwinkert Theodore zu.

Das Festmahl, das für uns zubereitet wird, beginnt mit einer Hummercremesuppe, die so leicht und buttrig ist, dass ich am liebsten um eine zweite Portion bitten möchte, aber ich traue mich nicht. Zum Glück, denn was dann kommt, ist so ungemein köstlich, dass ich ungern schon satt gewesen wäre. Max lässt uns Lammkoteletts auf einem Püree aus Süßkartoffeln servieren, danach gibt es Salat aus Spinatblättern, Birnen, Walnüssen und frisch geraspeltem Parmesan – mit einem Dressing aus Himbeer- und Balsamico-Essig, von dem ich ganz verzückt bin.

»Ich wünschte, Jack wäre jetzt hier. Er würde sofort bei Max in die Lehre gehen. Jack spricht immer davon, dass er ein Restaurant eröffnen will.«

»Welch ein Glück für dich, dass du einen Mann hast, der für dich kocht.«

»Das gilt für dich genauso. Wie habt ihr euch kennen gelernt?«

»Bei einer dieser Willkommenspartys, die man für mich ausgerichtet hat.«

»Kaum habt ihr euch kennen gelernt, und schon hat es gefunkt?«

»Mehr oder weniger. Es ging ein bisschen langsamer. Anfangs dachte ich, wir könnten gute Freunde werden. Er ist so interessant. Ich war ganz fasziniert. Er ist sehr expressiv, sehr leidenschaftlich.«

»Und begabt.«

»Du sagst es. Und ich bin immer noch wie früher: Es fällt mir schwer, mich jemandem zu öffnen. Max hat sich große Mühe gegeben, meine Gefühle aus mir herauszuholen. Ich gestehe, dass mir das gut gefällt.«

»Du hast einen Menschen verdient, der dich vollkommen versteht.«

»Ich glaube, Max ist der Richtige für mich.«

»Du glaubst das nur?« Max zieht einen Stuhl an unseren Tisch heran. »Klingt nicht gerade sehr begeistert. Tisch sechs hat Risotto bestellt, ich habe zwei Sekunden Zeit. Seid ihr bereit für das Dessert?« Der Kellner bringt zwei Schälchen mit einer Art Pudding. *»Crème Caramel à la Lavande«*, erklärt Max. »Die Kombination klingt komisch, aber sie funktioniert.« Max lächelt Theodore zu und geht wieder in die Küche.

»Meint er eure Beziehung oder das Dessert?«, frage ich Theodore.

»Wahrscheinlich beides.«

Wir sind so satt, dass wir die zwanzig Blocks oder so vom Restaurant zu Theodores Haus laufen. Ich mag die engen Straßen in Greenwich Village, die von den Straßenlaternen und alten Wandlampen in den Hauseingängen erleuchtet werden. Die schmalen Backsteinhäuser bilden eine lange Reihe und erinnern mich an das, was mir das Liebste auf der Welt ist, an ein Regal mit Büchern. Und ein bisschen sind sie auch wie Bücher, mit den Menschen und Geschichten, die darin wohnen. Wie sehr wünsche ich mir, in einem dieser Häuser zu wohnen! Vielleicht nicht für immer, aber lange genug, um seine Geheimnisse zu erfahren.

In seiner Wohnung knipst Theodore das Licht an, legt die Schlüssel hin und drückt mit der anderen Hand auf den Anrufbeantworter. Er nimmt meinen Mantel und hängt ihn in den Garderobenschrank.

»Hallo, Theodore Tipton? Hier ist Pete Rutledge«, sagt eine mir bekannte Stimme auf dem Anrufbeantworter. »Soweit ich weiß, haben Sie Besuch. Den Tipp hat mir der Ehemann gegeben. Können Sie Ave Maria Mulligan bitten, mich in meinem Büro an der NYU anzurufen? Die Nummer ist zwei-vier-drei, fünf-vier-eins-null. Danke.«

»Mulligan? Das habe ich seit fünfzehn Jahren nicht mehr gehört. Glaubt er, du bist noch zu haben?«

»Ich bitte dich.« Ich sage das ganz locker und lasse mich in Theodores Sessel fallen. Ich werde niemals zugeben, dass ich insgeheim hoch erfreut über Petes Anruf bin. Warum soll ich Theodore erzählen, dass Pete zu meiner Fluchtfantasie gehört?

»Woran denkst du?«, fragt Theodore misstrauisch.

»Nichts.« Meine Stimme ist eine Oktave höher als normal.

»Du warst in Gedanken weit weg. Da, wo es gefährlich ist«, sagt Theodore.

»Ich habe an Jack und Pete gedacht. Du weißt doch.«

»Nein, ich weiß nichts.«

»Ich habe nichts mit Pete vor, während ich hier bin, mach dir keine Sorgen.«

»Wer hat denn davon gesprochen, dass du was mit Pete vorhast?«

»Das hast du doch gemeint, oder?«

»Nein, das hast *du* gemeint.« Theodore sieht mich an, als führte ich etwas im Schilde, und irgendwie gefällt mir das. In meinem Alter sehe ich gern der Gefahr ins Auge – also gut, es reicht mir, wenn ich einen kurzen Blick auf sie werfe, mehr Aufregung ertrage ich ja sowieso nicht.

Ich schlafe tief und fest und wache so erfrischt auf, dass mir die Welt voller Möglichkeiten zu sein scheint. Im Traum bin ich geflogen. Ich liebe solche Träume über alles, in denen ich einfach umherschlendere (in diesem Traum war ich in Schilpario im Winter, hoch in den italienischen Alpen, und der Schnee fiel rundherum wie Puderzucker aus einer Streudose; ich ging mit meinem Vater auf einem Bergpfad, wir plauderten zwanglos), und plötzlich kommt ein Windstoß, ich strecke die Arme aus, und der Wind hebt mich vom Boden und in den Himmel. Ich steige immer höher, zu den Sternen hinauf, bis die Welt unter mir die Konturen verliert und die Dinge, die sich bewegen, wie Kaffeepulver aussehen, das verschüttet wird. Ich höre nichts, der Himmel ist ganz still, sogar der Wind macht kein Geräusch. Und eine lange Zeit, mir kommt es vor wie Stunden, fliege ich durch die Lüfte, schwebe auf und ab und fühle mich so leicht, dass ich mich in den Wolken, durch die ich fliege, auflösen könnte.

Theodore ist schon zur Arbeit aufgebrochen und hat mir wieder eine braune Tüte mit meinem Frühstück hingestellt; diesmal ist ein Cappuccino drin und ein enormes Zimtbrötchen. So, wie es aussieht, werde ich auf dieser Reise fünf Kilo zunehmen, aber was kümmert's mich, schließlich bin ich in den Ferien. Ich fühle mich so gut, dass ich zum Telefon gehe und Pete Rutledges Nummer wähle. Eine Sekretärin nimmt ab und fragt, ob ich am Abend zu Petes Architektur-Vorlesung kommen möchte. Ich frage sie, ob auch Nicht-Studenten kommen dürfen, und sie sagt, ich sei herzlich willkommen, also sage ich, gerne, sie möge meinen Namen auf die Liste setzen. Theodore kommt sowieso spät nach Hause. Ich sage der Sekretärin, Pete brauche mich nicht zurückzurufen, ich würde ihn nach der Vorlesung treffen. Als ich auflege, bereue ich diese Verabredung sofort. Wenn sich Pete nun mir gegenüber distanziert verhält oder keine Zeit für mich hat oder nicht gut aussieht? (Wie oberflächlich ich doch bin!) Das könnte meinen rosaroten italienischen Lieblingstraum zerstören. Gut, und wenn schon, ich werde damit leben können. Doch dann soll es stilvoll geschehen. Ich will heute Abend gut aussehen, und das fängt bei meinen Füßen an. Ich mache mich auf den Weg in die Achte Straße, wo ich die perfekten Schuhe finden will (bei Aschenputtel hat es ja auch was genützt).

Was soll ich zu Pete sagen, wenn ich ihn sehe? Es ist schon so lange her. Wir haben oft miteinander telefoniert und uns zu Weihnachten Karten geschickt, aber wir haben uns lange nicht gesehen. Habe ich mich in den vier Jahren verändert? Er bestimmt nicht – Männer zwischen vierzig und fünfzig altern so gut wie gar nicht. Wahrscheinlich ist er so begehrenswert wie eh und je. Und wahrscheinlich hat er Tausende von Frauen auf seinen Reisen kennen gelernt, mit denen er in den italienischen Alpen wandern geht, in warmen Quellen badet und sich auf Wiesen mit Glockenblumen küsst. Glaube ich wirklich, ich sei die Einzige? Ich weiß, dass ich es nicht bin. Und vielleicht ist es diese Gewissheit, die mich überzeugt, dass ich heute Abend zu der Vorlesung gehen soll, schließlich sind wir einfach nur gute Freunde.

Das Gebäude mit dem klangvollen Namen Casa Italiana Zerilli-Marimo ist nur zwei Blocks von Theodores Wohnung entfernt, und ich bin froh über die kalte Luft und den kleinen Spaziergang. Ich wollte in Mamas Hosen und Jacke gehen, aber als Ensemble war es zu schick, deswegen habe ich zu der Samtjacke Jeans angezogen. Außerdem trage ich meine neuen schwarzen New Yorker Wildlederschuhe, nach denen ich den halben Tag gesucht und für die ich meinen ganzen Schuhetat ausgegeben habe. Ich habe das Gefühl, dass ich besonders gut aussehe, und es empfiehlt sich immer, besonders gut auszusehen, wenn man eine spontane Wiederbegegnung plant.

In der Halle stehen viele Studenten und andere Universitätsangehörige und warten. Ich folge der Menge in einen großen Vorlesungssaal und setze mich auf einen Platz ziemlich weit hinten am Gang. Als sich der Saal gefüllt hat, kommt eine intellektuell wirkende Professorin nach vorn und stellt sich vor das Pult. Ihre Begrüßung ist eher sachlich; erst als sie Pete Rutledge erwähnt, drückt sich eine gewisse Erregung in ihrer Körperhaltung aus, denn sie stellt sich auf die Zehenspitzen und bleibt so stehen, bis ihr bewusst wird, dass in ihrer Einführung zu viel Begeisterung mitklingt. Sie rollt sich auf den Fersen ab und erklärt, dass Pete Experte für Marmor und Gastprofessor in ihrer Abteilung sei. Dann höre ich Applaus. Pete ist durch eine Tür auf halber Höhe des Saals getreten und geht zum Podium; in der Hand hat er eine Wasserflasche.

Die Frauen im Saal richten sich auf. Sie mustern Pete, so wie ich ihn bei unserer ersten Begegnung gemustert habe. All das, was mir damals in der Freiluftdisko Herzklopfen verursacht hat, ist immer noch da: seine Statur, seine markanten Züge (er sieht noch mehr wie Rock Hudson aus), der wohlgeformte Mund und das Lächeln, und dann die Augen, schiefergrau und leuchtend. Er trägt Jeans und ein braunes Tweed-Jackett und sieht ausgesprochen sexy aus. Warum muss er nur so gut aussehen?

Pete stellt die Wasserflasche ab und lässt den Blick durch den Raum schweifen, als suchte er nach jemandem. Ich will unter den Stuhl vor mir gleiten, bleibe aber sitzen, und als unsere Augen sich begegnen und ich seinen völlig überraschten Gesichtsausdruck sehe, bin ich sehr froh.

Pete spricht ausführlich über die Marmorsteinbrüche in Italien – besondere Aufmerksamkeit widmet er denen in Bari an der Adria – und beschreibt, wie der Marmor dort abgebaut wird. Als er fertig ist und der begeisterte Applaus abflaut, drängen sich einige der Studenten um sein Pult. Pete hört sich ihre Fragen an, aber immer wieder sieht er zu meinem Platz, wie um sich zu vergewissern, dass ich noch da bin. Ich gebe ihm ein Zeichen, dass ich in der Halle auf ihn warten werde. Nachdem ich ein, zwei Minuten nervös auf und ab gegangen bin, will ich am liebsten fliehen und in Theodores Wohnung zurückkehren. Ich habe Pete Rutledge gesehen, er ist so wie immer, bei seinem Anblick werden meine Knie auch heute noch weich, mehr wollte ich nicht wissen, jetzt kann ich nach Hause fahren und diese Verknalltheit, oder was es auch ist, auf sich beruhen lassen. Ich beschließe, mich aus dem Staub zu machen. Er wird mich nicht vermissen, der ganze Saal ist voll mit seinen Fans. Ich drehe mich zur Tür um, und in dem Moment spüre ich seine Hand auf meiner Schulter.

»Wo willst du hin?« Pete steht an der Tür und steckt sein Manuskript in eine Rolle, mit der er sich dann auf den Oberschenkel schlägt.

»Ich wollte nur an die frische Luft.«

»Nein, du wolltest türmen.« Pete nimmt meine Hand und küsst mich auf die Wange. »Du siehst sehr schön aus.«

»Fantastischer Vortrag.«

»Schön, dass du gekommen bist.«

»Ich interessiere mich sehr für italienischen Marmor.«

»Ach ja?«

»Ja, besonders faszinierend fand ich deine Beschreibung der neuen Methoden beim Marmorabbau.«

»Interessant.«

»Wirklich.«

»Hast du Hunger?«

»Großen Hunger«, sage ich spontan. Ich hätte lügen sollen. Ich hatte überhaupt nicht vor, mit ihm Essen zu gehen. Ich wollte nur Hallo sagen und wieder zu Theodore gehen.

»Ich will alles genau wissen: Was machst du hier, wie lange bleibst du? Das interessiert mich besonders, wie lange du bleibst.« Er lächelt auf seine bestimmte Art und Weise, und mir kommt es vor, als schwänden mir die Sinne. (Aber vielleicht liegt es nicht an ihm, vielleicht ist es wirklich der Hunger.) Ich stütze mich mit der Hand auf den Rahmen eines riesigen Gemäldes bei der Tür. Der Sicherheitsbeamte wirft mir einen bösen Blick zu, und ich ziehe meine Hand zurück.

»Professor Rutledge?« Ein wunderhübsches Mädchen Anfang zwanzig tritt auf ihn zu. Sie hat einen dichten Schopf prächtiger roter Korkenzieherlocken, auf der Nase Sommersprossen und eine Figur – also, so eine Figur sehe ich in *meinem* Spiegel nicht.

»Ich bin Sharon Hall. Ich studiere Architektur.«

»Gratuliere.«

»Danke. Ich würde gern ein Interview mit Ihnen für unser Nachrichtenblatt machen.«

»Klar.«

»Wo kann ich Sie erreichen?«

»Ehm, also, am besten, Sie rufen im Büro an und hinterlassen mir eine Nachricht, und ich setze mich dann mit Ihnen in Verbindung.«

»Gut. Sehr gut. Entschuldigen Sie, dass ich Sie unterbrochen habe.« Sie lächelt mir freundlich zu. »Und vielen Dank.« Sie lächelt ihn an. (Rothaarige haben immer so gute Zähne.)

»Ich wusste gar nicht, dass Architekten so gut aussehen«, sage ich, als sie davongeht.

»Das tun sie auch normalerweise nicht«, sagt Pete und lacht.

Pete und ich gehen durchs Village, und ich erzähle ihm, warum ich in New York bin und was ich gemacht habe, seit ich angekommen bin. Jedes Mal, wenn ich ihn frage, was in seinem Leben so passiert ist, bringt er das Gespräch wieder auf mich. Als wir bei der Bibliothek an der Sixth Avenue Ecke Zehnte Straße West sind, zeigt Pete mir ein kleines Kreuz, das in einen Pflasterstein eingeritzt ist, und sagt, ich solle mich draufstellen.

»Jetzt guck nach oben. Siehst du die Eule?«

»Ich sehe eine Uhr.« Zu der Bibliothek gehört ein Glockenturm, in dem vier Uhren eingebaut sind, die in alle vier Himmelsrichtungen zeigen.

»Guck noch mal.« Pete steht hinter mir und legt mir den Arm um die Taille. Ich hebe den Blick und spüre, wie mir ein Schauder durch den Körper fährt.

»Jetzt sehe ich es!« Die zwei sichtbaren Ziffernblätter sind die Augen, und das Dach ist der Kopf der Eule. »Das würde Etta gefallen.«

»Du kannst es ihr beim nächsten Mal zeigen.« Pete rüttelt an dem schmiedeeisernen Tor, hinter dem Patchin Place liegt: zwei Reihen von kleinen, gelb und weiß gestrichenen

Backsteinhäusern, zwischen denen eine Straße mit Kopfsteinpflaster verläuft. »Hier hat e. e. cummings gewohnt.«

»Die Patchin-Place-Gedichte!«

»So ist es. In Greenwich Village haben viele berühmte Schriftsteller gelebt. Bret Harte hat ganz in der Nähe gewohnt, Eugene O'Neill dort hinten. Das ist das Beste, wenn man an der NYU ist – man ist umgeben von Literaturgeschichte. Romantisch, findest du nicht?«

Schlimm genug, dass ich gerade romantische Gedanken habe, schlimmer noch, dass er mir die romantischen Stellen zeigt, aber so ist Pete eben: perfekt geeignet für romantische Situationen (ich frage mich, ob er sie plant).

»Hier geht's rein.« Pete nimmt meine Hand und führt mich über eine kleine Treppe in ein Bistro, in dem lauter antike Möbel aus Mahagoni stehen: Tische, Stühle mit Gobelinbezügen und Holzbänke an den Wänden. Das einzige helle Licht kommt von einem Kühlschrank mit Glastür, in dem die köstlichsten Kuchen stehen, die ich je gesehen habe: Torten mit buntem Zuckerguss, Eclairs mit kleinen rosa Rosen auf dem Schokoladenüberzug, Mille-Feuilles mit Vanillecreme und Erdbeermarmelade zwischen hauchdünnen Blätterteiglagen.

»Es gibt auch etwas Richtiges zu essen.«

»Das hier ist auch richtig!«, behaupte ich.

»Wir setzen uns da hinten hin.« Pete geht mit mir in den Wintergarten und zeigt auf die entlegenste Nische. Wir setzen uns. Obwohl das Holz alt und fleckig ist, wirkt der Raum sehr behaglich.

»Gefällt es dir hier?«

»Es ist wunderbar.« Der Kellner stellt einen Korb mit Brot und ein Schälchen Butter auf den Tisch. »Und ich liebe frisches Brot!« Ich nehme mir eine Scheibe.

»Es ist leicht, dich glücklich zu machen. Wie geht es Etta? Und Jack?«

»Ihr geht's gut. Ihm geht's gut.«

»Ich mag ihn, weißt du.«

»Ich weiß. Aber er ist auch ein netter Mensch. Warum solltest du ihn nicht mögen?« Ich mache mich zur Fürsprecherin meines Mannes.

»Normalerweise mag ich keine Konkurrenz.«

Ich beachte seinen Flirtversuch nicht und beiße ins Brot, und Pete wechselt (zum Glück) das Thema. »Als ich das letzte Mal in Italien war, habe ich deinen Vater besucht.«

»Das hat er mir erzählt. Es war nett von dir, ihn zu besuchen.«

»Er ist ein interessanter Mann. Er lebt in einem Bergdorf, aber er hat nichts Provinzielles an sich. Er liest und interessiert sich für die Welt jenseits der Berge. Er möchte, dass die Gegend sich entwickelt und dabei ihren Charme behält. Wenn er in den Staaten lebte, wäre er ein geschätzter Städteplaner.«

»Es gibt Zeiten, da wünsche ich mir, dass er hier lebte.«

»Möchtest du nicht manchmal nach Europa ziehen?«

»Das geht nicht. Jacks Baugeschäft läuft richtig gut, ich habe die Apotheke, und Etta geht zur Schule –«

»Ich würde am liebsten alles stehen und liegen lassen und nach Europa gehen«, sagt Pete, und es klingt überzeugend.

»Warum machst du es dann nicht?«

»Weil es kompliziert ist.« Er lächelt, als er das sagt, und ich muss darüber lachen.

»Wieso?«

»Ich heirate.«

Also, ich bin eine schlechte Schauspielerin, und das weiß ich, aber ich lächle trotzdem entzückt, obwohl ich mit dieser Neuigkeit bestimmt nicht gerechnet habe. »Oh«, sage ich, statt »herzlichen Glückwunsch«.

Er wartet nicht, bis ich mich aus meiner Erstarrung löse, sondern berichtet mir von seiner Liebesgeschichte in allen technischen Einzelheiten, als wäre es ein Marmorsteinbruch. »Du weißt ja, ich habe mit Frauen zusammengelebt, aber es war nie das Richtige. Und vor etwa einem Jahr, da habe ich Gina kennen gelernt. Sie ist geschieden und hat einen dreizehnjährigen Sohn. Anfangs war ich gar nicht interessiert. Sie ist nicht mein Typ. Sie ist klein und blond und sehr analytisch. Aber wir verstehen uns gut. Sie ist klug und liebevoll. Und sie möchte eine feste Beziehung. Sie will, dass ihr Sohn in einer Familie aufwächst, und das verstehe ich gut. So etwas ist wichtig.«

»Wann ist es so weit?« Ich muss das mit viel zu lauter Stimme gefragt haben, denn der Mann am Nebentisch guckt zu uns herüber.

»Das wissen wir noch nicht.«

»Ach so.«

»Was sagst du zu meinen Neuigkeiten?«

»Was ich dazu sage, ist, wieso hast du so lange gebraucht?«

Pete wirft den Kopf zurück und lacht. »Da war nur eine Sache, die mich zurückgehalten hat.«

Gott, muss ich mir das wirklich anhören? Muss ich wirklich hören, dass es ihm schwer fällt, andere Frauen aufzugeben, die so verschiedenartig und verlockend sind wie die Kuchen in der Kühlvitrine? »Und was ist das für eine Sache?«, frage ich, obwohl ich die Antwort weiß.

»Du.« Er nimmt meine Hand in seine.

»Ich?« Ich entziehe ihm meine Hand, nicht nur, um die Spannung abzubauen, sondern auch, um meinen Kopf damit zu stützen, der auf den Tisch zu fallen droht wie ein Brocken Marmor.

»Ja, du. Aber dich kann ich nicht haben. Was soll ich also machen?« Er nimmt die Speisekarte und fängt an zu lesen.

»Pete?« Bei dem Ton meiner Stimme lässt er die Speisekarte sinken und sieht mich an. »Hast du mal *Der Geist und Mrs. Muir* gesehen?«

»Mit Gene Tierney.«

»Ja, und Rex Harrison.«

»Was ist damit?«

»Da ist es so wie mit dir und mir. Du bist wie der Kapitän.«

»Der war doch tot, oder?«

»Er war der Geist, der in dem kleinen Häuschen lebte, das Gene Tierney auf seinem Landgut gemietet hatte. Und er wollte nicht, dass jemand in dem Haus lebte, deswegen hat er die Mieter bespukt. Aber Gene Tierney hat sich in ihn verliebt, obwohl er nicht lebendig war. Er war für sie keine reale Möglichkeit, so wie du für mich keine bist und ich keine für dich.«

»Aber ich bin lebendig.«

»Ich weiß. Aber ich bin verheiratet, und ich liebe meinen Mann. Du könntest also, ehrlich gesagt, auch ein Geist sein. Du weißt ja, wir haben nur ein Leben, und wir treffen unsere Entscheidungen. Wir können nicht alles haben, was wir wollen. Gina klingt fantastisch. Und du magst sie. Du solltest nicht über das nachdenken, was du nicht haben kannst, sondern über das, was du hast.«

»Das klingt alles sehr sinnvoll.« Pete wendet den Blick einen Moment lang ab.

Was ich ihm allerdings nicht sagen kann, ist, dass mir die Idee von ihm als ewigen Junggesellen gefallen hatte, von dem ungebundenen, polyglotten Lebemann, der an keine Frau, an kein Versprechen, an kein Land gebunden ist. Ich mochte die Vorstellung von ihm draußen in der Welt, dass er reiste und Gesteinsproben sammelte und gelegentlich an mich dachte. Ich verabschiede mich von meinem Plan B. Beim Essen bringe ich ihn mit Geschichten von Zuhause zum Lachen. Wir sprechen über Gedichte und Architektur und Italien. Es gibt vieles, was wir uns zu erzählen haben (so war es schon immer), und wir hüpfen von Thema zu Thema und ergötzen uns an unserer Unterhaltung und wissen die ganze Zeit, dass wir vielleicht nie wieder eine solche Situation erleben werden.

Als Pete mich zu Theodores Wohnung zurückbegleitet, schweigen wir die meiste Zeit; eigentlich seltsam, denn wir haben uns noch nicht alles erzählt. Als wir vor dem Haus ankommen, bleiben wir unter der Markise stehen und sehen uns an. Es ist kein normaler Blick, sondern eher ein intensives Betrachten, als müssten wir herausfinden, was wir füreinander bedeuten. In mir wird es ganz ruhig, so ruhig, dass ich meinen Atem spüren kann. Ich lege Pete meine Hände auf die Brust. Warum ich das tue, weiß ich nicht, aber in der Stille spüre ich seinen Herzschlag, und das gibt mir Sicherheit.

»Ich muss gehen.« Pete blickt die Fifth Avenue entlang, als hätte er in der Ferne etwas entdeckt, das ihn zu sich ruft. Er will etwas sagen und lässt es dann.

»Was?«, frage ich.

»Wenn jemand gesagt hätte, dass dies die Geschichte meines Liebeslebens sein würde, dann hätte ich gelacht«, sagt er mit einem Lächeln.

»Es tut mir Leid.« Irgendwie habe ich in diesem Moment das Gefühl, es sei alles meine Schuld.

»Ist schon gut. Es ist eine Frage des Zeitpunkts.«

»Kann ich dir noch etwas sagen?«

»Sicher.«

»Wenn ich traurig bin, denke ich an dich.«

Pete sieht mich wachsam an. »Warum?«

»Weil ...« Ich mache die Augen zu, als stünden die Wörter, die ich sagen möchte, hinter meinen Augenlidern geschrieben. »Weil du das Mädchen in mir siehst.« Das stimmt. Niemand kann sich an sie erinnern. Sie ist verloren gegangen auf dem Weg zur Verantwortung und während des natürlichen Alterungsprozesses (nichts zu machen). Wenn Pete Rutledge mir sagt, dass ich schön bin, dann glaube ich es ihm. Und ich will es von ihm hören. Ich will es wissen. Wenn ich mit ihm zusammen bin, dann werde ich nicht einfach hingenommen. Dann bin ich nicht nur die Apothekerin oder die Ehefrau oder die Mutter, ich bin ich, mein eigentliches Ich. Ich stehe im Mittelpunkt. Auch der beste Ehemann kann einem dieses Gefühl nicht vermitteln, es muss von dem, der nicht vertraut ist, kommen, von dem Neuen oder aus der Erinnerung selbst. Diese Entscheidung treffen wir alle, wenn wir die Sicherheit der Beziehung wählen: Geborgenheit statt Aufregung.

»Gute Nacht, Ave.«

»Wiedersehen, Pete.«

Ich sehe ihm nach, als er die Straße entlanggeht. Er dreht sich um. »Ave?«

»Ja?«

»Sag Jack, ich schicke ihm die Muster noch diese Woche, ja?«

»Ist gut.«

Pete geht um die Ecke und ist verschwunden. Aber wie Gene Tierney habe auch ich das seltsame Gefühl, dass dies nicht das Ende meiner Fantasievorstellung ist. Dies ist nicht das Ende von Pete Rutledge.

Kapitel 4

»Frag mich jetzt nicht. Ich will mir erst den Schlafanzug anziehen«, sage ich zu Theodore, der auf der Couch hockt wie eine Katze, die auf ihr Futter wartet. »Nicht zu fassen, dass du so lange aufgeblieben bist. Interessiert dich Pete Rutledge so sehr?«

»Was soll ich sagen? Ich liebe Seifenopern. Ich hole uns ein Glas Wein.« Theodore springt auf und geht in die Küche.

»Ich hätte beinah Mist gebaut«, sage ich zu Theodore auf dem Weg ins Schlafzimmer. »Habe ich aber nicht.« Während ich mich umziehe, ruft Theodore aus der Küche: »Du kannst von Glück reden. Du hattest eine gute Ausrede: ›Mein schwuler Freund sitzt oben in der Wohnung und wartet auf mich.‹«

Ich nehme mein Glas Wein von Theodore entgegen und trinke einen großen Schluck.

»Jetzt will ich alles haarklein erfahren.«

»Wo ist Max?«

»Das spielt jetzt keine Rolle. Er ist zu Hause. Todmüde. Jetzt komm schon. Wie ist es gelaufen?«

»Also, ich bin zu seiner Vorlesung gegangen, dann haben wir einen Spaziergang gemacht, und dann sind wir ins Café dell'Artista gegangen, auf der Greenwich Avenue.«

»Die Cannoli da sind fast so eine Art Vorspiel.«

»Allerdings.«

»Und weiter?«

»Er hat mir erzählt, dass er heiratet.«

»Nein.«

»Eine tolle Frau, die Gina heißt und einen Sohn hat.«

»Und er hat keinen Annäherungsversuch gemacht?«

»Doch, schon. In gewisser Weise. Ein bisschen. Und ich war sehr froh darüber, wenn du's wissen willst.«

»Sei nicht sauer auf mich. Ich bin nur der, der die Fragen stellt. Liebt er diese Gina?«

»Das hat er nicht gesagt. Er hat gesagt, Gina will eine ernste Beziehung und ihr Sohn bräuchte einen Vater, du verstehst schon, mehr so ein Art Rotes-Kreuz-Abkommen. Er wird sie retten oder so.«

»Verstehe.«

»Und dann hat er gesagt –«

»Lass mich raten. Er liebt dich, aber er kann dich nicht kriegen.«

»Ja! Genau! Das ist genau das, was er gesagt hat!«

»Das ist ja wunderbar.«

»Es ist schrecklich.«

»Es ist perfekt.«

»Wieso ist es perfekt?« Ich schenke mir noch ein Glas Wein ein.

»Du weißt jetzt, dass es einen tollen Mann gibt, der dich bewundert, und du musst nie für ihn aufräumen oder kochen, du musst dich nie fragen, ob er anderen Frauen nachstellt oder sonst was Böses im Schilde führt. Du hast nur das Gute. Wer hat gesagt, dass Liebesgeschichten, die in der Fantasie stattfinden, besser sind als die Wirklichkeit?«

»Alle sagen das.«

»Weil es stimmt. Wenn man sich verliebt und einen Menschen liebt, dann nutzt sich die Magie irgendwann ab. Das heißt ja nicht, dass die tagtägliche, gewohnheitsmäßige Liebe einem nicht das Gefühl der Geborgenheit gibt. Das tut sie, natürlich. Aber dann ist es Flanellbettwäsche und kein Satin.«

»Jack und ich sind eindeutig Flanellbettwäsche. Aber es ist noch komplizierter. Pete hat mir geholfen, Joes Tod zu verwinden. Und weil die Verbindung so stark war, musste ich richtig darüber nachdenken, ob ich bei Jack bleiben wollte. In meiner Ehe wird es immer die Welt vor und die Welt nach Joes Tod geben. Und manchmal, mitten in der Nacht, wenn Jack und ich ganz allein sind, dann sprechen wir darüber, wie sich alles nach Joes Tod verändert hat, aber das können wir erst seit jenem Sommer, als ich mit Etta verreist bin und Pete kennen gelernt habe. Er hat mir geholfen, meinen Platz im Leben zu finden. In gewisser Weise hat er mir sogar gezeigt, dass Jack der Richtige für mich ist.«

Theodore schweigt. Was soll er auch sagen? Ich hatte gerade erklärt, dass Pete Rutledge in einem sehr wirklichen Sinn verantwortlich für mein Glück war, denn er hat mich dazu gebracht, dass ich mir selbst offen in die Augen gesehen und entschieden habe, wo mein Platz war. Ich habe mich für Jack MacChesney entschieden, doch vielleicht werde ich immer darüber nachdenken, was gewesen wäre, wenn ... Aber wer tut das nicht?

Bei der Columbus Day Parade weine ich ununterbrochen. Als der über und über mit roten Rosen dekorierte Wagen vorbeifährt, auf dem Miss Italy sitzt, sehe ich darin Jugend und Schönheit und endlose Möglichkeiten und bin ganz zerrissen. Dann zieht die Blaskapelle vorüber, die aus alten Italienern mit geschwungenen Schnauzbärten besteht und »Oh Marie« spielt, und ich muss an meine Mutter und ihre Schallplatten mit Louis Prima denken und daran, dass sie den Mann, nach dem sie sich gesehnt hat, nie bekommen hat. Ich frage mich, ob auf den Frauen in unserer Familie ein alter Fluch liegt. Hoffentlich kann Etta ihn vermeiden. Eigentlich glaube ich schon, denn sie hat die Bodenständigkeit der MacChesneys. Ich glaube nicht, dass meine Tochter sich von einem bösen Fluch bezwingen lassen würde.

Als ich klein war, waren meine Mutter und ich die einzigen Italiener in Big Stone Gap. Ich glaubte, wir seien die Einzigen auf der ganzen Welt, denn wir waren von dem Leben jenseits der Blue Ridge Mountains völlig abgeschnitten. Aber da irrte ich mich. Es gab viele Italiener in der Gegend, und heute bin ich auf allen Seiten von ihnen umgeben. Ich fühle mich ganz zu Hause unter den Menschen mit ihren markanten Zügen, den kräftigen Nasen, dem vollen Haar, der stolzen Haltung und all den anderen Merkmalen, die mir einfallen, wenn ich an meinen Vater in Schilpario oder an meine Mutter denke. Manchmal sehe ich ihr Gesicht vor meinem inneren Auge. Ich sehe sie am Spülbecken stehen oder im Garten oder wie sie vor mir kniet und den Saum an meinem Kleid absteckt. Ich erinnere mich an ihr Lächeln und an das Gefühl der Geborgenheit, das ich bei ihr hatte. Ich sehe sie in diesen jungen Frauen, in der Kraft ihrer dunklen Augen.

Am liebsten würde ich mitten auf die Straße rennen und rufen: »Ich bin eine von euch! Ich gehöre zu euch!« Seit meiner Kindheit ist es mein Traum, zu einer großen Familie zu gehören, einer Familie, in der alle so aussehen wie ich und so denken und fühlen wie ich. Und hier sind sie, Tausende von ihnen, sie stehen auf den Gehwegen und jubeln, sie marschieren in der Parade. Endlich habe ich meinen Platz in der Welt gefunden, aber ich bin immer noch allein. Ich sehe mich um und stelle fest, dass ich die Einzige bin, die weint.

Als das Flugzeug aus den Wolken taucht, sehe ich die Kette der Blue Ridge Mountains, die sich vor mir in herbstlicher Pracht entrollt. Das Laub hat die Farbe von Topas angenommen; weil es so lange warm war, wird es in diesem Jahr keinen bunten Indian Summer geben. Ich bin froh, die Berge zu sehen, zu Hause zu sein, wo mein Mann und meine Tochter mich erwarten. Für einen komplizierten Menschen ist Southwest Virginia eine unkomplizierte Landschaft, und ich vermisse sie jedes Mal, wenn ich weggehe.

Ich habe lauter kleine Mitbringsel für Etta gekauft, nicht als Ausgleich für ihre Strafe, sondern um ihr zu zeigen, dass ich sie in Gedanken die ganze Zeit bei mir hatte. Für diesen Herbst habe ich mir ein Ziel gesetzt: Ich will eine gute Verständnisebene zwischen meiner Tochter und mir herstellen. Ich möchte, dass sie mich und meine Erziehungsmaßnahmen versteht. Ich hoffe, sie begreift, dass es Konsequenzen hat, wenn sie etwas Unrechtes tut. Jetzt müssen wir ihr Mitgefühl entwickeln. Ich weiß, dass sie es hat, wir müssen es nur gemeinsam finden.

»Juhuu, junge Frau! Hier drüben!« Iva Lou winkt mir von der Sperre aus zu. Ich bin begeistert darüber, dass sie mich abholt. »Wie war's?«, fragt sie und schließt mich in eine dicke Umarmung.

»Theodore ist sehr glücklich. Er hat das Richtige gefunden.«

»Ich will alles erfahren.« Sie hebt eine Augenbraue, und ich weiß, dass ihre nächste Frage Pete Rutledge gilt. »Und?«, sagt sie und dehnt das Wort so lange, bis ich antworte.

»Er heiratet.«

»Ich wusste doch, dass du dich mit ihm treffen würdest!«

»Richtig, ich habe mich mit ihm getroffen.«

»Macht es dich traurig?«

»Nein.«

»Wie sah er aus?«

»Besser als je zuvor«, sage ich.

»Das überrascht mich nicht. So halten sie sich uns warm. Diese Mistkerle.«

Während wir auf mein Gepäck warten, fällt mir auf, dass Iva Lou ganz zappelig ist. Sie spricht schnell und laut, während sie mir die neuesten Geschichten aus Gap erzählt, aber das manische Geplapper ist nicht ihr Stil.

»Geht es dir gut?«

»Na klar.«

»Das glaube ich nicht. Irgendwas stimmt nicht.«

»Ach, Ave.« Iva Lou atmet heftig aus und bohrt die Hände in ihre Jeanstaschen.

Sofort muss ich an ihren Mann denken. »Ist was mit Lyle?«

»Nein, nein. Es geht ihm bestens. Es hat mit mir zu tun, Schätzchen, aber wahrscheinlich ist es nichts.«

»Was meinst du damit?«

»Du weißt, dass ich immer so schlapp war. Und mich nicht wie sonst gefühlt habe.«

»Und du bist zum Arzt gegangen, und der hat dich gründlich untersucht, richtig?«

»Ja, schon.« Iva Lou atmet tief ein. »Sie haben was gefunden.«

»Was haben sie gefunden? Wo?« Ich weiß, in solchen Momenten ist es besser, die Fakten zusammenzutragen und keine Panik zu zeigen. Iva Lou braucht jemanden, der sie beruhigt; ihre Augen füllen sich mit Tränen.

»In meiner Brust. Einen Knoten. Ungefähr so groß wie eine Erbse. Aber er war fest, deswegen haben sie eine Biopsie gemacht.«

»Gut. Und das Ergebnis?« Hiermit kenne ich mich aus, ich habe es mit meiner Mutter durchgemacht.

»Er ist bösartig.«

»O nein.«

»Bösartig. Kannst du dir das vorstellen?« Iva Lou tippt nervös mit dem Fuß auf den Boden.

»Das Wichtigste ist, dass du die Ruhe bewahrst.«

»Das sagt mein Arzt auch.«

»Sie können etwas tun.«

»Das hat er auch gesagt. Ich war in dem neuen Flügel im Holston Valley Hospital. Sie haben dort eine Brust-Spezialabteilung, alles ist ganz modern. Wenn es also Hilfe gibt, dann dort.«

»Was kommt als Nächstes?«

»Sie haben gesagt, es sei noch früh, aber ich müsse trotzdem schnell handeln.«

»Das ist eine gute Nachricht.« Als sie den Krebs bei meiner Mutter entdeckten, war es zu spät. Anscheinend kann Iva Lou meine Gedanken lesen.

»Ich habe viel an deine Mama denken müssen.«

»Ja, aber das ist lange her, Iva Lou. Und Mama wollte keine aggressive Therapie. Sie hat Chemotherapie und all das abgelehnt. Sie wollte, dass es seinen natürlich Weg ging, und das war ein schlimmer Fehler. Es hätte so viele Möglichkeiten gegeben, und sie könnte heute noch leben, wenn sie auf die Ärzte gehört hätte.«

»Also, ich bin fest entschlossen, nicht zu sterben.«

»Gut.«

»Ich meine, sonst geht es mir ja gut. Nur dass ich die ganze Zeit so müde bin. Ich bin so erschöpft, vielleicht ist es der mentale Stress, aber ich bin nicht so wie sonst. Ich komme um sieben nach Hause und liege um acht im Bett. Verrückt. Dabei war ich immer eine Nachteule, und jetzt lebe ich wie eine Rentnerin, die sich nicht raustraut. Das ist nicht meine Art.«

»Das ist überhaupt nicht deine Art.« Ich lege ihr den Arm um die Schultern. »Ich bin an deiner Seite, du kannst auf mich zählen.«

»Das weiß ich. Jetzt erzähl mir mal von Radio City. Hast du meine Bewerbung als Rockette eingereicht, wie ich dich gebeten hatte?«

Ich antworte nicht. Was ist schließlich eine Reise nach New York im Vergleich zu dem, was sie durchmacht? Lange bleiben wir so stehen, und als wir endlich aufblicken, stellen wir fest, dass die anderen Passagiere alle gegangen sind. Wir sind allein in der Halle, und mein Gepäck dreht einsam seine Runden auf dem Laufband.

»Lass uns nach Hause fahren«, sage ich zu Iva Lou.

Auf der Fahrt erzählen Iva Lou und ich uns den neuesten Klatsch und lustige Begebenheiten. Es ist nicht Iva Lous Art, lange Trübsal zu blasen, und wir schlagen einen leichten Ton an. Als sie mich vor unserem Haus absetzt, umarme ich sie und spreche ihr Mut zu. Sie möchte schnell zu Lyle zurück, und ich bin froh, in Cracker's Neck angekommen zu sein, wo ich umgeben bin von den Bergen, deren Kämme ich so gut kenne und deren Wege ich so oft gegangen bin. Es ist so friedlich hier, denke ich, als ich auf den Stufen stehe und über die dunkle Wiese blicke, hinter der die Straße zur Stadt verläuft. New York ist faszinierend, aber ich habe das Geräusch des Windes vermisst und das leise Rascheln der trockenen Blätter, bevor sie von den Bäumen fallen.

»Hallo, meine Schöne«, sagt Jack, als ich meine Taschen im Flur absetze.

»Ich glaube, ich fahre öfter mal weg«, sage ich zu ihm, als er mich in die Arme nimmt und küsst.

»Kommt gar nicht infrage. Nicht ohne mich. Ich wollte dich abholen, aber Iva Lou hat darauf bestanden –«

»Ist doch gut so.« Iva Lou hat mich um Verschwiegenheit gebeten, und obwohl ich Jack gern alles erzählen würde, werde ich mein Wort halten.

»Wo ist Etta?«

»Oben. Sie geht heute zu einer Schlafparty.«

»Stimmt. Heute ist ja Tara Kilgores Geburtstag.« Shoo kommt die Treppe hinunter. Ich bücke mich und streichle sie, aber sie reckt kurz die Nase in die Höhe und geht weiter. »Nicht jeder hier hat mich vermisst.«

»Etta schon«, sagt Jack und zeigt nach oben.

»Im Ernst?«

»Wir haben uns oft unterhalten, während du verreist warst. Vielleicht bemerkst du eine Veränderung.«

Die Tür zu Ettas Zimmer steht offen. Sie packt ihre Übernachtungssachen, die sie fein säuberlich auf dem Bett gestapelt hat, in ihre Reisetasche.

»Hallo, Etta!« Ich bleibe in der Tür stehen. Sie lächelt mir zu (ein gutes Zeichen). Ich gehe ins Zimmer, und sie umarmt mich (noch besser).

»Wie war's in New York?«, fragt sie und packt weiter.

»Es war großartig. Ich habe eine Liste von all den Sachen gemacht, die ich dir beim nächsten Mal zeigen will. Onkel Theodore schickt dir liebe Grüße. Und, was gibt es hier Neues?«

»Mal überlegen. Also, ich habe die beste Note im Erdkundetest bekommen. Ich hatte als Einzige in der Klasse ganz Kleinasien gelernt. Und dann mussten wir mit Shoo zum Tierarzt gehen. Sie konnte nicht mehr richtig atmen. Sie ist einmal die ganze Nacht im Regen draußen geblieben.«

»Es scheint ihr wieder gut zu gehen.«

»Es ist auch wieder gut. Sie hat Tropfen bekommen. Und Dad hat Polenta gemacht.«

»Schmeckte sie?«

»Na ja, sie war ein bisschen klumpig. Aber du weißt ja, wie er ist, wenn er gekocht hat, deswegen habe ich es trotzdem gegessen.«

Ich lächle. Vielleicht hat Etta mehr Mitgefühl, als ich vermute.

»Und, Ma, Miss Benton ist nicht mehr so sauer.«

»Wirklich?«

»Nein, am Freitag in der Schule hat sie schon darüber gelacht. Wir haben uns beschwert, dass wir eine zusätzliche Übungsstunde machen sollten, und sie hat gesagt, dass sie nach der Sache mit den Kohlen sieben zusätzliche Übungsstunden pro Woche ansetzen will. Wir haben die Kohlen abtransportieren lassen, und dann hat Dad neue Erde aufgetragen, und ich habe ihm dabei geholfen.«

»Gut, ich bin froh, dass es ihr besser geht.«

»Du bist jetzt nicht mehr böse auf mich, oder?«, fragt Etta und sieht mich dabei nicht an.

»Nein, jetzt nicht mehr.« Ich setze mich auf das Bett. »Ist es eine große Party bei Tara?«

»Wir sind zu sechst. Ihre Mutter hat Ethel Bartee eingeladen. Sie soll uns zeigen, wie man Maniküre macht, aber

Mrs. Bartee hat eigentlich keine Geduld für so was. Als sie unsere Haare für das Foto von der Band frisiert hat, hat sie so doll gezogen, dass es wehgetan hat. Bestimmt zeigt sie uns, wie man's macht, und lässt uns dann allein, damit wir uns selbst die Nägel lackieren.«

Etta zieht den Reißverschluss an ihrer Tasche zu und setzt sich neben mich. Sie sagt nichts, aber es entsteht keine Verlegenheit. Unsere Unterhaltungen kommen mir oft seltsam vor. Oft beantwortet sie eine Frage mit einem Wort oder mit einem knappen Satz, aber ich habe immer das Gefühl, dass sie mehr sagen möchte. Manchmal atmet sie auch ein, als wollte sie zu sprechen ansetzen, und lässt es dann.

»Ich habe dir etwas mitgebracht aus New York.« Ich gebe Etta einen Make-up-Set, das ich bei Saks gekauft habe. Es sind lauter harmlose Dinge: Lipp-Gloss, Reinigungsmilch und ein Fläschchen Vanilleduft.

»Cool!«, sagt Etta und untersucht den Inhalt. »Danke!«

»Und hier, das Wichtigste!« Ich gebe Etta eine gebundene Ausgabe von *Harriet, die kleine Detektivin.*

»Endlich habe ich mein eigenes Buch! Jetzt brauche ich es nicht die ganze Zeit auszuleihen.«

»Jetzt können die anderen Mädchen es auch mal lesen, wie?«

»Danke, Mom.« Etta umarmt mich wieder, und das entschädigt mich für alles, was wir durchgemacht haben. Als ich sie so im Arm halte, wünsche ich mir eine Sekunde lang, dass ich ein zweites Leben hätte, in dem ich ihre Freundin sein könnte statt ihre Mutter.

Als ich Etta zu ihrer Schlafparty gebracht habe und nach Hause zurückkomme, wartet Jack mit einem Picknickkorb auf den Stufen vor dem Haus auf mich.

»Was kommt jetzt?«

»Wir gehen zum Essen aus.«

»Ach ja?«

»Ja. Ich habe da einen Koch kennen gelernt. Er kocht nur zum Vergnügen, aber er macht richtig gute Brathähnchen, und seine Biscuits sind so leicht und luftig, dass es fast schade ist, sie zu essen. Und er empfiehlt toskanischen Rotwein, einen kräftigen Landwein, er schwört, dass er seine Frau in die rechte Stimmung versetzt.«

»Tatsächlich. Und wo hast du diesen Koch kennen gelernt?«

»Er wohnt ganz in der Nähe.«

»Ach so.« Ich spiele mit. »Vielleicht in einem alten Steinhaus in Cracker's Neck, wo mal die Straße erneuert und ein neuer Boiler eingebaut werden müsste und eine Pumpe benötigt wird, weil im Frühjahr immer der Keller unter Wasser steht?«

»Weißt du, irgendwie klingt das bekannt.« Er lächelt. »Wie sieht's aus? Gehst du mit mir aus?«

»Klar.«

Wir setzen uns in Jacks Wagen, fahren den Berg hinunter und nehmen die Talstraße, die uns zum Big Cherry Holler bringt. Ich rutsche auf den mittleren Sitz und lege meine Arme um meinen Mann, so wie es die Jugendlichen tun, wenn sie sich das Auto von ihrem Dad ausleihen und zum Strawberry Patch fahren, dem Rendezvousplatz Nummer eins von Big Stone.

»Hast du mich vermisst?«, frage ich meinen Mann und weiß die Antwort schon.

»Ja.«

»Warum?«

»Es macht keinen Spaß ohne dich.«

»Na, komm.«

»Nein, wirklich. Du weißt gar nicht, wie sehr du zu Ettas und meiner ständigen Erheiterung beiträgst.« Mein Mann tätschelt mir das Bein.

»Danke.« Ich nehme seine Hand von meinem Bein und

lege sie wieder auf das Steuerrad, aber ich bleibe an ihn geschmiegt sitzen.

Der Vollmond hat die Farbe von Sandpapier und schwebt über dem Big Cherry Lake wie das Ziffernblatt einer alten Uhr. Jack ist schwer bepackt mit der Tragetasche, dem Picknickkorb und einer Stablampe. Er richtet den Strahl auf den schmalen, mit Kiefernnadeln bedeckten Weg vor uns. Als wir am Ufer ankommen, nimmt er eine Petroleumlampe aus dem Korb und zündet sie an. Das Licht wirft einen goldenen Schimmer auf die Wasseroberfläche.

Ich lache, als er seine Schätze auspackt. »Du bist ja ein richtiger Sherpa.«

»Stimmt genau. In der Regel sind die ziemlich sexy, die Sherpas, stimmt's?« Er zwinkert mir zu.

»Das kann ich nicht sagen. Du bist der Einzige, den ich kenne.«

Jack legt sich auf die Decke. Ich setze mich neben ihn. »Hast du Hunger?«, fragt er.

»Noch nicht.« Ich klettere auf ihn und nehme sein Gesicht zwischen meine Hände. Ich liebe ihn sehr, denke ich und schaue in seine hellbraunen Augen und die Wurzel seiner fein geschnittenen Nase. Ich küsse ihn immer wieder und schmiege mich an ihn. »Du bist unverändert«, sage ich zu meinem Mann.

»Ist das gut oder schlecht?«

»Gut.«

»Weißt du, was heute für ein Tag ist?«

»Der Tag, an dem mein Mann mich mit einem Picknick überrascht hat?«

»Du bist schlimmer als jeder Mann. Du weißt es nicht mehr.«

»Was weiß ich nicht mehr?«

»Der vierzehnte Oktober. Das ist der Tag, an dem ich dir meinen ersten Heiratsantrag gemacht habe.«

»Der Abend mit der Apfelbutter.«

»Nenn es, wie du willst, Liebling. Ich nenne es ›Der Tag, an dem du mich abgewiesen hast‹.«

Ich kann es kaum glauben, dass er sich das Datum gemerkt hat. Jack nahm zwei Gläser mit Apfelbutter, die seine Mutter gemacht hatte, zum Vorwand, um mich zu besuchen. Er kam in mein Haus, plauderte über dies und jenes, und im nächsten Moment, aus heiterem Himmel, sprach er vom Heiraten. Es war der schlechteste Heiratsantrag aller Zeiten. Er verglich mich mit einem voll geladenen Pick-up und ließ durchscheinen, dass wir beide auf Grund unseres fortgeschrittenen Alters nicht wählerisch sein dürften. Ich habe nein gesagt, und das nicht besonders höflich, aber ich werde ihn heute daran nicht erinnern. Ich sage: »Ich bin froh, dass ich es mir anders überlegt habe, Schatz.«

»Ich auch. Bist du glücklich?«, fragt er.

»Sehr.«

Beim Frühstück hatte Theodore mir geraten, die Erregung, die Pete in mir ausgelöst hat, auf meinen Mann zu übertragen. Ich fand das seltsam, obwohl ich verstehe, dass ich meinen Mann lieben und mich trotzdem zu anderen Männern hingezogen fühlen kann. Mit Theodores Metapher könnte ich sagen, Pete hat mich »angerührt«, aber ich bin nach Hause gekommen, damit Jack dem Gericht »die letzte Würze gibt«. Ich küsse Jack wieder, diesmal meine ich es ernst.

»Du hast mich tatsächlich vermisst.« Jack lacht.

»Psst.« Ich unterdrücke ein Lachen, als ich das Echo unserer Stimmen über dem See höre. Falls ein Jäger auf der Pirsch ist, möchte ich vermeiden, dass er uns aufstöbert. Jack streckt sich nach der Lampe und dreht sie aus. Jetzt ist nur noch das Mondlicht da, das auf dem Wasser leuchtet. Jack küsst mich auf den Hals und legt sich auf mich, und ich schaue nach oben zum Mond, und jetzt sehe ich die Zeiger der Uhr, die sich wie rasend drehen. Ich schließe die Augen. Zum ersten Mal spüre ich, wie schnell die Zeit vergeht, und ich will sie anhalten. Ich fühle mich reich und heil, geliebt und begehrt, und kein noch so kleiner Teil in mir fühlt sich einsam oder ausgestoßen. Mit jedem Kuss sagt mir mein Mann, dass er bei mir bleiben wird und dass ich die einzige Frau für ihn bin. Unter mir ist der Boden kalt, während ich Jack an mich drücke. Heute Abend entscheide ich mich neu für ihn, und jedes Mal, wenn ich mich für ihn entscheide, weiß ich, dass es die beste Entscheidung ist, die ich treffen konnte.

Es stapeln sich so viele Rezepte, die noch bearbeitet werden müssen, dass man denken könnte, ich sei ein Jahr weg gewesen, und nicht eine Woche. Als ich dabei bin, die Tabletten für Nancy Toneys Nebenhöhleninfektion abzuzählen, steigt mir der Duft von Jade-East-Aftershave in die Nase, und es gibt nur noch einen Mann in Big Stone Gap, der das benutzt.

»Was ist los, Spec?«

Er steht an der Tür und klimpert mit dem Münzgeld in seiner Tasche. »Ich muss mit dir reden. Ungestört.«

»Ich bin allein hier.«

»Ich habe das mit Iva Lou erfahren.«

»Wie das?«

»Ich habe Arline Sharpe zur Herzklinik gebracht – es geht ihr gut, übrigens – und bin Beth Hagan über den Weg gelaufen, Lyle Makins Schwägerin, und die hat mir die schlechte Nachricht erzählt.«

»Iva Lou will nicht, dass alle Welt es weiß.«

»Ich verstehe nicht, warum. Wenn man die Methodisten und Presbyterier und Baptisten dazu kriegen kann, im Wettkampf für sie zu beten, dann ist sie doch im Handumdrehen geheilt.«

»Aber im Moment will sie nicht, dass es bekannt wird.« Ich nehme mir vor, bei Beth vorbeizufahren und sie über Iva Lous Wünsche zu unterrichten.

»Es ist nicht fair.« Spec sucht nach seinen Zigaretten.

»Ich finde auch, die Leute sollten nicht dauernd reden.« Aber natürlich, was hatte ich erwartet? Iva Lou hätte ebensogut eine Anzeige in die Zeitung setzen können, in der sie ihre Krankheit bekannt gibt.

»Nein, nein. Ich meine das mit Iva Lou und ihren … Also, sie hat die beste Figur im Wise County, auch verglichen mit den Mädchen, die nur halb so alt sind wie sie. Ehrlich, sie könnte morgen Miss Lonesome Pine werden, wenn sie wollte.«

Ich verspüre den Wunsch, Spec zu schütteln oder ihn anzuschreien, aber er meint es nicht so, wie er es gesagt hat. »Spec, wenn es um die Gesundheit geht, dann ist einem das Aussehen ziemlich egal. Dann ist es eine Frage von Leben und Tod.«

»Ich weiß. Ich weiß. Ich sage ja nur, als Mann finde ich es ganz furchtbar, dass ausgerechnet sie das kriegt. Iva Lou Wade Makins Vorzüge, also die sind doch wie die Natural Bridge oder der Roaring Branch oder Huff Rock. Es ist die pure Schönheit, von Gott gegeben, und bei Gott, wir sollten dankbar dafür sein. Ihre Figur, die ist doch so etwas wie ein Denkmal.«

»Iva Lou besteht nicht nur aus ihrem schönen Körper.«

»Ich weiß. Ich sage ja nur.« Spec schnaubt ungeduldig. »Ich fahre nach Pennington. Brauchst du was?«

»Nein, aber schönen Dank«, sage ich.

Fleeta kommt herein und balanciert zwei Tupperware-Tortenschachteln. »Himmel, Spec, wohnst du etwa hier?« Spec hält ihr die Tür auf und geht hinaus. »Such dir ein Zuhause, also wirklich.« Sie hustet, dann sagt sie zu mir: »Hast du schon das mit Iva Lou gehört?«

Ich werfe ihr einen Blick zu. »Wo hast du es denn gehört?«

»Im Supermarkt, ich musste Eier kaufen.«

»Kann hier verdammt noch mal niemand etwas für sich behalten?«

»Kann man hier verdammt noch mal etwas nicht aus dritter Hand auf der Straße erfahren? Warum bist du sauer auf mich? Himmelherrgott noch mal, dann kann ich ja gleich zu Hause bleiben, wenn ich nur dumm angemacht werde.« Fleeta geht nach hinten durch, um den Erfrischungsraum zu öffnen.

Pearls Auto hält vor der Apotheke. Als sie aussteigt, sehe ich deutlich, dass sie schwanger ist.

»Wie war deine Reise?«, fragt sie. »Wie geht's Theodore?«

»Ihm geht es prächtig. Er lässt herzlich grüßen. Wie geht es dir?«

»Die morgendliche Übelkeit hält bei mir den ganzen Tag an.«

»Schlimm. Hast du's mal mit den Gummibändern gegen Seekrankheit versucht?« Als ich mit Joe schwanger war, habe ich Druckarmbänder getragen, die man bei Kreuzfahrten gegen Seekrankheit bekommt, und sie haben funktioniert.

»Mein ganzer Arm ist voll damit, wie ein Haufen Zigeunerarmreifen. In Norton habe ich den ganzen Vorrat aufgekauft.« Pearl lächelt.

»Ich habe was für das Baby mitgebracht«, sage ich.

Pearl macht die Packung von Saks Fifth Avenue auf und kreischt erfreut auf, als sie den winzigen gelben Pullover mit einem New Yorker Taxi vorne drauf auspackt. »Wie hübsch. Vielen Dank!«

»Hast du Pearl von Iva Lou erzählt?«, fragt Fleeta.

»Nein.«

»Iva Lou hat Brustkrebs«, verkündet Fleeta.

»Nein!«

»Ja, aber sie glauben, sie haben es rechtzeitig entdeckt.«

»Ich staune, dass du nicht schon Kopien der Röntgenaufnahmen verteilt hast«, sage ich zu Fleeta. Die knurrt und geht zum Vorratsraum. »Iva Lou wollte nicht, dass es rumerzählt wird«, erkläre ich Pearl.

»Hier wird alles rumerzählt, hier ist Big Stone Gap. In dieser Stadt wissen die Leute alles voneinander, einschließlich der Wäschegröße.«

»Nur zu eurer Information, ich trage Größe sechs«, ruft Fleeta aus dem Vorratsraum.

»Es ist doch nicht schlimm um sie bestellt, oder?«

»Der Krebs ist früh entdeckt worden, und wir hoffen, dass es gut ausgeht«, beruhige ich Pearl, aber ich bin mir selbst gar nicht so sicher. Ich mag nicht glauben, dass diese Krankheit gleich zwei der Frauen, die mir am meisten bedeuten, erwischt hat. Und ich muss auch an Tante Alice Lambert denken, die nichts gegen den Krebs unternommen hat, bis er ihre Knochen zerfressen hat. Pearl sieht besorgt aus, also sage ich ihr, was ich mir selbst auch sage, nämlich dass sich die therapeutischen und technologischen Möglichkeiten enorm entwickelt haben und dass Iva Lou gute Chancen hat.

»Ich meine nicht nur Iva Lou«, seufzt Pearl.

»Was ist denn?«

»Ave, ich überlege, ob ich den Laden in Lee County schließe. Wir machen keinen guten Umsatz. Es gibt jetzt einen Rite Aid im Ort, und das ist fast so wie ein Kaufhaus, und es wohnen einfach nicht genug Menschen da für zwei Apotheken. Mir ist das gar nicht recht, aber wir machen Minusumsätze.«

»Hat das Gefängnis keinen Aufschwung gebracht?« Wir hatten alle große Hoffnung, als die Regierung beschloss, in Big Stone Gap ein Gefängnis zu bauen. Die Bevölkerung hatte unter dem Rückgang des Bergbaus zu leiden, und mit der Errichtung des Gefängnisses entstanden neue Stellen, was eine gute Lösung zu sein schien.

»In geringem Maße schon, aber wir brauchen mehr Industrie hier.«

Pearl geht ins Büro, und ich sehe ihr nach. Es erscheint mir seltsam, dass dies das gleiche Mädchen aus den Bergen ist, das bei mir Ware in die Regale geräumt hat, als sie noch zur Highschool ging. Pearl ist ein besonderer Mensch. Sie hat weder ihren Ursprung vergessen noch die Menschen, die ihr geholfen haben, das zu werden, was sie heute ist. Ich hatte befürchtet, dass sie als Geschäftsfrau zu weichherzig wäre und von den Leuten ausgenützt würde, aber sie ist clever und gewitzt – ich bin mir sicher, dass sie den hartgesottenen Geschäftsleuten in New York City ein paar Sachen beibringen könnte.

Zu meinem Plan, Iva Lou aufzumuntern (sie tut so, als wäre das gar nicht nötig, aber natürlich ist es das), gehört auch, dass ich etwas mit ihr unternehme, also machen wir am Samstag einen Frauenabend und fahren in das historische Abingdon. Wir genehmigen uns ein köstliches Abendessen im Martha Washington Inn, einem alten Gebäude aus der Kolonialzeit, das wie ein Haus aus einem Märchenbuch aussieht, mit Gaslaternen und einem Hain aus rotem Hartriegel, in dem man wunderbar spazieren gehen kann. Ich habe Karten für die Abendvorstellung im Barter Theater besorgt, die nach dem Abendessen stattfindet, es wird also ein schöner Abend.

Das Theater liegt ganz in der Nähe des Inns, und wir gehen die paar Schritte zu Fuß. Es ist Anfang November, der Wind wird kühler. Die Leute fangen schon an zu heizen, und wir nehmen den Geruch von Apfelholzfeuer wahr, das mir liebste Zeichen, dass der Herbst da ist.

»Guck mal, Ave«, sagt Iva Lou und zieht mich hinter einen Baum.

»Was ist denn?«

»Guck mal, in der Kutsche da.« Iva Lou zeigt auf die Kutsche vor dem Inn. Sie wird von dem vorgespannten Pferd eine geschwungene Auffahrt hochgezogen.

Das Pferd trottet mit klappernden Hufen an uns vorbei. Auf der Rückbank, eine Decke über die Knie gelegt, sitzen Fleeta und Otto im besten Sonntagsstaat. Wir bleiben hinter dem Baum stehen, damit sie uns nicht sehen.

»Haben sie ein Rendezvous?«, frage ich verständnislos.

»Na, sie sind ja nicht hier, um Bucheckern zu sammeln. Wusstest du davon?«, fragt Iva Lou.

»Ich hatte keine Ahnung.«

»Wie ist das möglich, dass keiner von uns etwas gemerkt hat?«, fragt Iva Lou.

»Vielleicht ist es ganz neu. Otto sah aus wie ein schmachtender Minnesänger, und Fleeta schien doch ziemlich glücklich, das Ziel seiner Aufmerksamkeit zu sein.«

»Was machen wir jetzt?«

»Wir gehen ins Theater und tun so, als hätten wir sie nicht gesehen.« Iva Lou lächelt. »Ich habe schon immer bemerkt, dass Otto Stielaugen gemacht hat, wenn er Fleeta sah.«

»Das soll wohl ein Scherz sein, oder? Sie ist immer so hässlich zu ihm. Einmal hat sie ihm gesagt, er hätte keinen Arsch. Ich habe es selbst gehört.«

»Was hat er darauf gesagt?«, fragt Iva Lou.

»Er hat gelacht.«

»Siehst du, er mag sie. Sie hat mit ihm geflirtet. Den Menschen auf dieser Erde, der sich nicht für Sex interessiert, den muss ich erst noch kennen lernen.«

»Mir ist allerdings nicht aufgefallen, dass es Fleetas Stimmung verbessert hat.«

»Na, es gibt ja Menschen, wenn auch nur wenige, die von Sex nicht ruhiger werden, sondern die hinterher nur noch aufgedrehter sind. Vielleicht gehört Fleeta auch in diese Kategorie.« Iva Lou zuckt mit den Schultern.

Iva Lou und ich gehen schon seit Jahren ins Barter Theater. Seit der Depression ist es das Staatstheater von Virginia, aber es ist berühmt, weil es das älteste Regionaltheater der Vereinigten Staaten ist und manchem großen Schauspieler, wie zum Beispiel Ernest Borgnine, den Absprung zu ihrer Karriere ermöglicht hat. Wir hören uns gern zur Saisoneröffnung die Ansprachen des Künstlerischen Leiters, Robert Porterfield, an und gehen zu der Verlosung, bei der der Sieger einen Räucherschinken aus Virginia bekommt. Als das Theater neu war, konnten sich viele Menschen die Eintrittskarten nicht leisten, aber sie hatten die Möglichkeit, Waren oder Dienstleistungen im Tausch für eine Vorstellung anzubieten. Daher auch der Name, der Tauschhandel-Theater bedeutet. Das Gebäude mit seinen strahlend weißen Wänden und den Stuckverzierungen an der Decke, den prächtigen Kristalllüstern und einem Balkon, der sich über den Orchestergraben und die Bühne windet, hat eine lange Geschichte. Die Sitze sind aus dunkelrotem Samt, und Iva Lou findet, sie sehen aus wie Rosen ohne Füllung.

»Möchtest du auch etwas?«, fragt Iva Lou, als wir in der Pause am Erfrischungsstand anstehen. »Ich persönlich werde mir ein Glas Weißwein genehmigen. Guck dich nicht dauernd um. Sie sind nicht da. Fleeta geht nicht ins Theater, sie geht nur zu Ringkämpfen.«

»Du hast Recht.« Ich glaube nicht, dass Otto und Fleeta Theatergänger sind. »Wie gefällt dir das Stück?«

»Ich finde, es war an der Zeit, dass sie Lee Smiths Zeilen vertonten. *Fair and Tender Ladies.* Das ist doch eine passende Beschreibung für uns, findest du nicht?« Iva Lou lacht.

»An einem guten Abend vielleicht.«

»Also, Ave, ich habe meinen Entschluss gefasst.« Iva Lou reicht mir ein Glas Weißwein.

»Was für einen Entschluss?«

»Ich habe mit Doktor Phillips am Krankenhaus gesprochen.«

»Was hat er gesagt?«

»Er hat mir alle Möglichkeiten erklärt und eine partielle Mastektomie empfohlen, danach Chemotherapie und Bestrahlung. Er sagt, in den Lymphknoten seien auch ein paar Krebszellen, dass ich mir aber über die keine Sorgen machen soll, weil sie die mit der Bestrahlung wegkriegen. Es sind auch die Lymphknoten auf der anderen Seite betroffen, aber er sagt, die erwischen sie auch.«

»Wann findet die Operation statt?«

»Bald. Aber ich halte mich nicht genau an seinen Plan.«

Mir wird flau im Magen. So war das bei meiner Mutter auch. Sie hatte ihre eigenen Vorstellungen, wie sie mit dem Krebs umgehen wollte, und kein Arzt konnte ihr sagen, was das Beste für sie war. »Iva Lou, bitte, hör auf den Arzt, er weiß den besten Weg. Wenn er sagt, dass es klappt, dann klappt es auch.«

»Wahrscheinlich hast du Recht. Aber ich will einhundert Prozent.«

»Was soll das heißen?«

»Ich will eine hundertprozentige Garantie, dass ich geheilt bin. Ich will am Ende von allem wissen, dass ich es nicht wieder kriegen kann. Ich will nicht all dies hier durchmachen und dann nach fünf oder sieben Jahren feststellen, dass ich das Ganze noch einmal durchmachen muss. Und dann ist vielleicht die Erfolgschance geringer. Ich will, dass es ein für alle Mal erledigt ist.«

»Und was hast du vor?«

»Ich habe ihm gesagt, er soll sie abnehmen.«

»Abnehmen?«

»Beide. Ich will eine doppelte Mastektomie.«

»Iva Lou, willst du nicht lieber noch mal drüber nachdenken? Es geht alles so schnell. Die Forschung macht solche Fortschritte, die Medikamente sind besser geworden, die Ergebnisse der Chemotherapie –«

Sie unterbricht mich. »Nein. Mein Entschluss steht fest. Ich habe mit Lyle darüber gesprochen, und er unterstützt mich voll und ganz. Mein Arzt hat gesagt, ich soll einen zweiten Arzt konsultieren. Er versteht meine Gefühle, aber er ist der Meinung, dass sein Vorschlag für die Behandlung das Richtige für mich ist, und das glaube ich ihm auch. Aber er kann mir keine Heilung garantieren. Remission, ja, aber keine Heilung. Und ich will geheilt werden.«

»O Gott. Ich weiß nicht, Iva Lou. In gewisser Weise verstehe ich dich. Ich habe damals eine Menge von meiner Mutter gelernt. Ich habe gelernt, dass jede Frau diese Sache auf ihre Weise entscheidet. Vielleicht würde ich es auch so machen wie du, wenn ich in der Situation wäre. Ich weiß es nicht. Bei Mama war es so, dass sie bereit war zu sterben. Sie hatte ihre Aufgabe, mich ins Leben zu entlassen, erfüllt, und ich glaube, sie hat keine besonders helle Zukunft für sich gesehen. Du bist da ganz anders. Du willst leben, du willst ein langes Leben haben.«

»Genau das ist es!« Iva Lou wirkt erleichtert. Zum ersten Mal seit Wochen ist die kleine Falte zwischen ihren Augen verschwunden. Sie hat lange genug darüber nachgedacht. »Du verstehst, es fällt mir nicht leicht. Ich liebe meine Brüste. Ich habe sie geliebt und sie in Ehren gehalten, von einem Ende von Wise County zum anderen, mein Leben lang. Ich war immer stolz auf meine Figur. Ich war mit allem gesegnet. Schätzchen, ich habe das Beste aus ihnen gemacht; ich wusste, dass ich da etwas Besonderes hatte, und jetzt bin ich, also, ich bin so alt, wie ich bin, und ich habe viele schöne Jahre gehabt, in denen ich in den vollen Genuss gekommen bin. Und jetzt müssen sie ab, weil sie ihren Sinn nicht mehr erfüllen. Ich bin dankbar, dass ich sie hatte. Sie haben mir viel Vergnügen bereitet. Aber jetzt will ich mehr. Ich will die Gewissheit, dass ich jeden Morgen aufwache und weiß, dass ich am Leben bleibe.«

Ich habe dem nichts entgegenzusetzen. Sie wird es so handhaben, was immer die Ärzte ihr raten werden. Sie hat ihren Entschluss gefasst.

»Was ist jetzt mit dir?« Iva Lou stößt mich in die Rippen. Anscheinend runzle ich die Stirn.

»Ich wünschte einfach, dass du das nicht alles durchmachen müsstest.«

»Schätzchen, diese Option gibt es einfach nicht. Ich habe noch so viel vor in meinem Leben. Ich will mich nicht davon kaputtmachen lassen. Ich habe Pläne. Es gibt so viele Orte in der Welt, die ich sehen möchte, und ich stelle mir vor, wie glücklich ich da sein werde. Ich habe nie daran gedacht, dass mein Leben enden könnte. Aber jetzt habe ich den Beweis, dass die Uhr läuft. Und so wahr mir Gott helfe, ich will erst gehen, wenn ich alles gesehen und alles getan habe, was ich mir vorgenommen habe.« Die Wörter sprudeln nur so aus Iva Lou heraus. Sie ist entschlossen, und sie ist erleichtert. Sie hat ihre Entscheidung getroffen und ist mit sich selbst im Reinen.

Iva Lou und ich nehmen unsere Plätze wieder ein, und so schön die Musik und die Worte auch sein mögen, ich höre sie nicht. Ich denke an meine Freundin, die einhundert Prozent sicher sein will.

Die Ärzte meinten es ernst, als sie sagten, sie wollten die Operation möglichst bald vornehmen. Es sollte vor Thanksgiving geschehen, und das hat auch geklappt. Ich war heute bei der Arbeit, aber alles war wie verschwommen, weil ich wusste, dass Iva Lou heute Abend drankommt. Ich habe Etta von der Schule abgeholt, bin nach Hause gefahren und habe mich lange in die Badewanne gelegt, und gleich fahre ich rüber nach Kingsport. Iva Lou wollte keine Menschenansammlung an ihrem Bett, sondern nur Lyle und mich. Etta kommt ins Bad und setzt sich auf den Wannenrand.

»Ma, kann ich mit Tara zum Schlittschuhlaufen gehen?«

»Kommt Dad mit?«, frage ich und male mir die Lippen an.

»Er hat gesagt, er kommt.«

»Dann meinetwegen.«

Etta bleibt sitzen und sieht mir zu, so wie sie es viele Male gemacht hat, seit sie klein war. Ich weiß noch, wie ich es bei meiner Mutter gemacht habe. Ich habe fasziniert zugesehen, wie sie sich ihre glatte Haut gepudert und ihre Lippen präzise nachgezogen hat. Sie ließ sich immer ein wenig Wasser über die Handflächen laufen und hat sich die Haare damit geglättet. Ich stelle mir vor, wie Etta einmal die gleichen Rituale mit ihrer Tochter vollzieht. Ich lege Parfum auf und gebe Etta auch etwas ab (hier unterscheidet sich unser Ritual von dem mit meiner Mutter).

»Muss Iva Lou sterben?«, fragt Etta leise.

»Ich glaube nicht.«

»Aber deine Mama ist an Krebs gestorben, oder?«

»Ja.«

»Hattest du Angst?«

Ich setze mich neben Etta auf den Wannenrand. »Fürchterliche.«

»Wie hat es sich angefühlt, als sie gestorben ist?«

Die meisten Menschen sprechen von der Trauer nach dem Tod eines Menschen, oder von der Zeit davor, doch niemand hat mich bisher gefragt, wie es für mich am Tag ihres Todes war. »Ich dachte, es sei der schlimmste Tag in meinem Leben. Und das war er auch, bis zu dem Tag, als dein Bruder starb. Aber ich konnte es ein bisschen verstehen, als meine Mutter starb, sie war so lange krank gewesen, und am Ende habe ich darum gebetet, dass sie sterben möge. Sie war so dünn und hatte solche Schmerzen. Die Ärzte sagen immer, dass sie einem Medikamente gegen die Schmerzen geben können, aber das stimmt nicht. Ich glaube auch nicht, dass es nur körperlicher Schmerz ist, es ist auch die Trauer, weil man aus der Welt scheidet und die geliebten Menschen zurücklässt.«

»Warst du da, als sie starb?«

»Nein.« Ich atme tief ein.

»Warum nicht?«

»Ich bin zur Arbeit gegangen. Mama hatte darauf bestanden. Sie fühlte sich einigermaßen, und ich war ein paar Tage zu Hause geblieben, um sie zu pflegen. Sie war nicht bettlägrig. Sie konnte herumgehen und ein paar Sachen erledigen, und nach einer Weile fühlte sie sich schwach und müde, und dann musste sie sich hinsetzen. Ich wollte mich ihr nicht widersetzen, also bin ich zur Arbeit gegangen. Ich weiß noch, dass Nellie Goodloe mir an dem Tag einen Beutel mit Red Delicious brachte, und ich wusste, dass Mama sich über einen Bratapfel freuen würde, und wollte schnell nach Hause kommen.« Wir sitzen einen Moment schweigend da. Am liebsten würde ich die Geschichte hier beenden, aber Etta möchte weiterhören.

»Was ist dann passiert?«

»Ich ging nach Hause, und als ich ins Haus kam, habe ich nach ihr gerufen, aber sie hat nicht geantwortet. Es war so still, ich hatte richtig Angst. Ich habe die Äpfel fallen gelassen, und sie sind über den Boden gekullert. Es war, als würde alles in Zeitlupe geschehen, ohne jedes Geräusch. Ich wusste, dass etwas passiert war, aber ich konnte mich nicht bewegen. Dann kam ich wieder zu mir, und ich bin ins Schlafzimmer gerannt. Sie hat in ihrem Sessel gesessen. Sie war tot.«

»Meinst du, wenn ich sterbe, dass deine Mama mich erkennt?«, fragt Etta.

»Bestimmt.«

»Und Joe, meinst du, er erkennt uns?«

»Ich hoffe es.«

»Er war noch so klein, vielleicht würde er uns nicht erkennen«, sagt Etta leise.

Ich weiß nicht, wass ich zu Etta sagen soll. Und wenn man noch so lange Mutter ist, immer wieder fragen einen die Kinder Sachen, die man nicht beantworten kann. Die kitschige Beschreibung vom ewigen Leben mit einem perlenbesetzten Tor und Engeln und Wolken und einem bärtigen Lieben Gott sind genauso weit von der Wirklichkeit entfernt wie der Weihnachtsmann am Nordpol. Etta ist zu alt für solche Geschichten, sie fragt nach dem, was dahinter liegt.

»Ich hoffe, dass er uns erkennt.« Ich setze mich neben sie.

»Aber du weißt es nicht, Ma, oder?«

»Nein, ich weiß es nicht.« Vielleicht sollte ich nicht ehrlich sein, vielleicht sollte ich ihr eine Versicherung geben. »Ich weiß, dass der Gedanke, dass ich meine Mutter und Joe wiedersehen werde, mir sehr hilft.«

»Dann wird es auch so sein.« Etta lächelt und steht auf. »Ist doch gut, wenn man an etwas glaubt. Schaden kann es bestimmt nicht.«

Das Holston Valley Hospital liegt auf einer Anhöhe oberhalb von Kingsport, Tennessee, wie eine Burg. Als ich auf den Parkplatz einbiege, verschwindet die Sonne hinter den braunen Bergen an einem Himmel voller orangefarbener und goldener Streifen wie bei einem Tigerauge. Ich habe keine Angst, als ich das Krankenhaus betrete, ich bin guten Mutes für Iva Lou. Ich weiß nicht, woher dieser Optimismus kommt, aber er fühlt sich gut an.

»Also, Lyle Emmett Makin, quatsch Ave nicht die Ohren voll.« Iva Lou liegt auf einer Liege in dem Raum vor dem OP und hat eine unattraktive Duschhaube auf dem Kopf. Die Schwester stopft die Decke um sie fest. Sogar ohne Make-up sieht Iva Lou strahlend aus. Sie hat das glatte Gesicht einer Frau, die mit sich und ihrer Entscheidung im Reinen ist. Ihr Mann scheint das Gleiche zu denken, wenn ich seinen Gesichtsausdruck richtig deute. Lyle küsst seine Frau auf die Stirn, als sie in den Aufzug geschoben wird. Ich werfe ihr einen Handkuss zu, und sie lächelt, als die Tür sich schließt. »Ich lass mich liften, wo ich schon dabei bin, ich sag's euch!«, ruft sie aus dem Aufzug. Ich höre das Lachen der Krankenschwester, und dann fährt der Aufzug los.

»Hast du Lust auf einen Kaffee, Lyle?«

»Gern.«

Lyle Makin ist seit dreizehn Jahren Iva Lous Ehemann, und ich kann ehrlich sagen, dass ich ihn heute nicht besser kenne, als an dem Tag, als ich ihn kennen lernte. Er spricht nicht viel (hat aber gute Manieren), und über seine Vergangenheit (er kommt aus Roseville im Lee County) und seine Arbeit (er repariert schweres Bergwerksgerät) weiß ich auch nicht viel, aber das war auch nie nötig – er ist Iva Lous Mann, und ich mag ihn, weil sie ihn liebt.

Lyle ist über ein Meter achtzig groß. Wie Iva Lou hat er in den Jahren, die sie zusammen verbracht haben, auf seine Figur geachtet. Sein graues Haar ist weiß geworden, und seit er einen Bart hat, sieht er aus wie einer von den alten Gitarrespielern im Carter Fold. Er hat tief liegende Augen (ein Zeichen für Zurückgezogenheit, was ja tatsächlich zutrifft) und einen dunklen Teint. Es würde mich nicht überraschen, wenn er Melungeon-Blut in sich hätte. Die Melungeons, unser Bergvolk, wurden einst verachtet, erfreuen sich aber in letzter Zeit einiger Beliebtheit, und ihr exotisches Äußeres ist in Büchern und Theaterstücken gefeiert worden. Lyle hat einen bronzenen Teint, was auf verschiedene Einflüsse hindeutet: Cherokee, türkische, französische, afrikanische und englische.

»Wie kommst du klar, Lyle?«

»Einigermaßen. Und du?«

»Mir geht's gut.«

Schweigend gehen wir den Flur entlang zur Cafeteria, und als wir uns hinten an der Schlange anstellen, sehe ich überrascht zu, wie Lyle sein Tablett belädt. Er nimmt sich gebratenen Heilbutt mit gedünstetem Spinat, zwei Brötchen, eine Tasse schwarzen Kaffee, eine kleine Packung Orangensaft und ein Stück Kokosnuss-Sahne-Kuchen. »Iva Lou hat gesagt, ich soll ordentlich essen«, sagt er mit einem Schulterzucken.

»Sie hat mir erzählt, dass du sie in dieser Sache sehr unterstützt.«

Lyle sagt einen Moment lang nichts, dann atmet er tief ein. »Sie ist mein Schatz.«

»Ich weiß.«

»Ich war in Vietnam. Wusstest du das?«

»Nein.«

»Ja. Ich hatte mich spät gemeldet. Ich war im Koreakrieg, und als der Vietnamkrieg begann, fand ich, dass ich auch da kämpfen müsste. Also habe ich mich gemeldet.«

»Es gab nicht viele, die so gedacht haben.«

»Die Army war das Beste, was in meinem Leben passieren konnte. Ich bin 1951 ohne Abschluss von der Highschool abgegangen, und die Army hat mich genommen. Ich hatte das Gefühl, ich schulde ihnen was.« Lyle schüttelt die Packung mit dem Orangensaft und macht sie dann auf. »Ich habe gekämpft und einiges gesehen. Ein paar meiner Kumpels sind da umgekommen, ein paar andere wurden schlimm verwundet, und als wir einmal abends so rumsaßen, habe ich gesagt, wenn ich verwundet werde und gelähmt bleibe, dann sollte mir einer versprechen, dass er mir den Gnadenschuss gibt. Ich hab gesagt, so will ich nicht leben. Also hat einer von meinen Kumpeln, Bill Kelly heißt er, aus Lansing, Michigan, mir versprochen, dass er meinen Wunsch ausführen würde, wenn die Situation eintreten würde. Ungefähr einen Monat später wurde ich verwundet. Ich hab zu Bill gesagt: ›Vergiss, was ich dir gesagt habe, Kumpel, ich will leben.‹ Und er hat sich mein Bein angeguckt und gesagt: ›Du hast Glück. Es hat dich nur am Oberschenkel erwischt. Aber ich erschieße dich trotzdem, weil du gesagt hast, ich könnte deine Uhr haben.‹ Dann haben wir beide gelacht, und er hat mich zum Arzt gebracht, und so war's dann auch, es war nicht das Ende, und im Krankenhaus haben sie mein Bein gerettet. Gestern Abend habe ich Iva Lou die Geschichte erzählt, weil ich dachte, vielleicht fühlt sie sich dann besser. Und dann hat sie mich angesehen, mit diesem typischen Blick, und hat gesagt: ›Aber liebe Güte, Lyle, ich kann doch auf meinen Titten nicht gehen.‹« Lyle lachte. »Sie hat die Geschichte gar nicht verstanden.« Er rührt in seinem Kaffee und sieht mich an.

»Weißt du, ich habe nur sie auf der Welt.« Er schiebt das Tablett von sich, das Essen hat er nicht angerührt. »Meine Verwandten leben nicht mehr.«

»Sie schafft das schon, Lyle.«

»Meinst du wirklich?«

»Ich bin mir sicher. Sie würde alles und jeden überwinden, der sich ihr in den Weg stellt.«

»Da hast du Recht.«

Ich bin überzeugt, dass dies das längste Gespräch ist, das ich je mit Lyle Makin führen werde, jedenfalls habe ich verstanden, warum Iva Lou ihre Zeit als glückliche Jungesellin für ihn aufgegeben hat. Lyle liebt sie auf eine absolute Art, und Iva Lou hat gespürt, dass eine Zeit kommen würde, in der sie genau das brauchte.

Kapitel 5

Die Fahrt vom Krankenhaus nach Hause geht schnell (zum Glück kann ich achtzig fahren, denn um diese Zeit sind auf der Straße zwischen Gate City und Big Stone Gap keine Lastwagen unterwegs). Die Ärzte haben nach der Operation mit uns gesprochen und gesagt, sie seien sicher, dass »alles raus ist«. Iva Lou war noch nicht aus der Narkose aufgewacht, als ich ging, und die Ärzte wollten sie bis zum nächsten Morgen schlafen lassen. Die Schwestern waren so freundlich und haben für Lyle eine Liege in Iva Lous Zimmer aufgestellt.

Als ich nach Hause komme, haben Jack und Etta schon gegessen, und Jack sitzt in unserem Zimmer und guckt fern. Ich berichte ihm von Iva Lou, dann gehe ich nach oben zu Etta. Auf ihrem Bett hat sie Schulbücher, Hefte und Stifte ausgebreitet.

»Sieht aus, als hättest du eine Menge Hausaufgaben.«

»Habe ich auch. Wie geht es Tante Iva Lou?«

»Gut. Sie wird bestimmt wieder gesund.«

»Wann kann ich sie besuchen?«

»Am Samstag«, sage ich zu ihr.

»Gut. Dad hat dir Pizza in die Küche gestellt.«

Etta beugt sich wieder über ihre Hausaufgaben. Ich gehe nicht in die Küche, sondern setze mich draußen auf die Stufen. Ich habe keinen Hunger, ich brauche Luft, viel Luft. Ich rolle meinen Kopf von rechts nach links, um die sich anbahnenden Kopfschmerzen abzuwehren, so wie Theodore es mir vor Jahren gezeigt hat. Es funktioniert. Zuerst knacken meine Wirbel ziemlich laut, und nach ein paar Drehungen hört es auf. Ich gehe um das Haus herum in den Garten. Ich überlege, ob ich in den Wald gehen soll, aber irgendwie bin ich zu müde dazu, deswegen lege ich mich auf den Boden und verschränke die Arme hinter dem Kopf. Ich bin erledigt. Ich habe mir Sorgen um Iva Lou gemacht und es nicht gezeigt, weil ich Angst hatte, ihr oder meiner Familie Einblick in meine Gefühle zu geben, und jetzt kann ich nicht mehr. Im Augenwinkel spüre ich eine kalte Träne.

Der Himmel hat heute Abend eine seltsame Farbe, stahlgrau, und die merkwürdigen Wolkengebilde sehen aus wie alte Wollknäuel. Ich fühle mich an den Gewitterhimmel in Abenteuerfilmen erinnert, wenn alles verdächtig ruhig ist, aber am Himmel sich das Unwetter drohend zusammenballt. Vielleicht ist es deshalb so warm. Jeden Moment könnten sich die Wolken öffnen, wie eine morsche Zimmerdecke mit einem Wasserleck, und ein kalter Winterregen auf die Erde niedergehen.

»Hier, Mama.« Etta kommt zu mir und gibt mir meine Jacke. »Steh nicht auf.« Sie legt sich neben mich auf den Boden und sieht nach oben. »Die Wolken sehen so böse aus.«

»Das finde ich auch.«

»Hast du schon mal so eine Farbe am Himmel gesehen?«, fragt sie.

»Ich glaube, nicht.«

»Findest du es nicht seltsam, dass es so warm ist? Es ist schon fast Thanksgiving, und bisher war es noch nicht kalt.«

»Ja, ich finde das auch seltsam«, stimme ich ihr zu.

Wir liegen eine Weile schweigend da, dann fragt Etta: »Wenn du Krebs hättest, was würdest du dann tun?«

»Ich würde zu den besten Ärzten gehen und mir ihren Rat anhören. Dann würde ich nach Hause kommen und mit dir und Daddy darüber sprechen. Warum fragst du?«

Etta antwortet nicht. Das Quietschen der Fliegentür unterbricht uns. Jack steht auf der Veranda. »Was machen meine beiden Frauen hier draußen?«

»Wir reden.« Etta zuckt mit den Schultern.

»Kein Mond heute Abend«, sagt Jack und setzt sich neben mich.

»Oh, doch, der Mond ist da«, sagt Etta.

»Wo?«, fragt ihr Vater.

»Im Nordosten.« Etta zeigt in die Richtung.

»Woher weißt du das?«, frage ich sie.

»Am Wochenende haben wir zunehmenden Mond, der sehr hell ist, weil er von der Sonne Licht bekommt. Außerdem kriegt er Licht von der Erde, nämlich Sonnenlicht, das von der Erde reflektiert wird und den Mond anscheint.«

»Wo hast du das gelernt?« Ich setze mich auf und betrachte meine Tochter mit neuem Respekt.

»Es steht in Büchern. Außerdem lässt Mr. Zander mich nach der Schule seine Karten ansehen. Allerdings hat er mir gesagt, dass man ein Leben lang die Sternbilder studieren kann, ohne einen Schritt weiterzukommen und neue Dinge dazuzulernen.«

»Als du klein warst, hast du nachts oft in deinem Kinderbett gestanden und aus dem Fenster geguckt. Ich habe nie begriffen, was du gesehen hast, jetzt weiß ich es.« Ich gebe Etta einen Stoß, und sie lacht.

»Ich mag die Sternbilder, weil sie immer gleich bleiben. So wie heute Nacht. Wir können die Sterne nicht sehen, wegen der Wolken. Und bei Vollmond, wenn der Himmel ganz hell ist, dann überstrahlt der Mond das Funkeln der Sterne, sodass man denkt, sie sind nicht da. Aber sie sind da. Das Einzige, was man in den Naturwissenschaften beweisen kann, ist die Veränderung der Dinge. Aber in Wirklichkeit bleiben sie auch gleich.«

»Das klingt sehr philosophisch«, sagt Jack und blickt zum Himmel hinauf.

»Es bedeutet, dass wir, wie die Sterne, einen festen Platz haben. Ein Schicksal. Es gibt die Tatsachen, und es gibt das Schicksal, über das wir nicht bestimmen können.«

Die Wolken am Himmel ziehen weiter, und genau da, wo Etta gesagt hat, dass der Mond stünde, kommt er zum Vorschein, halb sichtbar hinter einem dünnen Wolkenschleier.

»Also gut, meine kleine Naturwissenschaftlerin«, sagt Jack, »was für ein Mond ist das?«

Etta blickt zum Himmel. »Meinst du, ein Viertelmond?«

»Nein, obwohl das bestimmt die richtige Größe ist. Mein Großvater hat das einen Milchglasmond genannt, weil die Wolken ihn mit einem Schleier überziehen, so wie wenn man ein Glas mit Milch austrinkt und die Innenseite dann mit einem dünnen Schleier überzogen ist. Und er hat gesagt, es bedeutet, dass es am nächsten Tag Regen geben wird.«

»Das hört sich schön an, Dad, aber es ist nicht sehr wissenschaftlich ausgedrückt.«

Jack und ich lachen; in Momenten wie diesen, wenn man sieht, dass das eigene Kind einen zurücklässt, weil seine Neugier es auf Gebiete führt, über die man selbst noch nicht nachgedacht hat, in solchen Momenten ist das Elternsein am schönsten. Über Ettas Vorstellung, dass die Geschichte unseres Lebens schon geschrieben ist, muss ich nachdenken. Der Gedanke, dass all das in der Welt, was wir nicht erklären können oder was Schmerz verursacht (wie Iva Lous Krankheit), fester Bestandteil unseres Lebens ist, hat etwas Beruhigendes für mich. Es erscheint dadurch erträglicher, weniger beängstigend. Trotzdem fällt es mir schwer, die Idee zu akzeptieren und gleichzeitig an allem, was ich liebe, festzuhalten. Wenn die Wolken kommen, bin ich mir nicht sicher, dass dahinter die Sterne sind.

Fleeta, Pearl und ich beschließen, nach Kingsport zu fahren und nach der Besuchsstunde zu Iva Lou ins Krankenhaus zu gehen. Es sind so viele Mitarbeiter der Bücherei, alte Kunden vom Bücherbus und verschiedene ehemalige Liebhaber bei ihr gewesen, dass ihr die Zeit nicht lang geworden ist. Ich habe sie heute dreimal angerufen, und jedes Mal sagte sie, es sei wieder ein Blumengruß in ihrem Krankenzimmer eingetroffen. »Zu schade, dass ich nicht schon aufgebahrt bin«, sagte sie. »Die Blumen würden in der Sakristei der Baptistenkirche ganz herrlich aussehen.« Besonders beeindruckend sei das Bouquet von Theodore Tipton: ein Strauß gelber Rosen mit Goldstaub auf den Blütenblättern. Iva nennt ihn ihren »Viva Las Vegas«-Strauß.

Auf der Fahrt sitzt Pearl auf dem Rücksitz, damit sie die Füße hochlegen kann (Schwangere müssen dauernd die Füße hochlegen), während Fleeta auf dem Beifahrersitz unruhig hin- und herrutscht. Immer wieder drückt sie auf das Nikotinpflaster auf ihrem Arm, als wäre es ein Klingelknopf. »Fleeta, das ist keine Morphiuminfusion. Es gibt nicht mehr Nikotin in dein Blut ab, wenn du draufdrückst«, erkläre ich ihr.

»Und ob es das tut. Ich drücke alle paar Minuten drauf und kriege jedes Mal einen Schub.«

»Ich glaube, das bildest du dir ein.«

»Wahrscheinlich bilde ich mir auch ein, dass ich rund um die Uhr, tagein, tagaus, das Zittern habe.«

»Du schlägst dich sehr tapfer«, sage ich. Und das stimmt, sie hat ihren Konsum auf eine Zigarette pro Tag reduziert.

»Fleeta, hast du etwa ein Geheimnis vor uns?«, fragt Pearl sie.

»Was für ein Geheimnis?«, bellt Fleeta sie an.

»Ein Männergeheimnis«, sagt Pearl sanft.

»Quatsch.« Fleeta guckt aus dem Fenster.

»Ich habe gehört, du triffst dich mit Otto Olinger.« Ich traue meinen Ohren kaum, als Pearl das so unvermittelt sagt.

»Wo hast du das gehört?« Fleeta hustet.

»Es gibt Leute, die dich gesehen haben. Bei Arby in Kingsport. Und in der Galley in Norton. Du weißt schon, hier und da.« Pearl zuckt mit den Schultern.

»Ich habe dich in einer Pferdekutsche gesehen, in Abingdon«, werfe ich ein.

»Wann war das?«

»Vor einer Weile.«

»Und warum hast du nicht gegrüßt?«

»Du und Otto, ihr saht aus, als wolltet ihr nicht gestört werden.«

»Das stimmt allerdings. Also lassen wir das Thema.« Fleeta streicht sich ihre neuen Jeans glatt.

Ein paar Minuten fahren wir schweigend weiter. Schließlich sagt Pearl: »Ich finde das schön.«

Fleeta dreht sich zu Pearl um. »Jetzt mach nur kein Theater darum. Es ist kein bisschen ernst. Ich habe mich gesträubt, so lange es ging. Männer sind so was wie Hautausschlag – sie gehen einem unter die Haut, bis es juckt. Ich weiß zum Beispiel genau, dass April Zirkle ziemlich lange scharf auf Otto war. Ihr Mann ist seit drei Jahren weg, nicht tot, das nicht, nur weg, aber trotzdem. Und ich habe ihm gesagt, dass April sich liebend gern mit ihm treffen würde, und sie ist auch nicht kurzatmig, ihr bleibt nicht die Puste weg, wenn sie ein paar Schritte geht, ich glaube, sie raucht nicht. Ich habe ihm also gesagt, er soll *sie* doch mal anrufen und mit *ihr* ausgehen.«

»Aber er mag dich!«, rufe ich aus.

»Das weiß ich. Ich bin doch nicht doof. Von dem Moment an, als wir Portly drüben auf dem Glencoe Cemetery beerdigt haben, ist Otto Olinger hinter mir her.« Fleeta drückt sich in die Rückenlehne und verschränkt die Arme vor der Brust wie ein kleines Mädchen.

»So lange? Das glaube ich nicht!« Pearl beugt sich nach vorn.

»Jawohl. Und ich habe alles versucht, um ihn abzuschütteln. Aber er mag irgendwas an mir.« Fleeta atmet tief ein und drückt ihre Brust vor. »Aber ich brauche das nicht.«

»Du findest ihn nicht attraktiv?«

»Also, Ave, wirklich!«

»Es ist doch nichts Schlimmes dran.«

»Wenn ich mir einen Mann nehme, dann will ich keinen alten. Ich weiß, ihr guckt mich an und sagt: Aber Fleets, du bist doch selbst alt. Das weiß ich ja. Aber ich habe noch nie alte Männer gemocht, als ich jung war nicht, und jetzt auch nicht. Ich will in meinem Schlafzimmer keine dürren Beine und hängenden Pos sehen. Tut mir Leid. Wenn meine Gedanken in diese Richtung gehen, dann stelle ich mir Pierce Brosnan oder jemanden wie ihn vor. Auf keinen Fall will ich einen alten Knacker aus den Bergen mit Bierbauch, einem flachen Arsch und dritten Zähnen von Doktor Polly sehen.«

»Du hattest immer ganz genaue Vorstellungen, Fleeta«, sage ich zu ihr.

»Freut mich, dass dir das aufgefallen ist.« Fleeta schnieft.

»Das ist doch süß«, sagt Pearl leise.

»Du glaubst auch alles. Du würdest einem Mann alles glauben, nicht?«

»Wenn ich Achtung vor ihm habe, ja.«

»Auch wenn du Achtung vor einem Mann hast – er kann dich trotzdem nach Strich und Faden belügen. Das kannst du mir glauben.«

Ich kann mich nicht länger beherrschen und fange an zu lachen. Dann fällt Pearl ein, und wir lachen, bis uns die Tränen kommen. Schließlich lacht Fleeta auch mit, und als wir beim Holston Valley Hospital ankommen, könnte man denken, wir machen einen Vergnügungsausflug.

Abends ist es in Krankenhäusern einsam. Ich bin froh, dass die beiden bei mir sind, als wir den Korridor entlanggehen.

»Sie ist in Zimmer 602«, sagt Fleeta, nachdem sie auf einen Zettel in ihrer Tasche geguckt hat.

Iva Lou liegt in einem Eckzimmer, und als wir uns nähern, hören wir sie weinen. Wir klopfen gar nicht erst an, sondern stürmen ins Zimmer. Iva Lou liegt im Bett, auf der Decke steht ein Karton mit Kleenextüchern.

»Hallo, Mädels«, sagt sie und putzt sich die Nase.

»Alles in Ordnung?«, frage ich sanft. Iva Lou nickt.

»Hab dir ein paar Meringues mitgebracht.« Fleeta gibt ihr die Dose und setzt sich dann ans Fußende.

Pearl gibt Iva Lou einen Kuss auf die Wange und stellt ein Geschenk auf den Nachttisch. »Du magst doch Handcreme.« Ich will Iva Lou umarmen, kann es aber nicht, weil sie bis zur Taille bandagiert ist und offensichtlich Schmerzen hat.

Fleeta niest. »Sind bestimmt die Lilien.« Sie zeigt auf das üppige Blumenarrangement. »Wie geht es dir, Mädel?«

»Ich weiß nicht so recht«, sagt Iva Lou sachlich. »Kommt mir ein bisschen mittelalterlich vor. Ist das hier mein Brustpanzer?«, sagt sie und zeigt auf die Bandagen, die vom Hals bis zur Taille reichen. »Jetzt starrt mich nicht so an. Ich bereue meine Entscheidung nicht. Nur manchmal überkommt es mich, und dann werde ich traurig.«

»Wo ist Lyle?«

»Meine Tante Shirley Jackowski aus Johnson City ist gekommen, und ich habe Lyle mit ihr zum Essen geschickt. Jetzt stehe ich in seiner Schuld. Sie ist nämlich ganz schön anstrengend.«

»Der Arzt hat gesagt, die Operation ist gut verlaufen«, sagt Pearl teilnahmsvoll.

»Das stimmt. Und bald bin ich wieder auf dem Damm. Ein bisschen Chemo, und schon bin ich wieder so gut wie neu«, verspricht Iva Lou. »Otto und Worley waren vorhin hier, mit Spec.«

»Haben sie dir was Schönes mitgebracht?«, frage ich sie.

»Einen großen Karton Krispy-Creme-Kringel. Zwei Drittel haben sie selbst gegessen, den Rest habe ich den Schwestern geschenkt.« Iva Lou zwinkert Fleeta zu. »Willst du mir nicht was erzählen?«

»Herr im Himmel. Du auch?« Fleeta drückt leicht auf das Pflaster an ihrem Arm.

»Otto Olinger ist ganz schön angetan von dir, meine Liebe«, sagt Iva Lou.

»Das ist seine Sache.« Fleeta pflückt ein paar Wollflusen von der Bettdecke.

»Fleeta ist ein bisschen verärgert, weil wir auf dem Weg hierher über ihre Liebesgeschichte gesprochen haben«, sage ich.

»Es ist keine Liebesgeschichte!«

»Wie nennst du es denn sonst, wenn man in Abingdon eine Kutschfahrt im Herbstmondschein macht?«, fragt Iva Lou.

»Wir haben uns nur die Kürbisse angeguckt!«, wehrt Fleeta ab. »Hör zu. Liebe steht bei mir nicht auf dem Programm. Ein kleines Abendessen mit Tanz bei Scoby wohl. Ich gehe gern ab und zu aus, und da ist es nett, wenn man Begleitung hat. Damit hat es sich auch schon. Herr im Himmel, die Luft hier drinnen ist verdammt trocken.« Fleeta steht auf, geht zum Fenster und öffnet es einen Spalt.

»Lasst gut sein, wir haben Fleeta genug gequält. Wer möchte eine Cola? Ich gehe mal runter in die Cafeteria.« Ich nehme die Getränkebestellungen entgegen.

Der Aufzug ist am anderen Ende des Flurs, und als ich den entlanggehe, immer den Pfeilen folgend, stoße ich fast mit einer Frau zusammen.

»Entschuldigen Sie«, sage ich.

»Macht doch nichts«, erwidert sie.

Ich sehe sie an und will schon etwas sagen, als mir plötzlich bewusst wird, dass ich die Frau kenne: Mit dieser im November unpassenden Sonnenbräune kann es nur die eine sein. »Hallo«, sage ich, während die Erinnerungen in mir wach werden.

»Hallo«, sagt sie. »Sie sind doch ...«

»Ave Maria MacChesney«, sage ich. Was bin ich froh, dass ich Lippenstift aufgetragen und mir eine ordentliche Jeans und einen schicken Pullover angezogen habe und dass ich noch rechtzeitig die fünf Kilo abgenommen habe, die schlaff und faltig an meinen Oberschenkeln hingen. »Und Sie …«

»Karen. Genau. Ich wusste nicht, ob Sie sich an mich erinnern würden«, sagt sie und streicht sich eine Strähne hinters Ohr.

An Sie erinnern?, denke ich. Sie hätten mir beinahe meinen Mann gestohlen und meinem Kind den Vater weggenommen, Sie haben mich von der Talsohle des Cumberland Gap bis zum Gipfel von Cracker's Neck Holler der Lächerlichkeit preisgegeben. An Sie erinnern? Ich werde Sie nie vergessen. Ich wünschte, mein Mann stünde Ihnen jetzt in diesem grünlichen Neonlicht gegenüber, damit er mit eigenen Augen sähe, was geschieht, wenn »hübsche« Menschen älter werden. Vier Jahre haben bei der ehemaligen Geliebten meines Mannes deutliche Spuren hinterlassen.

»Karen, Schatz?« Ein Mann kommt aus einem Krankenzimmer. Er ist um die sechzig. Er hat den größten Kopf, den ich je gesehen habe (und ich zähle den von Spec Broadwater mit), eine Stupsnase (unpassend bei einem Mann von seiner Statur und nach der chinesischen Kunst des Gesichtlesens ein Zeichen von mangelnder Weisheit, aber das muss ich noch mal überprüfen, denn ich weiß nicht, was die Kombination von einem großen Kopf mit einer kleinen Nase zu bedeuten hat) und tief sitzende Ohren (dieser Mann könnte selbst ein einfaches Kreuzworträtsel nicht lösen).

»Das ist mein Freund, Randy Collier.«

»Hallo!«, sage ich so laut, dass eine vorbeigehende Krankenschwester sich nach mir umdreht. »Nett, Sie kennen zu lernen. Ich bin Ave Maria.«

»Hallo.« Randy lächelt.

»Sein Daddy hat gerade eine Operation hinter sich. Sie haben ihm ungefähr zwei Meter von seinem Darm entfernt. Aber er wird sich erholen«, sagt Karen, um das Schweigen zu brechen. »Wie geht es Ihrer Familie?« Wir wissen beide, was sie meint; sie meint nicht meine Familie, sie meint meinen Mann.

»Oh, uns geht es gut. Sehr gut. Ich besuche hier eine Freundin. Aber ich will Sie nicht länger aufhalten.«

Pearl kommt um die Ecke. »Da bist du ja. Ich wollte beim Tragen helfen.«

»Ich habe Karen Bell und ihren Freund Randy getroffen«, erkläre ich.

Pearl macht den Mund vor Staunen auf, dann zwingt sie sich zu einem Lächeln. »Hallo.«

»Nett, Sie kennen zu lernen«, sagt Randy.

»Hoffentlich geht es Ihrem Dad bald besser«, sage ich.

»Das Krankenhaus ist schon erstaunlich«, sagt Randy zu Karen, »wir treffen laufend Leute, die du kennst.« Er legt den Arm um sie und sieht uns an. »Hat viele Freunde, meine Kleine hier.«

»Das stimmt. Wirklich wahr«, bringt Pearl schließlich heraus.

Wir betreten den Aufzug, und Pearl stützt sich auf das Handgeländer. »Die Möglichkeit, dass du gerade mit ihr zusammentriffst, war verschwindend gering.«

»Sieht mir ähnlich.«

»Sie sah ganz verändert aus!« Pearl lacht.

Rasch stellen wir die Colabecher auf ein Tablett. Ich brenne darauf, wieder zu Iva Lou zurückzukehren und ihr die Neuigkeit zu erzählen. Sie hat mir in der schwierigsten Zeit meiner Ehe zur Seite gestanden und mir handfeste Ratschläge gegeben, wie ich mit Karen Bell umgehen solle. Ich weiß nicht, was ich ohne sie getan hätte. Iva Lou gehört zu den wenigen Menschen, die ehrlich mit anderen umgehen; sie grollt nie, und wenn sie verärgert ist, gibt es immer einen guten Grund. Sie hat mir beigebracht, meine Gefühle im Zaum zu halten, die Ruhe zu bewahren und einen kühlen Kopf zu behalten. In Iva Lous Leben gibt es keine emotionalen Altlasten.

»Rate mal, wem wir über den Weg gelaufen sind«, sage ich und stelle das Tablett ab.

»Wem?«, fragt Fleeta.

»Karen Bell.«

»Nein! Was macht denn diese alte Schrippe hier? Wie sah sie aus?«

»Schlecht«, sagt Pearl.

»Wie schlecht?« Iva Lou beugt sich vor, um alles mitzubekommen.

»Ihre Haut ist wie Krokodilleder, weil sie dauernd ins Sonnenstudio geht«, erläutert Pearl.

»Und die Haare?«

»Furchtbar. Ich glaube, sie benutzt ein Frostschutzmittel aus der Drogerie«, sage ich.

»Dem Wasserstoff zum Opfer gefallen.« Iva Lou schüttelt den Kopf.

»Sieht aus wie Heu.« Pearl sieht mich an und lächelt.

»Gut, dass du dich schick gemacht hast heute Abend.« Fleeta mustert mich von Kopf bis Fuß.

»Genau das habe ich auch gedacht, als ich ihr plötzlich gegenüberstand.«

»Sie wird sich noch den ganzen Abend darüber ärgern, dass du so gut aussiehst«, meint Iva Lou.

»Meinst du?«

»Ich weiß es. Du hast richtig Glück. Italiener altern nicht, genau wie die Griechen und die Afrikaner. Die Zeit kann ihnen nichts anhaben. Aber Karen Bell? Sie hat ein Gesicht wie ein Soufflé. Das fällt zusammen, wenn man vierzig ist, und geht nie wieder auf.« Iva Lou trinkt von ihrer Cola.

»Ihren Freund haben wir auch getroffen«, erzählt Pearl.

»Wie sieht der denn aus?«

»Also, er hat ein Gesicht wie ein trauriger Hund, große Zähne und einen kleine Nase.«

»So eine, in die man reingucken und die Nasenhaare sehen kann?«

»Er heißt Randy Collier«, sage ich.

»Dieser alte Hengst? Ich bitte euch. Mit dem bin ich auch mal gegangen. Er kommt aus Pound. Der knauserigste Kerl, mit dem ich je zu tun hatte. Er hat mich bei Cabs in Norton zu Doughnuts eingeladen. Ich bitte euch, Doughnuts! Das war abends! Wir saßen im Auto, und ich habe sie aus der Tüte gegessen. Dann wollte er Sex. Da habe ich zu ihm gesagt: ›Ich weiß ja nicht, was du gehört hast, aber um mich ins Bett zu kriegen, muss es schon ein bisschen mehr sein als einmal Duschen und Rasieren und eine Tüte Doughnuts.‹ Da hat er mich nach Hause gebracht, und das war's dann.«

Iva Lou reicht die Dose mit den Meringues herum und nimmt sich selbst auch eine. Einen Moment lang vergisst sie ihren Kummer und ist wieder in ihrer alten Welt.

»Kein Vergleich zu Lyle Makin, so viel ist sicher«, sage ich zu ihr.

»Als ob ich das nicht wüsste. Meine Lieben, ich bin heilfroh über den Mann. Nach der Operation hat Lyle sich zu mir ins Bett gelegt und mich ganz sanft in den Arm genommen. Er war so glücklich, dass ich die Operation überstanden hatte. Ich glaube, er hat gedacht, ich würde bei der OP sterben. Ich habe ihn beruhigt und gesagt, dass die Zeiten, als der Arzt zu einem ins Haus kam und auf dem Küchentisch operiert hat, lange vorbei sind. Ihr wisst ja, er stammt aus Lee County, und seine Familie lebt ganz abgeschieden. Ich glaube, damals, in den vierziger Jahren, hat seine Tante sich selbst den Blinddarm rausgenommen.«

»Daher kommt seine Stärke«, sagte Pearl.

»Wahrscheinlich.« Iva Lou zuckt mit den Schultern. »Bevor er mich ins Krankenhaus gebracht hat, haben wir miteinander geschlafen. Ja, wir wollten uns ganz förmlich von meinen Brüsten verabschieden, und danach haben wir gelacht, weil wir plötzlich gemerkt haben, wie unwichtig sie für unser Glück sind, und gleichzeitig sind sie sehr wichtig, wie jeder Teil, weil sie ein Teil des Ganzen sind. Aber das merkt man erst, wenn man gezwungen ist, darüber nachzudenken. Und das war ich ja. Nach einer Weile ist Lyle ganz still geworden und hat gesagt: ›Ivy, ich möchte mit dir alt werden.‹ Und nun sagt mal ehrlich, was kann man dagegen sagen?«

»Ich glaube, dagegen kann man nichts sagen«, antworte ich.

»Nein, wirklich, das kann man auch nicht.«

»Und warum hast du geweint, als wir ins Zimmer kamen?« Fleeta hat sich am Fußende von Iva Lous Bett ausgestreckt und verspeist eine Meringue.

Iva Lou denkt einen Moment nach und starrt die nackte Wand an, als könne sie die Antwort da in Großbuchstaben lesen.

»Weil ich nie mehr so sein werde wie früher. Das ist eine ganz schön bittere Pille, wenn man mit sich zufrieden ist.«

»Es tut uns Leid, Iva Lou.« Fleeta und Pearl nicken zustimmend. Und das ist wahr. Es tut mir Leid, dass einer der besten Menschen, den ich kenne, das durchmachen muss.

»Na, und mir tut es Leid, dass du diesem Flittchen über den Weg gelaufen bist«, sagt Iva Lou.

»Ach wo, das war doch nicht so schlimm. Eigentlich bin ich ganz froh, dass es passiert ist.«

Fleeta setzt sich auf. »Erzählst du das Jack Mac?«

»Kein Wort.«

»So ist es richtig!« Iva Lou tätschelt mir die Hand. »Langsam begreifst du, wie das Wade-Makin-System funktioniert. Die Männer wollen, dass Frauen bezaubernd sind und keinen Ärger machen. Süß und lieblich, das ist hier gefragt. Und nachsichtig. Sie wollen nicht an ihre früheren Fehler erinnert werden.«

Fleeta sieht mich an. »Wenn du einen Mann verlieren willst, brauchst du ihn nur an einen Fauxpas in der Vergangenheit zu erinnern. Und sobald er sich schlecht fühlt, geht er schnurstracks zu der Frau zurück, bei der er sich gut gefühlt hat.«

»Bei euch klingt es so, als wären die Männer Idioten.« Pearl trinkt einen Schluck Cola.

Einen Moment sitzen wir schweigend da, dann können Fleeta, Pearl und ich uns nicht mehr halten. Und als Iva Lou mit einstimmt, ist es für mich das schönste Lachen, das ich je gehört habe.

Fleeta hat für Iva Lou eine Willkommensparty in der Apotheke geplant. Spec hatte darum gebeten, dass wir die Festlichkeiten aufschieben, bis er aus Florida zurück ist, deswegen findet jetzt, mitten in der Weihnachtszeit, ein großes Fest für unsere heimkehrende Heldin statt.

Nellie Goodloe hat das Programm zusammengestellt: Sie wird ein Gedicht vorlesen, Cindy Ashley wird Iva Lou ein goldenes Herz als Kettenanhänger überreichen (das Geld hat sie beim letzten Footballspiel der Saison gesammelt), Nicky und Becky Botts werden eins von Iva Lous Lieblingsliedern vortragen, nämlich »Sleeping Single in a Double Bed«, und anscheinend hat sich mein Mann bereit erklärt, den Punsch mit Alkoholzusatz zuzubereiten (zu Hause habe ich einen Zettel gefunden, auf dem stand: *Bring den Rum*).

»Lass die Finger von dem Zuckerguss, Spec Broadwater!«, brüllt Fleeta aus der Küche.

Ich weiß nicht, wie sie von dort sehen kann, dass Spec sich über das Kuchenblech beugt, aber sie sieht ihn.

»Du hättest mich den Löffel ablecken lassen sollen«, ruft Spec zurück.

Fleeta kommt zur Tür. »Kriegst du denn nicht genug Süßes, drüben in Pennington?«

Darüber müssen die versammelten Gäste lachen, und zum Glück ist Leola, Specs Ehefrau, noch nicht da. Sie muss Specs Verhältnis mit Twyla Johnson nicht gerade unter die

Nase gerieben bekommen, und auf einen Ehekrach bei Iva Lous Party können wir gerne verzichten.

»Ich würde sagen, dass du dich mit dem Süßen besser auskennst als ich, Fleeta Mullins«, sagt Spec laut. Alle verstummen und gucken Fleeta an.

»Was soll das, Spec?« Fleeta zeigt mit dem Pfannenheber auf Spec. Wird sie öffentlich bekennen, dass sie und Otto ein Paar sind? Das Surren der Neonröhre an der Decke ist das einzige Geräusch im Raum. Spec zieht an seiner Zigarette und sieht Fleeta an. Seit im Trail Theater *Zwei glorreiche Halunken* beim Clint-Eastwood-Filmfest gezeigt wurde, habe ich keinen solchen wütenden Blickaustausch erlebt.

»Hast du mir was zu sagen?« Fleeta zuckt nicht mit der Wimper, und der Pfannenheber zeigt immer noch auf Spec.

»Nein, nichts.« Spec gibt klein bei. Fleeta geht wieder in die Küche. Die Gespräche werden wieder aufgenommen.

»Wie war der Urlaub?«, frage ich Spec. »Du bist so braun.«

»Na, wir waren die ganze Zeit in der Sonne. Und wir waren viel auf dem Wasser. Ich bin mit Leolas Cousin angeln gewesen. Es hat Spaß gemacht. Allerdings hatte ich einen Schwächeanfall.«

»Was ist passiert?«

»Na, ich bin ohnmächtig geworden. Du weißt schon: Die Florida-Sonne, ein Sechserpack Bier, ein drei Stunden langes Gerangel mit einem Schwertfisch – das würde jeden fertig machen. Sie haben mich zur Notaufnahme gebracht, da habe ich mal erlebt, wie es ist, in so einem Krankenwagen gefahren zu werden, statt den Wagen selbst zu fahren. Ich kann nicht behaupten, dass mir das gefallen hat.«

»Was hattest du denn?« Ich müsste allmählich akzeptieren, dass meine Freunde älter werden (ich ja schließlich auch) und krank, aber es fällt mir schwer, wenn ich daran denke, wie sie früher waren und dass unsere Jugend unwiederbringlich ist.

»Ich hatte einen stinknormalen Sonnenstich. Außerdem war ich ausgetrocknet. Also habe ich in der restlichen Zeit möglichst viel Gatorade getrunken. Sonst hatte ich keine Probleme.« Spec zuckt mit den Schultern. »Es werden ja ganz schön viele Gäste kommen heute Abend. Großer Empfang, so wie es aussieht.«

Fleeta kommt mit einem weiteren Kuchenblech aus der Küche und stellt es ab.

»Wie viele Kuchen hast du gebacken?«, frage ich sie. Der Parkplatz ist schon fast voll, und wie immer befürchtet die italienische Seite in mir, dass es nicht genug zu essen geben wird.

»Sechs. Das ist Iva Lous Lieblingskuchen. Schokoladen-Coca-Cola-Kuchen.«

»Ich hätte gern das Rezept«, sagt Nellie Goodloe fröhlich.

»Dann geh in die Küche und hol es dir. Es hängt am schwarzen Brett. Back und iss auf dein Risiko. Der Kuchen hat es in sich. Eine von den Delph-Mädchen war süchtig danach, als sie schwanger war; sie hat achtzig Pfund zugenommen und war nicht wieder zu erkennen.«

Schokoladen-Coca-Cola-Kuchen

Teig
2 Tassen Mehl
2 Tassen Zucker
1 Tasse Coca-Cola
½ Pfund Butter
3 Esslöffel Kakaopulver
1 ½ Tassen Mini-Marshmallows
½ Tasse Buttermilch
2 Eier, geschlagen
1 Teelöffel Backpulver
1 Teelöffel Vanille
Eine Prise Salz

Guss
3 Esslöffel Kakaopulver
¼ Pfund Butter
6 Esslöffel Coca-Cola
1 Pfund Puderzucker
1 Teelöffel Vanille

1. Für den Kuchen: Mehl, Zucker und Salz in einer Schüssel verrühren; Butter, Kakaopulver, Coca-Cola und Marshmallows bis zum Siedepunkt erhitzen (Marshmallows zuletzt zugeben), vom Feuer nehmen und rühren, bis Marshmallows zergangen sind. In die Mehl-Zucker-Mischung geben und gut verrühren. Die restlichen Zutaten beigeben und verrühren. Die Mischung in eine gebutterte 22 cm x 30 cm große Kastenform geben und bei 350° 30 bis 40 Minuten backen.

2. Für den Guss: Butter, Kakaopulver und Coca-Cola in einem Topf verrühren und zum Kochen bringen, den Puderzucker unterrühren, bis eine dünne Paste entsteht, über den Kuchen gießen, wenn er heiß aus dem Ofen kommt.

Die Bravorufe, Pfiffe und der Applaus können nur heißen, dass Iva Lou angekommen ist. Es sind sicherlich über hundert Leute da, auch die Mitarbeiter der Wise-County-Bücherei, bei der Iva Lou den Bücherbus belädt, sind gekommen. Lyle hat den Arm um Iva Lou gelegt, die schlank und strahlend aussieht in ihrem leuchtend blauen Jackett mit den dazu passenden Hosen. Ihre Ohrringe sind zwei Markasit-Pyramiden mit frei schwingenden emaillierten Blaufinken.

»Vielen Dank, danke, dass ihr alle zu diesem Fest gekommen seid«, sagt Iva Lou am Mikrofon hinter der Theke. »Ich bin sehr froh, hier zu sein. So froh, dass mir die Worte fehlen. Aber ich habe eine Geschichte zu erzählen.« Die Menge applaudiert. »Ihr wisst, dass ich kein religiöser Mensch bin. Ich bin mit verschiedenen protestantischen Glaubensrichtungen aufgewachsen, und ich erinnere mich an keine einzige, weil meine Mama sich nie entscheiden konnte, wo sie ihre Seele unterbringen wollte, und mein Daddy sich nicht darum gekümmert hat, was er am Sonntag oder an den anderen Tagen in der Woche mit seiner Seele machte. Also, ich glaube an Gott und Jesus und das alles, aber ich mochte nie zur Kirche gehen oder zu den kirchlichen Funktionen, weil man da nicht tanzen oder trinken durfte und auch sonst nichts, was sich aus diesen beiden Aktivitäten ergeben hätte.«

»Du musst Baptistin gewesen sein«, rief jemand dazwischen.

»Ja, für eine Woche.« Iva Lou zwinkert. »Jedenfalls, als ich im Krankenhaus war, kam ein freundlicher Prediger von der Baptistenkirche zu mir, und ich habe ihm alle meine Sünden gebeichtet. Er sagte, Gott habe mir vergeben, und ich spürte einen tiefen Frieden. Und am nächsten Tag, ungefähr zur gleichen Zeit, kam wieder ein Prediger, diesmal einer von der AME-Kirche, und er hat mich nach meinen Sünden gefragt, und ich habe sie ihm erzählt, und er hat mir die Absolution erteilt. Wieder konnte ich gut schlafen, und ich fing an zu glauben, dass da vielleicht was dran ist, an diesem Beichten. Es erleichtert die Seele eben doch! Am nächsten Tag hatte ich wieder Besuch; es kam ein liebenswürdiger Prediger von der Presbyterianischen Kirche, und er hat sich meine Sünden erzählen lassen, und auch er hat sie mir mit Anmut erlassen. Aber am vierten Tag, als ein freundlicher Prediger der Adventisten kam und ich ihm meine Sünden beichtete, fing ich doch an, mich zu wundern: Werden alle Patienten in diesem Krankenhaus mit so viel spiritueller Aufmerksamkeit überhäuft? Ich fragte den Geistlichen, der am folgenden Tag zu mir kam. Er hieß Du Jour, und ich weiß nicht mehr, von welcher Kirche er war, aber Jesus kam in dem Namen vor. Auch er fragte mich nach meinen Sünden. Ich sagte zu ihm: ›Lieber Herr Pfarrer, jeder Geistliche des Staates Tennessee hat mich inzwischen besucht. Was bedeutet das?‹ Und er hat gesagt: ›Mrs. Makin, in der ganzen Geschichte des Holston Valley Hospital hat nie ein Patient seine Sünden so bunt und farbenfroh gebeichtet wie Sie. Verglichen mit Ihnen war Maria Magdalena ein Mauerblümchen. Ich spreche auch im Namen meiner Kollegen, wir sind allesamt dankbar dafür, dass Sie unserer Arbeit als Seelsorger so viel Würze beigegeben haben.‹«

Die Zuhörer applaudieren, pfeifen und jubeln. Pearl, Fleeta und ich binden uns die Schürzen um und stellen uns hinter das Buffet, vor dem sich die Gäste jetzt anstellen. Iva Lou bewegt sich durch die Menge und umarmt und küsst ihre Freunde. Ich habe nie bezweifelt, dass sie die richtige Entscheidung getroffen hat, und jetzt bin ich mir ganz sicher. Iva Lou liebt das Leben, und die Entscheidung, die ihr ihren Seelenfrieden gegeben hat, war die richtige.

Kapitel 6

Monatelang hat es geregnet, und als die Sonne endlich rauskam, wurde das in der Lokalzeitung mit der Schlagzeile vermerkt: DER WINTER IST VORBEI, ES FRÜHLINGT. Fleeta hat es so satt, diese Sprüche zu hören, dass sie in der Apotheke ein Glas aufstellen möchte, in das jeder, der reinkommt und sagt: »Gut, dass der Winter vorbei ist!«, einen Vierteldollar werfen muss. Dennoch, es gibt noch einen anderen Grund zum Feiern. Pearl ist Mutter geworden!

India Leah Bakagese erblickte am 3. April 1993 nach einer langwierigen Geburt im Saint Agnes Hospital das Licht der Welt. Unsere Pearl hat das ganz wunderbar gemacht, und Taye, ihr Mann, war so stolz auf sie, dass er beinahe darauf bestanden hätte, seine Tochter nach der Mutter Pearl zu nennen. »Eine Perle im Haus reicht«, sagte Pearl jedoch und gab ihrer Tochter den Namen von Tayes Heimatland. Heute bringt Pearl India zum ersten Mal mit in die Apotheke. Ich habe am Eingang Ballons zur Begrüßung aufgehängt.

Fleeta kommt rein und muss sich an den Ballons vorbeizwängen. »Was für eine dumme Idee. Das hier ist schließlich ein Geschäft, kein Säuglingsheim. Wahrscheinlich müssen wir jetzt im Büro ein Kinderzimmer einrichten«, brummelt sie.

»Wir stellen nur ein Kinderbett rein«, sage ich.

»Wo sind nur die Zeiten geblieben, als die Frauen mit ihren Kindern zu Hause blieben?«

»Wo ist der Unterschied, ob sie zu Hause bleiben oder ob sie herkommen?«, frage ich sie.

»Ich sehe einen großen Unterschied. Ich bin wieder zur Arbeit gegangen, um von meinen Kindern wegzukommen. Aber mir gehört das Geschäft ja nicht, da muss ich mich wohl einfach fügen.«

»Sie ist sehr niedlich, Fleeta. Du wirst dich in sie verlieben.«

»Ich sage ja nicht, dass das Baby nicht niedlich ist, ich sage nur, dass ich sie nicht im Laden haben will.« Der Ton, in dem Fleeta das sagt, macht deutlich, dass sie es nicht so meint. »Kommt Etta, um sich ihr Gratisgetränk zu holen? Es ist doch ihr Geburtstag, oder?«

»Am Samstag. Sie feiert eine richtige Party. Kannst du dir das vorstellen? Etta wird dreizehn!«

»Himmel, ich werde alt.« Fleeta hebt mit den Handflächen die schlaffe Haut unter dem Kinn an.

»Aber dein Haar sieht gut aus.«

Fleeta wirft mir einen Blick zu, der uns beide zum Lachen bringt.

»Darf ich India vorstellen?«, sagt Pearl und kommt mit ihrer Tochter durch den mit Ballons geschmückten Eingang. Taye ist hinter ihr und trägt eine Riesenpackung Windeln. Er strahlt wie einer, der wunschlos glücklich ist auf der Welt. Er begrüßt uns und stellt die Packung auf die Theke. »Ruft mich an, wenn sie etwas Besonderes macht«, sagt Taye mit einem Zwinkern.

»Ja, ich werde sie ein paar Banküberweisungen ausstellen lassen, Doc«, sagt Fleeta trocken.

»Meinetwegen, solange sie zwischendurch ein Nickerchen machen kann.« Taye gibt erst Pearl, dann dem Baby einen Kuss und geht.

»Na, dann wollen wir mal sehen«, sagt Fleeta und kommt um die Theke herum. Sie mustert India in den weichen rosa Decken. »Das ist aber ein braunes Baby.«

»Sie ist schließlich halb indisch«, sagt Pearl freundlich.

»Und du bist Melungeon, das darfst du nicht vergessen. Ganz schön schwarz, ihre Haare. Ich weiß ja, dass Ausländer schwarze Haare haben, aber das hier, das ist Melungeon-Haar, so wie das glänzt.«

»Ist sie nicht süß?« Ich gebe Fleeta einen Stoß in die Rippen in der Hoffnung, dass sie aufhört, über Indias Abstammung zu sprechen. Aber das klappt nicht.

»Manchmal, am Freitag, kommt meine Tochter Janine zu mir, und wir verbringen den Abend zusammen. Dann machen wir uns Popcorn und holen uns ein Video. Am besten gefallen uns die Ali-Baba-Filme, die in den Wüstenländern spielen, ich meine, wo die Schlangen aus den Körben tanzen und die Jungfrauen an Feiertagen in ein Höllenfeuer geworfen werden. Und dann gibt es immer einen Schwertkampf zwischen einem hässlichen Prinzen und einem schönen Mann, der arm ist, und sie kämpfen um die Hand der Prinzessin. Der schöne arme Mann ist immer ein verkleideter Prinz, und dann wird das entdeckt, und er heiratet die Prinzessin. Na, und dein kleines Mädchen, das erinnert mich an die Schwarzäugigen in diesen Filmen, mit ihren Knopfaugen. Eine kleine Schönheit, das kann man wohl sagen.«

»Danke, Fleeta.« Pearl sieht mich an, und wir lachen.

»Ich meine ja nur, sie erinnert mich daran.« Fleeta zuckt mit den Schultern und geht wieder in den Erfrischungsraum.

»Ärgert sie sich noch über das Kinderbett?«

»So sehr, dass sie es für dich zusammengebaut hat«, sagte ich.

Zu Jacks Belustigung und meinem Entsetzen müssen wir im Haus der MacChesneys zum ersten Mal eine Party ausrichten, zu der auch Jungen eingeladen sind. Jacks Familientradition bei Geburtstagen war schlicht: Alle Anverwandten aus der näheren und weiteren Umgebung kamen sonntags zum Mittagessen, und am Schluss servierte Mrs. Mac einen

Kuchen mit rotem Zuckerguss und Kerzen, und alle brachten ein Ständchen. Geburtstage wurden in der Familie gefeiert.

Zu den Geburtstagsfesten meiner Kindheit kamen dagegen immer nur Mädchen. Mama sagte zwar, ich könne auch Jungen einladen, aber ich mochte es lieber, wenn ich mit meinen Freundinnen allein war. Wir haben uns nicht fein angezogen, wie haben haufenweise Kuchen gegessen, und wir haben stundenlang Karten gespielt. Wir haben die ganze Zeit gekichert, was Fred Mulligan zur Entschuldigung nahm, an der Feier nicht teilzunehmen. Lärmende Mädchen machten ihn nervös, deswegen arbeitete er bis spät in den Abend, bis die Party vorbei war, in der Apotheke.

Ich sehe mir Ettas Gästeliste an. Bei den Jungen gibt es zwei Trevors, zwei Codys, einen Jarred, einen Dakota und einen Homer; bei den Mädchen sind es zwei Tiffanys, eine Tara, eine Crystal, eine Kristen und eine Chris. Meine Tochter bevorzugt eindeutig eine gemischte Party.

Jack kommt in die Küche. »Es ist alles vorbereitet. Die Pizza ist im Ofen. Fleeta hat den Kokosnusskuchen vorbeigebracht. Wir haben reichlich Limonade. Und ich habe die Softballausrüstung von der Kirche ausgeliehen.« Er sieht mich an.

»Was ist?«

»Unser Kind wird dreizehn.«

»Allerdings. Letztes Jahr wurde sie zwölf.«

»Das ist nicht witzig.«

»Du kannst die Zeit nicht anhalten, Ave.«

»Ich will einfach nicht, dass sie schon erwachsen wird.«

»Wir können nichts daran ändern, Schatz«, sagt Jack sehr vernünftig.

Ich decke den Gartentisch auf der Sonnenveranda und betrachte die Pappteller mit den Barbies drauf, und plötzlich kommen sie mir lächerlich vor. Ich packe sie zurück in den

Schrank und hole stattdessen Porzellanteller. Es soll für Etta nicht peinlich sein, und Barbies und Jungen, das passt einfach nicht zusammen.

»Ein Brief aus Italien!«, ruft Etta, als sie ins Haus stürzt. Sie kommt in die Küche. »Von Stefano Grassi!«, verkündet sie. »An dich.«

Etta steht daneben, während ich den Brief von Stefano lese. Darin nimmt er die »freundliche Einladung« an, im Sommer zu uns zu kommen und hier zu arbeiten, und verspricht, uns demnächst seine Reisedaten mitzuteilen.

Etta wirft die Schultern zurück – diese Geste kenne ich bei ihr nicht. Sie schüttelt ihr Haar zurecht und sieht uns an. »Danke, dass ihr Stefano bei uns aufnehmt. Er wird dir bestimmt eine große Hilfe sein, Dad«, sagt Etta und geht aus der Küche.

»Was sollte das denn?« Jack zeigt mit dem Finger hinter seiner Tochter her.

»Sie ist jetzt ein Teeneager. Sie ist eine kleine Lady geworden«, erkläre ich.

»Nein, ich meine den Akzent. Woher hat sie den?«

»Das war ihre Nachahmung von Audrey Hepburn in *Frühstück bei Tiffany*. Wir haben ihn uns gestern Abend angesehen.«

Wenn man das Gelingen einer Party an der Anzahl von leeren Kuchenplatten, Pizzablechen und Limoflaschen messen könnte, dann war Ettas Geburtstagsfete ein Riesenerfolg. Jack ist im Garten und packt die Softballsachen zusammen, und Etta hilft mir beim Abwasch.

»Es scheint allen gefallen zu haben«, sage ich.

»Ja. Bis Tara und Trevor zusammengekommen sind.«

»Was meinst mit ›zusammengekommen‹?«

»Als wir nach dem Softballspiel in den Wald gegangen sind, ist Tara hinter Trevor hergerannt. Trevor Gilliam, nicht Trevor Bailey.«

»Wie weißt du, wer gemeint ist?«

»Trevor Gilliam ist hübscher.«

»Kein schlechtes System, finde ich.«

»Tara hat ihm ein Bein gestellt, und dann haben sie es gemacht.«

»Was heißt das, ›sie haben es gemacht‹?« Ich versuche, mit normaler Stimme zu sprechen.

»Ma. Du weißt schon.«

»Ja, ich weiß, aber ich möchte, dass du es mir sagst.«

»Sie haben sich dreimal geküsst.«

Wie haben sie nur die Zeit dazu gefunden?, frage ich mich. Wir hatten für den ganzen Nachmittag, bis zur letzten Minute, Spiele und Unterhaltung geplant. Und außerdem, wie konnten sie »es machen«, wenn Jack MacChesney mit Argusaugen über sie wachte? (Ich frage ihn das später.)

»Tara sagt, sie will Trevor heiraten, wenn wir mit der Highschool fertig sind.«

»Sie ist noch sehr jung, um ans Heiraten zu denken.« Hier bietet sich die perfekte Eröffnung zu unserem Mutter-Tochter-Gespräch über Sex, aber dass Mädchen in Ettas Alter ans Heiraten denken, haut mich fast um (schließlich ist Heiraten noch wichtiger als Sex, oder?).

»Dad hat mir erzählt, dass Großmutter Mac mit siebzehn geheiratet hat. Da war sie nur vier Jahre älter als ich jetzt.«

»Ich weiß, aber das war in den zwanziger Jahren, musst du bedenken.« Ettas Großmutter väterlicherseits hat als junges Mädchen geheiratet, und die mütterlicherseits war eine alleinerziehende Mutter, und obwohl ich möchte, dass sie nach ihren Großmüttern kommt, wünsche ich es mir in diesem einen Punkt nicht.

»Dad hat gesagt, sie waren zwar jung, aber es war trotzdem die wahre Liebe.«

»Etta, die Zeiten waren anders. Heute haben wir ganz andere Möglichkeiten. Du wirst zum College gehen. Großmutter Mac hatte diese Möglichkeit nicht.«

»Taras Mum hat auch mit siebzehn geheiratet. Sie ist jetzt erst dreißig.« Etta klettert auf den Trittstuhl und stellt die Kuchenplatte weg. »Du warst mit dreißig noch nicht mal verheiratet, oder?«

»Nein.«

»Ich habe von allen in der Klasse die ältesten Eltern. Aber das macht mir nichts aus. Ihr wirkt ja nicht alt.«

»Vielen Dank für diese tolle Ermutigung«, sage ich. »War es ein guter Geburtstag?«

»Der beste bisher.« Etta streift sich das Haargummi vom Handgelenk und bindet sich einen Pferdeschwanz.

»Was war das Beste an dem Geburtstag?«

»Der Brief aus Italien.«

»Darf ich eine kleine Lüge sagen und Tante Fleeta erzählen, es war ihr Kokosnusskuchen?«

Ich hoffe, dass Ettas alte Verliebtheit in Stefano im Laufe des Sommers von allein vergehen wird, wenn ich sie einfach nicht beachte. Jack kommt mit einem Paket in die Küche. »Alles Gute zum Geburtstag, Etta. Das hier ist von Mom und mir.«

»Aber ihr habt mir schon die Party geschenkt«, sagt Etta und reißt den Karton auf, und ihre Augen weiten sich vor Aufregung. »Ein eigenes Teleskop!«

»Dad kann dir beim Zusammenbauen helfen.«

»Wahrscheinlich brauchst du meine Hilfe gar nicht. Du weißt mit solchen Dingen besser Bescheid als ich.«

Etta schlingt die Arme um uns. »Danke! Es ist toll! Ich gehe hoch und stelle es sofort auf.« Etta und Jack holen die restlichen Teile und die Anleitung aus dem Karton. Sie gehen nach oben, während ich das Geschirr in den Schrank stelle.

Ich bin erschöpft; als alles getan ist, setze ich mich unter den Fenstern auf die wackelige Bank, von der einst ein Bein abgesägt worden ist, aus Gründen, an die sich niemand mehr erinnert. Ich höre, wie Etta und Jack die Aufbauanweisungen laut vorlesen, und muss lächeln. Seit dem Tag, als Etta geboren wurde, war es nicht mehr still in dem Haus. Wenn ich mein Leben als Alleinstehende je vermisse (und ich gestehe, dass dies von Zeit zu Zeit der Fall ist), dann vermisse ich am meisten die Stille und die herrliche Einsamkeit meiner Gedanken. Während die drei heilen Beine der Bank auf den Holzboden klopfen, denke ich darüber nach, was es bedeutet, Mutter eines Teenagers zu sein, und wie grundlegend sich meine Beziehung zu Etta verändert hat. Waren das die besten Tage damals, als ich sie im Arm halten und so viel küssen konnte, wie ich mochte? Erst heute Morgen wollte ich sie in den Arm nehmen, und sie hat sich mir entzogen. Sie war nicht unfreundlich, sie wollte nur erwachsen sein. Aber es wäre gelogen, wenn ich sagte, es hat meine Gefühle nicht verletzt. Bevor ich eigene Kinder hatte, habe ich manchmal gehört, wie Eltern sich über ihre heranwachsenden Kinder beklagten, und dachte, meine Kinder würden anders werden. Ich würde sie so sehr lieben, dass sie mich nie zurückstoßen würden. Und jetzt ist der Tag da, an dem Etta sich einen Schritt von mir entfernt hat, und ich war nicht darauf vorbereitet (obwohl ich bezweifle, dass man je darauf vorbereitet ist).

Mr. J's Construction Company ist deutlich gewachsen, seit Jack und seine beiden Partner, Mousey und Rick, ihr Bauunternehmen gegründet haben. Inzwischen, nach ein paar Fortbildungskursen am Mountain Empire Community College, haben sie ihre Angebotspalette erweitert: Klempnerarbeiten, Fliesenlegen und sogar Design gehören jetzt dazu. Das Southwest Virginia Museum hat sie unter Vertrag genommen für die Erneuerung aller Kaminsimse im Gebäude (das ist ziemlich viel Arbeit, weil es in jedem Raum dieses alten Landhauses einen Kamin gibt).

Etta arbeitet auch in der Firma, meistens nach der Schule und gelegentlich an den Wochenenden. Als ich mit dem Jeep in die kleine Straße hinter dem Museum einbiege, sehe ich, dass die Marmorlieferung von Pete Rutledge eingetroffen ist. Glänzende Platten von seeschaumgrünem, schwarz geädertem Granit sind auf der Pritsche von Jacks Wagen aufgetürmt.

Ich treffe Etta und Jack im vorderen Saal des Museums an, einem großen, sonnendurchfluteten Raum mit vielen Fenstern. Jetzt ist er eine Baustelle; der Parkettboden und die Fensterbänke sind mit Planen abgedeckt. Jack hat die Kamineinfassung abmontiert, und dahinter ist der auf Maschendraht aufgetragene Zement zum Vorschein gekommen. Etta kniet auf dem Boden und vermisst kleine Quadrate von glänzendem schwarzem Marmor, aus dem die neue Kamineinfassung gemacht wird. »Nun seht euch Michelangelo und seine Tochter an.«

»Es ist eher wie Michelangela und ihr Vater«, sagt Jack, nimmt einen Pinsel und bestreicht den Gips mit einer feuchten Masse. »Deine Tochter hat sich eine Methode ausgedacht, wie man eine Umrandung innerhalb einer Umrandung machen kann, sodass das Ganze dreidimensional wirkt.«

»Wo hast du das gelernt?«, frage ich Etta.

»Im Matheunterricht. Ich habe die Maße genommen und ein Kästchenmuster gemacht. Es ist nicht besonders schwer.« Etta legt weiter die kleinen Vierecke in ordentlichen Reihen auf Packpapier aus.

»Pete hat dir ein Geschenk mitgeschickt«, sagt Jack und rührt den Kleister.

»Ach ja?«

»Da drüben auf dem Tisch.« Er zeigt mit dem Pinsel.

Auf dem Tisch liegt ein kleiner schwarzer Samtbeutel. Ich ziehe das Bändel auf und lasse den Inhalt in meine Hand gleiten. Es sind ungefähr zehn Lapislazulisteine, so groß wie Perlen. Sie sind von goldenen Adern durchzogen und glitzern in der Sonne.

»Toll«, sagt Etta hinter mir. »Das ist der gleiche Marmor, den er dir gegeben hat, als wir in Italien waren. Weißt du noch, er hat dir ein kleines Stück gegeben, als wir in dem Steinbruch waren?«

»Nein, ich erinnere mich nicht«, lüge ich. Ich möchte nicht, dass Etta denkt, es sei ein besonderer Tag gewesen, obwohl es der Tag war, an dem Pete Rutledge mit uns zu dem Wasserfall in den Alpen gefahren ist und mir gestanden hat, welche Gefühle er für mich hegt. Ich erinnere mich an den Dampf von den heißen Quellen, an die glatten Steine unter meinen Füßen und was es für ein Gefühl war, in seinen Armen zu liegen, als er mich aus dem Wasser trug.

»Ma. Du hast den Stein auf Joes Grab gelegt, als wir nach Hause gekommen sind.« Ettas Stimme holt mich in die Gegenwart zurück.

»Ach, stimmt ja. Du hast Recht.«

»Er ist immer noch da. Mann, erinnerst du dich denn an gar nichts?«, fragt Etta ungeduldig.

»Wahrscheinlich nicht«, sage ich. Das ist gelogen, in Wahrheit erinnere ich mich sehr genau an alle Einzelheiten, aber das brauchen Etta und mein Mann nicht zu wissen. Wie jede Frau habe ich meine Geheimnisse oder besser gesagt, einige wenige Momente, die nur mir gehören. Nur so kann ich mir meine Eigenständigkeit bewahren, während ich gleichzeitig Teil meiner Familie bin. In den Augen meiner Tochter erscheine ich vielleicht als eine bodenständige Frau, aber ich bin eine Träumerin, genau wie sie auch; irgendwann werde ich hoffentlich mit ihr über diesen Teil von mir sprechen können. Aber im Moment muss ich ihr den Weg ins Leben zeigen, und da ist es wichtig, dass die Grenzen klar umrissen sind.

Endlich ist der lang ersehnte Tag von Stefano Grassis Ankunft da. Meine Tochter ist sonst nie pünktlich, aber heute scheucht sie uns, damit wir rechtzeitig am Flughafen sind. Seit drei Monaten hat Etta die Tage bis zu diesem Moment gezählt. Ich hoffe nur, Stefano ist so nett, wie ich ihn in Erinnerung habe, sonst wird es ein langer Sommer in Cracker's Neck Holler.

»Wie sollen wir ihn erkennen?«, fragt Jack, als wir an der Sperre auf dem Tri-Cities-Airport warten.

»Er sieht ausländisch aus. Und wahrscheinlich sieht er aus wie auf dem Bild, das Papa geschickt hat.« Ich fächle mir mit einem alten Programm vom Barter Theater, das ich in meiner guten Handtasche gefunden habe, Luft zu. Es ist erst Juni, aber die Temperaturen sind schon auf über dreißig Grad gestiegen.

»Ich erkenne ihn sofort«, sagt Etta ungeduldig und lässt den Blick nicht von der Tür ab. Sie sieht hübsch aus in den neuen Jeans, der weißen Baumwollbluse und dem farblosen Lipgloss. (Ich habe eine Grenze gezogen: Augen-Make-up erst mit fünfzehn.) »Da ist er!« Etta zeigt mit dem Finger.

Ich bin völlig konsterniert, als ein sehr großer, gut aussehender Stefano Grassi uns erblickt und sich aus der Menge der Passagiere löst, um uns zu begrüßen.

»Mrs. MacChesney?«, sagt Stefano höflich.

»Wie schön, dich zu sehen. Nenn mich bitte Ave Maria.«

»Und ich bin Jack Mac.« Mein Mann streckt die Hand aus, und Stefano schüttelt sie kräftig.

»Mein Gott, du bist ja erwachsen!«, platze ich heraus. Und das stimmt, er ist ein Mann. Er hat immer noch die blonden Haare, die schelmischen braunen Augen und die kräftige Nase, aber der kleine elternlose Junge ist jetzt über ein Meter achtzig groß und muss sich offensichtlich täglich rasieren. Man würde ihn nicht im klassischen Sinne attraktiv nennen, aber er hat eine gewisse reizvolle Ähnlichkeit mit Henry David Thoreau und sieht ein wenig aus, als gehörte er in ein anderes Jahrhundert, in eine Hütte im Wald, wo er mit aufgerollten Hemdsärmeln ernste Gedichte über die Wildnis schreibt.

»Erinnerst du dich noch an meine Tochter?«, frage ich ihn.

»Wie könnte ich Etta vergessen?«

Etta strahlt, und stünde sie in dem Moment auf einem Laufsteg, dann würde sie mit diesem Lächeln die Miss-America-Krone gewinnen. »Hallo, Stefano.«

»Hast du eine Cola für mich in den Kühlschrank gestellt?«

Sie nickt. »Und Mountain Dew.«

Auf dem Weg nach Big Stone Gap stellt Stefano viele Fragen, er guckt aus dem Fenster nimmt die Berglandschaft in sich auf. Er und Jack unterhalten sich ausführlich über Landvermessung und das Baugewerbe. Etta und ich sitzen auf der Rückbank, und Etta beugt sich nach vorn und hört dem Gespräch konzentriert zu.

Der Klang von Stefanos Stimme bringt Italien wieder in mein Gedächtnis zurück, und plötzlich kommt Heimweh in mir auf, Heimweh nach Schilpario und Bergamo und nach meiner Familie. Mit einem Mal verstehe ich Etta, wenn sie sich darüber beklagt, dass sie hier keine Verwandten hat. Es gibt Zeiten, wenn nichts ein Ersatz ist für die Großfamilie aus Tanten und Onkeln und Cousinen und Cousins, die das Leben so reich macht. Heute muss Stefanos Stimme genügen. Etta und ich haben uns vorgenommen, den Sommer über italienisch mit ihm zu sprechen. Als kleines Mädchen habe ich mit meiner Mutter genauso oft Italienisch wie Englisch gesprochen, und als Etta klein war, habe ich mit ihr auch Italienisch gesprochen. Manchmal sprechen wir auch heute noch Italienisch zusammen, meistens wenn wir unter Menschen sind, und dann benutzen wir es als eine Art Geheimsprache. Es wird mir bestimmt gefallen, es täglich mit dem richtigen Akzent gesprochen zu hören. Und sicherlich wird so die Entfernung zwischen den Blue Ridge Mountains und den italienischen Alpen beträchtlich zusammenschrumpfen.

»Du hast uns gar nicht gesagt, dass Stefano so ein scharfer Typ ist«, sagt Iva Lou und nimmt sich einen Löffel von Fleetas Dessert. »So ein attraktiver Mann. Alle jungen Mädchen in der Stadt sind in Aufruhr. Und die Frauen sind aufgeregter als damals, als Tommy Lee Jones in die Stadt kam, um *Nashville Lady* zu drehen.« Iva Lou hat sich nach ihrer Operation im letzten Herbst prächtig erholt, so wie ihre Hormone auch, wie es scheint.

»Das liegt am Akzent«, sagt Fleeta, die hinter der Theke ein paar Sachen abspült. »Frauen mögen es, wenn jemand mit einem Akzent spricht. Besondert mit einem italienischen. Dann glauben sie, dass das, was der Mann sagt, wahr ist.«

»Serena Mumpower hängt an ihm wie eine Klette. Neulich kam Stefano in die Bibliothek, um sich ein paar Bücher auszuleihen, und sie ist ihm gefolgt wie ein hungriges Kätzchen. Ich habe sie allerdings nicht daran gehindert, ihm zu helfen, denn es war das erste Mal, dass sie von ihrem Schreibtisch aufgestanden ist und überhaupt etwas getan hat.«

»Die läuft doch jedem in Hosen hinterher«, schnaubt Fleeta.

»Serena ist sehr attraktiv, das kann ich wohl sagen«, sagt Iva Lou zur Verteidigung ihrer Assistentin. »Sie sieht aus wie ein Filmstar, wie Natalie Wood als sie jung war, nur dass sie eine größere Nase als Natalie Wood hat.«

»Hat er schon mal ein Mädchen mit zu euch nach Hause gebracht?«, fragt Fleeta mich.

»Nein, wenn er sich mit Mädchen trifft, dann nicht bei uns.«

»Welches Zimmer habt ihr ihm gegeben?«

»Das Zimmer unten, unser altes Schlafzimmer. Jack und ich sind nach oben in Joes Zimmer gezogen. Es gefällt mir gut so.« Die Gründe für diesen Umzug erkläre ich nicht, aber ich fand es nicht richtig, dass ein dreizehnjähriges Mädchen mit einem männlichen Gast allein im selben Stockwerk schläft.

»Ich würde es nicht aushalten, wenn ich einen Dauergast hätte. Wenn ich abends nach Hause komme, dann ziehe ich mich bis auf die Unterwäsche aus. Es würde mir nicht passen, wenn ein Fremder mir meine Gewohnheiten verleiden würde.« Fleeta setzt sich neben uns.

»Und was ist mit Otto?«, fragt Iva Lou.

»Der ist doch kein Fremder.« Fleeta zuckt mit den Schultern.

»Stefano ist auch kein Fremder«, sage ich. »Er gehört ein bisschen zur Familie. Er macht überhaupt keine Umstände. Und er erzählt viel von Italien, das gefällt mir gut. Jack sagt, Stefano ist sehr fleißig und ehrgeizig.«

»Ihr Italiener seid sowieso gute Arbeiter«, bemerkt Fleeta. »Nicht so gut wie die Griechen, aber fast.«

»Danke.« Im Laufe der Jahre habe ich mich an Fleetas bizarre Komplimente gewöhnt (und ich werde sie nicht darauf hinweisen, dass sie wahrscheinlich noch nie einen echten Griechen kennen gelernt hat).

»Stefano ist dann so etwas wie ein älterer Bruder für Etta, oder?«, fragt Iva Lou.

»Genau«, erwidere ich. Ich will Ettas wahre Gefühle nicht verraten. Außerdem scheint sowieso jedes Mädchen in Wise County in Stefano verknallt zu sein.

Ich werde in der Apotheke von einem Pharma-Vertreter aufgehalten, der ununterbrochen auf mich einredet, sodass ich am Schluss zwei zusätzliche Kartons mit Antihistaminen kaufe (ich kann sie gebrauchen, der Pollenflug in diesem Jahr ist ziemlich intensiv). Als ich nach Hause fahre, ist es schon stockfinster. Von der unteren Holler-Straße sehe ich, dass Jack die Moskitolichter um das Haus angezündet hat. Als ich das Auto abstelle, höre ich Ettas Stimme im Garten. Also gehe ich nicht ins Haus, sondern folge der

Stimme. Sie hat das Teleskop aufgestellt und zeigt Stefano den Nachthimmel. Jack grillt Hamburger, und bei dem Duft von Zwiebeln und Paprika, die in einer kleinen gusseisernen Pfanne schmoren, läuft mir das Wasser im Munde zusammen.

»Das ist der Aldebaran«, erklärt Etta dem jungen Mann, der durch das Teleskop guckt. »Im Moment ist er der hellste Stern am Himmel.«

»Das stimmt. Er funkelt richtig«, sagt Stefano, den Blick unverwandt in den Himmel gerichtet.

»Am besten kann man ihn in diesem Monat von Schilpario aus sehen oder, besser gesagt, von überall in den Dolomiten und den italienischen Alpen. Man hat selten beides zusammen, klare Sicht und eine gute Position.«

»Was du alles weißt!«, sage ich stolz.

»Hallo, Ma.« Etta sieht mich an und lächelt. »Komm, du kannst auch mal gucken.«

Stefano macht mir Platz. Ich gucke durch die Linse, und was ich sehe, ist erstaunlich. Der Sommerhimmel ist tiefschwarz, und überall leuchten kleine silberne Sterne auf, die schimmern und sich zu überfunkeln scheinen wie in einem Diamantencollier.

»Siehst du den Aldebaran?«, fragt Etta.

Ein Stern glitzert wie Wasser im Sonnenlicht. Er ist rund, facettiert, größer als die anderen Sterne, und in der Mitte ist er von einem dunklen Türkis. Vielleicht ist das Grünblau eine Täuschung, jedenfalls scheint das blendend weiße Funkeln ein dunkles Zentrum zu haben. »Ich sehe ihn, Schatz.«

»Man kann ihn fast nicht beschreiben, findest du nicht?«, sagt Etta zu mir.

»Das stimmt. Es ist geradezu unmöglich, etwas so Schönes zu beschreiben.«

Jack tritt hinter mich und legt mir die Arme um die Taille. Er guckt in das Fernrohr und ist ebenso fasziniert wie ich.

»Dad, die Hamburger!«, ruft Etta aufgeregt.

Jack hechtet zum Grill und wendet die Hamburger, bevor sie anbrennen. Stefano und Etta gehen ins Haus und holen Teller, Besteck, den Salat und die Getränke. Ich setze mich an unseren alten Picknicktisch und lege die Füße auf die Bank. Ich spüre die Arbeit dieses langen, heißen Tages in meinen Knochen.

»Wie geht die Arbeit?«, frage ich Jack.

»Stefano ist eine große Hilfe.« Jack nickt zum Haus hinüber.

»Das freut mich.«

»Er fügt sich gut ein. Ich weiß nicht, wie man es sonst nennen soll. Die anderen Männer mögen ihn. Sogar die Leute, die mittags bei Bessie essen, finden ihn nett. Und mit Etta versteht er sich prächtig. Man könnte fast denken, er gehört zur Familie.«

Etta und Stefano legen ein rot-weiß kariertes Tischtuch auf, dann decke ich den Tisch. Jack kommt mit einer Platte voller Hamburger, der Pfanne und ein paar Maiskolben, die er in Alufolie gewickelt und gegrillt hat, an den Tisch. »Das riecht alles ganz köstlich«, sage ich.

»Ave Maria, könnte ich Sie um einen Gefallen bitten?«, fragt Stefano. »Dürfte ich mir am Samstagabend Ihren Jeep ausleihen?«

»Sicher.«

»Hast du eine Verabredung?«, neckt Etta ihn.

»Ein Gentleman spricht nicht über so etwas«, sagt Stefano, und mit seinem Akzent klingt er verdächtig wie Mario da Schilpario.

»Du hast eine Verabredung«, sagt Etta bestimmt. »Schließlich ist es Samstagabend in Big Stone Gap. Was könntest du sonst vorhaben?« Sie tut so, als wäre es ihr gleichgültig.

Mein kleines Mädchen wird eindeutig zur Frau.

»Wer ist denn die Glückliche?« Jack lässt sich auf den Spaß ein.

»Serena Mumpower.«

Jack, Etta und ich lachen.

Stefano sieht uns besorgt an. »Ist etwas an ihr auszusetzen?«

»Nein, überhaupt nicht«, sage ich. »Iva Lou hat mir schon gesagt, dass Serena dich mag.«

»Ich weiß. Sie hat es mir selbst gesagt. Amerikanische Mädchen sind sehr direkt.«

»In der Tat, das stimmt«, pflichtet Jack ihm bei. »Und sie werden immer direkter.«

»Woher weißt du das?«, frage ich meinen Mann.

»Ich beobachte es aus der Ferne, Schatz.« Er zwinkert mir zu.

»Warum soll ein Mädchen nicht direkt sein? Wenn ich mich schon verabreden dürfte, würde ich auch den Jungen fragen, statt zu warten, bis er mich fragt.« Etta beißt in ihren Hamburger.

»Wirklich? Das würdest du tun?«, frage ich.

»Warum nicht? Es ist nicht mehr so wie damals, als ihr jung wart und nur die Jungen so etwas fragen konnten. Das ist doch blöd.«

Jack und ich sehen uns an. Etta fährt fort: »Wenn die Mädchen die Jungen auch fragen können, ist es doch gleichberechtigter. Und die Jungen machen heute mehr von den Sachen, die sonst die Mädchen gemacht haben – zum Beispiel kochen.«

»Na, hör mal«, sagt Jack und tut, als müsse er sich dagegen wehren.

»Oder sie versorgen die Kinder und waschen die Wäsche«, sagt Etta.

»Etta. Bist du etwa Feministin?«, ziehe ich sie auf.

»Ich wusste nicht, dass es ein Wort für etwas gibt, das einfach nur normal ist«, pariert sie und gießt sich Eistee ein.

»Ich stimme Etta zu. Alle Menschen sollten sich um sich selbst kümmern können, ungeachtet des Geschlechts«, sagt

Stefano. »Im Waisenhaus habe ich in der Wäscherei gearbeitet. Ich habe die Arbeit sehr gut gemacht. Das Schwierigste war, das Leinen für den Altar zu bügeln.«

»Wie war denn das Leben im Waisenhaus?«, frage ich und bringe die Unterhaltung weg von dem Thema der Beziehungen zwischen Mann und Frau.

»Gut.«

»Gut? Normalerweise sind Waisenhäuser schrecklich. Ich stelle mir immer *Oliver Twist* vor.«

Stefano lacht. »Nein, so war es nicht. Aber sicherlich gibt es auch viele schlechte Waisenhäuser. Ich hatte Glück. Wir haben in einem umgewandelten Kloster in Bergamo gewohnt. Wir waren nur eine kleine Gruppe, alles Jungen, und wurden von den Nonnen versorgt. Sie haben sich Mühe gegeben, uns die Mütter zu ersetzen.«

»War es nicht so, dass ihr viel in die Stadt gehen durftet?«

»Die Nonnen haben uns dazu ermutigt. Sie wollten, das wir Anschluss an eine Familie finden. Ich hatte Glück, dass ich die Vilminores kannte. Sie haben sich in den Ferien um mich gekümmert und mich an den Wochenenden zum Essen eingeladen. Einmal im Jahr ist Ihr Onkel mit mir Schuhe kaufen gegangen. Und Ihre Tante hat mir Schulbücher gekauft und den Friseur bezahlt.«

»Weißt du, was mit deinen Eltern passiert ist?«, fragt Etta.

»Ich weiß nur, dass beide gestorben sind, als ich klein war.«

»Das ist schrecklich«, sagt Etta leise.

»Aber ich habe mich nicht allein gefühlt. Bei den anderen Jungen war es genauso.« Stefano lächelt.

Beim Essen bringt Jack das Gespräch auf das Baugewerbe. Schon bald lachen die drei zusammen. Ich sehe Stefano in einem neuen Licht und denke über sein Leben nach. Ich überlege, ob es überhaupt Menschen auf dieser Welt gibt, die nicht irgendwie vom Leben gezeichnet sind, die nicht lauter Fragen an die Vergangenheit haben, die sich nicht fragen, »was wäre, wenn«. Kann ein Mensch, der so jung seine Eltern verloren hat, jemals darüber hinwegkommen? Oder ist er auf eine ganz andere Art ausgeglichen, eine, die er sich selbst erworben hat?

Stefano meinen Jeep zu leihen, ist eine gute Idee, denn er bringt ihn blitzsauber zurück, hat den Motor überholt und die Reifen justiert. Er ist als Gast, als Gehilfe auf dem Bau und, wie sich jetzt herausstellt, als Mechaniker perfekt.

»Wo sind meine Frauen?«, ruft Jack von unten die Treppe rauf. Es ist der bisher heißeste Abend in diesem Sommer, und Etta und ich sind oben und stellen die Möbel in ihrem Zimmer um (die alte Anordnung gefällt ihr nicht mehr).

»Warum willst du das wissen?«, rufe ich zurück.

»Lasst uns segeln gehen!«

Wenn Jack vom Segeln spricht, meint er, dass wir uns von Otto und Worley zwei alte Kanus leihen und zum Big-Cherry-See fahren. Als Etta und ich in Jacks Wagen steigen, kommt Stefano mit dem Jeep an.

»Ich dachte, du hast eine Verabredung«, sagt Jack.

»Sie hat mich versetzt.« Stefano zuckt mit den Schultern.

»Du kannst gern mit uns kommen«, sage ich. Er lächelt und springt in den Wagen.

Der Big-Cherry-See ist im Sommer besonders schön. Das dunkelblaue Wasser ist umgeben von Bäumen mit dichtem Blattwerk, das aussieht wie tief dunkelgrüne Vorhänge. »Wie findest du es hier?«, fragt Etta, als Stefano den See betrachtet.

»Er könnte auch Big-Blue-See heißen«, erwidert Stefano.

»Aber er heißt Big-Cherry-See wegen der Kirschbäume. Da drüben, siehst du?« Etta zeigt über das Wasser auf einen Kirschbaumhain, umgeben von Kiefern, die so hoch sind, dass sie bis zu den Fenstern von Theodores Penthouse in New York reichen würden.

»Es ist ein kleiner See.« Warum entschuldige ich mich für unseren See?

»Ave, mach unseren See nicht schlecht«, neckt mein Mann mich.

»Stefano ist aus den italienischen Alpen. Da gibt es den Comer See und den Gardasee. Er kennt große Gebirgsseen. Historische Seen, weltberühmte Seen.«

»Aber dieser hier ist genauso schön«, sagt Stefano.

»Mama findet alles in Italien besser als in Amerika.«

»Außer den Ehemännern.« Ich lege die Arme um Jack.

»Die Schmeichelei nützt dir jetzt nichts, du musst paddeln.« Er reicht mir das Paddel.

Stefano paddelt mit Etta auf die Mitte des Sees hinaus. Jack beobachtet die beiden, Etta lässt die Hand durchs Wasser gleiten. »Denkst du das, was ich denke?«, fragt Jack, ohne sich umzudrehen.

»Dass unsere Tochter zu einer jungen Dame wird?«

»Ja. Du glaubst doch nicht, dass sie sich in ihn verliebt, oder?«

»Was meinst du damit? Sie ist schon längst in ihn verliebt«, sage ich zu ihm.

»Wann ist das denn passiert?«

»Damals, in Italien. Aber sie ist viel zu jung für ihn, ich glaube nicht, dass wir uns Sorgen machen müssen.«

Etta zeigt auf den Stausee in der Ferne. Sie erklärt, dass das meiste Wasser, das in Wise County benötigt wird, aus diesem Stausee kommt, und ihre Stimme, die über den See ertönt, klingt selbstsicher und erfahren und ziemlich erwachsen. Während Stefano mit Etta über den See paddelt, habe ich eine merkwürdige Empfindung.

Statt Etta und Stefano in dem Boot zu sehen, sehe ich Jack und mich, als wir jung waren, bevor Etta zur Welt kam. Eine Frau empfindet das Verstreichen der Zeit anders, wenn sie Kinder hat. Manchmal muss ich einen Moment nachdenken, wenn ich mir vergegenwärtigen will, wie alt ich bin, aber ich weiß auf das Jahr, den Monat und den Tag genau, wie alt Etta ist und wie alt Joe wäre.

Jack dreht sich zu mir um. »Warum bist du so still?«

»Was machen wir, wenn sie mal flügge wird?«

»Dann werden wir wieder ein Liebespaar.«

»Einfach so?«

»Fällt dir was Besseres ein?«

»Eigentlich nicht«, sage ich.

»Dann ist das jetzt unser Plan.«

Ich überlasse es gern meinem Mann, das Boot auf Kurs zu halten und die großen Fragen zu beantworten. »Wenn du meinst, Schatz.«

Ich werde Stefano vermissen, wenn er abreist, nicht nur, weil er sich im Haus nützlich gemacht hat, sondern weil er ein freundliches Wesen hat. Er ist aufrichtig an den Menschen um sich herum interessiert. Ich finde, sein Sommer in Big Stone Gap war ein großer Erfolg. Dieses Wochenende ist das letzte für ihn. Heute Abend gehen wir alle zusammen ins Fold.

»Juhu, Ave«, ruft Iva Lou von der Veranda.

»Was machst du denn hier?«

»Ich fahre mit euch zum Fold. Ich habe Stefano in der Stadt getroffen, und er hat gesagt, er hat etwas anderes vor, und wir sollen ohne ihn ins Fold gehen. Also beeilt euch. Die Reedy Creek Band fängt pünktlich um acht an zu spielen, und ich will Doktor Smiddy nicht verpassen.«

»Den Vater oder den Sohn?«, frage ich Iva Lou und nehme meine Handtasche.

»Beide. Ich komme nicht gern zu spät. Außerdem, wenn man im Fold zu spät ankommt, muss man in Gate City parken und zehn Meilen zu Fuß gehen.«

»Etta, wir wollen los!«, rufe ich nach oben.

Da pfeift Iva Lou anerkennend. Ich drehe mich um, erblicke meine Tochter und sage: »Du siehst sehr schön aus, Etta.« Sie trägt einen Jeansrock, ein schwarzes T-Shirt und

Sandalen, und dazu große Kreolen an den Ohren, genau wie ihre Tante Iva Lou.

»Diese Jünglinge aus den Bergen werden ganz wild nach dir sein. Aber sei ganz beruhigt, wir beschützen dich«, sagt Iva Lou.

»Danke«, sagt Etta und errötet. »Wo ist Dad?«

»Er ist mit Rick Harmon zu der Autoschau nach Knoxville gefahren«, sage ich.

»Ach so. Dann gehen nur wir drei und Stefano?«

»Stefano kommt auch nicht. Er hat Tante Iva Lou geschickt, damit sie mit uns fährt.«

»Aber es ist sein letzter Samstag hier«, sagt sie.

»Er hat es sich anders überlegt, Schatz. Du darfst dir nichts draus machen.«

»Aber er fährt am Montag!«, sagt Etta unglücklich.

»Deswegen hat er sich noch ein letztes Mal mit Serena Mumpower verabredet.« Iva Lou klingt ungeduldig.

»Er hat eine Verabredung?« Etta guckt verwirrt und ist sichtlich erschüttert.

»Du weißt doch, dass er sich mehrmals mit Serena Mumpower getroffen hat. Natürlich, sie arbeitet viel, und beim Tanzen hat sie auch immer reichlich Partner zur Auswahl, da muss er sich ein bisschen anstrengen, dass er zum Zuge kommt, aber für Serena lohnt es sich.«

Etta steigen die Tränen in die Augen. »Entschuldigt bitte«, sagt sie und rennt die Treppe hoch.

»Habe ich was Falsches gesagt?«, fragt Iva Lou.

»Ich glaube nicht. Warte mal einen Moment.« Ich gehe hinter Etta her nach oben. Sie hat die Tür zu ihrem Zimmer zugemacht. Ich mache sie auf und gehe die zweite Treppe hoch. »Was ist denn, Schatz?«

Etta antwortet nicht. Sie weint.

»Ich bin gleich wieder da«, sage ich zu ihr und renne wieder runter zu Iva Lou. »Iva, fahrt ohne uns. Etta ist richtig unglücklich.«

»Ach, du liebe Güte, lass mich mal mit ihr sprechen.«

»Nein, nein, lass mal. Es hat nichts mit dir zu tun. Ich glaube, wir kommen heute Abend nicht. Es tut mir Leid.«

»In Ordnung. Ruf mich an. Erzähl mir, was los war.«

»Na klar.«

Lyle drückt auf die Hupe, und Iva Lou eilt nach draußen.

Ich gehe nach oben, setze mich neben Etta aufs Bett und lege ihr die Hand auf den Rücken.

»O Mama.« Sie weint immer noch.

»Was ist denn, mein Schatz?«

»Ich mag ihn so sehr.«

»Stefano ist sehr nett, ich weiß. Aber er ist achtzehn, Schatz.«

»Ich weiß.«

»Und er lebt in Italien.«

»Ich weiß«, schluchzt sie.

»Ist er der erste Junge, den du so magst?«, frage ich sie leise.

Sie nickt. »Er sieht gut aus, und er ist nicht so dumm wie die Jungen, die ich hier kenne.«

»Das sind zwei gute Gründe, einen Jungen zu mögen.«

»Und er hört mir zu.«

»Das ist auch gut.«

»Aber für ihn bin ich noch ein Kind, stimmt's?« Sie boxt ihr Kissen und lässt dann den Kopf darauf sinken.

Einerseits möchte ich gern sagen: Das hoffe ich doch, andererseits ist Etta das erste Mal verliebt, und ich möchte nichts verderben. »Nein, ich glaube, er findet, dass du ein kluges Mädchen bist.«

»Meinst du?«

»Ich bin mir sicher.«

»Glaubst du, dass er mich hübsch findet?«

»Er wäre verrückt, wenn er das nicht täte.«

Etta streift sich die Sandalen von den Füßen, und sie fallen laut zu Boden. Es ist, als hätten die Sandalen magische

Kräfte: Als sie mit ihnen die Treppe herunterkam, war sie eine junge Dame, und jetzt sieht sie wieder wie eine Dreizehnjährige aus, mit verweinten Augen, dünnen Beinen und gebrochenem Herzen.

»Warum muss er an seinem letzten Samstag in Amerika mit Serena Mumpower ausgehen?« Jetzt klingt Etta wütend, und in diesem Gefühl möchte ich sie bestärken. Soll sie ruhig ihrem Unmut Luft machen. »Ich dachte, er mag uns.«

»Er mag uns doch auch.«

»Wozu braucht er dann Serena?«

Ich hatte gedacht, mein Mann hätte mit Etta ein vorbereitendes Gespräch über Sex geführt, aber wie ich sehe, hat er das Wesen des Mannes mit keiner Silbe erwähnt und ist gleich zur Zellteilung übergegangen. Ich nehme mir vor, ihn umzubringen, wenn er von der Autoschau zurückkommt. Ich kratze mir den Kopf und hoffe, dass mir etwas Gutes einfällt. Doch was soll's, ich muss improvisieren. »Männer sind komische Wesen«, sage ich. Etta sieht mich verwirrt an. »Ein Mann verabredet sich nicht unbedingt mit einem Mädchen, weil es hübsch oder klug ist oder weil es ähnliche Interessen hat wie er. Manchmal geht er mit einem Mädchen aus, weil es kurzweilig mit ihr ist.«

»Das verstehe ich nicht.«

»Ich habe das erst mit vierzig verstanden, du musst also Geduld haben.«

»Gut.« Etta putzt sich die Nase und sieht mich erwartungsvoll an, als wäre ich ein Orakel an einem Altar, dem die Rauchschwaden aus den Ohren kommen, und im Begriff, die Wahrheiten über die Liebe für das nächste Jahrhundert vorherzusagen.

»Manchmal sind bei einem Mann keine großen romantischen Gefühle im Spiel. Manchmal vertreibt er sich bloß die Zeit. Dann sucht er sich eine Frau aus, um mit ihr essen zu gehen und sich zu unterhalten, damit es leicht und unkompliziert ist, und die Gefühle spielen keine so große oder überhaupt keine Rolle. Und manchmal sucht er sich ein Mädchen aus, nur so zum … wie soll ich sagen, zum Zeitvertreib.«

»Glaubst du, er heiratet sie?«

»Ach, Etta, das glaube ich auf gar keinen Fall. Ist es das, was dich bekümmert?«

»Ja.«

»Warum?«

»Weil Stefano Grassi für mich bestimmt ist«, sagt Etta, und es schwingt kein bisschen Ironie oder dramatische Übertreibung darin mit.

»Woher weißt du das?«

»Aus den Sternen.«

»Meinst du das Horoskop in *Seventeen* oder die Sterne am Himmel?«

»Die Sterne, die ich durch mein Teleskop sehen kann.«

»Was sagen sie dir?«

»Die Sterne und Planeten stehen in einer bestimmten Anordnung. Und manchmal sieht es so aus, als würde da oben alles in Bewegung geraten und sich verändern und als würden Sterne verloren gehen oder verschwinden. Aber sie verschwinden nicht, sie sind fest eingefügt. Sie kommen immer wieder an ihren Ausgangspunkt zurück.«

»Und du denkst, dass du ein Stern bist, und Stefano ist ein Stern, und das Schicksal hat euch füreinander bestimmt?«

Etta nickt, und einen Moment lang glaube ich, dass sie sich mir in die Arme werfen will. In diesem Augenblick bin ich wirklich ihre Freundin und gleichzeitig ihre Mutter, doch diese für uns beide neue Situation wird wahrscheinlich schnell wieder enden.

»Das klingt schön. Und was ist mit den Sternen, die verglühen und durchs All fallen?«

»Die hatten da sowieso keinen Platz.«

Zum einen glaube ich, dass ich soeben mit meiner Tochter auf Umwegen über Kopernikus ein Gespräch über Sex geführt habe, und das tröstet mich, und zum anderen ist es für mich unfassbar, dass sie so viele Dinge weiß, über die ich nicht einmal nachdenke – Sterne und Sternbilder und Universen, die es gibt oder auch nicht –, und dass sie glaubt, all diese Dinge seien unmittelbar mit ihrem Leben verbunden und beeinflussen ihre Entscheidungen und ihre Zukunft. Welche anderen Dreizehnjährigen denken über das Leben in dieser kosmischen Dimension nach? Sie sollte in den süßen Trevor oder in den mittelsüßen Trevor verknallt sein, nicht in einen achtzehnjährigen jungen Mann, der mit einem Visum eingereist ist. Aber heute Abend ist ihr Herz verletzt, sie hat eine Enttäuschung erlebt, und ich bringe es nicht fertig, ihr zu sagen, dass es vorübergeht und sich nächste Woche schon nicht mehr so schrecklich anfühlen wird; dass Stefano nach Hause fliegt, dass die Schule wieder anfängt und die Band wieder mit dem Üben beginnt, und dass Jungen in ihrem Alter wechselweise interessant und unerträglich für sie sein werden; dass sie noch oft verliebt sein wird und viele kleine Liebesgeschichten und Verletzungen und Enttäuschungen erleben wird, bevor sie die wahre Liebe kennen lernt. Doch selbst wenn ich das sagte, würde sie es heute Abend nicht hören wollen, denn das Objekt ihrer Verehrung tanzt gerade mit Serena aus Appalachia zu den Klängen von »Hot Buttered Beans« auf dem Parkett des Carter Family Fold. Heute Abend liebt Etta Stefano Grassi, und wenn sie ihrer Mutter nur ein kleines bisschen ähnlich ist, dann liebt sie ihn auch deshalb, weil sie ihn nicht haben kann.

Kapitel 7

»Findest du nicht, dass ich älter aussehe, als ich bin?«, fragt Etta stolz, als sie sich ihr neues Passbild ansieht.

»Du siehst aus wie fünfzehn, und du *bist* auch fünfzehn«, sage ich zu ihr.

»Du bist eine Spielverderberin.« Etta lächelt und geht nach oben, um ihren Koffer fertig zu packen.

Vergeht meiner Tochter die Zeit nicht schnell genug? Jack gibt ihr Fahrunterricht, die Flasche mit dem Schaumbad, die seit ihrer Kindheit immer einen Platz im Badezimmer hatte, musste einem Glas mit Vanilla-Badeperlen weichen, und die Kuchenförmchen, in denen sie jahrelang Kieselsteine, Angelhaken und Kleingeld aufbewahrte, sind jetzt mit Lipgloss und Lidschatten gefüllt. Sind mehr Anzeichen nötig, um zu signalisieren, dass Etta zur Frau wird?

Ich habe ihr versprochen, dass wir nach ihrem fünfzehnten Geburtstag wieder nach Italien fahren, und sie hat darauf bestanden, dass ich das Versprechen einhalte. Natürlich brauche ich keine besondere Ermutigung, wenn es um Italien geht, und Jack noch weniger. Er ist seit unserer Hochzeitsreise nicht mehr dort gewesen und möchte jetzt seine Kochkenntnisse verfeinern. Dazu muss er natürlich in das Ursprungsland der feinen Cuisine reisen.

Ich habe Iva Lou überredet mitzukommen (zum einen, damit sie sich ihren lebenslangen Wunsch, Italien zu sehen, endlich erfüllt, und zum anderen, um zu feiern, dass sie seit zwei Jahren krebsfrei ist). Lyle hat abgelehnt; das einzige Reiseziel, das ihn interessiert, ist Hawaii, und Iva Lou hat ihm versprochen, ihn im nächsten Jahr dorthin zu begleiten.

Sie hat sich schon mit dem Reiseunternehmen in Verbindung gesetzt.

Ich habe Theodore eingeladen, aber er und Max haben sich für den Sommer ein Haus auf Long Island gemietet. Ich werde ihnen viele Postkarten schicken, um sie ordentlich neidisch zu machen.

Etta hat seit einem Jahr einen Freund, er heißt Dakota Clasby und ist ein netter Junge. Sie kennt ihn seit ihrem ersten Schultag, und am besten gefällt mir, dass sie ihn aufrichtig mag, dennoch ist es eher eine Freundschaft als eine Verliebtheit. Jack sagt, ich sei den Tatsachen gegenüber blind und sähe nicht, was wirklich los sei, aber Etta erzählt mir von ihm, und ich höre ihr zu und sehe keinen Grund, mir Sorgen zu machen. Sie ist eine gute Schülerin und hat ein Praktikum bei Thompson & Litton, einem Architekturbüro in Norton, gemacht. Bei all ihrer Liebe zur Astronomie interessiert sie sich inzwischen (das ist ihrem Vater zu verdanken) sehr für Planung und Häuserbau.

Während der Vorbereitungen zu unserer Reise ist bei Iva Lou die pingelige Bibliothekarin zum Vorschein gekommen. Seit sechs Monaten packt sie ihren Koffer. Drei Wochen lang hat sie Buch geführt und genau berechnet, wie viel Shampoo, Seife und Vorrat an Toilettenartikeln sie für die Dauer der Reise braucht, damit alles genau reicht. Sie hat einen Artikel gelesen, in dem beschrieben wird, dass man seine Sachen gerollt statt gefaltet in den Koffer legen sollte (dazu braucht man Seidenpapier – keine Ahnung, warum). Sie nimmt einen Adapter für ihren Föhn mit, ein Reparaturset für alle Fälle und einen Kosmetikkoffer, der so groß wie Doc Daughertys Arztkoffer ist, voll gepackt mit Tuben und Fläschchen. Sie hat drei Paar Laufschuhe und ein Paar hochhackige Schuhe (falls wir in Venedig ausgehen wollen) eingelaufen.

Ich habe beschlossen, nicht viel mitzunehmen. Eine Reisetasche für meine Kleidung und einen kleinen Rucksack für alles andere. Jack hat ein natürliches Talent dafür, mit leichtem Gepäck zu reisen (das hat er sich beim Zelten erworben), und er hat uns schon gewarnt, dass er unser schweres Gepäck nicht durch Norditalien schleppen wird, wir sollten lieber nicht zu viel mitnehmen.

Gala Nuccio, meine Nennschwester und unsere Reisefachfrau (sie hat mir geholfen, meinen Vater ausfindig zu machen, und hat ihn dann mit Jacks verschwörerischer Hilfe nach Southwest Virginia geholt) fand ihr helles Vergnügen daran, unsere Reise zu planen. Sie hat ihre persönlichen Kontakte in Italien spielen lassen und dafür gesorgt, dass wir in Florenz in die Uffizien kommen, in Venedig Zimmer in einem kleinen Hotel bekommen und in Deruta eine Keramikfabrik besichtigen können. Bei meinen anderen Besuchen in Italien bin ich hauptsächlich in Schilpario gewesen, aber diesmal werden wir herumfahren und die Toskana erkunden (weil Iva Lou dabei ist, habe ich einen guten Grund, mich wie eine typische Touristin aufzuführen). Und Schilpario und Bergamo sind nur wie der Nachtisch unserer Grand Tour.

»Ma! Spec ist da!«, ruft Etta von der vorderen Veranda.

»Stell schon mal die Taschen ins Auto«, rufe ich aus dem Badezimmer, wo ich mir Lippenstift auflege. Am Morgen habe ich dick Feuchtigkeitscreme aufgetragen, weil ich weiß, dass meine Haut auf dem Flug stark austrocknet.

Jack steckt den Kopf ins Badezimmer. »Du siehst toll aus«, sagt er. »Wollen wir los?«

»Ich komme schon«, sage ich und lasse das Maskarastäbchen ins Becken fallen.

»Warum bist du so nervös?«

»Ich weiß auch nicht.«

»Fleeta kümmert sich um Shoo.«

»Ich weiß.«

»Hast du Angst vor dem Flug?«

»Nein.«

»Was ist es dann?«

»Ich habe manchmal so komische Gefühle.« Ich wünschte, ich wüsste, warum ich so nervös bin. Wovor habe ich Angst? (Seit meinem Besuch bei Schwester Claire vor vielen Jahren nehme ich ein bisschen zu viel Notiz von meiner inneren Stimme – und manchmal ist sie ganz schön laut.)

Ich nehme meine Handtasche und folge Jack nach draußen. Etta und Jack haben das Gepäck in den Rettungswagen geladen; anscheinend ist Specs Privatauto in der Werkstatt.

»Hoffentlich sieht uns der Bürgermeister nicht in einem städtischen Wagen fahren«, sage ich zu Spec.

Spec lächelt. »Ich habe ihn angerufen, und er hat es erlaubt.«

»Gut geplant.«

»Jetzt komm, Ave. Setz dich nach vorn, neben mich. So wie früher.«

Iva Lou sitzt mit Jack auf der Rückbank, und Etta hockt ganz hinten zwischen dem Reisegepäck, was ihr gut gefällt.

»Schätzchen, ich war in meinem Leben nicht so aufgeregt!« Iva Lou streicht sich den Kragen ihrer hellblauen Jeansjacke glatt. Ihre Frisur ist ein Meisterwerk, das Haar ist von blonden Strähnchen durchzogen und in einer großen Welle im Verna-Lisi-Stil nach hinten gekämmt.

»Du siehst aus wie eine blonde italienische Göttin«, sage ich zu ihr.

»Das war auch meine Absicht. Das und ein bisschen Ivana Trump, um die Wirkung zu erhöhen«, sagt sie stolz.

»Fahr los, Spec«, ruft Etta freudig erregt von hinten.

»Los geht's!« Spec drückt das Gaspedal durch und fährt in einer enormen Staubwolke davon. Er rast so schnell durch Wildcat Holler, dass wir fast aus der Kurve fliegen, als wir in die Kingsport Road einbiegen.

»Guck mal, Etta, da sind deine Freunde, bei Quik Stop!«, ruft Spec und zeigt in die Richtung.

»Okay Spec, fahr einfach weiter.« Etta sagt das ganz ungerührt. Es ist ihr etwas peinlich, in dem orangefarbenen Rettungswagen mit den weißen Streifen gesehen zu werden.

»Die sollen mitkriegen, dass du nach Italien fliegst.« Spec lacht und stellt die Sirene an. Etta versteckt den Kopf hinter ihrer Tasche, und Iva Lou und Jack lachen.

Beim Umsteigen auf dem John F. Kennedy Airport flirtet Iva Lou mit dem Flughafenpersonal, und als sie dem Mann, der ihr Gepäck zum Flugsteig trägt, ein Trinkgeld geben will, weigert er sich, es zu nehmen (was mir noch nie passiert ist). Als wir im Flugzeug sitzen, lehnt sie sich zurück und guckt aus dem Fenster. »Ich bin so glücklich. Wie gefällt dir, was ich anhabe?« Iva Lou trägt einen schlichten schwarzen Trainingsanzug mit einem engen Gürtel um die Taille, ein Jackett, das sie sich lässig um die Schultern gelegt hat, und sehr hübsche schwarze Mokassins. »Es sieht sehr schick aus und sitzt wie angegossen.«

»Man sieht nicht, dass ich Prothesen trage, oder?«

»Überhaupt nicht.«

»Willst du mein Geheimnis wissen?«

»Unbedingt.«

»Man muss verschiedene Größen nehmen.«

»Wie bitte?«

»Genau. Ich habe eine kleine Tasche dabei mit unterschiedlichen Größen. Je nachdem, was du trägst, brauchst du eine andere Größe, verstehst du? In einem Rollkragenpullover müssen sie klein und spitz sein, in einer Bauernbluse größer und voller, bei einem Jackett braucht man die klassischen Jane-Russell-Spitzbrüste. Du kannst dir ja denken, dass ich in Italien nicht flach wie eins von Fleetas Omelettes rumlaufen würde, in der Heimat von Claudia Cardinale und Gina Lollobrigida. Nein, ich will von Kopf bis Fuß wie eine klassische amerikanische Schönheit aussehen.«

»Das ist dir gelungen.«

»Manchmal kann ich es kaum glauben, dass ich es geschafft habe.« Iva Lou lässt sich in die Polster sinken.

»Ich habe schon immer gewusst, dass du mit nach Italien kommen würdest.«

»Nein, ich meine nicht Italien, sondern dass ich es überhaupt geschafft habe. Den Krebs hinter mir gelassen habe. Die Wahrsagerin damals hatte Recht.«

»Sie hatte keine Ahnung! Sie hat dir gesagt, dass dein Leben ganz glatt verlaufen würde, ohne Schwierigkeiten. Wir hätten uns unser Geld zurückgeben lassen sollen.«

»Nein, die gute Schwester Claire hat alles vorausgesagt.«

»Wie bitte?«

»Ja. Ich habe dich angelogen, damals. Ich habe dir gesagt, dass sie mir nur Gutes prophezeit hat, weil ich nicht wollte, dass du dir Sorgen machst. In Wahrheit hat sie mir gesagt, dass ich auf große Schwierigkeiten zusteuere und mich gut festhalten solle, dann würden sie vorübergehen.«

»Und das hast du mir nicht erzählt?«

»Was hätte das denn genützt? Es hätte nichts geändert. Ich hätte trotzdem Krebs bekommen. Und hätte trotzdem die Operation gehabt. Und ich glaube, irgendwie wollte ich Schwester Claire beweisen, dass sie Unrecht hatte, aber sie hatte tatsächlich Recht. Sie wusste etwas, das ich nicht wusste. Es stimmt nicht, dass ich mich so gut wie sonst keiner kenne. Von jetzt ab glaube ich jedem Wahrsager.«

Nach einem problemlosen Flug landen wir in Mailand, packen alles in einen Mietwagen und fahren Richtung Süden nach Florenz. Jack hat sich schon um ein Restaurant gekümmert und ein Schmuckstück von einem Lokal in einer Nebenstraße unweit des Doms gefunden. Die Einrichtung ist schlicht: bequeme gepolsterte Stühle und quadratische Tische mit Marmorplatten. Nachdem wir bestellt haben, geht Jack in die Küche und guckt bei der Zubereitung der Gerichte zu. Er hat in einem Artikel in *Food & Wine* gelesen, dass italienische Köche es lieben, wenn man ihnen bei der Arbeit zuschaut, und er nimmt sie beim Wort. Er hat von zu Hause aus an einige Restaurants geschrieben und gefragt, ob er in der Küche zuschauen dürfe, und die Erlaubnis bekommen.

Ob er jedes Mal, wenn wir im Restaurant essen gehen, in die Küche geht?, frage ich mich.

»Ma, er will ein Restaurant aufmachen. Warum, meinst du wohl, probiert er jedes Rezept hundertmal aus?«, sagt Etta.

»Weil er ein Perfektionist ist?«

»Nein, weil er experimentiert. Er sagt, er will nicht länger im Baugewerbe arbeiten.« Etta zuckt mit den Schultern.

Ich gucke Iva Lou ratlos an.

»Solange er in seiner Midlife-Crisis ein Restaurant aufmacht, statt sich eine Harley zu kaufen und seine Frau gegen ein jüngeres Modell einzutauschen, ist doch alles bestens«, bemerkt sie nur.

»Und wer soll in Big Stone Gap in einem italienischen Restaurant essen? Das Lokal Stringer kommt an, weil man da am Freitagabend nach Herzenslust Krabben essen kann. Aber niemand in Big Stone gibt gutes Geld für einen Teller Nudeln aus«, sage ich.

»Wer hat denn gesagt, dass er es in Big Stone Gap aufmachen will?«, meint Etta, ohne mich richtig anzusehen.

»Ja, wo denn sonst?« Ich klinge jämmerlich, aber ich blicke tatsächlich nicht mehr durch.

»Vielleicht in Kingsport. Oder in Knoxville. Weiß ich doch nicht. Frag ihn doch selbst.«

»Ich dachte immer, er meint das nicht ernst und macht nur Witze. So wie ich, wenn ich sage, ich will wieder aufs College gehen und Höhlenforschung studieren.«

Etta wirft mir einen von diesen Blicken zu, die sagen, dass ich nicht alle Tassen im Schrank habe, bricht eine Grissini-Stange durch und beißt ein Stück davon ab. Iva Lou sieht mich an und gießt erst mir und dann sich selbst ein Glas Wein ein.

»Entschuldigt mich einen Moment«, sage ich zu den beiden. Ich tue so, als würde ich zur Damentoilette gehen, biege aber stattdessen scharf nach links ab und husche durch einen rot-golden gestreiften Vorhang mit enormen Quasten am oberen Saum, der den Küchenbereich abtrennt. Ein Kellner sieht mich an, ich lächle, er zuckt mit den Schultern, und ich betrete die Küche, halte mich aber im Hintergrund, um keine Aufmerksamkeit auf mich zu lenken. Hier bietet sich mir ein Bild, wie ich es bisher noch nicht gesehen habe: Mein Mann assistiert dem Küchenchef. Der Koch, ein kleiner glatzköpfiger Mann um die sechzig, arbeitet zügig weiter, während er erklärt, was er da macht. Er lässt Jack die selbst gemachten Nudeln von dem Trockengestell nehmen und in kochendes Wasser geben, dann streut er Salz darüber und gibt Jack einen Schöpflöffel zum Rühren. Als Jack zu heftig rührt, nimmt der Koch den Löffel und führt vor, wie man es sanfter macht. Nach ungefähr drei Minuten fragt Jack den Koch, ob er die Nudeln abgießen soll. Der Koch betrachtet Jack misstrauisch, und Jack zeigt auf den Abguss und erklärt, dass wir in Amerika die Nudeln in einem Sieb abgießen und dann unter kaltes Wasser halten, bevor wir die Soße darüber gießen. Der Koch tut so, als würde er gleich tot umfallen, und fordert Jack auf, genau zuzusehen: Er gibt die Nudeln aus dem kochenden Wasser in ein Sieb, schüttelt es und stellt es beiseite. Er erklärt Jack, dass die Nudeln den Geschmack verlieren und die Soße nicht aufnehmen können, wenn man kaltes Wasser darüber laufen lässt.

Dann nimmt der Koch einen neuen Topf und gießt Olivenöl hinein. Mit zackigen Bewegungen hackt er frischen Knoblauch klein und gibt ihn in das Öl. Sobald er anfängt zu brutzeln, nimmt der Koch ein paar Streifen Pancetta – das ist ein stark gesalzener Speck, den man in so dünne

Scheiben schneidet, dass man hindurchsehen kann (bei dem Anblick muss ich an die dicken Stücken Schinkenspeck denken, die Fleeta für ihren Eintopf benutzt) – und gibt sie zu dem Knoblauch in den Topf. Danach gießt er eine Tasse Sahne hinein und gibt die Nudeln aus dem Sieb obendrauf. Blitzschnell zerschlägt er zwei Eier darüber und verrührt sie, bis die Nudeln gleichmäßig mit der Eiersahnesoße vermischt sind. Die Nudeln sind von einem verblichenen Goldton, wie gelbe Rosenblätter, wenn sie verwelkt sind.

Man würde denken, all dies sei mir von den Kochkünsten meiner Mutter bekannt, aber tatsächlich haben wir nur selten Nudeln gegessen. Meistens gab es bei uns Risotto, ein cremiges Reisgericht, das man vielfältig variieren kann. Wenn es Nudeln gab, dann wurden sie oft in einer Auflaufform gemacht oder geschichtet wie Lasagne, oder es waren Gnocchi (übersetzt heißt das »Knie«), kleine Nudelbällchen aus Mehl und gestampften Kartoffeln, die mit der Hand geformt und mit einer leichten Sahnesoße serviert werden. Spaghetti mit Tomatensoße war in Bergamo, der Heimatstadt meiner Mutter, kein typisches Gericht.

Jack hat noch nicht bemerkt, dass ich ihm zuschaue (was seine Leidenschaft für das Kochen bezeugt), und stellt eine Frage. Der Koch gibt Jack ein Zeichen, neben ihm stehen zu bleiben, und das, was er jetzt macht, ist reine Kunst: Er nimmt den Topf und dreht sich zu dem Schneideblock hinter sich um. Er braucht sich nur auf Zehenspitzen zu drehen wie eine Ballerina – alle Löffel und Töpfe, alle Deckel und Siebe hängen nämlich in erreichbarer Höhe über seinem Kopf, und auf der Theke sind Schneidebretter und Messer aufgereiht. Jetzt lüftet er einen Holzdeckel von einem Rad, das einen Durchmesser von gut fünfzig Zentimetern und eine Dicke von fünfundzwanzig Zentimetern hat. Im ersten Moment weiß ich nicht, was es ist, doch dann erkenne ich, dass es sich um einen Parmesankäse handelt. Der Koch schüttet den Inhalt des Topfs in die ausgehöhlte Mitte des Käserads – ich nehme an, dass die Kuhle bei vielen anderen Gerichten dieser Art entstanden ist –, nimmt zwei wie Hände geformte hölzerne Löffel und wendet damit die Nudeln in der Kuhle, wobei der Käse schmilzt, sich von den Seiten löst und sich unter die Nudeln mischt.

»Hallo, Schatz«, sagt Jack, als er mich entdeckt. Ich lächle verwirrt. »*Mia sposa*«, sagt mein Mann, um mich vorzustellen.

»*Italiana*?«, fragt der Koch und lächelt mich freundlich an.

»Nachdem ich Ihren Kochkünsten zugesehen habe, bin ich bestimmt eine bessere Italienerin«, sage ich auf italienisch.

»*Andiamo!*«, sagt der Chef zu dem Kellner, der die Teller am Serviertisch in Empfang nimmt und zu unserem Tisch bringt. »Gehen Sie, essen Sie!« Der Koch treibt Jack in den Speisesaal. Eilenden Schrittes begebe ich mich zu unserem Tisch. Ich kann es kaum erwarten, von diesem Meisterwerk zu kosten.

Als das Essen vor uns auf dem Tisch steht, rollt Iva Lou ein paar Nudeln auf die Gabel und steckt sie sich in den Mund. »Himmel, das ist ja besser als –«

»Sag es ruhig«, sagt Etta, als sie sich über ihre Spaghetti alla Puttanesca hermacht.

»Besser als Sex«, sagt Iva Lou. »Und wenn ich das sage, dann heißt das was.«

Ich probiere die Nudeln und stimme ihr zu. Jack isst bedächtig und mit geschlossenen Augen.

»Ich glaube, das ist das beste Essen, was ich je gegessen habe«, sagt er, als er die Augen aufmacht.

»Das finde ich auch«, sage ich und streichle unter dem Tisch sanft sein Bein.

»Jetzt ist aber gut, ihr zwei. Dieses Essen ist gefährlich, es versetzt einen in eine gewisse Stimmung«, sagt Iva Lou, als sie wieder eine Gabel in den Mund steckt, und stößt Etta an. »Wir unbemannten Frauen müssen uns heute Abend vorsehen. Diese Soße hat magische Kräfte. Vielleicht erliegen wir dem Charme eines feschen Italieners.«

»Aber du bist verheiratet«, sagt Etta sachlich.

»Du kannst einen ganz schön ernüchtern.«

»Onkel Lyle würde es wollen, dass du nüchtern bleibst.« Etta lacht laut, und Iva Lou fällt mit ein.

Einen Moment lang wünsche ich mir, ich hätte den Fotoapparat griffbereit, um diesen Augenblick für immer einzufangen. Doch dann bin ich froh, dass ich keinen habe. Ich möchte diese Nacht in lebhafter Erinnerung behalten, diese Mahlzeit in einem italienischen Bistro, wo die Wände in einem leuchtenden Orange, wie reifer Kürbis, gestrichen sind und wir alle im Kerzenschein wie Filmstars aussehen und wo der Koch vor dem gestreiften Vorhang steht und uns stolz beim Essen zusieht.

Auf der Fahrt durch die Hügellandschaft Umbriens, durch das sanfte, grüne Tor zur Toskana, bin ich froh, dass wir ein Auto gemietet haben, statt mit dem Zug zu fahren. Wir vier fühlen uns sicher und vertraut in der Landschaft von kleinen Städten, zwischen denen sich schmale Straßen schlängeln.

Jack hat uns über seine Pläne in der Toskana im Dunkeln gelassen. Er weiß, dass ich gern länger in Florenz bleiben würde, weil ich den Dom liebe und die Kunstsammlungen und den Ponte Vecchio, auf dem mehr goldene Schätze versammelt sind als in Kleopatras Schmuckschatulle. »Meine Damen, unser nächster Halt ist Loro Ciuffenna«, gibt er bekannt.

»Sie hört sich hübsch an«, neckt Iva Lou ihn.

»*Sie* ist ein Ort, Iva Lou«, erklärt Jack.

»Warum willst du dahin?«, fragt Etta und hat den Kopf über die Landkarte gebeugt.

»Ich möchte den König des Olivenöls kennen lernen«, sagt Jack.

Darüber müssen wir lachen. »Gibt es denn einen?«, frage ich ihn.

»Laut Renzo, dem Koch in Florenz, ja.«

»Wie heißt der König?«

»Giuseppe Giaquinto.«

»Er klingt sexy«, behauptet Iva Lou.

»Das mag wohl sein. Aber ich weiß, dass manche Köche zum Kochen oder Backen nur Olivenöl benutzen und dass Renzo nur Giaquinto-Öl benutzt.«

»Das ist eine starke Aussage.«

»Das finde ich auch. Renzo hat mir die Adresse gegeben und uns dort angemeldet.«

Ich kann es kaum glauben, dass es mein Ehemann ist, der diese Pläne mit fremden Menschen in einem fremden Land macht. Er kommt aus Big Stone Gap, einer Kleinstadt, von der nie jemand gehört hat, aber wenn er die Enge des Ortes hinter sich lässt, ist er wagemutig, neugierig und kühn. Dies ist nicht der Mann, den ich geheiratet habe, aber ich muss sagen, er gefällt mir.

Loro Ciuffenna liegt südlich von Florenz und westlich von Siena, am Fuße der Berge. Wir fahren auf einer Bergstraße, die schlimmer als jede Straße in Wise County ist: sehr eng, übersät mit Schlaglöchern und schadhaften Stellen, ohne Leitplanke auf der linken Seite. Rechts wird die Straße von einer Wand spitz herausragender Felsen begrenzt, die, käme man zu nahe, die Beifahrertür aufschlitzen würden wie den Deckel einer Sardinendose.

»Ist das hier eng«, sagt Iva Lou und schließt die Augen. Es klingt, als sei ihr ein wenig übel.

»Warte, bis wir nach Schilpario kommen. Da sind die Berge erst richtig hoch. Und die Straßen sind schmaler als ein Schnürband«, sagt Etta warnend.

Davon hatte ich Iva Lou nichts erzählt. Warum sollte ich ihr im Voraus Angst machen? Zum Glück geht es jetzt langsam bergab und durch eine malerische Landschaft zu unserem Zielort. Die Straße wird breiter, die Berge gehen in die Ebene über. Zur einen Seite öffnet sich ein tiefes, grünes Tal, zur anderen erstreckt sich eine Olivenplantage über die Hügel, auf der die Bäume in gleichmäßigen Abständen stehen.

»Der Boden unter den Bäumen sieht ganz schön vertrocknet aus«, bemerkt Iva Lou.

»Das soll so sein. Oliven brauchen trockenen Boden«, erklärt Jack.

Etta bittet Jack anzuhalten; sie möchte ein Foto von einem weiß gekalkten toskanischen Bauernhaus mit braunem Ziegeldach machen, das von der Straße zurückgesetzt hinter einem geschwungenen, schmiedeeisernen Gitter steht. Noch die gewöhnlichsten Dinge sind in Italien kunstvoll.

»Solche traditionellen, zweigeschossigen Bauernhäuser suche ich die ganze Zeit. Ich halte nach Beispielen für die Architektur ab dem achtzehnten Jahrhundert Ausschau«, sagt Etta und steigt wieder ins Auto. »Ihr seht doch die Fassade. Das Tor führt zum Stall, der im Erdgeschoss ist, und im ersten Stock wohnen die Menschen.«

»Ich weiß nicht, ob ich so nah an meiner Wohnung eine Kuh haben möchte«, sagt Iva Lou. »Obwohl, meine Mama hatte eine Ziege, die in der Küche wohnte. Sie hatte jederzeit frische Milch. So schlecht ist es wahrscheinlich nicht, wenn man Tiere im Haus hält.«

»Im Winter ist es so für alle wärmer«, erklärt Etta.

»Du könntest Fremdenführerin werden«, sagt Jack voller Stolz.

Ich drehe mich zu Etta um; sie legt einen neuen Film in ihren Fotoapparat ein und lächelt.

»Das sieht aber ziemlich modern aus«, sagt Iva Lou, als wir vor dem Metalltor der Olivenplantage Giaquinto in Loro Ciuffenna anhalten.

»Guck nach oben«, sagt Jack und zeigt zu dem Hügel hinter der Mühle. »Da hast du deine mittelalterliche italienische Stadt mit Burg.« Er drückt auf den Knopf der Sprechanlage, und als er Renzos Namen erwähnt, öffnen sich sofort die Tore und geben den Blick frei auf ein schlichtes Steinhaus, ein lang gezogenes Rechteck, auf dem ein einziges schmuckvolles Element zu sehen ist: ein Relief von einem Olivenbaum über der Glastür. Iva Lou pudert sich rasch die Nase und klappt dann die Puderdose zu. »Ich will dem König des Olivenöls nicht mit glänzender Nase gegenübertreten.«

Eine junge Frau, so um die dreißig, begrüßt uns am Eingang zu der Mühle. »Willkommen!«, sagt sie mit einem Akzent, der eindeutig aus dem tiefsten amerikanischen Süden stammt.

»Grundgütiger! Schätzchen, wo kommen Sie denn her?«, fragt Iva Lou.

»Aus Mississippi.«

»Meine Güte!« Iva Lou sieht uns an und nickt anerkennend mit dem Kopf.

»Ich heiße Elaine.« Sie ist groß und schlank und hat langes braunes Haar, das sie zurückgebunden trägt. Ihre grünen Augen unter den schweren Lidern sind mit braunem Kajal umrandet, aber das ist ihr einziges Make-up, denn sie ist von Natur aus schön. Wir gehen hinter ihr her in die Eingangshalle, von der verschiedene Büros abgehen. Sie führt uns in das letzte Büro, einen großen Raum am Ende des Flurs. Auf dem Schild an der Tür steht: G. GIAQUINTO.

Signor Giaquinto gibt uns ein Zeichen hereinzukommen, während er weiter telefoniert und dabei jedes mir bekannte italienische Schimpfwort in die Muschel ruft. Wir betreten den Raum, bleiben aber an der Tür stehen, weil wir nicht unterbrechen wollen. Giuseppe gibt uns mit einer deutlichen Geste zu verstehen, dass seiner Aufforderung, Platz zu nehmen, unverzüglich Folge zu leisten sei. Gleichzeitig fährt er fort, seinen Gesprächspartner am Telefon zu beschimpfen. Iva Lous Nase glänzt, so wie ihr ganzes Gesicht auch. Sie ist nervös, die Arme, sie hat noch nie die volle Wucht eines italienischen Temperamentausbruchs erlebt. Plötzlich, ohne jede Vorwarnung, beendet Giuseppe das Gespräch und knallt den Hörer auf den Tisch. Etta springt erschrocken auf und setzt sich wieder hin.

»Willkommen«, sagt er und blickt auf. Dann erhebt sich der König des Olivenöls. Er ist knapp einen Meter achtzig groß und schlank und trägt einfache schwarze Hosen und ein weißes Hemd mit Button-down-Kragen. Er ist vielleicht Mitte vierzig und hat ein attraktives Gesicht mit eher feinen als herben Zügen. Seine Nasenspitze geht ein bisschen nach oben (ein Zeichen für Optimismus), und er hat eine hohe Stirn mit einem spitz zulaufenden Haaransatz.

»Warum betrachten Sie mich so genau?«, fragt er mich mit einem Lächeln.

»Sag es ihm«, flüstert Iva Lou mir zu.

»Sag ihm was?« Giuseppe sieht mich an.

»Ich bin Iva Lou Wade Makin.« Iva Lou streckt ihre Hand aus. Giuseppe nimmt sie zwischen seine beiden Hände. »Ich bin Bibliothekarin, und meine Freundin hat die chinesische Kunst des Gesichtslesen studiert und beherrscht sie richtig gut.«

»Und was sagt Ihnen mein Gesicht?«, fragt Giuseppe und wendet sich mir zu.

»Sie sind brillant und ein Perfektionist«, sage ich. Elaine an der Tür lacht.

»Du findest das komisch?«, sagt Giuseppe und zwinkert ihr zu. »Haben Sie schon meine Freundin kennen gelernt?«

»Ich finde es schwer begreiflich, dass ein gut aussehender Italiener, wie Sie es sind, bis nach Mississippi reisen musste, um eine Frau zu finden«, bemerkt Iva Lou.

»Sie hat mich gefunden. Bei einer Landwirtschafts-Messe in San Francisco.«

»Und das hat mein Leben von Grund auf verändert«, sagt Elaine trocken.

Mit perfekter Südstaatenmanier stellt Jack Mac sich selbst und dann der Reihe nach uns vor. Giuseppe scheint den Ton meines Mannes angenehm zu finden und bleibt bei der Besichtung der Ölmühle an seiner Seite. Ich bin nicht böse, dass ich an ihrem Gespräch nicht beteiligt bin, denn es gibt viel zu sehen. Ich betrachte interessiert die Reihen von dunkelgrünen Flaschen, von denen manche wunderhübsche Etiketten mit einem Rand aus Goldblatt haben und sehr elegant aussehen. Die Erklärungen zum Flascheninhalt sind die reinste Poesie.

»Sie sind von Ihrem Produkt sehr überzeugt, nicht wahr?«, sage ich zu Giuseppe.

»Olivenöl ist für mich wie eine Religion. Ich verehre seine natürliche Vollkommenheit.«

Iva Lou erfährt, dass Olivenöl der beste Feuchtigkeitsspender ist. Etta fotografiert Iva Lou dabei, wie sie sich die Hände damit einreibt.

»Kann man denn Olivenöl für alles benutzen?«, frage ich.

»Natürlich. Wenn es ein gutes ist«, sagt Giuseppe. »Gutes Olivenöl heißt, es stammt von toskanischen Olivenbäumen. Olivenöl ist ein wichtiges Nahrungsmittel für Ihren Körper. Und wenn Sie sich damit einreiben, strafft es Ihre Haut. Sie brauchen für Ihre Haut nichts anderes als Olivenöl, und wenn Sie je etwas anderes in ihrem Essen benutzen als Olivenöl, dann halte ich Sie für verrückt.«

Ich nenne ein paar Markennamen, die in den Vereinigten Staaten verkauft werden. Giuseppe winkt mit einer Handbewegung ab. »Diese Produkte würde ich nicht mal als Maschinenöl verwenden.«

Ich nenne eine sehr teure Marke.

»Damit würde ich mir nicht die Füße waschen!«

»Warum nicht?«

»Weil die Oliven aus verschiedenen Gebieten kommen und dann gepflückt werden, wenn die Menschen es bestimmen, und nicht, wenn sie von Natur aus reif sind. Diese Öle werden beispielsweise aus Tunesien oder Griechenland importiert, wo die Standards der Ölpressen nicht sehr gut sind, deshalb ist das Öl nicht rein. Da wird alles in die Presse geworfen: Blätter! Stiele! Schmutz! Oft wird das Öl gefärbt – grün, wenn es nach erster Pressung aussehen soll, gold für die Standardfärbung. Das ist ein Schandfleck in unserem Geschäft, aber leider passiert es andauernd.«

»Wie können Sie ein gutes Olivenöl von einem schlechten unterscheiden?«, fragt Iva Lou.

»Wenn Sie einmal von meinem Olivenöl probiert haben, werden Sie nie wieder ein anderes verwenden wollen. Im Vergleich dazu schmeckt jedes andere Öl wie Maschinenöl. Sie werden es nachher sehen. Seit neunzehnhundertdreißig stellt meine Familie Olivenöl her, und ich leite die Firma seit zwanzig Jahren. Da muss ich ja schließlich etwas wissen. Ich zeige es Ihnen.«

Wir klettern in Giuseppes Jeep, um die Plantage zu besichtigen, wo seine Oliven wachsen. Wir fahren auf einer langen, staubigen Straße entlang, und er zeigt auf die dünnen, knorrigen, spärlich belaubten Bäume, die teilweise mit Seilen am Boden festgebunden sind. »Ich stelle die besten Pflücker ein. Manche machen das seit fünfzig Jahren. Man muss ein geübtes Auge haben, um zu erkennen, ob eine Olive gut ist. Die Pflücker merken, ob die Olive reif ist, wenn sie sie anfassen. Ich muss ihre Arbeit nie überprüfen, sie sind wählerischer als ich!« Er lacht.

»Das kann ich mir allerdings nicht vorstellen, Big G.«, sagt Iva Lou und gibt ihm einen Kosenamen, da sie sich inzwischen hier wie zu Hause fühlt.

Giuseppe erklärt die Entstehung des Olivenöls vom Baum bis zur Flasche, und wir hören gebannt zu. Eigentlich ist es ein einfacher Vorgang, der aus drei Schritten besteht: Anbau, Ernte, Pressen. Etta ist erstaunt, als sie hört, dass für die Ölgewinnung die Kerne ebenso wie das Fruchfleisch gepresst werden.

»Ich arbeite im einzigen reinen Herstellungsgeschäft der Welt. Die Natur macht die Arbeit, ich lese das Gold auf. Aber ich muss alles überwachen, ich darf die Vorgänge nicht aus dem Auge lassen! Sobald ich weggucke, könnte eine unreife Olive den Weg in den Kübel finden, oder die Fässer könnten bei der falschen Temperatur gelagert werden, oder sonst ein Missgeschick könnte passieren. Ich muss jeden Schritt überwachen!«

»Jetzt probieren Sie mal.« Giuseppe gibt Jack drei Stück ungesalzenes Brot und gießt dann drei verschiedene Sorten Olivenöl in kleine Becher; er riecht an einem und gibt ihn dann Jack. Giuseppe tippt sich an die Nase. »Das ist mein Laboratorium.«

Jack riecht an dem Öl, dann taucht er das Brot hinein und steckt es in den Mund. »Sehr würzig.«

»Aha! Gute Geschmacksnerven. Das Öl ist aus Oliven gemacht, die gerade gereift sind. Vollmundig, nicht wahr?«

Jack nickt und nimmt von der nächsten Probe. »Das hier ... das ist blumig.«

»Sie sind ein Genie! Es ist aus Oliven hergestellt, die den Höhepunkt der Reife erreicht haben. Wir pflücken sie im allerletzten Moment.« Giuseppe klatscht Beifall. »Womöglich muss ich Ihren Mann bei mir anstellen.«

Jack taucht das Brot in den letzten Becher. »Das Öl ist sehr mild.«

»Weil es aus Oliven gemacht wird, die sehr reif sind. Jetzt probieren Sie das hier.«

Giuseppe gibt Jack eine kleine Menge aus einer Flasche ohne Etikett. Jack probiert und verzieht das Gesicht.

»Was ist?«, fragt Giuseppe.

»Es tut mir Leid, aber es schmeckt schlecht.«

»Das ist es ja auch! Sagen Sie das Ihrer Frau! Es ist die Marke, die sie in den Staaten zum Kochen benutzt. Schrecklich! Ich würde mir damit nicht –«

»Die Füße waschen!«, sagen Etta, Iva Lou und ich wie aus einem Munde.

»Der Unterschied ist gewaltig. Wirklich, man kann es kaum vergleichen«, sagt Jack zu uns.

Als wir wieder abfahren, winken Giuseppe und Elaine uns von den Stufen der Mühle aus hinterher. Iva Lou macht noch ein paar Fotos vom Auto aus. Elaine verspricht, eine Kiste Olivenöl nach Big Stone Gap zu schicken. »Bis zum Sonnenuntergang können wir in Bergamo sein«, verspricht Jack.

Etta legt mir die Hand auf die Schulter, und ich greife nach hinten und nehme sie in meine. So wie ich ist sie glücklich, nach Bergamo und Schilpario zu kommen, in unsere italienischen Alpen. Ich drücke ihre Hand und drehe mich um. Etta lockert die Hand, aber ich halte sie umschlossen und ziehe sie an mein Gesicht. Wir sind beide ein bisschen verlegen. Ich muss daran denken, wie es war, als Etta klein war und wir uns so nahe waren. Dann tut sie etwas, das sie seit Jahren nicht gemacht hat – sie beugt sich vor und legt ihren Kopf an meine Rückenlehne. Ich denke an das, was ich im Laufe der Zeit von meiner Tochter gelernt habe. Sie hat mir beigebracht, dass die Sterne immer wieder an ihren Platz zurückkehren, auch wenn sie zu verschwinden scheinen. Und jetzt kehren wir tatsächlich an den Ort zurück, aus dem wir kommen, nur eine Generation, nachdem meine Mutter nach Amerika gegangen ist, um dort ihrem Schicksal zu folgen. Wer hätte je gedacht, dass wir so schnell wieder hierher kommen würden?

»Da, Dad, bieg da vorne ab.« Etta beugt sich zwischen unseren Sitzen nach vorn und zeigt auf die Abzweigung, die in die Via Davide führt.

»Weißt du denn noch, wo das Haus ist?« Jack kann nicht glauben, dass sie sich daran erinnert.

»Es ist das dritte auf der linken Seite«, sagt Etta mit Überzeugung. »Mit schwarzen Fensterläden; ein Zitronenbaum steht davor. Da ist es!«

»Das ist ja bezaubernd.« Iva Lou klettert aus dem Wagen. »Wie lange ist es her, dass ihr hier wart?«

»Sieben Jahre«, sage ich.

»Und alles ist so wie damals!«, ruft Etta aufgeregt und rennt auf dem ihr vertrauten Weg, der von kleinen violetten Blümchen gesäumt ist, zum Haus.

Meine Cousine Federica steckt den Kopf zum Fenster heraus (ihr leuchtend rotes Haar verrät sie sofort), und als sie uns auf dem Weg sieht, ruft sie nach Zia Meoli. Federica macht uns die Tür auf. Sie ist hochschwanger und strahlt. Ihre roten Locken sind ganz kurz geschnitten, und ein etwa dreijähriges Mädchen hält Federicas Beine umklammert. »Willkommen zu Hause!« Federica wirft mir die Arme um den Hals, sie erkennt Jack wieder und ist erstaunt, wie groß Etta geworden ist. Sie freut sich riesig, als Iva Lou ihr mehrere Baseballkappen mit einem Aufdruck vom Freilufttheater in Big Stone Gap überreicht.

»Und das ist Giuliana.« Federica nimmt ihre Tochter hoch, damit wir sie auf Augenhöhe begrüßen können.

»Sie sieht dir sehr ähnlich!«, rufe ich.

»Das Haar, nicht wahr?« Federica lacht und fährt mit den Fingern durch Giulianas dichte Locken.

»Ave Maria!« Zia Meoli steht im Flur und hat die Hände in die Hüften gestützt. Sie ist gealtert, ihr Haar ist fast weiß, aber sie hält sich immer noch aufrecht und ist so lebendig wie eh und je. Ich drücke sie lang und fest an mich.

»Etta! Etta, du bist ja ganz erwachsen! Ich kann es nicht fassen! Bellissima!«

Etta freut sich so sehr, ihre Tante zu sehen, dass sie anfängt zu weinen. Iva Lou kramt in ihrer Handtasche nach einem Taschentuch. »Himmel, gleich fange ich auch noch an zu heulen.«

»Wie geht es Zio Pietro?«, fragt Jack.

»Kommt, und sagt ihm guten Tag.«

Zia Meoli führt uns durch das Haus zur hinteren Veranda, durch den Flur mit seinem Lavendelduft, an den alten Fotos in den schlichten Goldrahmen vorbei, durch die blitzblanke Küche mit den weißen Metallschränken und dem Fußboden mit dem schwarz-weißen Kachelmuster. »Alles sieht so schön aus, so wie damals«, sage ich zu meiner Tante, und dann rufe ich: »Zio Pietro!«

Mein Onkel sitzt in einem Schaukelstuhl aus Weidengeflecht und hat die Hände im Schoß gefaltet. Als ich rufe, macht er die Augen auf. Zuerst ist er überwältigt, weil wir so viele sind, aber als er uns erkennt, lächelt er breit. »Wie geht es dir?« Ich knie mich hin und umarme ihn.

Jack stellt Iva Lou vor, und Etta schmiegt sich an Zio Pietro und erinnert ihn daran, wie er ihr beigebracht hat, Holzkisten zu zimmern.

»Ich habe schon lange nichts mehr gezimmert«, sagt er.

»Ich könnte dir helfen«, schlägt Etta vor.

»Es ist zu anstrengend für mich. Ich bin alt«, sagt Zio Pietro und lächelt.

»Hallo, alle miteinander.« Von der Tür hören wir eine bekannte Stimme.

»Stefano Grassi!« Iva Lou wirft unserem alten Freund die Arme um den Hals.

»Wie geht es Ihnen, Miss Iva Lou?«

»Wie sehe ich aus?«

»Sie sehen großartig aus.«

»Und so fühle ich mich auch!«

»Wie schön, euch hier zu sehen«, sagt Stefano höflich, schüttelt Jack die Hand und küsst mich auf die Wange.

»Du erinnerst dich doch an Etta, oder?« Iva Lou schiebt Etta vor. Sie ist nicht schüchtern, sondern tritt anmutig vor und streckt ihre Hand aus.

»Etta ist ja richtig erwachsen!« Stefano macht die Augen schmal, er sieht mich an, dann Jack, dann wieder Etta.

»Unsere kleine Rose ist erblüht«, sagt Iva Lou zufrieden.

Als wir neben Stefano und Etta stehen und sie beobachten, wird uns bildhaft klar, was es bedeutet, wenn man sagt: »Es hat gefunkt.« Stefano sieht Etta an, als wäre dies ihre erste Begegnung.

Etta ist groß und schlank, das hellbraune Haar fällt ihr leicht gewellt auf die Schultern, ihre sanften Augen haben die Farbe von moosgrünem Samt, und sie beherrscht einen ganz reizenden Augenaufschlag. Das einzig Italienische, das ich in ihrem Gesicht erkenne, ist der Mund: Ihre Lippen sind voll, und der leichte Überbiss der oberen Schneidezähne gibt ihr einen etwas schmollenden Ausdruck. Hier in Italien fällt ihr heller schottisch-amerikanischer Teint auf.

»Wie ist es dir ergangen, Stefano?«, fragt Etta und klingt sehr erwachsen.

»Sehr gut, danke.«

Iva Lou stößt mich an, als Etta Stefano anlächelt. Ich blicke zu meinem Mann hinüber. Er hat alles genau mitbekommen und legt jetzt den Arm um Ettas Schultern.

»Wir sind so froh, euch wiederzusehen. Wir haben ein wunderbares Essen in der Città Alta geplant«, sagt Stefano.

»Das ist ja wunderbar«, sage ich und mache mich zum Sprecher der amerikanischen Delegation. Federica entschuldigt sich, sie will bei Zio Pietro bleiben, für den die Anstrengung zu groß wäre. Wir versuchen ihn zu überreden, aber er ist stur. Deshalb versprechen wir, ihm etwas vom Restaurant mitzubringen. Zia Meoli kommt mit uns, worüber ich sehr froh bin, denn wir haben uns so viel zu erzählen.

Stefano geht mit uns nach Bergamo Alta (auch als Città Alta bekannt), in den alten Stadtkern, der oberhalb der

Neustadt (der Città Bassa) liegt, und führt uns in ein am Berg gelegenes Restaurant, von dem aus man einen schönen Blick in das Tal hat. Stefano ist ein zuvorkommender Gastgeber und bestellt köstliche Dinge wie Risotto mit frischen Trüffeln (es ist gerade Trüffelsaison) und Costolette, das sind panierte und in Butter gebratene Kalbsschnitzel. Etta erzählt Stefano die Neuigkeiten aus Big Stone Gap, Iva Lou, ihre treue Gefährtin, steuert ein paar interessante Details bei, und Jack lacht.

»Zia, wie geht es dir?«, frage ich.

»Es ist schwer, wenn man alt wird.«

»Du bist doch nicht alt!«

»Dreiundachtzig. Und Zio Pietro ist achtundachtzig. Wir sind alt.«

»Du siehst sehr gut aus.«

»Es geht mir auch gut. Ich bin ein bisschen geschrumpft, aber so ist das mit den alten Knochen. Aber Zio hat Herzprobleme, und sein Gedächtnis lässt ein bisschen nach.«

»Geht er noch in seine Werkstatt?«

»Schon seit vielen Jahren nicht mehr. Er mag es, wenn Stefano vorbeikommt und sich mit ihm über Architektur und Häuserbau unterhält. Das war immer schon seine Leidenschaft.« Dann sagt sie mit Bewunderung: »Etta ist zur Frau geworden, nicht wahr?«

»Fast. Sie sieht um einiges älter aus, als sie ist.«

»Wofür interessiert sie sich?«

»Zia, sie ist recht vielseitig. Sie ist vernünftig, aber auch dickköpfig. Manchmal ist das gut für sie, manchmal bekommt sie dadurch Schwierigkeiten.«

»Sie ist ganz anders als du, nicht wahr?«

»Ganz anders.«

»Es ist immer schwierig mit Kindern. Wir stellen uns vor, dass unsere Töchter so werden wie wir oder dass sie uns zumindest würdigen. Bei Federica war es auch so; erst als sie selbst ein Kind bekam, hat sie begriffen, dass ich nicht verrückt war oder hinter dem Mond lebte. Sie hat lange gebraucht.« Ich lehne mich zurück und seufze lang und tief. Zia nimmt meine Hand. »Jetzt ist es schwierig, aber später wirst du froh sein, dass du eine Tochter hast.«

»Oh, ich bin sehr glücklich, dass ich sie habe.«

»Nein, ich meine, eine Tochter bleibt immer bei ihrer Mutter. Söhne sind anders. Ein Sohn verlässt seine Mutter. Söhne sind leicht, bis sie erwachsen sind. Aber wenn sie groß sind, gehen sie aus dem Haus.« Sie seufzt.

»In Amerika gibt es ein Sprichwort. ›Ein Sohn ist ein Sohn, bis er sich eine Frau nimmt. Eine Tochter bleibt ihr Leben lang eine Tochter.‹«

»Das stimmt«, sagt Zia und nickt.

Die Nacht bleiben wir in der Via Davide. Papa soll uns am Morgen abholen. Federica hat unsere Zimmer wunderhübsch hergerichtet mit all den Dingen, an die wir uns vom letzten Mal erinnern – den bestickten Decken, den Daunenbetten und den Silberbechern, die, gefüllt mit Buschröschen, auf der Kommode stehen. Iva Lou ist im Bad und richtet sich die Haare, so kann ich einen Moment ungestört mit Etta sein, und ich gehe in das Zimmer, das die beiden teilen. Etta schreibt in ihr Tagebuch, das sie sanft zuklappt, als ich hereinkomme.

»Ich störe doch nicht, oder?«

»Nein, komm rein.«

»Das war ein schöner Abend, nicht wahr?«

»Ja.«

»Was hältst du von ihm?«

»Von wem?«

»Von Stefano Grassi.«

»Er ist so wie früher, Ma.«

»Wie meinst du das?«

»Na ja, er ist sehr mit sich beschäftigt.«

»Meinst du?« Ich bin verblüfft. Wo ist meine Tochter, die bis über beide Ohren in den älteren italienischen Jungen verliebt war?

»Ja, er hat ganz viel von sich und seinen Reisen erzählt. Er ist oft in Rimini an der Küste. Er hat gar nicht mehr aufgehört, von der Adria zu erzählen. Iva Lou hat ihn gefragt, ob er eine Freundin hat, und da hat er ›mehrere‹ gesagt, das fand ich affig.«

»Das ist es auch.«

»Er ist ein Angeber.«

»Er ist jung. Und er ist Italiener. Da ist das keine Überraschung«, sage ich zu ihr.

Etta lehnt sich in die Kissen. »Ich denke zu viel nach. Ich analysiere alles zu Tode. Ich bin viel zu kritisch.«

»Ich glaube, das kenne ich von irgendwoher«, sage ich.

Etta lächelt wissend. Ich habe fünfzehn Jahre gehabt, um sie zu beobachten, und sie hat fünfzehn Jahre gehabt, um mir nachzueifern.

»Ich war immer schon so. Das ist etwas, das ich gern an mir ändern würde. Ich bewundere Menschen, die leicht durchs Leben gehen wie kleine Vögelchen, die hier und dort etwas aufpicken und dann fortfliegen. Die sich nicht so sehr auf alles einlassen. Sich nicht zu sehr engagieren.«

Ettas Blick sagt mir, dass sie genau versteht, was ich sage. »Weißt du noch damals, als Stefano von Big Stone Gap wegfuhr? Und ich so unglücklich war?«

»Ich weiß noch.«

»Damals habe ich mir fest vorgenommen, nie wieder einem Jungen zu erlauben, mich so unglücklich zu machen.«

»Und hat das geklappt?«

»Ziemlich gut. Ich stürze mich nicht mehr kopfüber in die Dinge, Ma. Ich halte einen Abstand. Auf Jungen ist kein Verlass, ob sie Amerikaner oder Italiener sind.«

Einerseits bin ich sehr froh, dass meine Tochter so gefasst und selbstbewusst ist, dass sie einen Plan hat, wenn es um

Jungen geht. Aber andererseits befürchte ich, dass sie sich zu sehr isolieren wird, so ähnlich wie ich es getan habe. Ich möchte nicht, dass Etta so wie ich ihre Gefühle unterdrückt. Ich hoffe, dass sie diesen Teil meines Vermächtnisses nicht annimmt. Aber die Frauen in meiner Familie haben den Hang, sich zu große Gedanken darüber zu machen, ob sie der Liebe würdig sind und wie sie der Liebe mit Stärke begegnen und sie zurückweisen können, um so mögliche Schmerzen zu vermeiden. Etta ist erst fünfzehn, zu jung für diese Überlegungen. Und da sie beginnt, sich mir anzuvertrauen, möchte ich das ermutigen. Keinesfalls möchte ich jetzt das Falsche sagen.

Ich setze mich ans Fußende. »Weißt du, was meine Mutter immer gesagt hat?«, frage ich.

»Was denn?«

»Dass die Antworten auf all deine Fragen schon in dir drin sind. Du musst nur in dich hineinhorchen.«

»Meinst du, das stimmt?«, fragt Etta und legt das Tagebuch zur Seite.

»Ich glaube schon.«

»Wie lernt man es, in sich hineinzuhorchen?«

»Ich glaube, das kommt mit der Erfahrung. Und wenn du dir selbst vertraust. Abends, vorm Einschlafen, denke ich über die Dinge nach, die mich bekümmern. Und dann nehme ich mir vor, im Schlaf nach einer Lösung zu suchen.«

»Und wenn du aufwachst, hast du dann die Antwort?«

»Manchmal ja. Jedenfalls wache ich immer mit dem Gefühl auf, dass ich auf dem richtigen Weg bin.«

»Das klingt ja gut«, sagt Etta und zwirbelt sich eine Locke um die Finger.

»Wie siehst du dein Leben in der Zukunft vor dir, wenn du von zu Hause ausziehst und in die Welt gehst? Was, meinst du, wirst du machen?«

»Ich denke, ich werde arbeiten. Ich mag Städte, aber ich hoffe, dass ich in einer kleinen Stadt leben werde.«

»Du glaubst nicht, dass du in Cracker's Neck Holler bleibst?«

»Vielleicht komme ich zurück, wenn ich älter bin.«

»Meinst du, du wirst heiraten?«

»Ma.« Ettas Ton rät mir, keine weiteren Fragen in dieser Richtung zu stellen.

»Ich war nur neugierig.«

»Hast du geglaubt, du würdest heiraten?« Sie dreht die Frage um.

Ich finde es besser, ehrlich zu sein. »Nein.«

»Aber du hast Dad geheiratet.«

»Und niemanden hat das mehr überrascht als mich. Ich glaube, das ist es, was ich sagen möchte, Etta. Halte dich offen für große Überraschungen, denn sie kommen bestimmt, da kannst du sicher sein.«

»Was habt ihr zwei zu ratschen?«, fragt Iva Lou, als sie das Zimmer betritt. Ihr Haar ist auf Lockenwicklern so groß wie Coca-Cola-Dosen aufgerollt. »Oh, ein ernstes Gespräch.« Sie dreht sich wieder zur Tür um.

»Nein, nein. Wir sind fertig.« Beim Aufstehen frage ich Iva Lou: »Gefällt dir unsere Reise bisher?«

»Sieh mich an. Ich sprudle geradezu vor unausgelassener Freude. Das hat mein Pap früher immer gesagt, und ich weiß eigentlich nicht so richtig, was es bedeutet, aber irgendwie ist es eine passende Beschreibung dafür, wie ich mich hier in Italien fühle.«

»Wir sind froh, dass du dabei bist.«

»Ich habe das Gefühl, zur Familie zu gehören. Ich bin euch so dankbar.«

Als ich zu meinem Zimmer gehe, höre ich vom Flur aus, wie Iva Lou aufjuchzt, so wie ich damals, als sie in die weichen Daunenbetten sinkt. Ich bleibe stehen und höre, wie Etta und sie lachen, und denke, dass meine Tochter als Einzelkind ein Leben mit Geschwistern vielleicht vermisst, dass sie aber etwas ebenso Wertvolles hat. Wie viele Mädchen können eine Nenntante wie Iva Lou vorzeigen? Vielleicht bekommen wir manchmal im Leben nicht das, was wir uns wünschen, aber dafür bleibt Platz für etwas noch Besseres.

Kapitel 8

»Wo sind meine Frauen?«, ruft mein Vater mit seinem volltönenden Barbari-Bass von unten im Haus in der Via Davide. Etta und ich stürzen die Treppe hinunter und in seine Arme.

»Gehöre ich auch dazu, Mario da Schilpario?«, fragt Iva Lou vom Treppenabsatz.

»Natürlich.«

Papa ist bei bester Gesundheit, voller jugendlicher Kraft. Er trägt verblichene Jeans (natürlich mit Bügelfalten), die an den Knöcheln zwei Zentimeter umgeschlagen sind, und dazu einen beigefarbenen Kaschmirpullover mit V-Ausschnitt. Das Gesicht ist seit seinem letzten Besuch in Big Stone Gap kaum gealtert. Seine Kiefer- und Wangenknochen sind so scharf gezeichnet wie eh und je. Ich bin froh, dass ich auf die Welt kam, als er ein junger Mann war, denn jetzt bin ich mittleren Alters und habe ihn noch immer. Bei dem Gedanken zucke ich zusammen. Ich hoffe, ich bin noch da, wenn Etta mich braucht, wenn sie erwachsen ist. »Wo ist Giacomina?«

»Sie ist in Schilpario und bereitet alles für eure Ankunft vor.«

»Hat sich wohl nicht auf die kurvige Straße getraut, von der ich gehört habe, was?«, neckt Iva Lou.

»Die Straße macht ihr nichts aus.«

»Mario da Schilpario, ist die Straße so schlimm, wie diese Leute hier behaupten? Sollte ich Angst haben?«

»Nicht, wenn ich fahre.«

Iva Lou, Etta und ich fahren mit Papa, der sich nach tausend Dingen erkundigt, nach Ettas Schule und ihrem Praktikum und sogar nach Shoo, der Katze. (Wir haben Iva Lou den Vordersitz überlassen, falls ihr auf der kurvenreiche Strecke übel wird.) Jack Mac folgt im Leihwagen mit dem Gepäck. Ich habe angeboten, mit ihm zu fahren, aber ich glaube, er mag eine Weile allein sein; seit Beginn der Reise ist er dauernd von Frauen umgeben. Besonders zu solchen Zeiten denke ich an meinen Sohn – es wäre schön, wenn er da sein könnte für seinen Vater, der so stolz auf ihn war; was wir auch machen, Joe fehlt immer. Als ich mich umdrehe und Jack in dem Wagen hinter uns sehe, bin ich plötzlich traurig.

»Hätte ich mit Dad fahren sollen?«, fragt Etta. Ich habe das Gefühl, dass sie meine Gedanken liest.

»Ich glaube, er ist ganz zufrieden so.«

»Denkst du an Joe?«

»Immer.«

»Ich auch.«

Ich wüsste gern, wie das Leben wäre, wenn Joe da wäre. Oder wie das Leben gewesen wäre mit mehr Kindern. Wir haben es versucht, aber es sollte nicht sein. Ich habe das als Zeichen begriffen, mich auf Etta zu konzentrieren, mich an ihr zu erfreuen. Ich frage mich, was sie sich wünscht; mit Sicherheit hätte sie gern Geschwister gehabt. Ich war Einzelkind und habe mir immer vorgestellt, wie schön es gewesen wäre, das Haus voller Geschwister zu haben. Auch Jack war Einzelkind, aber er hat das anders erlebt. Er war gern allein und genoss es, dass die Eltern nur für ihn da waren. Auch heute noch kann Jack nicht von seinem Vater sprechen, ohne traurig zu werden. Sie waren sich sehr nah, und Jack hat einmal gesagt, das Gefühl würde sich nie ändern.

»Immer, wenn ich sehr glücklich bin, denke ich an Joe und bin traurig, weil er nicht da ist«, sagt Etta leise.

»Bei mir ist das auch so«, sage ich und weiß, dass ich diese Schuldgefühle nicht fördern sollte. »Aber er würde wollen, dass du glücklich bist, Etta.«

»Ich weiß.«

»Erinnerst du dich noch an den Tag mit dem großen Schneesturm?«

»Als wir Eiscreme gemacht haben?«, fragt Etta.

»Genau den«, sage ich.

»Das war so cool. Wir haben uns alle ganz dick angezogen, und dann sind wir in den Wald gegangen mit Eimern und haben den sauberen Schnee von den Ästen geschüttelt. Joe und ich waren noch so klein, dass du das alles allein machen musstest. Und als wir wieder im Haus waren, hast du Zucker und Sahne genommen und mit dem Schnee verrührt. Es hat richtig gut geschmeckt.«

»Das war doch ein schöner Tag, oder?«

Etta antwortet nicht. Sie blickt aus dem Fenster und weilt noch in der Erinnerung. Manchmal vergesse ich, dass sie während der ganzen schlimmen Zeit dabei war, und denke, dass ich die Einzige bin, die Joe verloren hat. Vielleicht denke ich so, weil er aus mir geboren wurde. Aber das stimmt ja nicht; Etta hat ihren Bruder verloren und Jack seinen Sohn, und nicht einer von uns wird je wieder so sein wie vorher. Wo wir auch sind, wir suchen ihn die ganze Zeit, ob es auf einer kurvigen Alpenstraße oder auf der Wiese hinter Cracker's Neck Holler ist.

Während Papa um eine Haarnadelkurve fährt, auf dem geraden Stück beschleunigt und bei der nächsten Kurve wieder abbremst und sich immer höher in die Berge schraubt, gibt Iva Lou Töne von sich, die mir von ihr ganz neu sind. »Stürzt manchmal jemand den Abhang hinunter?«, fragt sie und umklammert den Griff am Armaturenbrett, als wäre es die Hand Gottes.

»Nicht oft.«

»Wie oft ist ›nicht oft‹?«

»Alle paar Jahre einmal.« Papa lächelt und hält den Blick auf die Straße gerichtet. »Sie arbeiten in einem Bücherbus, stimmt's?«

»Ja«, piepst Iva Lou.

»Dann wissen Sie auch, dass nichts passieren kann, wenn Sie die Straße kennen.«

»Wenn Sie meinen, Mario«, sagt sie schwach.

»Papa, lass uns anhalten, damit Iva Lou den Ausblick genießen kann«, sage ich.

»Ich möchte den Ausblick nicht genießen«, sagt Iva Lou mit geschlossenen Augen.

»Es ist aber echt cool, Tante Iva Lou«, sagt Etta.

Papa steuert eine Haltebucht mit einem Aussichtspunkt an und hält, Jack fährt ebenfalls an den Rand. Iva Lou atmet schwer, als Etta sie aus dem Wagen lockt.

»Kommen Sie hier rüber«, sagt Papa. »Ist das nicht wunderbar? Der Iseo-See!«

»Himmel, ist das tief.« Iva Lou wirft einen raschen Blick in die Tiefe und dreht sich wieder zum Auto um.

»Iva Lou, es wäre schade, wenn du das verpassen würdest. Guck doch mal«, sage ich leise.

Der Iseo-See ist in eine perfekte Landschaft eingebettet. Über dem See liegt ein dünner, milchiger Nebelschleier und das zartrosa Morgenlicht, und der Wind, der über uns hinwegweht, klingt fast wie Musik. In der Luft liegt der Duft von süßen Trauben; sie ranken sich über schlichte Holzbögen an einem langen, sich schlängelnden Fußweg, der durch mehrere Brücken verbunden ist. Eine der Brücken schwebt über einem mächtigen Wasserfall, der sich mit solchem Getöse in die Tiefe stürzt, dass wir fast schreien müssen, um uns gegenseitig zu hören. Der Wasserfall beginnt irgendwo ganz oben am Berg mit riesigen weißen Wellen und ergießt sich in silbernen Sturzbächen in den türkisblauen See. Auf der gegenüberliegenden Seite des Tals klafft ein tiefe Spalte im Berg, aus der Felsformationen wie steinerne Finger in den Himmel ragen.

»Was sind das für Felsen, Papa?«, frage ich und zeige nach unten.

»Wir nennen ihn den Feenwald. Sie sind ein Geheimnis. Ein Naturwunder. Niemand weiß, wie sie dahin gekommen sind.«

»Das müssen magische Kräfte gewesen sein. Wie sollen Felsen dahin kommen? So hoch oben? Oder auch so tief unten«, überlegt Iva Lou.

»Hat sich die Fahrt gelohnt?«, fragt Papa.

»Auf jeden Fall.«

Wir biegen ab zur Ortseinfahrt von Schilpario, und Papa fährt mit uns durch die Altstadt mit der krummen Hauptstraße, an der lauter weiß gekalkte Häuser mit braunem Fachwerk und Fensterläden stehen. Papa drückt leicht auf die Hupe und fährt langsam, die Fußgänger weichen zu einer Seite der mit Kopfstein gepflasterten Straße aus. Dann gelangen wir zu dem Platz in der Ortsmitte, der im Sonnenlicht liegt; das Wasserrad dreht sich majestätisch, eine Frau begießt ein Rosenbeet in ihrem Garten, und aus einer Bäckerei kommen einige Mädchen in Ettas Alter mit mehreren Stangen Brot und machen sich auf den Weg bergauf zu ihren Häusern.

In der Via Scalina 5 begrüßt Giacomina uns auf der Veranda. »Willkommen!«, sagt sie und breitet die Arme weit aus. Giacomina trägt einen geraden, dunkelblauen Rock und ein hellblaues Twinset, und ihre Lesebrille baumelt ihr an einer Perlenkette um den Hals. Ihr Gesicht hat schöne, klassische Züge.

Nonna tritt hinter Giacomina ins Freie und schiebt sie ein wenig zur Seite. »Ave Maria!«, ruft meine Großmutter mit einer Stimme, die so kräftig ist wie die eines Sporttrainers. Nonna wird nicht älter. Vielleicht macht Papas Ehe mit Giacomina sie kampfeslustig und gibt ihr neue Kräfte.

»Etta!« Wir drehen uns um und gucken die Straße entlang, um zu sehen, wer so erfreut nach unserer Tochter rufen könnte. Es ist Chiara, ihre Cousine, die bei dem Anblick ihrer Brieffreundin ganz aufgeregt ist.

»Chiara!«, ruft jetzt auch Etta.

Die beiden Mädchen laufen aufeinander zu und fallen sich in die Arme, wobei »Mädchen« nicht mehr der richtige Begriff ist, denn Chiara ist eine junge Frau von achtzehn Jahren. Sie hat volle, gewellte schwarze Haare, und ihre ehemals mageren Beine sind jetzt lang und schön geformt. Sie hat ihren eigenen Stil gefunden, sie trägt einen langen Leinenrock mit einer bestickten Bauernbluse und betont ihre Taille mit einem breiten Gürtel. Ihre Espadrillas sind im römischen Stil um die Fußknöchel geschnürt, und die Kreolen an ihren Ohren verleihen ihrem Aussehen ein spanisches Flair. Wenn man sagte, dass Chiara sich zu einer Schönheit entwickelt hat, wäre das eine glatte Untertreibung – sie ist umwerfend. Nachdem sie Jack und mich begrüßt hat, stellt Etta ihr Iva Lou vor, der die dunkelhaarige Schönheit sofort sympathisch ist; vielleicht erkennt sie, dass hier eine Iva Lou der Alpen vor ihr steht. Chiara spricht auszeichnetes Englisch. Sie studiert an der Universität von Bergamo Journalismus und möchte Auslandskorrespondentin werden.

Jack und ich bekommen das Zimmer, das Etta und ich damals hatten. Schon beim Betreten des Zimmers durchflutet mich ein Gefühl von Geborgenheit und Zugehörigkeit. Für mich ist dies im Hause meines Vaters mein Zimmer, und irgendwie begreift Giacomina, wie wichtig das für mich ist. Sie hat Etta das Zimmer nebenan gegeben, das mit einer Couch und einem kleinen Schreibtisch möbliert ist. Giacomina hat die Wände mit einer Stiefmütterchentapete tapezieren lassen, sodass es aussieht, als wäre man in einer Pralinenschachtel.

Iva Lou bekommt die Suite, die einen offenen Kamin und einen Fenstersitz hat; von hier aus kann man die Straße sehen, die von der Via Scalina abgeht und in die Alpen hinaufführt. Giacomina hat Iva Lou sogar ein Fernglas hingestellt, damit sie die Sterne oder die Berggipfel betrachten kann.

Nach einem köstlichen Mittagessen, bei dem es Pansoti – das sind kleine, mit Ricotta gefüllte Nudeltaschen in einer Soße aus Olivenöl mit Pinienkernen –, knuspriges Brot und einen samtigen Dolcetto-Wein gibt, machen wir uns getrennt zu Unternehmungen auf. Ich überrede Jack und Iva Lou, einen Spaziergang mit mir zu machen. Wie eine Bergziege fängt Iva Lou gleich an zu klettern; schließlich ist sie in den Blue Ridge Mountains aufgewachsen. Hin und wieder bleibt sie stehen, um die überwältigende Aussicht in sich aufzunehmen. »Bildbände kommen da einfach nicht mit.« Sie setzt sich auf einen Felsen und nimmt einen Schluck Wasser aus einer Flasche in ihrer Schultertasche (die farblich zu ihrer Latzhose und ihrem hellblauen Halstuch passt).

»Ist es nicht erstaunlich, wie nah beieinander die Dinge in Italien sind?«, sage ich.

»Das perfekte Ferienland, weil man so viel Verschiedenes sehen kann«, sagt Jack. »Ich gehe schon mal weiter. Ihr beiden könnt euch ja eine Weile ausruhen.«

»Verlauf dich nicht!«, rufe ich ihm nach.

»Ich folge einfach dem Wasserrauschen, Schatz«, ruft er zurück und verschwindet um eine Biegung.

»Du hast mir von dieser Gegend erzählt und mir die Bilder gezeigt, ich weiß, aber ich kann es alles kaum glauben.« Iva Lou rollt sich die Hosenbeine hoch und streckt die Beine in die Sonne. »Wie kann an einem Ort die Sonne warm scheinen und gleichzeitig der Wind kühl wehen?«

»Das weiß ich auch nicht.«

»Wo ist die Wiese mit den Glockenblumen?«, flüstert Iva Lou.

Die berühmte Wiese mit den Glockenblumen, auf die ich Pete Routledge geführt habe und wo ich um ein Haar mein Ehegelübde gebrochen hätte. Jener Tag hätte mein Leben von Grund auf verändern können, wenn ich es zugelassen hätte. Die Wiese ist der Ort meiner Geheimnisse, und ich mag andere nicht darin einweihen, selbst Iva Lou nicht.

»Sie liegt in der anderen Richtung«, sage ich, und ich glaube, Iva Lou hat mich verstanden, denn sie besteht nicht darauf, hinzugehen.

»Wie ist es für dich, in deiner alten italienischen Heimat zu sein?«

»Wenn ich hier bin, möchte ich für immer bleiben.«

»Das verstehe ich. Und dann wird man noch unaufhörlich bedient. Jetzt weiß ich, wie es wäre, wenn man eine Prinzessin wäre. Die italienische Gastfreundschaft ist kein Witz. Dagegen sieht die der Südstaaten schwach aus.«

»Ihnen sind die Details wichtig, verstehst du?«

»Das kann man sagen. Giacomina hat mir sogar ein Nachthemd in die Kommode gelegt. Ich meine, du musst zugeben, sie denkt mit! Deine Nonna ist allerdings ein Drachen.«

»Die arme Giacomina. Ich weiß nicht, wie sie damit zurechtkommt.«

»Na ja, die Großmutter war Teil des Heiratpakets.«

»Ich könnte das nicht.«

»Ich auch nicht. Warum, meinst du, habe ich einen Mann geheiratet, der zehn Jahre älter ist als ich? Ich wollte jemanden ohne Eltern. Ich wollte nicht vierzig und drüber sein und mich mit einer Schwiegermutter arrangieren müssen.«

»Lyle geht es bestimmt genauso.«

»Nein, er hätte meine Mutter geliebt. Aber mein Daddy, das wäre etwas anderes gewesen. Lyle mag es nicht, wenn jemand sich vor seiner Verantwortung drückt. Und mein Daddy hat sich dauernd gedrückt. In letzter Zeit habe ich häufig an ihn denken müssen. Und wie er uns verlassen hat. Warum er es getan hat. Wie mich das geprägt hat. Vielleicht musste ich darüber nachdenken, weil wir jetzt bei deinem Daddy sind. Ich weiß nicht.«

»Wie hieß dein Dad?«

»Jessie Creed Wade. Ich habe immer gesagt, wenn ich mal einen Sohn bekomme, nenne ich ihn Jessie. Wahrscheinlich wollte ich immer einen Ersatz für meinen Vater haben.«

»Mir gefällt der Name, es ist ein starker Name.«

»Er war schottisch-irischer und französisch-indianischer Abstammung.«

»Daher hast du wahrscheinlich deine hohen Wangenknochen.«

»Das hat meine Mama auch immer gesagt. Die und mein Temperament.«

»Wie war er als Mensch?«

»Ich erinnere mich, dass er nervös war. Sehr zappelig, als wäre das Familienleben zu viel für ihn. Ich meine, es gibt viele Menschen, die nicht die Nerven für kleine Kinder haben, und er gehörte dazu. Aber wenn er weggehen musste, wurde er traurig. Ich meine, wenn er keine Arbeit fand, ging er in den Norden, nach Michigan, und arbeitete dort in einer der Fabriken. Und einmal ist er gegangen, und dann hat es ganze acht Jahre gedauert, bis wir ihn wieder gesehen haben. Mama war völlig fertig und hat versucht, ihn ausfindig zu machen, und schließlich hat sie ihn tatsächlich gefunden. Irgendwie wollte er immer in den Norden. Mama hat geklagt, dass er uns nicht geliebt hat, aber ich habe das anders gesehen. Ich glaube, er hat uns so sehr geliebt, dass es schmerzlich für ihn war. Er hat kein glückliches Zuhause gehabt und wusste nicht, wie er selbst eins schaffen sollte. Das hat ihm richtig Angst gemacht.«

»Du klingst nicht so, als wärst du wütend auf ihn.«

»Ich war auch nie wütend. Das hat Mama nicht gefallen. Sie fand, ich sollte ihm Vorwürfe machen. Aber ich habe ihn verstanden, selbst als Kind habe ich das verstanden. Ich wusste, wie er war, und habe nicht mehr von ihm erwartet. Und dann habe ich natürlich, du weißt ja, so meine Männer gehabt, und meine Erfahrung hat mich gelehrt, nie zu viel von einem zu erwarten.«

»Und als dann Lyle auftauchte und für dich da war …«

»Da war ich überrascht. Und glücklich, dass ich so überrascht war, nebenbei gesagt. Nein, Lyle Makin ist eine echte

Überraschung. Ich kann immer noch nicht fassen, wie gut er sich mit meiner Krankheit abgefunden hat, und wie er zu mir hält, wenn ich zappelig werde und auf Wanderschaft gehen will, allein sein will. Ich bin wahrscheinlich genauso wie mein Daddy, ich will unterwegs sein, was erleben.«

»Du bist ein Kind der Berge, das sich nach dem Meer sehnt.«

»Das stimmt wahrscheinlich. Es ist unglaublich, dass ich hier bin. Ich. Die kleine Wade aus Appalachia. Hier bin ich, in den italienischen Alpen. Und wie, so frage ich mich, wie konnte das alles geschehen? Ich war die Beste in meinem Stenokurs, dann wurde ich Direktorin des Lucky Leaf Library Club, und jetzt bin ich eine Weltreisende. Was für ein Leben!«

Als Iva Lou und ich auf dem Pfad, auf dem Jack vorangegangen ist, weitergehen, schweigen wir. Ich denke über Mario, meinen Vater, nach und über den Mann, der mich als Vater aufgezogen hat, Fred Mulligan, und über meine Mutter, die zwar Mario bis zu ihrem Tode geliebt, aber Fred bis zu dessen Tode gedient hat. Ich hatte gedacht, je älter ich werde, desto geringer würde die Bedeutung, die meine Eltern für mich haben, und mein Kind würde im Mittelpunkt stehen. Und es ist auch so, dass Etta an erster Stelle in allen meinen Entscheidungen steht, aber ich kann nicht leugnen, dass meine Kindheit mich immer noch bedrückt, und noch heute macht es mich traurig, dass ich erst nach dem Tod meiner Mutter erfahren habe, wer mein richtiger Vater ist. Ich frage mich oft, ob mein Leben ohne dieses Geheimnis und der daran haftenden Scham anders verlaufen wäre. Wäre ich wagemutiger gewesen? Wäre ich aus Big Stone Gap weggegangen? Wenn eine Frau sich verliebt, ändert sich ihr Blick. Sie wird zur Gehilfin und zur Organisatorin, sie lässt ihr Einzelleben zurück. Männer scheinen ihr Schicksal dagegen selbst zu bestimmen. Ist Iva Lous Vater nicht einfach weggegangen, als ihm, aus welchen Gründen auch immer, das Familienleben über den Kopf wuchs? Hat nicht Fred Mulligan, der mich an Tochters Stelle annahm, mich aber nie richtig ins Herz schloss, sein eigenes Leben gehabt, obwohl er eine Familie zu ernähren hatte? Und Mario da Schilpario, bezeugt nicht sein Leben, dass er seinen Neigungen gefolgt ist, statt seinen Verpflichtungen nachzukommen? Eigentlich mag ich es nicht, wenn man sagt, dass wir in einer Männerwelt leben, aber oft kommt es mir genauso vor, und für meine Tochter wird es auch so sein. Und ich weiß mit derselben Gewissheit, mit der ich einen Stein vom Weg aufnehme und in den Wald werfe, dass meine Tochter sich verpflichtet fühlen wird, sich um mich zu kümmern, wenn ich alt bin. Ich bin mir nicht sicher, ob mein Sohn, wenn er gelebt hätte, dies auch getan hätte. Er wäre mit seinem eigenen Leben beschäftigt gewesen. Sich um die alten Eltern zu kümmern, hätte er als Frauenarbeit angesehen. Und ich weiß, auch wenn ich versucht hätte, sein Einfühlungsvermögen zu fördern, so wären doch seine eigenen Interessen stärker gewesen als das Gefühl der Verpflichtung seinen Eltern gegenüber.

»Mädels, hier lang!«, ruft Jack Mac von ferne. Iva Lou zeigt in die Richtung, aus der seine Stimme kommt, und ich klettere hinter ihr den Weg hinauf.

»Was ist das für ein Lärm?«, frage ich, als wir meinen Mann erreichen.

»Ich kann's nicht glauben, das sind Pfauen. Eine ganze Herde«, flüstert Iva Lou.

»Jetzt guckt mal.« Jack pfeift, worauf die Pfauen auseinander sprengen und einzeln durch das Gras stelzen. Plötzlich hören wir ein Rascheln, und der erste Pfau schlägt ein Rad. Der Pfau bleibt stehen, reckt den Hals und zeigt uns seine leuchtende Federnpracht, die Federn sind weiß und türkis mit goldorangefarbenen Spitzen und glänzend schwarzen Streifen. Jede Federspitze hat in der Mitte ein Muster, das wie Perlmutt schimmert.

»Du weißt, dass der Pfau das Symbol ewigen Lebens ist«, flüstere ich Iva Lou zu.

Sie sagt gar nichts, betrachtet das Bild andächtig wie ein Kind und verfolgt jede Bewegung, als würde die Show für sie allein aufgeführt.

»Das ist eben Italien«, sage ich zu ihr. »Hier findest du an jeder Ecke etwas, das du nicht erwartet hättest.«

Etta und Chiara gehen in die Altstadt, um sich die Passegiata, den traditionellen Abendspaziergang anzusehen, während Jack, Iva Lou, Giacomina, Papa und ich im Garten sitzen und von den Beeren an den Büschen hinter dem Haus essen.

»Ich muss euch noch die Bilder von Pete und Gina zeigen, die wir letztes Jahr gemacht haben, als sie hier waren.« Giacomina steht auf und geht ins Haus.

»Kennt ihr Petes Frau?«, fragt Papa uns.

»Nein, noch nicht. Sie wollten auf einer Wanderung durch Big Stone Gap kommen, aber sie haben es verschoben«, sagt Jack.

»Es war schön, sie zu sehen.«

Giacomina kommt mit einem Packen Fotos und zeigt sie uns.

»Das ist Gina.« Mario zeigt auf eine zierliche Frau mit einer modischen blonden Frisur. Auf dem Foto trägt sie eine Sonnenbrille und lächelt. Sie hat gute Zähne. Viele gute Zähne. Sie ist lang und schmal. Pete sieht, was soll ich sagen, Pete sieht fantastisch aus.

»Wenn das kein attraktiver Mann ist«, sagt Iva Lou und betrachtet das Foto. »Und eine attraktive Frau«, fügt sie mit einem Blick auf mich hinzu.

Am liebsten würde ich aufstehen und sagen: »Mir ist das zu unheimlich«, aber das tue ich nicht. Stattdessen lächle ich und gucke mir die Bilder an wie die anderen auch. Ich bin in meinen Mann verliebt, aber wenn ich ganz ehrlich sein soll, dann bin ich auch in wenig eifersüchtig auf Gina, wenn ich diese Bilder ansehe. Sie hat einen Mann bekommen, der über Gedichte sprechen kann und der sinnlich und intelligent zugleich ist.

»Wir haben ein Geschenk für euch«, sagt mein Vater zu Jack und mir.

»Papa, du hast doch schon genug für uns getan«, sage ich.

»Nein, das hier ist nur für euch beide.« Papa gibt mir einen Umschlag. »Mein Cousin Battista hat ein bisschen geholfen.«

Ich reiße den Umschlag auf. Drinnen ist eine goldgeränderte Karte mit einer Einladung auf Italienisch für Jack und mich: zwei Übernachtungen in der Villa d'Este am Comer See.

»Battista Barbari ist einer der Hotelmanager. Er ist ein Cousin zweiten Grades von dir, und als er letzten Monat zu Besuch kam, wollte er dich kennen lernen. Deshalb hat er dies geschickt. Ihr solltet wirklich fahren.« Mein Vater gibt selten eine so deutliche Empfehlung.

»Wann sollen wir denn fahren?«

»Morgen. Nehmt doch das Auto. Die Fahrt dauert ungefähr anderthalb Stunden. Ihr müsst runter in die Ebene und dann in Richtung Norden, bis nach Cernobbio.«

»Was ist mit dir und Etta?«, sage ich zu Iva Lou.

»Schätzchen, ich habe eine ellenlange Liste von Dingen, die ich hier tun will. Dir und dem guten Jack Mac würden zwei romantische Tage sehr gut tun.«

Giacomina klopft Iva Lou auf den Rücken. »Mach dir keine Sorgen. Ich kümmere mich um Iva Lou. Dein Vater und ich fahren mit ihr nach Bormio in das Wellenbad, und dann machen wir in Clusone einen Einkaufsbummel. Sie wird keine Zeit haben, dich zu vermissen! Und um Etta brauchst du dir keine Gedanken zu machen. Chiara wird sie zu beschäftigen wissen.«

Gelächter aus der Küche weckt mich in meinem fürstlichen Bett im ersten Stock der Via Scalina. Ich wache mit einem Glücksgefühl auf, denn heute fahren Jack und ich zur Villa d'Este.

Der Duft von frisch gebrautem Kaffee und geschäumter Milch begrüßt mich im Esszimmer. Alle sind um den Tisch versammelt und essen knuspriges Brot mit Butter und Himbeermarmelade.

»Stefano!« Ich bin überrascht, ihn hier zu sehen.

»Er hat uns vermisst, Ma«, sagt Etta lachend.

»Ich dachte, Sie könnten einen Fremdenführer gebrauchen.« Stefano lächelt mich an.

»Jack und ich fahren heute zur Villa d'Este.«

»Das weiß er schon, Ma. Dad hat schon alles erzählt.«

»Wir machen Pläne für die Zeit, wenn ihr weg seid. Stefano will mit uns in die Berge fahren«, erklärt Iva Lou.

Jack möchte, dass ich packe, damit wir aufbrechen können. Iva Lou kommt mit mir die Treppe hoch.

»Iva Lou …«

»Schätzchen, du brauchst gar nichts zu sagen. Ich werde Etta im Blick behalten wie ein Adler seine Beute. Mach dir keine Sorgen.«

»Danke. Ich bin dir wirklich sehr dankbar.«

»Der gute Stefano hat dieses Glitzern in den Augen. Also, das Glitzern ist in den Augen, aber sein ganzer Körper steht unter Strom angesichts all der Möglichkeiten, falls du mich verstehst.« Iva Lou sieht mich an und erkennt, dass ich mir Sorgen mache. »Jetzt sei bitte beruhigt. Wenn es je eine Gouvernante gab, die sich mit den raffinierten Methoden und Tricks der Männer auskennt, dann bin ich es. Ich werde dafür sorgen, dass nichts passiert, das verspreche ich dir.«

Iva Lou weiß, was sie zu tun hat, aber ich will auf Nummer Sicher gehen. Ich nehme Papa und Giacomina beseite und bitte sie, ein Auge auf Etta zu haben, während wir weg sind. Ich weiß, dass Etta ein vernünftiges Mädchen ist, aber selbst ich hätte mich beinahe in diesen Alpen verführen lassen. Die Gegend ist wie gemacht für die Liebe, und meine Tochter ist jung. Sie hat zwar gesagt, dass sie kein Interesse an Stefano hat, dennoch könnte sie sich unter den entsprechenden Umständen verzaubern lassen. Giacomina versteht mich besser als Papa, von dem man denken würde, er verstünde auf der Stelle, was ich meine, aber mitnichten. Er weiß, dass Stefano ein guter Mensch ist, und er traut ihm nichts Böses zu. »Ich bin nicht nur wegen Stefano besorgt«, sage ich, und da, endlich, begreift er.

Die Tore der Villa d'Este sind so prächtig, dass ich eigentlich in einer gläsernen Kutsche sitzen und eine Tiara auf dem Kopf tragen müsste. Der Wachmann hat ein langes, ernstes Gesicht. Er sucht unsere Namen auf seinem Klemmbrett, und als er sie findet, grinst er breit und winkt uns durch. Ich bitte Jack, langsam zu fahren, damit ich bei dieser Auffahrt ja nichts verpasse. Sie sieht aus wie der Anfang einer gewundenen Märchenstraße – perfekt gestutzte Büsche, Beete voller roter, samtiger Begonien, Magnolien, die in voller Blüte stehen, und auf einer Böschung ist ein bunt blühendes Blumenbeet angelegt, das das Familienwappen nachbildet. Doch der Park ist längst nicht das Schönste, denn vor uns glitzert und funkelt der See im Sonnenschein, dass man denken könnte, er wäre aus nachtblauem Lapislazuli. Am Ufer führt ein Weg mit einem altmodischen, geschwungenen Eisengeländer entlang.

Wie im Märchen führt die Auffahrt zu einem Schloss, in diesem Fall ist es der Palazzo del Cardinale. Der Pavillon der Königin, eine Villa mit umbrafarbenem Anstrich und einem Bootsplatz davor, liegt gegenüber dem Haupthaus, wo Battista Zimmer für uns reserviert hat. Jack ist stumm, auch er hat dergleichen noch nie gesehen. Nur glanzumwobene und elegant gekleidete Menschen, perfekt frisiert und teuer parfümiert, dürfen hier sein. Kein Wunder, dass Ava Gardner und Frank Sinatra ihre Flitterwochen hier verbrachten, dass Caroline von Braunschweig, die Prinzessin von Wales, hier im Exil lebte, und dass Clark Gable durch diesen Park wanderte und Ginger Rogers in dem Swimmingpool am See schwamm. Es ist himmlisch, und nur Stars gehören hierher. Jack und ich? Wir werden uns größte Mühe geben, in den zwei Tagen nicht dauernd vor Ehrfurcht zu erstarren.

»Ich bin so froh, dass ihr euch entschlossen habt zu kommen«, sagt mein Cousin Battista, der auch als eleganter Herzog durchgehen könnte, und führt uns zu unserem Zimmer. Wir plaudern auf Italienisch, und Jack sieht sich interessiert um. Die hohen Decken sind in Gelbtönen gestrichen, und die Erzteilchen in dem Marmor der Treppenstufen reflektieren das Licht in alle Richtungen. Battista nimmt einen großen Schlüssel (mit einer Quaste dran) aus einem Umschlag und macht die Tür zu der Suite 218 auf, von der aus man auf den See blickt. Er öffnet das Fenster, die Brise vom See streicht durch die Vorhänge mit den breiten rauchblauen Streifen. Im Wohnzimmer steht ein graues Samtsofa, die Sessel haben grau-blau gestreifte Polster. Auf der Glasplatte des Couchtisches steht eine Vase mit frischen gelben Rosen. Das Schlafzimmer ist mit schweren Vorhängen vom Rest getrennt und hat einen begehbaren Kleiderschrank und einen eigenen Balkon mit Blick auf den See. Battista sieht mir an, dass ich überwältigt bin. »Aber Sie haben noch gar nicht gespeist. Eigentlich sind wir ja für die Küche berühmt!«

Er lässt uns allein, damit wir auspacken können. Jack und ich gucken uns immer wieder voller Staunen an, als wären wir auf einem fremden Planeten gelandet.

»Wir haben nur zwei Tage«, jammere ich. »Lass uns hier beim See bleiben und so viel wie möglich ansehen.«

Als alles ausgepackt ist, beschließen wir, was wir machen wollen – die Statuensammlung ansehen und zum Swimmingpool gehen. Aber bevor wir an der Tür sind, dreht Jack sich zu mir um und nimmt mich in die Arme. Er küsst mich, so wie er mich vor ewigen Zeiten das erste Mal in Iva Lous Wohnwagenpark geküsst hat. Er nimmt mir den Fotoapparat aus den Händen und die Sonnenbrille ab, und dann lassen wir uns aufs Bett fallen. Während wir uns lieben, höre ich das sanfte Rauschen der Wellen, und ich rieche den Jasmin, der sich um den Balkon rankt. Ich fühle mich wieder jung und völlig mit Jack verbunden, nicht nur durch das Ehegelübde, sondern im Hier und Jetzt. Ich weiß, dass mein Mann das Gleiche fühlt. Er sieht mich an und erkennt meine Gedanken (das ist der Vor- und manchmal der Nachteil, wenn man so lange verheiratet ist). Wir lachen, weil uns die Leidenschaft gepackt hat – woher kommt das nur? Ich lerne etwas sehr Wichtiges: Die Umgebung spielt eine große Rolle! Wenn ein Mädchen vom Lande in ein Schloss kommt, benimmt sie sich wie eine Prinzessin und erwartet, dass ihr Mann sie wie ein Prinz behandelt.

Jeden Abend gibt es ein förmliches Essen mit Tanz auf der Veranda. Zum Glück habe ich das Ballkleid meiner Mutter eingepackt, ein schlichtes, auf Figur geschnittenes Kleid aus hellblauer Seide, schulterfrei und wadenlang. Jack sieht in seinem dunkelblauen Anzug mit der roten Krawatte sehr schick aus. Battista hat uns für den Abend etwas Besonderes versprochen, und wir können kaum erwarten, es zu erleben. (Gutes Essen und exzellente Küche ist inzwischen so etwas wie das Familienthema; in New York war es Max, in Florenz Renzo und jetzt die Villa d'Este!)

Der Kellner führt uns zu einem Tisch am Wasser und sagt, dass Battista bereits für uns bestellt hat. Als die Getränke serviert werden, zeigt Jack über den See. »Guck mal, Ave!« Hinter dem Pavillon der Königin steigen zwei Heißluftballons auf, einer mit einem Mondgesicht, der andere mit einer lachenden Sonne drauf, und zwei Trapezkünstler schwingen sich von den Körben. Die Gäste applaudieren, und ich höre, wie die Frau am Nebentisch zu ihrem Mann sagt, diese Vorstellung hätte den Titel »Mitsommernachtsparty«. Kein Wunder, dass Papa uns sofort losgeschickt hat. Heute Nacht brauchen wir nichts zu träumen – was könnte traumhafter sein als dies hier?

Später, als wir uns fürs Bett fertig machen, sehen wir uns immer wieder an und lachen. Dies ist noch besser als unsere Hochzeitsreise, oder vielleicht sind wir einfach in einem Alter, wo wir einen solchen Abend besonders schätzen und genießen können.

»Weißt du, was ich an dir liebe?«, sagt Jack und nimmt mich, als wir im Bett liegen, in die Arme. Ich betrachte die Trompe-l'oeil-Szene an der Schranktür, die ein Picknick am Comer See darstellt.

»Was denn?«

»Dass du so staunen kannst.«

»Wer würde nicht staunen an einem solchen Ort?«

»Ich kenne viele Menschen, die das kalt lassen würde.« Er zieht mich noch näher an sich heran. »Weißt du, ich habe nie einen Menschen so geliebt wie dich.«

Ich weiß nicht, was ich sagen soll. Mein Mann spricht normalerweise nicht so. Wenigstens nicht bis vor kurzem. Vielleicht liegt es am Champagner. Oder am Courvoisier nach dem Essen. Was kümmert es mich? Es gefällt mir. Und ehrlich gesagt, möchte ich noch mehr hören. »Warum?«, frage ich verlegen.

»Es ist einfach so. Und es wird immer so sein.« Jack gibt mir einen Kuss und dreht sich um. Die sanfte warme Brise vom See und der Geruch der Gardenien erinnern mich an den Sommer vor sieben Jahren, als ich Jack verlassen hatte und mit Etta nach Italien gekommen war. Ich denke daran, wie er allein bei uns zu Hause war und sich mit Karen Bell anfreundete. Es scheint mir lange her zu sein, fast, als wäre es im Leben eines anderen passiert. Statt an den Problemen in unserer Vergangenheit herumzubohren, lasse ich sie ruhen. Wir haben sie überstanden, sage ich mir. Die Liebe oder etwas anderes hat uns gerettet. Vielleicht hing es auch mit dem Zeitpunkt zusammen, jedenfalls wir sind durchgekommen. Ich weiß, dass es meine Bestimmung ist, bei meinem Mann zu bleiben, und ich merke, dass er mit unserem gemeinsamen Leben zufrieden ist. Es ist wichtig, dass ich immer aufmerksam mit ihm umgehe, denn er ist immer aufmerksam zu mir gewesen. Ich ziehe die Bettdecke über meinen Mann, sodass das bestickte Emblem auf seinem Po zu liegen kommt, und fange an zu kichern.

»Was gibt's Lustiges?«

»Schatz, du hast einen königlichen Po. Er ist sogar mit einem Siegel versehen.«

Am liebsten würden Jack und ich in der Villa d'Este bleiben, aber andererseits können wir es nicht erwarten, wieder nach Schilpario zu kommen und den anderen zu erzählen, was wir erlebt haben. Wir beschließen, auf dem Rückweg das hübsche Dorf Cernobbio zu besichtigen und zum Mittagessen in Bellagio Halt zu machen, das wir bei unserer Bootsfahrt vom Comer See aus gesehen haben. Sergio, der Kapitän, ist mit Vollgas über den See gebraust, und immer, wenn wir in die Nähe eines berühmten Anwesens kamen, hat er den Motor gedrosselt und uns von den Besitzern erzählt, während das Boot auf dem Wasser schaukelte. Oft passten die Häuser zu den Besitzern. Das Haus von Fiorucci (dem verrückten Schuhdesigner) war limonengrün und hatte waldgrüne Fensterläden; das von Catherine Deneuve ist eine geschmackvolle, dreigeschossige, cremefarbene Villa mit braunen Fensterläden; das der Familie Versace ist ein Schloss im Hollywood-Stil mit goldenen und schwarzen Verzierungen. In einem Ratti-Seidengeschäft kaufe ich sechs Meter Seidenbaumwollbouclé für einen Mantel für Etta. Ich hoffe, der Stoff gefällt ihr. Meine Mutter wäre schwach geworden bei seiner Qualität. In Saronno kauft Jack noch

Käse und Wein. Ich rufe Papa an und sage, dass wir es nicht zum Abendessen schaffen und gegen Mitternacht zurück sein werden.

Ein einzelnes Licht brennt, als wir in die Einfahrt vor Papas Haus fahren. Wir laden alles aus und tragen die Sachen ins Haus. Die Esswaren bringe ich gleich in die Küche.

»Was ist das für ein Lärm?«, fragt Jack und stellt eine Tüte auf den Tisch.

»Welcher Lärm?«

»Dieser Lärm.« Jack zeigt nach draußen. Wir gehen ans Fenster. Vier Personen kommen singend die enge Straße entlang. Das Lied, das sie singen, kennen wir. Es ist die Erkennungsmelodie des Theaterstücks *The Trail of the Lonesome Pine*.

»Himmel, das ist Iva Lou, sie ist betrunken«, sage ich zu Jack, der zur Tür geht.

Das Singen wird lauter. »Etta?«, sagt Jack, offenbar in der Hoffnung, dass sie nicht dabei ist.

»Daaa-dee«, sagt sie. Sie hat einen Arm um Iva Lous Schulter gelegt, den anderen um Chiaras, deren Wimperntusche unter den Augen zu zwei schwarzen Dreiecken verwischt ist. Aus dem Schatten tritt ein Mann, der Iva Lou aufrecht hält.

»Stefano? Bist du das?«

»Ja, Madam.«

»Was ist hier los?« Ich klinge, als wäre ich die Mutter von allen, auch die von Iva Lou.

»Wir waren in der Disko in den Bergen«, sagt Iva Lou und zeigt in die Richtung, während sie ein paar Tanzschritte versucht, die recht gefährlich aussehen. Jack hält sie fest, damit sie nicht stolpert.

»Und haben Belliiii-nis getrunken.« Meine Tochter wirft den Kopf zurück und lacht. Sie ist sturzbetrunken.

»Geh ins Haus«, sage ich streng, und selbst in ihrem alkoholisierten Zustand merkt Etta, dass es mir ernst ist. »Sofort.«

Jack hilft Etta und Iva Lou ins Haus. Chiara, ebenfalls angetrunken, folgt. »Du bleibst heute Nacht hier, Chiara«, sage ich.

»*Va bene*«, antwortet sie. Anscheinend kann sie in diesem Zustand kein Englisch mehr sprechen.

»Bye-bye, Stefano!« Die drei Trunkenen winken ihm hinterher, als Jack sie ins Haus führt.

»Bist du auch betrunken?«, frage ich Stefano.

»Nein.«

»Wie konntest du das zulassen?«

»Ich habe nicht bedacht –«

»Nein, du hast nicht bedacht. Etta ist erst fünzehn.«

»Ich weiß, wie alt sie ist, Ave Maria«, sagt er mit ruhiger Stimme.

»Dann weißt du auch, dass sie zu jung ist, um in einem Club Alkohol zu trinken.«

»Ich verstehe.« Er wendet sich zu seinem Auto um. »Es tut mir Leid.«

Iva Lou liegt im Bett und schnarcht, als ich nach ihr sehe. Chiara liegt bäuchlings auf der Liege in Ettas Zimmer. Etta ist im Bad und muss sich übergeben, und ich glaube, dass es langfristig gesehen für ihre Gesundheit besser ist, wenn ihr Vater sie dabei hält, denn ich könnte ihr ein Leid zufügen.

»Sie hat sich das Gesicht gewaschen und ist ins Bett gegangen«, berichtet Jack, als er in unser Zimmer kommt.

»Wie ist das bloß möglich?«

»Sie ist ein Teenager.«

»Jack, sie hat getrunken!«

»Wir haben ihr auf dieser Reise erlaubt, zum Essen Wein zu trinken.«

»Aber das ist doch etwas anderes. Sie hat in der Öffentlichkeit getrunken!«

»Wir sind in den Ferien.«

»Das ist keine Entschuldigung.«

»Iva Lou hat sich auch betrunken.«

»Iva Lou darf sich betrinken. Sie ist über zwanzig ... sie ist einundfünfzig!«, brülle ich.

»Was ist mit Stefano?«

»Er ist nach Hause gefahren. Ich habe ihm die Meinung gesagt.«

»Iva Lou hat mir die ganze Geschichte erzählt, bevor sie eingeschlafen ist.«

»Hat sie denn nicht gesehen, wie er Etta in Bergamo angesehen hat? Sie ist ein hübsches junges Mädchen, und er ist Italiener und hat sie mit solchen Augen angesehen. Mir gefällt das nicht.«

»Ich glaube, Schatz, es ist das Beste, wenn wir alle kein großes Aufhebens davon machen. Einverstanden?«

»Sie muss bestraft werden!«

»Sollen wir uns die Ferien verderben?«, fragt Jack, und das ist ein vernünftiger Einwand.

»Es ist immer das Gleiche. Du mit deinem Laissez-faire, mit dieser Einstellung ›Soll sie doch selbst herausfinden, was gut für sie ist‹. Du denkst, das ist alles normal und gehört dazu, wenn man erwachsen wird. ›Lass sie doch trinken, wenn es ihr Spaß macht!‹ Also, ich bin nicht damit einverstanden. Ich bin nie betrunken nach Hause gekommen, und ich will keine Tochter haben, die noch nicht volljährig ist und sich betrinkt. Vielleicht seh ich es zu eng, vielleicht bin ich zu streng – aber ich will das nicht!«

»Ave, ich kann heute Abend nicht länger darüber sprechen. Ich bin erledigt. Können wir das bis morgen aufschieben?« Jack klingt aufrichtig erschöpft. Und ich will nicht, dass Nonna, Papa und Giacomina von meiner aufgebrachten Stimme aufwachen, also lasse ich es bewenden.

Dieses Muster kenne ich schon, denke ich, als ich mich neben meinen Mann ins Bett lege: Er schläft sofort ein, und ich liege da und grüble vor mich hin. Auch bei Etta gibt es ein Muster. Alles geht wunderbar, wir verstehen uns prächtig, und sie hält sich an die Regeln, und dann, plötzlich, tut sie etwas, das gar nicht zu ihr passt, und verliert all die Punkte, die sie für sich gesammelt hat. Ich spreche so, als wäre sie eine Gefangene, und bin mir dessen bewusst. Ich bin nicht stolz darauf. Aber ich weiß nicht, wie ich sonst die Funktion der Mutter ausführen soll. Bin ich nachgiebig, dann nutzt sie das aus, bestehe ich auf Gehorsam, schmollt sie. Sie weiß, dass sie nicht trinken darf, und sie weiß, dass Wein zum Essen nicht das Gleiche ist wie Cocktails auf einer Party. Nein, sie hat geglaubt, wir würden heute Abend nicht zurückkommen, und wollte die Grenzen austesten. Und als Gouvernante hat Iva Lou völlig versagt. Was hat sie sich nur dabei gedacht?

Beim Frühstück sind Jack, Giacomina, Papa und ich allein. Wir reden nicht viel, Papa liest die Zeitung, hinter ihm tickt laut die Kuckucksuhr. Jack und ich trinken unseren Milchkaffee, und Giacomina füllt die Zuckerdose auf. Wir werfen uns Blicke zu, als wir die nicht sehr heilige Dreieinigkeit auf der Treppe hören.

»Bleib bitte ruhig«, sagt Jack leise zu mir.

Iva Lou trägt eine Sonnenbrille, Chiara sieht ohne ihre Disko-Kriegsbemalung viel jünger aus, und Etta ist immer noch ein bisschen grün im Gesicht. Die drei setzen sich still an den Tisch.

»Na, ihr seht ja aus wie Flussratten«, sagt Jack, als er die Auswirkungen des Abends vor sich sieht.

»Besser nicht drüber reden«, sagt Iva Lou.

Ich kann mich nicht länger zurückhalten. »Was ist gestern Abend gewesen?« Giacomina reicht den Mädchen das Brot, aber die schütteln nur im Einklang den Kopf. Statt eines Bechers heißer Milch gibt Giacomina ihnen schwarzen Espresso in winzigen Tassen (ein gutes Mittel gegen Kater).

»Wir waren in der Disko. Angefangen haben wir mit einem OJ mit Eis. Stimmt's Mädels?«, beginnt Iva Lou. Sie nicken zustimmend. »Und dann haben wir gedacht, wir probieren mal einen Wermut, weil ich noch nie einen Wermut getrunken habe. Also haben wir einen getrunken. Und am Nebentisch, da saßen so gut gebaute Alpentypen und haben uns eine Runde spendiert. Stefano hat uns noch gewarnt und gesagt, wir sollen die Finger davon lassen, aber ich dachte, warum eigentlich nicht. Ihr seht also, ich bin an allem schuld.« Iva Lou schiebt sich die Sonnenbrille zurecht und fährt fort: »Tja, ich habe so einen Bellini probiert, und er war köstlich. Dann habe ich zu Etta gesagt, sie darf auch mal davon trinken. Und was danach kam, also das war der Kater.«

»Etta?« Ich sehe meine Tochter an, die ein zerknirschtes Gesicht macht, aber das könnte auch daran liegen, dass ihr wieder übel ist.

»Es tut mir Leid«, sagt sie leise.

Jack gibt mir einen Stoß unter dem Tisch.

»Entschuldigung angenommen«, sage ich in einem Ton, der das genaue Gegenteil ausdrückt. »Wir wollen uns die restlichen Ferien nicht verderben.«

Der Rest der Ferien vergeht ohne Zwischenfälle (nach der Nacht der Bellinis hat Iva Lou dem Alkohol abgeschworen). Am Tag unserer Abreise schleppen wir mühevoll unsere Taschen durch die Halle des Flughafens, denn das Gepäck hat sich beträchtlich vermehrt (wir haben ganz schön eingekauft). Als wir an der Gepäckkontrolle anstehen, fragt Etta, ob sie sich eine Zeitschrift kaufen darf. Da wir sowieso warten müssen, erlaube ich es ihr.

»Ave Maria?« Hinter mir höre ich eine Stimme.

»Stefano! Was machst du denn hier?« Jack und Iva Lou begrüßen ihn.

»Ich wollte mich noch einmal entschuldigen, wegen der Disko«, sagt er.

»Das ist doch längst vergessen«, sagt Jack höflich.

Stefano sieht sich um. Anscheinend sucht er Etta. »Etta kauft sich eine Zeitung«, sage ich.

»Könnten Sie ihr das bitte geben?« Er gibt mir ein kleines Paket.

»Was ist das?«

»Ein Objektiv für ihr Teleskop. Es hat eine große Brennweite.«

»Das wird ihr bestimmt gut gefallen. Danke.«

Etta kommt wieder zu uns und strahlt, als sie Stefano sieht.

»Stefano hat dir ein Geschenk mitgebracht«, sagt Iva Lou.

Etta reißt die Verpackung auf und nimmt das Objektiv heraus. »Danke.« Sie sieht Stefano an, und da ist wieder dieser heiße Blick. »Ich kann gar nicht erwarten, es auszuprobieren!« Dann kommt die Ansage, dass es Zeit ist, an Bord zu gehen, und ich bin heilfroh. Auch Jack wirkt erleichtert. Vielleicht hat er jetzt auch gesehen, was ich sehe.

»Wiedersehen, Stefano.« Ich umarme ihn, und Iva Lou und Jack Mac verabschieden sich von ihm. Wir drei wenden uns ab, aber ich gebe Iva Lou einen Stoß, damit sie guckt, wie Etta sich von Stefano verabschiedet. Sie beugt sich vor, um ihr Handgepäck aufzulesen, und flüstert: »Kuss auf die Wange, mehr nicht.«

Iva Lou isst alles, was die Flugbegleiterin ihr auf dem Rückflug anbietet, einschließlich der Nüsse (ihre Tüte und meine). »Auf dem Herflug war ich zu aufgeregt«, sagt sie als Entschuldigung.

»Macht doch nichts. Iss nur.«

»Italien hat mir mächtig Appetit gemacht. Auf Essen. Auf Schuhe. Auf Schmuck. Und Lyle Makin soll sich vorsehen. Meine Lust auf Sex hat im Land der Liebe einen starken Schub bekommen.«

»Ich bin mir sicher, dass er begeistert sein wird. Und von den Krokodilleder-Mokassins, die du ihm gekauft hast, natürlich auch.«

Jack Mac geht den Mittelgang auf und ab und streckt sich. Etta, die neben ihm sitzt, liest ein Buch auf Italienisch. Jack bedeutet mir mit einer Geste, dass er hinten im Gang etwas mit mir besprechen will, und als ich bei ihm bin, sagt er: »Komm jetzt, sie hat genug gelitten.«

»Jack, ich quäle sie doch nicht.«

»Seit dem Vorfall hast du kaum mit ihr gesprochen.«

»Ich kann über Trunkenheit bei Jugendlichen nicht so leicht hinwegsehen.«

»Ave! Das kommt doch nicht regelmäßig vor. Sie macht Ferien, sie ist im Ausland, mit deiner Freundin, einer Cousine und einem jungen Mann, vor dem ich Respekt habe. Sie haben über die Stränge geschlagen, sie hat es dir erzählt. Sie hat ein paar Bellinis getrunken, und –«

»Mich interessiert gar nicht, wie es passiert ist. Ich weiß nur, dass sie sich betrunken hat. Wenn wir so tun, als wäre das in Ordnung, dann treffen wir sie das nächste Mal in irgendeiner Kneipe, wo sie sich mit den Trinkern der Stadt besäuft.«

Jack lacht.

»Ich finde das nicht lustig.«

»Soll ich dir mal was sagen? Ich habe es satt, in meiner eigenen Familie immer den Schiedsrichter spielen zu müssen. Du hast mich in eine Position gebracht, in der ich nicht sein will. Klär du das selbst mit deiner Tochter, auf deine Art. Ich habe nichts mehr damit zu tun.« Jack dreht sich um und geht zu seinem Platz.

»Ich spreche mit ihr«, sage ich.

»Gut. Ich habe Iva Lou versprochen, ihr mit dem Einreiseformular zu helfen.«

Jack setzt sich neben Iva Lou, und ich setze mich neben Etta.

»Etta?«

»Ja?«, sagt sie, ohne den Blick zu heben.

»Ich möchte gern mit dir reden.«

»Ich habe im Moment keine Lust zum Reden.«

Ich drehe den Kopf zu Jack um, der mit Iva Lou plaudert. Er hat mich in diese Lage gebracht. Etta ist wütend auf mich, wahrscheinlich viel wütender als ich auf sie.

»Ich möchte nicht, dass die Ferien zu Ende gehen und wir nicht miteinander gesprochen haben.«

»Dazu ist es zu spät.«

»Moment mal, du bist die Fünfzehnjährige, die betrunken nach Hause gekommen ist.«

»Wie oft willst du mich eigentlich noch daran erinnern, wie alt ich bin und dass ich in dieser dummen Disko zu viel getrunken habe?«

»Bis du begriffen hast, dass du noch keine einundzwanzig bist.«

»Ich bin mir bewusst, dass ich deine Gefangene bin, bis ich aufs College gehe.«

»Das finde ich unfair.«

»Und ich finde es unfair, dass du mich wie ein Kind behandelst.«

»Aber du bist noch ein Kind. Du bist mein Kind. Und ich möchte keine Tochter haben, die als Jugendliche trinkt.«

»Du verurteilst immer alles.« Etta wendet sich ab und sieht aus dem Fenster.

»Wenn du meinst, dass ich dich verurteile, dann stimmt das. Dazu bin ich da. Ich will nicht wie eine Gefängniswärterin sein, aber was du gemacht hast, hat mich geängstigt. Es hat mir nämlich gezeigt, dass du die Konsequenzen deines Verhaltens nicht einschätzen kannst.«

»Du bist so altmodisch. Du verstehst überhaupt nichts.«

Da hat sie meinen wunden Punkt erwischt. Ich bin altmodisch (mit der Betonung auf »alt«). Die Eltern der meisten anderen Kinder in ihrem Alter sind Anfang dreißig. Ich bin fast zwanzig Jahre älter als sie und betrachte die Dinge aus einer anderen Blickrichtung. Und ich weiß, dass ich meine Tochter auf diese Weise von mir wegstoße. Sie ist ja kein schlechter Mensch. Nicht so wie Pavis Mullins, der mehr Zeit im Bezirksgefängnis verbracht hat als zu Hause bei seiner Mutter. Warum behandle ich sie so? Warum verhalte ich mich ihr gegenüber so wie Fred Mulligan sich mir gegenüber verhalten hat? Bei dem Gedanken kommen mir die Tränen.

»Ma, bitte.«

»Ach, Etta.«

»Was ist denn?«

»Versuch bitte, mich zu verstehen: Es ist mein Wesen, immer zu viel zu verlangen. Ich habe Angst um dich. Aber ich zeige dir das auf eine Weise, die dir wehtut, und das will ich nicht. Du bist schon ziemlich erwachsen. Normalerweise vertraue ich dir voll und ganz. Aber immer, wenn alles eine Zeit lang gut gegangen ist, passiert etwas, das es kaputtmacht.«

»War deine Mutter auch so?«

»Mein Vater.«

»Großvater?«

»Nein, Fred.«

Ich habe ihr nicht viel von Fred Mulligan erzählt. Ich hatte geglaubt, dass ich meine Erfahrungen mit ihm hinter mir gelassen hätte, aber mein Verhalten zeigt mir, dass das nicht der Fall ist. In gewisser Weise war er, der ja für mich die Vaterrolle innehatte, ein sehr konsequenter Vater. Er hat die Regeln vorgegeben, und ich habe mich an sie gehalten. Ich war mir nicht bewusst, dass ich deswegen bei meiner Tochter den gleichen Kurs eingeschlagen habe, weil ich weiß, dass er funktioniert.

»Du hast eine gute Zukunft vor dir, und ich möchte nicht, dass du dir deine Aussichten verbaust, weil du jetzt ein paar dumme Sachen machst. Wenn du zum Beispiel jetzt anfängst zu trinken, würdest du das später bereuen. Das ist alles, was ich meine.«

»Ich habe mich entschuldigt. Und ich habe es ernst gemeint, Mom.«

»Ich glaube dir ja.«

»Du bist dauernd böse auf mich.«

»Ich bin nicht gern böse auf dich.«

Etta vertieft sich wieder in ihr Buch. Eigentlich müsste ich das Gefühl haben, dass wir etwas bereinigt haben. Sie hat mir versprochen, nicht wieder zu trinken, aber ich kann nicht versprechen, dass ich je die Mutter sein werde, die sie sich wünscht. Jack sucht meinen Blick. Iva Lou hat eine Menge Sachen zu verzollen, doch jetzt haben die beiden alles erledigt. Ich deute an, dass er sich wieder auf seinen Platz setzen kann. Sein Blick fragt: Wie ist es gegangen? Ich zeige mit beiden Daumen nach oben. Aber das entspricht nicht meinem Gefühl. Wie wohl die nächsten drei Jahre werden? Und dann die vier Jahre, wenn Etta am College ist und ich mir aus der Ferne Sorgen um sie mache? Mutter zu sein wird zu keinem Zeitpunkt leichter.

Kapitel 9

Der von den Methodisten veranstaltete gesellige Abend mit Buffet unter dem Motto »Der Herbst ist da« liegt günstig: Unsere Urlaubsfotos sind gerade fertig geworden, und alle wollen sie sehen. Ich werde also den ganzen Packen mitnehmen und der Reihe nach rumgeben.

Unser Beitrag zum Buffet sind fünf Pfund schwedische Fleischklöße, die Fleeta in einer enormen Pfanne gebraten hat (und der übliche Kasten Coca-Cola, den man mitbringt, wenn man mit mehr als drei Gästen kommt).

»Hi, Mom.« Etta und Tara kommen in die Apotheke. Etta hält fragend eine Packung Kaugummi aus dem Ständer hoch, reißt sie dann auf und reicht Tara ein Kaugummi. »Hi, Mrs. MacChesney.«

»Ihr seht aber hübsch aus. Was gibt's Neues?«

»Ich habe eine neue Dauerwelle.« Tara dreht sich im Kreis und führt mir ihre gelockten Haare vor. »Ethel Bartee hat gesagt, man soll erst nach sechs oder acht Monaten eine neue machen lassen, aber meine hat nicht gehalten, und deswegen hat sie mir ausnahmsweise eine neue gemacht.«

»Zum Glück. Es geht ja nicht, dass ihr mit glatten Haaren zum Fahnenschwingen auftretet.«

»Das habe ich ihr auch gesagt«, sagt Tara sachlich.

»Kommt Dad zum Buffet?«, fragt Etta.

»Ja, er trifft sich da mit uns.«

»Kann Trevor auch mitkommen?«, fragt Tara leise.

»Ist das der hübsche oder der mittelhübsche Trevor?«

»Ma«, sagt Etta in einem Ton, der mir zu verstehen gibt, dass ich ins Fettnäpfchen getreten bin. Anscheinend habe ich es mir als Mutter zur Regel gemacht, die Dinge zu behalten, die meiner Tochter peinlich sind, und sie dann vor ihren Freunden zu erwähnen.

»Der hübsche Trevor«, klärt Tara mich auf.

»Dann kann er kommen. Tante Fleeta hat jede Menge zu essen gemacht, wir können ruhig noch jemanden mitbringen.«

Der Nähzirkel der Methodisten hat die Kellerräume der Kirche mit künstlichem Laub aus buntem Papier und Glitzerkram geschmückt. Die weiße Tischdecke auf dem langen Tisch hat eine Borte aus orangefarbenem Krepppapier.

»Das hat Fleeta gemacht«, sage ich zu Betty Cline und übergebe ihr das riesige Tablett.

»Gut. Fleisch ist knapp«, sagt Betty und nimmt mir das Tablett ab. Dann sagt sie leise: »Du magst doch Curry-Eier. Geh mal schnell zu dem Tisch mit den Appetithäppchen. Gerade habe ich gesehen, wie Lottie Witt sich welche in die Tasche gesteckt hat. Es sind kaum noch welche da.«

»Ich gucke gleich mal«, sage ich.

Es ist schön, nach dem langen Sommer alle wiederzusehen. Nellie Goodloe hat die Ferien mit ihren Enkelkindern in Myrtle Beach verbracht und ist zum ersten Mal in ihrem Leben sonnengebräunt. Kate Benton, die Bandleiterin, ist in Begleitung eines jungen Mannes gekommen; er ist aus Norton zugezogen, heißt Glenn und verkauft Bergbaugerät. Iva Lou unterhält die Damen vom Dogwood Garden Club mit Geschichten von den Naturwundern, die sie in Italien zu sehen bekommen hat (es geht dabei weniger um die dort heimischen Pflanzen als um Männer).

»Vater Rodriguez! Haben die Methodisten Sie auch eingeladen?«, frage ich.

»Auch wir Katholiken müssen essen. Wie war Ihre Reise?«

»Fantastisch. Ich habe ganz viele Rosenkränze mitgebracht und möchte Sie bitten, sie zu segnen, wenn es Ihnen nichts ausmacht.«

»Mit dem größten Vergnügen«, sagt Vater Rodriguez.

Ich rieche Zigarettenrauch und drehe mich um. In der Ecke, bei einem der Fenster, steht Spec und raucht. Er klopft die Asche nach draußen ab. »Spec!«

»Ich habe schon überlegt, wie lange du wohl brauchst, um mich zu entdecken.«

»Es sind so viele Leute hier.«

»Das stimmt.« Spec lächelt. »Es tut mir Leid, dass ich Otto und Worley schicken musste, um euch abzuholen, aber wir hatten ein Picknick bei der Natural Bridge, zu dem alle Rettungsmannschaften im Bezirk eingeladen waren, und da musste ich hin.«

»Das verstehe ich doch.«

»Was hast du mir aus Italien mitgebracht?«

»Gina Lollobrigida passte nicht in den Koffer.«

»Mist.« Spec muss so heftig lachen, dass er einen Hustenanfall bekommt. Ich klopfe ihm auf den Rücken.

»Deswegen habe ich dir eine Krawatte mit passendem Einstecktuch mitgebracht. Aus Seide.«

Spec pfeift leise zum Zeichen der Anerkennung. »Das wäre nicht nötig gewesen.«

Ich spüre, wie jemand an meinem Hosenbein zupft. Es ist die kleine India Bakagese. Mit ihren großen braunen Augen sieht sie zu mir auf. Ich beuge mich zu ihr runter und nehme sie hoch.

»Gott, ist sie süß. Und so groß!«, sage ich zu Pearl.

»Ich weiß. Sie ist ja auch schon zweieinhalb. Herzlich willkommen.«

Fleeta, die noch ihren Apothekerkittel trägt, unterbricht uns. »Ihr seid ohne Servierbesteck gegangen«, sagt sie und winkt mit drei Pfannenhebern.

»Entschuldigung.«

»Benutzt eure Köpfe, Leute, die Ferien sind vorbei. Wir müssen alle wieder an unseren Platz und an die Arbeit. Guckt mal! Sie haben die Schwestern Tuckett für den Abend aus dem Altersheim gelassen. Ich werd verrückt.«

Die Tuckett-Zwillinge tragen die gleichen, grellbunt geblümten Hauskleider und sitzen in ihren Rollstühlen nebeneinander an der Schmalseite des Buffets. Nellie Goodloe sitzt auf der Bank und unterhält sich mit ihnen.

»Siehst du, wie sie sie auseinander halten? An den Schuhen. Edna hat weiße und Ledna blaue Schuhe.« Fleeta winkt uns mit den Pfannenhebern zu und geht zum Buffet.

»Ave, kann ich dich später mal sprechen?«, fragt Pearl.

»Ja, sicher. Ihr habt in der Apotheke ganze Arbeit geleistet, während ich weg war, und die Rezepte präpariert.«

»Das mussten wir auch. Die Kettenapotheken, die rund um die Uhr geöffnet haben, sind ja unsere Konkurrenz, da können wir nicht Däumchen drehen.« Pearls Blick wandert in die Ferne.

»Geht es dir gut?«, frage ich sie.

»Warum?«

»Du scheinst bekümmert. Was nagt an dir?«

»Na ja, es gibt Neuigkeiten.«

»Hoffentlich gute.«

»Das schon. Aber auch große. Es bedeutet große Veränderungen.«

»Wie denn das?«

»Ich wollte eigentlich noch abwarten, bis ich dir davon erzähle. Aber du kennst mich ja, ich kann nichts vor dir verbergen.«

Ich lächle. Das stimmt. Seit ihrer Kindheit hat Pearl sich mir anvertraut. In gewisser Weise erinnert mich die Beziehung zu ihr an meine Beziehung zu meiner Mutter.

»Taye hat ein Stellenangebot am Boston Medical Center.«

»Boston, Massachusetts?«

Sie nickt. »Er möchte die Stelle annehmen. Aber das heißt, dass wir mit ihm gehen würden. Ich meine, India und ich.«

»Natürlich. Du musst mit deinem Mann gehen.« Meine Gedanken überschlagen sich. Die Stadt ohne Pearl? Die Apotheke ohne sie? Wie würden wir das machen? Ihrer Begeisterung und ihrer Weitsicht ist es zu verdanken, dass das Geschäft so gut läuft. Wie käme ich ohne sie zurecht?

»Aber ich mache mir Sorgen wegen des Geschäfts«, sagt Pearl ohne Umschweife. »Ich habe dir ja erzählt, dass ich die Zweigstelle in Lee County verkaufen möchte, aber das ist viel schwieriger, als ich gedacht habe. Für unsere Geschäfte gibt es keine Interessenten, und wenn ich schon bald fortziehe, kann ich es mir nicht leisten, im ganzen Land nach Partnern zu suchen.«

»Du willst also verkaufen? Alle drei Apotheken?«

»Das Problem liegt ja darin, dass ich nicht verkaufen *kann*, selbst wenn ich es *wollte*. Ich war bei den Banken, und die sagen mir, dass Big Stone Gap praktisch eine Schlafstadt geworden ist. Die meisten jungen Leute fahren nach Kingsport zur Arbeit. Hier hat sich keine neue Industrie angesiedelt, außer den dubiosen Kohleförder-Betrieben, und du weißt ja, dass die Stimmung gegen sie ist.«

»Allerdings.«

»Ich würde nie etwas tun, ohne dich vorher zu fragen.«

»Pearl, du bist die Geschäftsführerin. Du triffst die Entscheidungen. Ich bin nur in dem Muttergeschäft in Big Stone Gap deine Partnerin.«

»Das weiß ich. Aber es ist niemand anders da, dem ich die Führung der drei Geschäfte zutrauen würde. Ich kann dir die eine Apotheke überschreiben, aber das ist eine Vollzeitbeschäftigung, die nichts als Kopfschmerzen verursacht. Die drei Geschäfte sind zu eng miteinander verflochten. Ich habe alles so geordnet, dass die Kosten gleichmäßig verteilt sind. Sie arbeiten gewissermaßen zusammen.«

»Was kann ich tun, um zu helfen?«

»Lew Eisenberg ist offensichtlich der Meinung, dass ich die Geschäfte treuhänderisch verwalten lassen und dich zur Treuhänderin machen soll. So könnte das Geschäft weiter laufen, bis wir einen Käufer finden. Ich kann nicht gleichzeitig hier und da sein. Wenn wir wegziehen, muss ich in Boston was Neues anfangen.«

»Das verstehe ich.«

»Ich zerbreche mir seit Wochen den Kopf darüber.« Pearl steigen die Tränen in die Augen. »Es ist so schwierig, einen guten Weg zu finden.«

»Pearl, Liebes, als ich dir vor sechzehn Jahren die Apotheke überschrieben habe, waren keinerlei Bedingungen daran geknüpft. Ich stelle auch heute keine Bedingungen. Wir werden es schaffen, die Geschäfte weiterzuführen, bis wir einen Käufer gefunden haben, und wenn wir keinen finden, dann überlegen wir uns etwas anderes.«

»Hallo, meine Hübsche.« Mein Mann tritt zu uns und gibt mir einen Kuss. »Ihr zwei seht ernst aus. Was gibt's?«

»Nichts«, sagen wir wie aus einem Munde.

Ich gebe Jack mit den Augen zu verstehen, dass ich es ihm später erzählen werde. Reverend Manning bittet uns aufzustehen, während er den Segen spricht. Ich nehme Pearls Hand und halte sie fest. Ich möchte nicht, dass sie sich Sorgen macht. Wir waren schon einmal in einer solchen Situation und haben einen Weg gefunden, und wir werden wieder eine Lösung finden.

Jack hilft mir, den Quilt vom Bett zu nehmen. Ich mache das Fenster auf und lasse die frische Luft herein, während ich Jack von Pearls Plänen erzähle.

»Pearl will nach Boston?«, wundert er sich.

»Es ist eine wunderbare Chance.«

»Eine große Veränderung.«

»Sie schafft das schon.«

»Denkst du manchmal daran wegzuziehen?« Jack guckt aus dem Fenster.

»Meinst du das ernst?« Ich gehe zu ihm und umarme ihn.

»Möchtest du nicht mal irgendwo anders wohnen?«

»Und dann? Ein Restaurant eröffnen?« Warum platze ich immer mit dem Erstbesten raus, das mir in den Kopf kommt? Jack zuckt zusammen und setzt sich in den Lehnstuhl.

»Es tut mir Leid«, sage ich ganz ehrlich.

»Ich bin das Baugewerbe leid.«

»Ich weiß.« Schon vor den Ferien war mir aufgefallen, dass Jack die abendlichen Anrufe und die Verhandlungen über Angebote und die langen Arbeitstage zu viel wurden. Rick, Mousey und Jack haben das Geschäft klein gehalten (nur so können sie damit Geld verdienen), aber es hat sie viel Kraft gekostet, da sie alle Arbeiten selbst machen. Ich sage sanft: »Ich möchte, dass du zufrieden bist, Schatz. Aber bald fängt Etta mit dem College an, und die Apotheke steht auf unsicheren Füßen, und ich glaube, wir sollten erst mal alles beim Alten belassen, wenn du es erträgst. Wir brauchen das, was du verdienst.«

Er nickt, weil er weiß, dass es stimmt. »Aber möchtest du nicht manchmal frischen Wind in unser Leben bringen?«

Ich sehe Jack an und würde gern sagen: Na klar möchte ich das. Aber wenn ich ehrlich bin, möchte ich das nicht. Ich habe es gern, wenn alles wie geplant läuft. Es gefällt mir, dass Etta fest eingebunden ist, dass wir mit kleinen Dingen – zum Beispiel dem gemeinsamen Abendessen – ein starkes Familienleben schaffen. Ich weiß, dass ich unflexibel bin, aber ich weiß nicht, wie ich sonst sein könnte. »Möchtest du das?«

»Ja, nur zu gern.«

»Wie würdest du das anstellen?«

»Ich würde wegziehen.«

»Wohin?« Warum frage ich das? Warum interessiert mich das? Früher habe ich davon geträumt, meine Koffer zu packen und wegzugehen. Warum macht mir der Gedanke jetzt solche Angst?

»Ich weiß nicht. Vielleicht nach Charlottesville. Oder nach Kingsport.«

Ich verziehe das Gesicht.

»Oder in die Toskana.« Jack lächelt.

»In die Toskana?«

»Giuseppe hat gesagt, er könnte einen wie mich für sein Geschäft gebrauchen.«

»Giuseppe? Der König des Olivenöls?«

»Genau der.«

»Und was hast du gesagt?«

»Ich habe gesagt, ich würde darüber nachdenken.« Jack sieht mich an. »Das Leben vergeht so schnell. Ich würde gern etwas verändern. Und ich hoffe, dir geht es auch so.«

Wir legen uns ins Bett. Ich bin so überrascht, dass es mir die Sprache verschlagen hat. Vielleicht hindere ich Jack daran, zu träumen, weil ich mir immer Sorgen um praktische Dinge mache, aber ich habe ihn nie als Abenteurer gesehen. Er schien immer glücklich damit, in dem Haus zu leben, in dem er geboren ist, umgeben von den Bergen, in denen er aufgewachsen ist, zusammen mit mir, dem Mädchen, das er sein Leben lang geliebt und am Schluss geheiratet hat. Was gibt es anderes? Offenbar eine ganze Menge.

Das Telefon klingelt.

»Wahrscheinlich für Etta«, sage ich und nehme ab.

»Es ist immer für Etta«, sagt Jack.

»Hallo?«

Die Stimme am anderen Ende ist so leise, dass ich sie kaum verstehen kann. Sie fragt nach mir.

»Ich bin's.«

»Hier ist Leola Broadwater.« Leola ist Specs Ehefrau. Ich hatte mich gewundert, dass sie nicht bei dem Fest war.

»Leola, ist alles in Ordnung?«

»Nein. Es ist was mit Spec. Er hat einen Herzinfarkt gehabt. Schlimmer als der in Florida.«

»In Florida?« Ich kann mir gar nicht vorstellen, dass Spec mir das nicht erzählt hat. Ich setze mich, mein Herz klopft mir bis zum Halse. »Wo ist er jetzt?«

»Im St. Agnes Krankenhaus. Auf der Intensivstation. Er hat nach dir gefragt. Vielleicht solltest du dich beeilen«, sagt sie und fängt an zu weinen.

»Heute Abend bei dem Fest ging es ihm doch noch gut!«, sage ich und versuche, die Fassung zu bewahren. »Er sah fantastisch aus.«

»Oh, Ave«, schluchzt Leola.

»Ich komme.«

Jack will mich fahren, aber ich sage, dass ich Etta nicht aufwecken und auch nicht allein lassen möchte. In Wahrheit muss ich eine Weile allein sein. Es ist zwar merkwürdig, aber in solchen Momenten muss ich die Dinge allein für mich klären. Jack kennt das an mir und erhebt keinen Widerspruch. Ich verspreche, ihn vom Krankenhaus aus anzurufen.

Auf dem Weg zu meinem Jeep sehe ich, dass ich zwei verschiedene Turnschuhe anhabe. Ich wische die Feuchtigkeit auf der Windschutzscheibe mit dem Ärmel weg, und diese mir so vertraute Tätigkeit verhindert, dass mir die Tränen kommen. Ich fühle mich an die Nächte erinnert, in denen ich bei Notrufen mit Spec ausgerückt bin. Nie hätte ich gedacht, ich würde seinetwegen ausrücken müssen.

Die Schwester an der Anmeldung kennt mich. Tagsüber arbeitet sie im Büro der Apotheke in Norton. Sie winkt mich herein, und ich gehe den kurzen Flur runter zur Intensivstation. Leola steht neben Specs Bett; seine fünf Kinder sind auch versammelt. Clay, einer der Söhne, weint ohne Unterlass. Ich trete zu Doktor Stemple, die gerade aus dem Raum gehen will, und stelle mich vor.

»Er hat nach Ihnen gefragt«, sagt sie und guckt durch das Fenster zu Spec hinein.

»Wie geht es ihm?«

»Sie wissen ja, dass er ein schwaches Herz hat. Vor ein paar Jahren hat er einen Bypass bekommen, aber jetzt sind es nicht die Arterien, sondern es ist der Herzmuskel selbst.«

»Kommt er durch?« Sie antwortet mir nicht, aber ich weiß die Antwort schon. »War er zu Hause?«

»Nein, bei der Arbeit. Er hatte einen Mechaniker geholt, der etwas an dem Feuerwehrauto reparieren sollte, und bei der Arbeit ist er zusammengebrochen. Der Mechaniker hat ihn hergebracht.«

»Ist er bei Bewusstsein?«

»Ja.«

Eine Schwester holt Doktor Stemple, und beide eilen davon. Einen Augenblick lang betrachte ich Spec und seine Familie. Ich will diesen Mann nicht gehen lassen. Es ist zu früh.

Ich drücke die Türen auf und gehe zu Leola hinein. Sanft lege ich ihr die Hände auf die Schultern. Sie dreht sich nicht nach mir um, sondern legt einfach ihre Hände auf meine und wendet den Blick nicht von Spec ab, der eine Sauerstoffmaske vor dem Gesicht hat und, laut der Ärztin, bei vollem Bewusstsein ist.

»Sind die schwedischen Fleischklößchen schuld, Spec?«

Er lächelt, und ich nehme seine Hand.

»Die Ärztin sagt, du kommst durch.«

Spec verdreht die Augen. Ich müsste wissen, dass man einem ausgebildeten Sanitäter nichts vormachen kann.

»Wir wollen Pap mal einen Moment allein lassen«, sagt Clay zu den anderen.

Spec schiebt sich die Sauerstoffmaske vom Gesicht und sagt: »Holt eurer Mutter einen Kaffee.« Leola küsst ihn auf die Wange und geht zur Tür, umringt von ihren Kindern.

»Ich bin gleich wieder da, du altes Nilpferd«, verspricht Leola von der Tür.

»Altes Nilpferd, das klingt ja richtig sexy«, sage ich.

Spec versucht, ein Lachen zu unterdrücken. Dann schiebt er sich die Sauerstoffmaske über Mund und Nase auf die Stirn. »Das ist nur zur Show. Damit es so aussieht, als könnten sie mich retten.«

»Aber das können sie auch.«

»Nein, ich bin am Ende meiner Straße angelangt.«

»Du darfst nicht gehen. Das ist ein Befehl.« Kein sehr eindrucksvoller Befehl, denn meine Augen füllen sich mit Tränen.

»Fang bloß nicht an zu weinen.«

»Entschuldigung.« Ich wische mir die Tränen mit dem Ärmel weg.

»Wir hatten unseren Spaß, oder?« Spec legt den Kopf in die Kissen und lächelt.

»Und wie. Weiß du noch als Liz Taylor sich an dem Hühnerknochen verschluckt hat? Oder Naomi mit dem Rehbock? Und dann der Junge von den Sturgills, als er sich ein Zehn-Cent-Stück und drei Fünf-Cent-Stücke in die Nase gesteckt hat!«

»Zusammen war das ein Quarter.« Spec seufzt.

Ich nehme das Wasserglas vom Nachttisch und will Spec mit dem Strohhalm helfen, aber er nimmt mir das Glas aus der Hand und trinkt allein.

»Irgendwie ist es komisch. Hier liege ich auf dem Weg nach Gott weiß wohin, und die ganze Zeit muss ich an John Wayne denken. Er war mein Leben lang mein Vorbild.«

Spec hatte dauernd Aussprüche aus John-Wayne-Filmen zitiert und Jim Roy Honeycutt, den Besitzer des Trail Theatre, dazu ermuntert, wenigstens einmal im Jahr ein John-Wayne-Festival zu veranstalten.

»Ja«, fährt er fort. »Als ich jung war, war es *Höllenfahrt nach Santa Fé*. Und als ich erwachsen wurde, war es *Der schwarze Falke*.«

»Und jetzt?

»*Der Marshall*, klarer Fall.«

»Du weißt, dass ich dich liebe, Spec.«

»Ich weiß.« Er atmet langsam aus. »Ich muss gerade an deinen kleinen Joe denken und daran, dass ich sein Patenonkel war.«

Ich erinnere mich noch gut an Joes Tauftag. In Specs Armen sah er aus wie eine kleine Puppe. Spec hat ihn so sanft gehalten, dass Joe auch dann nicht aufwachte, als der Priester ihm Wasser ins Gesicht spritzte.

»Meine Mama hätte mich umgebracht, wenn sie erfahren hätte, dass ich in einer katholischen Kirche war.«

»Du hast es für mich getan.«

Spec nickt. »Hat mir das Herz gebrochen, als der Junge starb.«

»Ich weiß.«

»Das war ungerecht. Bei mir ist das was anderes. Ich bin alt. Ich habe viel erlebt. Aber ich habe nie verstanden, warum der Herr ihn zu sich genommen hat.«

»Das werde ich auch nie verstehen. Ich bin immer noch auf der Suche nach einer Antwort.«

»Du solltest damit aufhören«, sagt Spec schlicht.

»Ich weiß.«

»Ich möchte dich um etwas bitten.«

»Sicher.«

»Mach es Etta nicht so schwer. Sie ist auf dem Land aufgewachsen. Sie ist wie wir. Sie hat ihren eigenen Willen. Mit der Zeit wirst du sehen, dass das etwas Gutes ist. Aber meine Kinder, denen wird es nicht so gut ergehen, wenn ich tot bin. Ich habe ziemlich viel falsch gemacht.«

»Wie meinst du das?«

»Ich habe sie nicht gehen lassen. Ich habe sie festgehalten. Ein bisschen liegt es auch in ihrem Wesen, sich unterzuordnen, das ist bei allen so, außer bei Clay. Aber es liegt auch daran, wie ich sie aufgezogen habe.«

»Du warst ein wunderbarer Vater.« Ich möchte gern weitersprechen und ihm sagen, wie viel er mir bedeutet hat, aber ich will nicht weinen (Spec kann es nicht ausstehen, wenn Menschen weinen).

Spec richtet den Blick in die Ferne und zieht eine Augenbraue hoch. »Ich habe mich bemüht. Ich bin weiß Gott nicht perfekt.« Ich bin mir sicher, dass er sich auf seine langjährige Liebschaft mit Twyla Johnson bezieht, und warte, dass er etwas über sie sagt, aber er tut es nicht. Er greift hinter sich und versucht, das Kissen zu richten. Ich helfe ihm dabei. »Jetzt werde ich mal ein bisschen schlafen.« Spec macht die Augen zu. Ich schiebe ihm die Sauerstoffmaske wieder über das Gesicht und überprüfe die Geräte. Sein breiter Brustkorb hebt sich mit mächtigen Atemzügen. Die Krankenschwester kommt hinzu und sieht nach ihm.

»Am besten, Sie holen seine Familie«, sagt sie leise.

Ich gehe in den Warteraum, wo Specs Kinder um ihre Mutter stehen. Sie sehen mich an. Ich bringe kein Wort über die Lippen, aber sie verstehen, warum ich gekommen bin, und eilen in den Intensivraum, um ihren Vater zu sehen. Die Jungen helfen ihrer Mutter auf das Bett, und sie legt die Arme um Spec. Es vergehen nur wenige Minuten, bis Spec aufhört zu atmen. Der Herzmonitor fängt gleichmäßig an zu summen, das Zeichen, dass er gestorben ist. Spec Broadwater, die mächtige Eiche, ist nicht mehr.

Specs Beerdigung ist keineswegs ein schlichtes Begräbnis mit einem Gottesdienst in der Baptistenkirche und einer Beisetzung auf dem Glencoe Cemetery. Im Gegenteil, es ist eine groß angelegte Sache, bei der der ganze Bezirk mitmacht.

Rettungsteams aus den Bezirken Wise, Lee, Dickenson und Scott (alle in Uniform) haben sich eingefunden, um von der Wood Avenue zur Kirche hinunterzumarschieren. Am Kopf der Parade fährt der Feuerwehrzug, den Abschluss bildet der Wagen der National Guard. Iva Lou hat darauf bestanden, dass das Büchermobil auch in der Parade mitfährt, obwohl Spec immer gesagt hat, er habe in seinem Leben kein Buch zu Ende gelesen. Es gibt ein paar Menschen, die das Ganze für übertrieben ansehen, aber in meinen Augen ist es ein angemessener Abschied von einem Mann, der einen großen Teil seines Lebens und seine ganze Freizeit in den Dienst anderer Menschen gestellt hat. Leola hat mir erzählt, dass Spec in seiner Dienstwindjacke, einem Oberhemd, einer Bügelfaltenhose und der Krawatte, die wir ihm aus Italien mitgebracht haben, beerdigt wird. Das hat mich gefreut.

Nellie Goodloe hat den Beerdigungsschmaus organisiert. Fleeta ist zwei Nächte hintereinander aufgeblieben und hat drei Kokosnusskuchen, drei Schokoladenkuchen und verschiedene Pies, einige mit Pekannüssen und einige mit Sirup (Specs Lieblingskuchen) gebacken. Pearl hat die Küche der Apotheke für die Vorbereitungen geöffnet. Jack hat fünf Bleche mit seiner Lasagne gemacht, ich habe bei Piggly Wiggly den ganzen Salat aufgekauft, und Hope Meade hat so viele Brötchen gebacken, dass sie sich unseren Pick-up borgen musste, um sie zu transportieren.

»Meinst du, das Essen reicht, Nellie?«

»Ich hoffe. Zu Specs Beerdigung kommen mehr Menschen als zu der von Eisenhower.«

Etta ist dabei, die Servietten zu kleinen Fächern zu falten, und ruft mir zu, ich solle aus dem Fenster gucken.

»Was ist denn?«, frage ich.

»Herr im Himmel«, sagt Nellie laut.

Aus gut zwölf Autos steigen gerade fremde Frauen aus; sie machen die Kofferräume auf und packen Schinkenbraten und gebratenen Truthahn und Kasserolen aus und sogar einen Kasten Champagner (offenbar sind sie Episkopalier, keine Baptisten).

»Sie kommen aus Tennessee«, sagt Etta.

Wir machen ihnen die Tür auf. Eine große, hagere Frau führt die Gruppe an.

»Wir kommen aus Johnson City. Und wir haben gehört, dass Mr. Broadwater gestorben ist, und da wollten wir etwas tun. Wir hoffen, Sie können das hier gebrauchen.«

»Vielen Dank.« Nellie nimmt eine der Bratenplatten entgegen.

»Ich hole noch ein paar Klapptische«, sagt Jack und winkt Otto und Worley zu sich, die dabei sind, Bänke und Tische aufzustellen.

»Sie sind also aus Tennessee?«, frage ich die große Frau.

»Jawohl.«

»Und woher kennen Sie Spec?«

»Vor ungefähr acht Jahren hat es in unserem Freizeitzentrum gebrannt. Und er kam und hat beim Löschen geholfen. Und als wir das Gebäude wieder aufgebaut haben, kam er vorbei und hat beim Bau geholfen. Er ist so ein guter Mensch, und als wir hörten, dass er gestorben ist, mussten wir einfach etwas tun.« Die anderen Damen nicken zustimmend.

»Er wäre Ihnen dankbar.«

»Na, und wir sind ihm dankbar.«

Von den Ansprachen bei Specs Beerdigung kriege ich nur wenig mit. Meine Gedanken sind in der Vergangenheit, als ich noch nicht verheiratet war und mit Spec und seinem Rettungswagen im ganzen Wise County herumgefahren bin. Ich habe so viel von ihm gelernt. Ich habe gelernt, die Ruhe zu bewahren, meine Gefühle unter Kontrolle zu halten, mir nicht das Schlimmste vorzustellen, wenn wir zu einem Notfall gerufen wurden. In tragischen Momenten behielt er immer einen kühlen Kopf. Und er ist nie zu einer Beerdigung gegangen, auch nicht zu der meines Sohnes, er hielt nicht viel davon. In grauer Vorzeit hatte er Vorfahren, die Cherokee waren, und die hatten eine besondere Einstellung, was den Tod angeht: Man hält sich nicht lange damit auf, man begräbt seine Toten und geht vom Grab weg und kehrt nie wieder dorthin zurück. Für jemanden wie mich, eine Katholikin, die jeden Sonntag mit frischen Blumen zum Grab ihrer Mutter geht, ist das eine schwer akzeptierbare Sache. Und für die Protestanten, die sich jedes Jahr am Memorial Day in ernster Stimmung zu einem Picknick versammeln, ist es auch schwierig. Aber Spec fand diese indianische Sichtweise sinnvoll. »Das Leben handelt von den Lebenden«, hat er immer gesagt.

Jack, Etta und ich sind erschöpft, als wir nach Hause kommen. Es war schon später Nachmittag, als die letzten Helfer des Rettungsteams gegangen waren und wir die Kirchenhalle der Baptisten wieder aufgeräumt hatten.

Ich bin stolz auf meine Tochter. Sie hat ihrem Vater geholfen, die Tische aufzubauen, dann hat sie bedient und ist noch zum Aufräumen geblieben. Ihre Freundin Tara war auch da und hat den Punsch ausgeschenkt. Etta hat Spec geliebt, er ist einer der ersten Menschen, an die sie sich aus ihrer Kindheit erinnert. So manchen Morgen hat er bei uns Kaffee getrunken und Geschichten aus der Stadt erzählt, während sie im Schlafanzug dabeisaß und ihr Frühstück verzehrte.

»Ma, wem gehört denn das Auto da?« Etta zeigt auf ein viertüriges Sport-Cabrio, das vor unserem Haus steht.

»Ich habe keine Ahnung.«

Wir halten an, und ich steige aus und gehe zu dem fremden Auto.

»Kann ich Ihnen helfen?« Ich gucke in das Auto; eine Frau, wahrscheinlich Anfang sechzig, wie man an dem Liniengeflecht auf ihrer Stirn erkennen kann, sitzt am Steuer.

Aus ihrem Wagen kommt der Geruch von poliertem Leder und Youth-Dew-Parfum. Sie trägt blassen, glänzenden Lippenstift und lächelt nicht.

»Sie kennen mich nicht.«

»Das ist richtig.«

»Ich bin Twyla Johnson.«

Ich hoffe, mein Erstaunen steht mir nicht zu deutlich ins Gesicht geschrieben, als ich den Namen höre, aber natürlich wollte ich sie schon immer kennen lernen. Eigentlich weiß ich sehr wenig über Twyla Johnson. Sie arbeitet in Pennington Gap, in der Landwirtschafts- und Bergbaubank, und hatte ein Verhältnis mit Spec. Nach seiner Bypass-Operation dachte ich, dass Spec seine Frau verlassen und zu Twyla gehen würde, aber er hat es nicht getan. Und seitdem wurde sie nur von Fleeta in irgendwelchen witzigen Bemerkungen erwähnt.

»Kommen Sie doch herein«, sage ich zu ihr.

Ich stelle sie Jack und Etta vor. Jack hat die Geschichten über sie gehört, lässt sich aber nichts anmerken, als er ihren Namen wiederholt und ihr die Hand schüttelt. Etta hat keine Ahnung, wer sie ist.

»Hätten Sie gern eine Tasse Kaffee?«, frage ich sie und mache das Licht an.

»Sehr gerne«, sagt sie höflich. Shoo, die Katze, kommt schnurstracks auf Twyla zu und beriecht deren hochhackige Schuhe aus Lackleder. Twyla trägt ein elegantes dunkelblaues Kostüm und eine frische weiße Bluse. Um den Hals hat sie sich ein geblümtes Tuch geschlungen, das von einer goldenen Brosche in der Form eines Vogels zusammengehalten wird. Ihre Handtasche, passend zu den Schuhen, ist makellos.

»Mama, ich gehe schon mal ins Bett. Ich bin erledigt«, sagt Etta.

»Ist gut, mein Schatz. Du warst eine große Hilfe.«

Ich gehe mit Twyla in die Küche, während Jack wieder rausgeht, um die Sachen aus dem Wagen zu laden. »Was für ein schönes altes Haus«, sagt sie.

»Es ist von der Familie meines Mannes.«

»Alles ist so liebevoll gearbeitet. Heute gibt es diese Handwerksarbeiten nicht mehr.« Ist es möglich, dass Twyla Johnson gekommen ist, um sich über den Baustil des Hauses zu unterhalten?

Ich setze den Kaffee auf, während Twyla an unserem Küchentisch Platz nimmt, die Handtasche ordentlich auf den Stuhl neben sich stellt und das Tuch vom Hals bindet.

»Sie wissen von mir, oder?«

»Ja, ich weiß.«

»Spec hat oft von Ihnen gesprochen. Es wird Ihnen komisch vorkommen, dass ich vieles über Sie weiß, Sie mich aber nie kennen gelernt haben.«

»Es ist tatsächlich seltsam«, sage ich und stelle einen Teller mit Keksen auf den Tisch.

»Ich habe Spec sehr geliebt.«

»Sie sind sicherlich sehr traurig.«

»Sehr«, sagt sie, und ihre Augen füllen sich mit Tränen. Ich gebe ihr die Kleenex-Schachtel, die beim Telefon steht. »Es war kein Platz für mich, heute. Aber ich wollte dabei sein. Ich bin sogar ganz früh in die Kirche gegangen, aber als ich sah, wie die Leute vorfuhren und aus den Autos stiegen, da bin ich lieber wieder zu meinem Auto gegangen. Ich wollte kein Aufsehen erregen.«

»Haben Sie die Parade gesehen?«

»Ja. Ich wusste gar nicht, dass er so bekannt war.«

»Jeder kannte Spec Broadwater. Darf ich Sie etwas fragen?«

Sie nimmt ein Taschentuch und wischt sich die Augen. »Fragen Sie ruhig.«

»Warum haben Sie so viele Jahre mit Spec verbracht, obwohl Sie ihn nicht heiraten konnten? Ich stelle mir vor, dass Sie gern geheiratet hätten.«

»Für mich gab es nur Spec, und er war schon vergeben.«

Normalerweise würde ich nie jemandem, den ich eben erst kennen gelernt habe, eine so persönliche Frage stellen. Aber Twyla möchte über Spec sprechen, das sehe ich. Auch sie hat ihn geliebt und hat jetzt niemanden, zu dem sie in ihrer Trauer gehen kann. »Wie haben Sie ihn kennen gelernt? Hat es in der Bank gebrannt?«

Twyla lacht. »Nein, nichts, was so aufregend wäre. Er hatte bei unserer Bank ein Konto, ein altes Konto, das seinen Eltern gehört hatte. Und hin und wieder kam er in die Zweigstelle und zahlte etwas ein, und dann haben wir geplaudert. Er machte Bemerkungen über mein Haar oder meine Kleider, aber alles schien immer eine Doppelbedeutung zu haben.«

»Spec hat gern geflirtet.«

»Aber er hat das Flirten ernst gemeint, er hat nicht herumgealbert. Er war ein echter Mann. Ein männlicher Mann. Bei ihm habe ich mich sicher gefühlt, vielleicht, weil er so groß und kräftig war. Ich erinnere mich noch an unsere zweite Begegnung, das war vor dreiundzwanzig Jahren. Ich war am Autoschalter und hatte viel zu tun. Ich begrüßte den Kunden durchs Mikrofon, ohne aufzusehen, und drückte auf den Knopf für die automatische Schublade. Und wie überrascht war ich, als die Schublade aufsprang, und drinnen waren, statt des Umschlags mit der Einzahlung, lauter Gänseblümchen. Ich meine, die Schublade war gestopft voll damit!« Sie lacht. »Und als ich aufsah, saß Spec im Auto. Als ich ihn fragte, was ich mit den Gänseblümchen machen solle, sagte er, ich solle sie in ein Glas mit Wasser stellen. An dem Tag haben wir uns zum Mittagessen getroffen, und das war der Anfang unserer Freundschaft.«

»Waren Sie verheiratet?«

»Nie.«

»In Ferienzeiten muss das schwer für Sie gewesen sein.« Etwas Lahmeres konnte mir wohl nicht eingefallen!

»Das war es auch. Außer mittags ab und zu haben wir uns auch nicht viel gesehen, wegen seiner Arbeit. Aber er hat mich ganz oft angerufen.«

Ich muss an Iva Lou denken, die behauptet, dass man einen Mann, der eine Affäre hat, daran erkennt, dass er viel von öffentlichen Telefonen aus telefoniert.

»Haben Sie ihn noch im Krankenhaus gesehen?«

Sie schüttelt traurig den Kopf. »Ich habe es nicht geschafft. Man hat mich angerufen und mir gesagt, dass es ihm schlecht geht.«

»Wer hat Sie angerufen?«

»Fleeta Mullins.«

»Fleeta? Kennen Sie sie?«

»Ich bin ihr nie begegnet. Kennen Sie sie?«

»Wir arbeiten zusammen. Schon seit Jahren.«

»Sie war sehr kurz angebunden. Sie hat gesagt, Spec würde wollen, dass ich es weiß.«

Ich bin sprachlos. Fleeta hat Twyla angerufen? Wie kann das sein? Fleeta ist so streng, wenn es um eheliche Treue geht.

»Ich bin nicht stolz darauf, die andere zu sein.«

»Ich merke ja, dass Sie ein guter Mensch sind. Spec hat sich viele Gedanken gemacht, auch wenn er nicht viel geredet hat. Ich bin mir sicher, dass ihm die Situation auch nicht gefallen hat.«

»Er hatte seine Familie. Ich wusste, dass die an erster Stelle stand.«

Ich möchte Twyla fragen, warum sie sich mit der dritten Stelle, nach Specs Familie und seiner Arbeit, zufrieden gegeben hat. Wie konnte es ihr reichen, den Mann, den sie liebte, einmal in der Woche zum Mittagessen zu sehen? Aber jetzt leidet sie, und ich schiebe meine Vorurteile (und meine eigenen Erfahrungen in diesem Bereich) beiseite und stelle ihr stattdessen eine einfache Frage. »Würden Sie es noch einmal so machen?«

Twyla denkt einen Moment nach, dann schüttelt sie den Kopf. »Nein, ich glaube nicht.«

»Wirklich nicht?«

»Nein, man verzichtet auf alles, wenn man auf die Möglichkeit, sich zu verabschieden, verzichtet.«

Ich murmle eine billige Entschuldigung und stehe auf, denn in meinen Augen brennen die Tränen. »Als Spec die Bypass-Operation überstanden hatte, hat er mich bald danach besucht«, fährt Twyla fort. »Wir waren so froh, dass er dem Tod ein Schnippchen geschlagen hatte. Und ich hatte vor, mit ihm zu brechen, aber als ich ihn sah, konnte ich es nicht. So war das.« Twyla greift nach ihrer Handtasche und nimmt ein kleines, in Seidenpapier eingeschlagenes Päckchen heraus. »Er hat gesagt, wenn er stirbt, soll ich Ihnen das geben. Als er aus Florida zurückkam, ist er zum Arzt gegangen, und der hat ihm gesagt, dass sein Herz hauptsächlich aus vernarbtem Gewebe bestünde. Spec hat das als Zeichen genommen, dass er nicht mehr lange zu leben hat, deswegen hat er angefangen, seine Sachen zu ordnen.«

»Zu mir hat er nichts gesagt.«

»Spec war zu stolz, um Schwächen zuzugeben. Das war das Einzige, was mir vorbehalten war. Er konnte mit mir sprechen, wenn er Angst hatte.« Sie gibt mir das winzige Päckchen, und ich halte es einen Moment lang und will es nicht aufmachen, denn ich weiß, wenn ich es aufmache, ist Spec endgültig tot.

»Es gehörte seiner Mutter«, sagt Twyla.

Vorsichtig mache ich das Päckchen auf und ziehe eine dünne goldene Kette heraus, an der ein Feenstein hängt. Ein Feenstein ist ein kleines braunes Holzkreuz, zierlich, flach und quadratisch. Jedes Mädchen in den Bergen bekommt irgendwann in ihrem Leben einen Feenstein geschenkt, entweder von ihren Eltern oder von einer Freundin oder von einem Verehrer. Es gibt eine Geschichte, die erklärt, wie die

Feensteine zustande kamen. Es heißt, dass es im benachbarten Cumberland Gap ein Tal gibt, in dem ein Hartriegelwäldchen wächst, und an einem Karfreitag vor vielen hundert Jahren weinten die Vögel auf den Bäumen, und als ihre Tränen auf den Waldboden fielen, verwandelten sie sich in Feensteine. Und an jedem Karfreitag werden die Vögel weinen, bis sie am Tag des Jüngsten Gerichts von ihrem Kummer erlöst werden. Es ist eine alte schottische Sage, die mit den Einwanderern nach Amerika kam und nie gestorben ist.

»Ich hatte nie einen Feenstein.«

»Jetzt haben Sie einen«, sagt Twyla leise.

Twyla macht Anstalten zu gehen, und ich gebe ihr die Hand. Sie verspricht, vorsichtig zu fahren, und wir nehmen uns vor, einmal gemeinsam zu Mittag zu essen, aber als ich ihr nachsehe, weiß ich, dass ich sie nie wieder sehen werde. Wir sind uns begegnet, als es nötig war, und was wir zu besprechen hatten, ist gesagt. Mit ihrem Besuch bei mir ist sie ein großes Risiko eingegangen. Ich bin mir sicher, Spec hat ihr von mir und meinem Kummer erzählt, und sie weiß bestimmt, was ich von Frauen, die anderen Frauen ihre Männer wegnehmen, halte. Aber wahrscheinlich verstehe ich jetzt, besonders wegen Twyla, wie diese Dinge zustande kommen. Es ist nicht so, als hätte sie es geplant; wie hätte sie wissen können, wohin es führen würde? Als ich die Lichter ausmache und die Tür abschließe, bin ich verunsichert und habe lauter Fragen im Kopf. Ich habe den Punkt erreicht, an dem ich Anworten brauche, und es gibt nur einen, der sie mir geben kann.

Jack liegt auf dem Bett und guckt fern. Als ich ins Schlafzimmer komme, stellt er sofort den Apparat ab. »Worum ging es denn?«

»Das war die berühmte Twyla Johnson.«

»Das dachte ich mir schon, als sie sich vorstellte.«

»Sie hat mir diesen Feenstein von Specs Mutter gegeben.« Ich beuge mich vor und zeige Jack Mac die Kette um meinen Hals.

»Sie ist eine attraktive Frau.«

»Spec mochte schöne Frauen. Aber es ist so traurig. Es gab heute keinen Platz für sie.« Beim Ausziehen fallen mir ihr perfektes Kostüm und die Schuhe passend zur Tasche ein, und ich muss daran denken, dass es einmal eine Zeit gab, da keine Frau aus dem Haus ging ohne eine zu den Schuhen passende Handtasche, und Hut und Handschuhe dazu. Twyla Johnson ist eine von dieses Frauen, die in der Vergangenheit leben und sich weigern, ihre Gewohnheiten aufzugeben. Vielleicht hat sie auch aufgrund ihrer Hartnäckigkeit an dem Verhältnis mit Spec festgehalten. »Sie hat gesagt, sie hat ihn sehr geliebt.«

»Kompliziert, findest du nicht?«, sagt Jack.

»Na ja, wir haben das ja auch durchgemacht.« Ich setze mich aufs Bett und sehe Jack an, der so rot wird, wie das Kissen hinter seinem Kopf.

»Das stimmt«, gibt er zu.

»Wahrhaftig.«

»Hhmm«, sagt er tonlos. Da muss ich lachen.

»Ich habe immer gesagt, dass ich nichts über deine Beziehung mit Karen Bell wissen wollte.«

»Es ist schon so lange her.«

»Es kommt mir vor wie in einem anderen Leben.«

»Mir auch. Und so ist es auch. Wir sind glücklich, und das allein zählt.«

»Ich habe heute Abend etwas erfahren, das mich ruhiger gemacht hat, was das alles angeht.«

»Und was ist das?«

»Spec und Twyla waren Freunde. Neben der Liebesgeschichte, die es bestimmt auch gegeben hat, gab es auch die Freundschaft. Eine Verwandtschaft. Spec war kein großer Redner, und ich bin froh, dass es jemanden gegeben hat, dem er sich anvertrauen konnte und der ihm zuhörte. Sie hat sich seinen Kummer angehört, er konnte mit ihr reden. Ist das nicht das Wichtigste?«

Jack antwortet mir nicht. »Lass uns ins Bett gehen, Schatz«, sagt er dann leise.

»Jack.«

»Was ist?«

»Es gibt etwas, das ich dir nicht erzählt habe. Ich fand es damals besser, nichts darüber zu sagen. Als Iva Lou im Krankenhaus war, habe ich Karen Bell getroffen.«

»Sie war nicht wichtig für mich, Ave«, sagt Jack leise.

»Ja, aber sie hat dir zugehört, als du jemanden brauchtest. Ich war nicht für dich da. Sie war da. So ist es doch.«

Jack überlegt einen Moment, dann nickt er zustimmend.

»So habt ihr euch doch angefreundet, oder?«, frage ich.

»Ich kann mich gar nicht mehr erinnern.«

»Hast du sie geliebt?«

Ich rechne fest damit, dass Jack jetzt eine scharfe Bemerkung macht und sich zur Seite rollt, aber das tut er nicht. Er wendet den Blick einen Moment lang ab, dann sieht er mich an. »Ich habe dich nie belogen, Ave Maria.«

»Aber wir sind um ein paar Sachen herumgeschlichen. Und jetzt muss ich es wissen.«

Ich verspüre keine Angst, als ich ihn frage, vielleicht, weil ich mir jetzt der Liebe meines Mannes sicher bin. Vielleicht möchte ich etwas abschließen. Vielleicht möchte ich auch Spec verstehen. Ich weiß, dass ich nicht ruhen werde, bis Jack mir alles erzählt hat.

»Ich habe sie nicht geliebt«, sagt Jack schlicht.

Ich weiß, dass er mir die Wahrheit sagt. Ich möchte ihm gern sagen, dass es nicht mehr wichtig ist, denn ich weiß, was wir in unserer Ehe haben. Sex ist das eine, aber das andere ist eine tiefe emotionale Zugehörigkeit, die die Seelen zusammenschmiedet.

Jack fährt fort: »Sie hat mir geholfen, als es mir schlecht ging. Mehr ist dazu nicht zu sagen. Ich werde dich nicht belügen. Sie hat sich in mich verliebt, und ich war sehr versucht. Und ich wusste auch nicht, ob du mich noch wolltest. Ich habe darüber nachgedacht und beschlossen, dass mein Leben irgendwie weitergehen musste, solltest du mich verlassen. Dann habe ich mir eine Art Überlebensstrategie zurechtgelegt und mir verschiedene Szenarien ausgedacht. Ich bin so, ich denke analytisch. Aber du kamst zurück, gerade in dem Moment, als sie anfing, mich zu bedrängen, dich zu verlassen.«

»Das ist nicht zu fassen.« So eine Frechheit, denke ich. Ich hätte ihr im Krankenhaus eine runterhauen sollen, statt ihr freundlich guten Tag zu sagen.

»Damals, in dem Sommer, als du weg warst, hat Spec mich besucht.«

»Warum?«

»Um mir Angst zu machen. Ich kam abends nach Hause, und er saß auf den Stufen vorm Haus. Er hat bestimmt ein, zwei Stunden auf mich gewartet. Dann ist er aufgestanden, hat seine Zigarette ausgedrückt und mich zu sich gewinkt. Als ich ungefähr einen halben Meter vor ihm stand, hat er mich mit seinen riesigen Händen gepackt und geschüttelt und gesagt: ›Wenn du Ave Maria wehtust, dann bringe ich dich um.‹«

»Wirklich?«

»Es war ihm ganz ernst. Er hat gesagt, ich soll dein Leben nicht kaputtmachen.«

Ich lehne mich in die Kissen zurück und denke einen Moment darüber nach. Spec Broadwater war mehr als mein Freund. Er hat auf mich aufgepasst wie ein guter Vater, er hat mich beschützt, ohne eine Belohnung dafür zu erwarten.

Ich stehe auf und will ins Bad gehen.

»Warte mal.«

»Ja?« Ich drehe mich um.

»Was war mit dir und Pete Rutledge?«

»Warum fragst du?«

»Zwischen euch war doch was, oder?«

»Wie meinst du das?«

»Etta hat mir gesagt, dass ihr in dem Sommer dauernd zusammen wart.«

»Das hat Etta gesagt?«

Jack nickt. »Stimmt das?«

Ich weiß nicht, was schlimmer ist: dass mein Mann mir diese Frage stellt oder dass meiner Tochter etwas aufgefallen ist, das ihr so wichtig erschien, dass sie ihrem Vater davon erzählt hat.

»Er ist ein Freund.« Ich versuche, lässig zu klingen.

»Jetzt ist er ein Freund.«

»Damals war er das auch.«

»Etta erfindet keine Geschichten. Was war zwischen euch beiden?«

»Weißt du, eigentlich weiß ich das selbst nicht.«

»Und wer schleicht jetzt um die Sache herum?«

»Ich habe ihn nicht geliebt, wenn du das meinst.«

»Das habe ich mir schon gedacht.«

»Wieso?«

»Ich bin ja mit dir verheiratet.« Jack lächelt, und in seinem Lächeln sehe ich Erleichterung.

»Was heißt das?«

»Du fängst in der Regel nichts Neues an, ohne vorher mit dem Alten aufgeräumt zu haben.«

»Aha.« Ich gehe ins Bad und putze mir die Zähne.

Jack kommt mir nach und stellt sich in die Tür. »Als wir jung waren, war mein größter Wunsch, hierher zu gelangen.«

»Hierher, nach Cracker's Neck?«

»Nein. Hierher. An diesen Punkt unseres Leben.« Er fährt fort: »Ich möchte mit dir alt werden. Ganz alt. Und dann, wenn das Ende kommt, möchte ich in deinen Armen sterben.«

Ich lege die Zahnbürste hin und nehme meinen Mann in die Arme. Mir wird klar, dass ich das, wonach ich mich mein Leben lang gesehnt habe, jetzt habe. Wer einen Menschen zutiefst respektiert, gehört ihm. Jetzt gehöre ich Jack MacChesney, und vielleicht ist das in der Liebe das Einzige, was Bestand hat.

Die Mittagsgäste im Erfrischungsraum sind der Beweis dafür, dass das Leben weitergeht, auch nachdem jemand gestorben ist. Specs Platz an der Theke bleibt leer (wenigstens vorerst). Otto sitzt auf dem Hocker neben Specs. Fleeta tätschelt ihm die Hand, als sie ihm Kaffee einschenkt. Dies ist das erste Zeichen von Zärtlichkeit für ihn, das ich bei Fleeta in der Öffentlichkeit bemerkt habe; wahrscheinlich stimmt es, dass Trauer die Menschen fester aneinander bindet. Fleeta macht einen Moment Pause und setzt sich auf eine Tasse Kaffee zu mir und Iva Lou in eine der Nischen.

»Ich habe gehört, du hattest Besuch«, sagt Fleeta und sieht mich mit schief gelegtem Kopf an.

»Wer war es?«, fragt Iva Lou.

»Twyla Johnson.« Fleeta zieht »Johnson« in die Länge, als würde sie den Namen singen.

»Das ist ein Witz.« Iva Lou macht große Augen.

»Wo hast du das gehört, Fleeta?«, frage ich sie.

»Das sage ich nicht.« Fleeta kaut auf einem Strohhalm. »Wahrscheinlich wird sie sich des Nachts auf den Friedhof schleichen und eine einzelne Rose auf sein Grab stellen. So macht man das, sage ich euch. Wenn man die andere ist. Sie will, dass die Ehefrau weiß, sie ist nicht die einzige.«

»Das ist aber viel Aufwand für eine simple Mitteilung.« Iva Lou zerteilt ihren Brownie mit der Gabel.

»Na ja, meinst du nicht, dass ein außereheliches Verhältnis auch viel Aufwand ist?« Fleeta schnaubt.

»Für mich, ja. Was meinst du, warum ich das aufgegeben und geheiratet habe?«

Fleeta sieht mich an. »Und? Was hat sie gesagt?«

»Sie hat gesagt, dass sie und Spec nur befreundet waren.«

»Ach, hör auf.« Fleeta lacht. Dann mustert sie mich einen Moment und sagt: »Wirklich?«

»Ehrlich. Sie hat gesagt, Leola sei Specs große Liebe gewesen, und sie, Twyla, hätte einer anderen Frau nicht wehtun, noch den Kindern ihren Daddy stehlen können.«

Während Fleeta darüber nachsinnt, glättet sich ihre von Sorgen gefurchte Stirn zum ersten Mal seit Jahren. »Twyla Johnson ist eine Heilige«, sagt Fleeta ehrfurchtsvoll.

»Das denke ich auch.«

»Also, ich war manchmal stinkwütend auf Spec, schlimmer als auf einen engen Verwandten. Aber ich mochte ihn. Er war ein guter Mensch. Ich wollte nicht glauben, dass er wie all die anderen Männer ist, die dann, wenn sie fünfzig werden, mit heraushängender Zunge in der Gegend herumlaufen und nach Ablenkung suchen.« Fleeta steht auf und geht hinter die Theke.

Iva Lou sieht mich an. »Das war ja alles frei erfunden, und das weißt du auch«, sagt sie leise.

»Und du wirst diese Geschichte jedes Mal genau so erzählen, wenn du ein Buch ausleihst und der Kunde sich nach der Art der Beziehung zwischen Spec und Twyla Johnson erkundigt. Ist das klar?«

»Klar!«

April ist der Monat der Festlichkeiten im Hause MacChesney. Jack ist in der Küche und macht Spaghetti. Er stellt ein Menü zur Feier unseres siebzehnten Hochzeitstages zusammen.

»Herzlichen Glückwunsch zum Hochzeitstag!«, singt Theodore am Telefon.

»Danke, herzlichen Dank. Wo bist du?«

»Im Büro. Ich habe das von Spec erfahren. Man, das ging ja schnell.«

»Ich weiß. Was macht Max?«

»Er arbeitet viel.«

»Wann sehen wir uns wieder?«, frage ich Theodore und bin plötzlich traurig.

»Jederzeit. Was hast du denn?«

»Es ist ziemlich deprimierend hier. Etta hat gerade ihren Führerschein gemacht. Pearl zieht mit ihrem Mann nach Boston. Und ich vermisse Spec schmerzlich.« Ich könnte noch mehr aufzählen, aber ich höre auf.

»Das sind ja eine Menge Veränderungen in Cracker's Neck Holler.«

»Zu viele«, sage ich.

»Du musst das in Ehren halten, was du hast, nicht dem hinterhertrauern, was nicht mehr da ist. Du hast einen guten Mann, der dich liebt, und wenn das schon alles wäre, hättest du trotzdem das große Los gezogen«, erklärt Theodore. Er erzählt mir von seinem Leben, und bald fühle ich mich besser. Wenn Theodore von Max erzählt, höre ich an seiner Stimme, dass er glücklich ist. Max bringt Seiten in Theodore heraus, die ich nicht kenne, und sie sind alle positiv. Die Liebe hat Theodore nicht verändert, aber sie hat ihn offener gemacht und williger, sich dem Neuen zu stellen.

Jack hat schon in unser Hochzeitsbuch geschrieben. Ich hatte noch keine Gelegenheit dazu. Normalerweise bin ich es, die ihn dazu drängt. Diese Tradition, dass wir jedes Jahr etwas in das Buch schreiben, hat sich als sehr gut erwiesen: Wir blättern in dem Buch und sehen, welche Gedanken uns bewegt haben, während unsere Ehe gereift ist, und immer hilft uns das, was wir in der Vergangenheit geschrieben haben, im Jetzt. In diesem Jahr ist sein Beitrag schlicht, aber ein bisschen künstlerisch. Oben auf die Seite hat er ein Foto geklebt, das Sergio von uns gemacht hat, als wir uns auf einer Bank am Comer See küssen. Daneben hat er eine kleine Wildrose geklebt, die er aus den

Büschen vor der Villa d'Este gepflückt hat. Darunter hat er geschrieben:

Liebe Ehefrau,
als ich jung war, dachte ich, siebzehn Jahre sind eine lange Zeit. Und jetzt weiß ich, dass es nur der Anfang ist.
In Liebe, J.

Er hat das Buch an meinen Platz am Tisch gelegt, damit ich daran denke, meinen Beitrag zu schreiben.

Ich bin in großzügiger Laune und nehme das gute Geschirr. Ich habe Etta erlaubt, ihren neuen Freund zum Essen mitzubringen. Er besucht das letzte Schuljahr an der Appalachia High School, ist einer der besten Schüler und spielt Basketball. Er hat einen altmodischen Namen: Robbie Ramsey (seine Eltern haben sich offenbar nicht vom Wilden Westen inspirieren lassen wie die vielen anderen, wie man an all den Austins und Dakotas und Cassidys in Ettas Klasse erkennen kann).

Ich höre Taras alten Dodge Dart den Berg hinaufknattern. Etta steigt aus, und Tara drückt auf die Hupe, als sie rückwärts wieder den Hügel hinunterfährt.

»Ich bin wieder da!«, ruft Etta.

»Komm nach hinten«, rufe ich.

»Wo ist denn Robbie?«, frage ich, als ich sehe, dass Etta allein ist.

»Ich habe beschlossen, ihn nicht einzuladen.«

»Und warum nicht?«

»Ich mag es, wenn wir einfach nur zu dritt sind.« Etta zuckt die Achseln und geht sich die Hände waschen. Als sie sich setzt, serviert Jack sein Essen, ein ausgezeichnetes Menü. Nach dem Essen gibt unsere Tochter uns ein Geschenk, eine Erstausgabe von *The Trail of the Lonesome Pine*, dem Roman von John Fox Jr., von dem das Motto unseres Freilufttheaters stammt. »Ich dachte mir, vielleicht gefällt es euch, wo du doch Regie geführt hast und Dad in der Band war.«

»Wir sind entzückt.« Ich sehe Jack an, und er strahlt.

»Ich mache den Abwasch. Ihr beiden könnt euch ein bisschen entspannen«, sagt Etta und steht auf, um den Tisch abzuräumen.

Jack sieht mich an, zieht die Augenbrauen hoch und schweigt. Ich danke Etta und gehe hinter ihm aus der Küche hinaus. Wir nehmen unsere Jacken und machen uns auf zu einem Spaziergang im Wald. Wir nehmen uns immer wieder vor, lange Spaziergänge zu machen, aber meistens sind wir nach dem Essen zu müde und lassen den Plan wieder fallen. Als wir in Italien waren, haben wir oft nach dem Abendessen an der Passeggiata teilgenommen, und es war erstaunlich, wie entspannend das war und wie gut man danach schlafen konnte.

»Unsere Tochter ist ein gutes Kind«, sagt Jack nach einer Weile.

»Das finde ich auch.«

»Sie weiß, dass der Winter hart für dich war, nach Specs Tod.«

»Sie vermisst ihn auch.«

»Ich weiß. Aber sie versteht auch deine Gefühle.«

»Ist das die gleiche Tochter, die sich letzten Sommer mit Bellinis betrunken hat?«

»Haargenau die gleiche.«

Jack nimmt meine Hand und geht voran auf dem alten Pfad hinter unserem Haus, in dem im Sommer ein schmales Rinnsal fließt, das im Winter völlig austrocknet. Die alten Bäume, die vor langer Zeit von meiner Schwiegermutter gepflanzt worden sind, stehen am Rand des Grundstücks, ihre Äste sind kahl und recken sich wie Finger in den Himmel.

Wenn man in den Bergen lebt, kann man jeden Tag Zeichen von Veränderungen beobachten. Das Erdreich verschiebt sich, und manchmal treten kleine Bäche an die Oberfläche, die dann wieder für immer versiegen. In einem Jahr findet man vielleicht süße Himbeeren auf einer Wiese, im nächsten Sommer sind sie nicht mehr da. Man darf nichts als gegeben hinnehmen, denn es besteht immer die Möglichkeit, dass man es plötzlich nicht mehr vorfindet. Wenn ein alter Baum vom Blitzschlag getroffen wird, erinnert es einen an die eigene Verletzlichkeit. Und obwohl dies ein dichter Wald ist, vermisst man jeden einzelnen Baum, der umstürzt.

»Nächstes Jahr will ich mit Etta nach Saint Mary's fahren, um es ihr zu zeigen. Was hältst du davon?«, frage ich Jack.

»Sie möchte gern zur University of Virginia.«

»Ich möchte ihr mein altes College ja nur zeigen. Sie soll gar nicht dort studieren, sie soll es aber in Betracht ziehen.«

»Und du wirst auch nicht kreuzunglücklich sein, wenn sie sich dagegen entscheidet?«

»Nein.«

Jack zieht mich an sich heran und küsst mich. Es ist ein schöner, langer Hochzeitstagskuss (und dauert bestimmt vierzig Sekunden, obwohl ich die Zeit nicht stoppe). In seiner Umarmung denke ich, dass es sich nicht wie siebzehn Jahre anfühlt, sondern eher wie siebzehn Tage. Jack greift in die Tasche und gibt mir ein kleines Päckchen.

»Was ist das?«

»Ein Geschenk, du Dummerchen.«

Ich reiße das Band und das rosa Papier auf (es ist von Gilley, dem Juwelier, das erkenne ich an dem Aufkleber) und finde ein kleines schwarzes Samtkästchen. Da es schon dunkel ist, zieht Jack ein Feuerzeug hervor und macht es an, damit ich sehen kann, was in dem Kästchen ist.

»Sind die aber hübsch!« Und das stimmt. Es sind Creolen mit einem kleinen Diamantanhänger. »Ganz italienisch!« Ich lege die Arme um meinen Mann und küsse ihn wieder. »Danke.«

»Sollen wir umkehren?«, sagt er und legt mir den Arm um die Taille.

»Dein Geschenk ist im Auto.«

»Was ist es denn?«

»Eine Tischsäge. Es tut mir Leid, aber du hast dir eine gewünscht.« Und das stimmt. Ich habe ihn gefragt, was er sich wünscht, und das hat er mir gesagt.

»Aber du gibst mir doch immer, was ich mir wünsche, Schatz.«

Als gäbe es nicht schon genügend Veränderungen, kommt jetzt die schwierigste: Pearl muss über das Schicksal der Apotheken entscheiden. Lew Eisenberg ist auf dem Weg zum Erfrischungsraum, um mit Pearl und mir darüber zu sprechen. Pearl und Taye ziehen nach Boston um, und wir müssen das Geschäftliche regeln. Pearl isst schweigend ihr Sandwich. Fleeta möchte an der Besprechung teilnehmen, weil sie sich zum Urgestein zählt (was auch stimmt, sie arbeitet länger in der Apotheke als ich).

»Hallo, die Damen.« Lew kommt herein, quetscht sich in die Nische und nimmt eine von Fleetas Zigaretten. Fleeta raucht sie gar nicht mehr. Ihre Methode, das Rauchen aufzugeben, ist recht originell und funktioniert gut bei ihr, während Nikotinpflaster, Hypnose und andere klassische Arten der Therapie versagt haben. Sie steckt sich einfach eine Zigarette zwischen die Lippen, ohne sie anzuzünden.

Lew ergreift das Wort. »Ich stelle mir das so vor: Wir errichten einen Trust für das Geschäft und setzen Ave Maria als Treuhänderin ein. Damit wird sichergestellt, dass der Umsatz in allen drei Apotheken weiterläuft, bis ein geeigneter Käufer ein Angebot macht oder du entscheidest, die Geschäfte zu schließen. In Big Stone Gap und in Norton geht der Verkauf zurzeit ganz gut, die Zweigstelle in Pennington Gap arbeitet kaum kostendeckend. Du hast dort sechs Mitarbeiter, und der Geschäftsführer empfiehlt, dass der Laden vierundzwanzig Stunden am Tag geöffnet bleibt, um gegen die Konkurrenz anderer Apotheken zu bestehen. Das ist zu überlegen.«

»Ave Maria, ich weiß, dass es mehr Arbeit für dich bedeutet, aber die Geschäftsführer der Zweigstellen haben sich bereit erklärt, jeden Freitag mit ihren Wochenberichten herzukommen. Es dürfte nicht zu aufwändig sein«, sagt Pearl.

»Menschenskinder. Will wieder keiner wissen, was ich davon halte?« Fleeta nimmt die Zigarette aus dem Mund, die jetzt einen orangefarbenen Ring von ihrem »Mad for Melon«-Lippenstift hat, und klopft damit auf den Tisch.

»Klar doch«, sagt Lew und sieht Pearl an. Er bedauert, dass Fleeta bei der Besprechung dabei ist.

»Meine Tochter Janine hat gerade ihr BWL-Studium am Mountain Empire College abgeschlossen. Sie ist kein Kind mehr, sie ist sechsunddreißig. Und Klassenbeste. Und sie braucht einen Job. Sie würde gern irgendwo die Geschäftsführung übernehmen. Sie könnte doch Koordinator für alle drei Läden sein und Ihnen« – Fleeta zeigt auf Lew – »und dir« – jetzt zeigt sie auf mich – »regelmäßig berichten, und ab und zu kann sie was per Computer schicken, damit du« – sie zeigt auf Pearl – »einen Einblick kriegst, was hier eigentlich los ist.«

Pearl sieht mich an.

Ich sehe Lew an.

»Ich finde die Idee gut«, sage ich laut. »Janine ist eine patente Frau.«

»Ich glaube, es könnte funktionieren«, sagt auch Pearl.

»Ihr redet dauernd davon, dass ihr den Leuten hier Arbeit verschaffen wollt, und jetzt habt ihr die Gelegenheit dazu.« Fleeta lehnt sich zurück.

»Wann kann ich mich mit ihr unterhalten?«, fragt Lew.

»Sie sitzt draußen im Auto. Ich hole sie rein.« Fleeta steckt sich die unangezündete Zigarette wieder zwischen die

Lippen und rutscht aus der Nische. Doch sie steht nicht auf. »Da ist noch was.«

»Was brauchen Sie?«, fragt Lew.

»Ich habe im Schweiße meines Angesichts diesen Erfrischungsraum zu dem gemacht, was er ist. Ich besorge das Kochen und das Backen. Ich finde, er sollte ›Bei Fleeta‹ heißen.«

Wir drei sehen uns an.

»Ich finde, das ist eine gute Idee«, sagt Pearl zu ihr.

»Na, wird auch Zeit.« Fleeta steht auf und geht Janine holen.

Pearl lacht, und Lew und ich stimmen ein. Wer hätte gedacht, dass Fleeta Mullins mit der Geschäftsidee und mit dem Ego eines Topmanagers aufwarten würde?

Pearl lebt mit ihrem Mann und ihrer Tochter in einem alten Haus, das sie renoviert haben, auf dem Poplar Hill, ganz in der Nähe von ihrer Mutter Leah und ihrem Stiefvater Worley Olinger, die zusammen immer noch in dem Haus leben, das ich Pearl bei meiner Heirat überlassen habe. Otto lebt jetzt auch da, und es gefällt Pearl, dass India eine Großmutter und einen Großvater sowie einen Urgroßvater ehrenhalber hat, die alle unter einem Dach leben. All das ändert sich jetzt, und das ist für sie sehr schwierig. Ich glaube, Pearl hat nie daran gedacht, aus Big Stone Gap wegzugehen. Die große Veränderung in ihrem Leben fand statt, als sie aus der Sozialbausiedlung in Insko in mein altes Haus in der Stadt zog. Von dort ging sie zur University of Virginia in Wise, übernahm anschließend die Apotheke und machte zwei Zweigstellen auf.

»Ich weiß, dass es das Beste für meine Familie ist«, sagt Pearl und wickelt Geschirr in Luftpolsterfolie.

»Es wird eine Weile dauern, bis du dich eingewöhnt hast. Aber überleg mal, was du in Boston alles machen kannst. Es ist eine alte, geschichtsträchtige Stadt! Du kannst mit India nach Concord fahren und ihr den Walden Pond zeigen, und das Haus wo Ralph Waldo Emerson gelebt hat. Und das Haus von Louisa Alcott. Das ist doch fantastisch.«

»Ich meinte nicht, was ich dort angucken kann.«

»Was denn?«

»Dass ich dann nicht mehr mit dir sprechen kann.«

»Du kannst anrufen.«

»Ich weiß. Aber das ist nicht dasselbe.«

»Liebes, du wirst dir ein neues Ziel setzen. Du machst gern Pläne und setzt sie um. Überleg mal, wie gut es dir gehen wird, wenn du dich einer neuen Herausforderung stellst. Vor langer Zeit bin ich mal bei einer Wahrsagerin gewesen, und sie hat gesagt, dass man sich etwas Neues erträumen muss, wenn sich ein Traum erfüllt hat. Du darfst nicht in der Vergangenheit stecken bleiben. Das Leben verändert sich ohnehin die ganze Zeit, und wenn du versuchst, an deinem Glück oder deinem Erfolg oder auch an Menschen um dich herum festzuhalten, machst du dich nur unglücklich. Du musst dir neue Ziele stecken. Sieh doch nur, wo du angefangen hast. Und wo du jetzt bist. Erstaunt dich das nicht?«

Pearl denkt darüber nach. »Nicht besonders. Wenn man am Anfang nichts hat, dann ist alles, was man erreicht, eine Überraschung.«

»Betrachte den Umzug nach Boston auch so. Du fängst noch mal an, nur dass du diesmal nichts beweisen musst, du bist schon erfolgreich.«

Pearl lächelt dankbar. Wenn ich ihr Ratschläge erteile, tue ich das nicht moralisierend oder im Predigerton, sondern was ich sage, kommt von Herzen, und sie versteht mich.

Vielleicht ist es leichter, die Mutterrolle bei einem Menschen zu übernehmen, der nicht das leibliche Kind ist, weil man dann unbeschwert Ratschläge erteilen kann und sich nicht für jede Entscheidung des anderen verantwortlich fühlt. Wenn ich nur bei Etta auch so sein könnte!

Pearl erzählt mir, dass sie und India am Morgen nach Boston fliegen, wo Taye schon seine Stelle im Krankenhaus angetreten hat. Die Möbel und der Hausrat kommen am Ende der Woche im Umzugswagen nach. Als Pearl aufzählt, was noch alles zu tun ist, klopft es an der Tür. »Die kommen aber früh«, sagt Pearl, als sie zur Tür geht. Ich höre auf zu packen und blicke auf, und im nächsten Moment, als ich sehe, wer an der Tür steht, bin ich froh, dass ich nichts Zerbrechliches in der Hand halte.

»Dad?«, flüstert Pearl.

»Ja. Ich bin's.«

Seit dem Feuer im Trail Theatre habe ich Albert Grimes nicht mehr gesehen. Nach seinem Krankenhausaufenthalt schien er den Kontakt mit Pearl halten zu wollen, und deshalb hatte sie ihn zu ihrer Hochzeit eingeladen. Ich hatte gehofft, dass Pearls Hochzeit einen neuen Anfang für Vater und Tochter bedeuten würde, aber das war nicht der Fall. Pearl hat ihn seit Jahren nicht erwähnt, und ich hatte das Gefühl, dass es ein schmerzliches Thema für sie war, und habe sie nie gefragt. Albert sieht viel besser aus als damals (ich glaube, er hat neue Zähne). Sein Haar ist kurz geschoren, und er trägt eine gebügelte, khakifarbene Uniform mit einem aufgenähten Schild am Hemd, auf dem GUARD steht.

»Wie geht es dir, Pearl?«, fragt er.

»Wir ziehen gerade um.«

»Das habe ich gehört.«

»Hast du eine Arbeit?«, fragt sie freundlich.

»Ja. Oben beim Wise-County-Gefängnis. Und ich habe mich mit einem netten Mädchen aus Pound verheiratet. Sie war eine Isover. Ich weiß nicht, ob du irgendwelche Isovers kennst, aber es sind gute Menschen.«

»Ich glaube, den Namen habe ich schon einmal gehört. Herzlichen Glückwunsch.« Pearl wendet den Blick ab und sagt leise: »Du hast eine Enkeltochter. Sie heißt India. Wenn du sie gern sehen möchtest, sie ist bei Mama.«

»Das mache ich gleich.«

»Wir reisen morgen früh ab.«

»Das weiß ich schon alles.«

»Von wem hast du es erfahren?«

»Ganz komisch. Einer vom Wachpersonal zieht auch um, und ihr habt den gleichen Umzugswagen. Ich habe ihn also gefragt, wann der Umzugswagen seine Sachen holt, und dachte dann, dass ich dich noch erwische.«

»Ich bin froh, dass du gekommen bist.«

Mir wird plötzlich klar, dass Pearl und Albert die ganze Zeit in der Tür stehen, und sage: »Soll ich mal einen Tee oder einen Kaffee machen?« Sie sehen mich an. »Albert, ich bin Ave Maria.«

»Ich erinnere mich an Sie«, sagt er freundlich.

»Sie sehen gut aus«, sage ich aufrichtig.

»Tja, das ist das Werk einer guten Frau.« Albert und Pearl stehen einen Moment schweigend voreinander, bis Albert in seinen Taschen zu kramen anfängt. »Pearl, ich möchte mich bei dir bedanken, dass du dich um mich gekümmert hast, als es mir so schlecht ging. Hier ist ein Scheck. Ich habe immer aufgeschrieben, was du mir gegeben hast, und ich möchte es dir zurückzahlen.«

»Das ist nicht nötig, Dad.« Pearls Stimme wird unsicher.

»Nein, nein, nimm bitte. Meine Frau ist auch der Meinung, dass du das haben sollst. Es gehört dir. Du hast jetzt ein kleines Mädchen, vielleicht kannst du das Geld gebrauchen. Bitte.« Albert gibt Pearl den Umschlag, und sie nimmt ihn. »Ich weiß, dass es dir schwer gefallen ist, dich um mich zu kümmern. Ich weiß, dass ich dich sehr enttäuscht habe, aber ich hoffe, ich kann dir hiermit zeigen, wie wichtig es für mich ist, dass ich mich erkenntlich zeige und deine Freundlichkeit erwidere. Ich bin einfach nur froh, dass ich endlich eine Arbeit gefunden habe und meine Schulden zurückzahlen kann.«

Pearl wischt sich die Augen mit dem Geschirrtuch, das sie

in der Hand hat, und dann schließt sie ihren Vater lang und fest in die Arme.

»Ich habe immer gewusst, dass du ein guter Mann bist, Daddy.«

»Ich habe gehofft, dass du das weißt.«

Ich stehe in der Küche, aber von meinem Platz kann ich sehen, dass auch Albert Grimes Tränen in den Augen hat. In meinem Kopf höre ich Specs Stimme: »Die Menschen tun das, was in ihren Kräften steht.« Und hier ist der Beweis dafür.

Kapitel 10

»Ma, du weißt, dass ich zur University of Virginia gehen will und zu keiner anderen.« Es ist Herbst, Ettas letztes Schuljahr hat angefangen, und sie weiß genau, was sie will. Im Laufe des letzten Jahres haben wir uns jedes College in Virginia angesehen, angefangen bei William & Mary bis zu Hollins, und haben Anmeldeformulare, Postkarten und Sweatshirts mitgenommen, damit Etta sich, so gut es geht, entscheiden kann. Aber seit sie ihr Praktikum bei Thompson & Litton gemacht hat, will sie unbedingt zur University of Virginia. Ich glaube, sie weiß sogar, in welchem Studentenheim sie wohnen möchte.

Als Etta zur Welt kam, habe ich, wie es jede Mutter tun würde, viele Pläne für sie gemacht. Ich habe eine Liste meiner Lieblingsbücher zusammengestellt, von denen sie inzwischen die meisten gelesen hat (im Moment liest sie *Stolz und Vorurteil*, das nächste wird *Haus der Freude* sein). Ich wollte, dass sie die Welt kennen lernt und eine gute Bildung bekommt. Ich hoffe immer noch, dass sie vielleicht meine Alma Mater, das St. Mary's College in South Bend, Indiana, in Erwägung ziehen wird.

»Ich weiß, dass du nach Charlottesville willst, aber können wir nicht nach South Bend fahren, damit du es einfach mal siehst?«

»Meinetwegen. Aber mach dir keine Hoffnungen«, sagt sie zu mir.

Jack will diese Reise, die ich für Ettas Herbstferien geplant habe, nicht mitmachen (kluge Entscheidung). Ich stelle mir vor, dass die flachen Felder und die sich endlos erstreckende Landschaft von Indiana, der tiefblaue Nachthimmel mit Sternen, die zum Greifen nah sind wie Kristallprismen an einem Kronleuchter, sie doch noch überzeugen könnten. Außerdem findet am Wochenende in Notre Dame ein Footballspiel statt, was die Reise noch aufregender macht. Vielleicht kommt sie auf den Geschmack, wenn sie die Mädchen in ihren Wolljacken und ihren Baseballmützen sieht.

Als wir auf dem Campus ankommen, bestaunt Etta die Allee, die von einhundert Jahre alten Eichen flankiert wird. Die Äste der Bäume stoßen in der Mitte hoch über der Straße aneinander und bilden ein herbstlich buntes Dach über unseren Köpfen. Das Bild der malerisch um den See gruppierten Gebäude und der kleinen Insel in der Mitte des Sees (auf dem die Enten schwimmen, wie hübsch) übertrifft an Schönheit das Foto in der Broschüre. Etta lacht, als sie einen alten weißen Packard mit silbernen Heckflossen vorbeifahren sieht, in dem lauter Nonnen sitzen. »Das sieht aus wie eine von Tante Fleetas Dosen voller Brownies mit Zuckerguss«, sagt sie.

Etta hat noch nie eine Nonne in Tracht gesehen. Katholiken sind in Southwest Viriginia selten. Die einzigen Nonnen, die sie kennt, sind die Schwestern im St. Agnes Hospital in Norton, und deren Tracht ähnelt eher der traditionellen Schwesternuniform und nicht den lang fließenden Gewändern des St.-Josephs-Ordens. Und die Priester bei uns sind Arbeiterprediger, also eigentlich Missionare, und tragen selten ein Beffchen. Etta staunt über diese katholische Stätte, die erste, die sie kennen lernt. Die Heiligenstatuen in den Nischen, die Engelskulpturen im Garten, das große Kreuz in der Le-Mans-Halle – all das ist ganz neu für sie. Ich bin mir nicht sicher, ob sie damit etwas anfangen kann.

Etta hat einen Termin zu einem Gespräch beim Zulassungskomitee, und ich sehe den Mitgliedern an, dass sie Etta gern als Studentin hätten. Etta bedankt sich, dass das Komitee sich Zeit für sie genommen hat, will sich aber nicht konkreter äußern, sondern sagt, sie möchte sich noch die Fakultät für Kunstgeschichte in der Moreau Hall ansehen. Ein Studium in dieser Fakultät wäre das, was dem Architekturstudium, das Etta eigentlich anstrebt, am nächsten kommt, und sie möchte sich die Einrichtungen ansehen. Bei unserem Rundgang erinnere ich mich an den Fotografiekurs, den ich hier belegt habe, und als wir in das Little Theatre kommen, muss ich an die Stücke denken, die ich während meines Studiums hier gesehen habe.

»Ist es nicht ganz wunderbar?«, frage ich Etta, als wir im Theater über die leere Bühne gehen.

»Es ist sehr schön.« Etta sieht mich an und sagt mit ihrem Blick: *Hör auf, mich unter Druck zu setzen*, also sage ich nichts weiter. Warum will ich sie unbedingt überzeugen? Weiß ich nicht ganz genau, dass sie das Richtige für sich finden wird, wenn sie ihre eigene Entscheidung trifft? Hat die University of Virginia nicht die beste Fakultät für Architektur im ganzen Staat? Was ist nur mit mir los? Habe ich immer noch nicht begriffen, wann ich mich zurücknehmen muss?

Die Fahrt zurück geht schnell, und schon bald sind wir in den blauen Bergen von Kentucky, unweit der Grenze zu Virginia. Etta war die meiste Zeit ziemlich still (sie hat viel geschlafen), und als wir anhalten, um etwas zu essen, fällt mir auf, dass ihre Stimmung sich zusehends bessert.

»Du hast bessere Laune«, sage ich und reiche ihr das Ketchup für ihren Hamburger.

»Wir sind ja auch fast zu Hause.«

»Und das macht dich glücklich.« Das ist keine Frage.

»Genau.« In Ettas Stimme klingt eine Spur von Sarkasmus mit.

»Dir hat St. Mary's nicht gefallen, stimmt's?«

»Es ist nicht schlecht.«

»Es ist ein altes, traditionelles, prächtiges und geachtetes College. ›Es ist nicht schlecht‹, trifft es, glaube ich, nicht.«

»Ma. Ich will da nicht hin.«

»Warum nicht?«

»Weil es nicht das Richtige für mich ist. Ich wusste vorher schon, dass du das sagen würdest. Ich wusste, dass es nicht nur ein Ausflug sein würde, sondern dass du versuchen würdest, deinen Willen durchzusetzen.«

»Ich war schon auf dem College. Ich will einfach nur die beste Ausbildung für dich.«

»Nein, du willst, dass ich das mache, was du gemacht hast.«

»Dir würden die anderen Studentinnen gefallen.«

»Nein, *dir* würden die anderen Studentinnen gefallen. Ich habe nicht eine einzige Studentin gesehen, die so war wie ich.«

»Was redest du da? Du bist klug, und du hast ein freundliches Wesen. Du würdest sofort dazu passen.«

»Ich will aber nicht dazu passen.«

»Du bist also wirklich entschlossen, zur University of Virginia zu gehen.«

»Wenn du das sagst, klingt es, als wollte ich auf irgendein College in der Provinz. Ich will zur Staatlichen Universität von Virginia, sie wurde von Thomas Jefferson gegründet. Es ist nicht irgendein mittelmäßiges College.«

»Nein, ich weiß, dass es eine gute Universität ist.«

»Und warum willst du nicht, dass ich da studiere?«

»Es stimmt nicht, dass ich das nicht will.«

»Du hast nicht einmal gesagt: ›Das ist eine gute Entscheidung, Etta.‹ Die meisten in meiner Klasse gehen nicht einmal aufs College. Warum darf ich nicht entscheiden, was das Richtige für mich ist? Wenn du dich nicht durchsetzen kannst, benimmst du dich, als wäre das das Ende der Welt. Du bist so verwöhnt.«

»Verwöhnt? Ich?« Verwöhnt ist das Letzte, was ich von mir sagen würde.

»Du bist Einzelkind, und du hast immer das bekommen, was du wolltest.«

»Du bist auch ein Einzelkind«, gebe ich zurück.

»Nein. Ich hatte einen Bruder.« Etta nimmt einen Schluck von ihrer Cola. Mir ist klar, dass sie aufstehen und weggehen würde, wenn wir nicht in einem Straßen-Imbiss in Kentucky wären. Sie sitzt fest, ich aber auch. »Du vergisst, dass ich auch jemanden verloren habe.«

»Entschuldige bitte.« Ich versuche, nicht zu weinen, und wische mir die Augen mit der Serviette.

»Und entschuldige dich nicht dauernd. Du kannst nicht einfach sagen, was du willst, und deine Pläne durchboxen und dabei lauter Schuldgefühle haben und dich dann entschuldigen, als ob du alles nicht so gemeint hättest. Obwohl du es sehr wohl so meinst. Entweder es geht nach dir, oder es geht gar nicht.«

»Das stimmt nicht.«

»Es stimmt wohl. Du glaubst, du weißt, was für jeden das Beste ist. Du hältst dich für besser als andere. Du glaubst sogar, dass deine Familie besser als die von Dad ist.«

»Das ist nicht wahr. Ich habe Mrs. Mac sehr geliebt.«

»Als Freundin. Sie ist gestorben, bevor ihr miteinander verwandt wart.«

»Was meinst du damit?«

»Du hast ihr ihre Medizin gebracht und mit ihr geplaudert, aber das ist nicht dasselbe, wie verwandt zu sein. Du bist nicht offen gegenüber anderen Menschen, Ma. Merkst du das gar nicht?«

»Ich habe sehr gute Freunde in Big Stone Gap. Tante Iva Lou! Tante Fleeta! Und was ist mit Spec?«

»Ma, ich komme aus den Bergen. Ich bin eine von den MacChesneys. Sieh mich doch an. Ich habe braune Haare und grüne Augen und Sommersprossen. Ich habe den gleichen Körperbau wie Dad. Ich interessiere mich für Mechanik und Astronomie. Ich könnte niemals Knöpfe an einen Mantel nähen oder in einer Apotheke arbeiten. Ich würde Platzangst bekommen. Ich esse gern dicke Bohnen und Maisbrot und Meringues. Ich mag die Jungen aus unserer Gegend, die so sprechen wie ich. Ich mag meine Freundinnen, die in den Tälern wohnen und Kinder kriegen, solange sie jung sind, damit sie mit ihnen rumrennen können. Ich liebe die Landschaft und die Wege und den Powell River, wenn er über die Ufer tritt, und mir gefällt es, dass man nicht viel Geld braucht, um in Big Stone Gap zu überleben. Ich gehöre dazu, und das wird so sein, bis ich sterbe. Und ob ich nach dem Studium wieder dort leben werde oder nicht, es wird doch immer Teil von mir bleiben. Teil meiner Identität.«

Ich kann nichts darauf erwidern. Ich höre, was sie sagt, und weiß, dass sie das, was sie sagt, auch glaubt. Vermutlich habe ich gedacht, dass es nicht so sein würde. Ich hatte mir mehr für sie gewünscht. Ich wollte, dass sie die Welt jenseits der Berge ebenso liebt wie die Welt in den Bergen.

»Ich nehme an, als du geboren wurdest, dachte ich, ich würde eine Tochter bekommen, die wie ich ist. Und das war ein Fehler. Du bist ein anderer Mensch, und du hast ein Recht darauf, anders zu sein.«

»Danke.« Etta klingt erleichtert.

»Ich wollte nicht, dass du so bist wie ich, weil ich mich für besser als die anderen halte. Ich wollte es, weil ich meiner Mutter so ähnlich war und weil ich Geborgenheit in der Beziehung zu meiner Mutter gefunden habe. Ich muss die Hoffnung aufgeben, dass du und ich so sein können wie meine Mutter und ich. Anscheinend war das nicht unser Schicksal.«

»Ist das wirklich der Punkt, der dich traurig macht, Ma?« Etta sieht mich an. »Meinst du wirklich mich? Oder meinst du eigentlich Joe?«

»Das verstehe ich nicht.«

»All die Jahre wollte ich, dass du so glücklich bist wie vor Joes Tod. Früher hast du mehr gelacht, und du hattest auch nicht so viel Angst. Ich war noch klein, ich weiß, aber ich erinnere mich, dass alles plötzlich anders war. Ich weiß nicht, wie man sich als Mutter fühlt, ich habe keine Ahnung, aber es tut weder dir noch mir gut, wenn du die ganze Zeit Angst um mich hast. Du kannst mich genauso wenig beschützen, wenn du mich auf ein College in Indiana schickst, wie wenn du mich auf dem Dachboden einsperrst. Wenn mir etwas zustößt, dann passiert das sowieso, weil es vorgesehen ist, und du kannst gar nichts dagegen machen.«

»Sag das nicht.«

»Es stimmt aber. Es war nicht deine Schuld, Mom. Du hast nichts falsch gemacht, und Joe ist trotzdem gestorben.«

Sie hat Recht. Ich sehe meine Tochter an. Vor mir sitzt nicht mehr das kleine Mädchen, auch nicht der Teenager. Vor mir sitzt ein erwachsener Mensch, der sich Gedanken macht und nach Antworten sucht. Als ich Mutter wurde, hatte ich alles vorweg geplant. Ich wusste genau, wie ich mich in jeder Situation verhalten würde und welche Regeln ich anwenden würde. Was ich außer Betracht gelassen hatte, war das Kind, das ich bekommen würde. Und ich muss zugeben, dass ich mir zwar ein anderes Kind gewünscht habe, dass ich aber sehr froh bin, Etta zur Tochter zu haben. Sie hat ein viel größeres Einfühlungsvermögen als ich, und sie geht mit ihren Gefühlen viel ehrlicher um.

»Ich freue mich, dass du zur University of Virginia gehen möchtest, wirklich.«

»Bist du dir sicher?«

»Ganz sicher.«

Etta lächelt. »Danke, Ma.«

Und das sind die wichtigsten Worte, die meine Tochter zu mir sagen kann. Mütter, die sich zu viel Mühe geben (und ich gehöre ganz sicher zu denen), müssen auch mal gesagt bekommen, dass sie hin und wieder das Richtige tun.

Jack und ich haben die wichtigsten Ereignisse in Ettas letztem Jahr auf der Highschool erlebt; dazu gehörte das Musical im Frühjahr (Etta war für die Bühnendekoration von *Carousel* verantwortlich), der Abschlussball (sie ist mit einer Gruppe von Freundinnen und ohne Partner gegangen) und die Abiturfeier (bei der Jack geweint hat und ich nicht). Papa hat Etta eine Reise nach Italien geschenkt. Gestern haben wir sie zum Flughafen gebracht. Es ist ihre letzte Unternehmung, bevor das College anfängt.

Theodore hat von der University of Tennessee einen Ehrentitel verliehen bekommen. Ich kann ihn und Max überreden, ein paar Tage früher loszufahren und auf dem Weg nach Knoxville in Big Stone Gap Halt zu machen. Theodore möchte Max gern zeigen, wo er früher gewohnt hat, und natürlich Big Stone Gap.

So viele Leute möchten Theodore guten Tag sagen, dass ich ihn zum Mittagessen in die Apotheke geholt habe, damit er an einem zentralen Ort ist, an dem viele vorbeikommen.

»Ich weiß gar nicht, was du gemeinst hast. Das Essen ist doch sehr interessant«, sagt Max zu Theodore.

»Ich habe elf Jahre hier gelebt und konnte mich nie mit dicken Bohnen und Maisbrot anfreunden.«

»Das ist dein Problem. Ich finde, es schmeckt köstlich.« Max geht in die Küche und holt sich einen Nachschlag.

»Und das soll also mein kosmopolitischer Freund sein«, sagt Theodore zu mir. »Meinst du, die Leute fragen sich, wer Max ist?«

»Du meinst, ob sie sich fragen, was zwischen euch beiden ist?«

»Ja.«

»Ich glaube, alle sind inzwischen so alt, dass es ihnen heute nicht mehr wichtig ist, selbst wenn es ihnen früher wichtig war. Ob schwul, hetero oder ganz durch den Wind, ich glaube, alle wollen nur, dass die anderen glücklich sind.«

Theodore legt den Kopf in den Nacken und lacht. »Ich glaube, du hast Recht.«

Zu den Dingen, die ich besonders vermisst habe, seitdem Theodore weggezogen ist, gehört das Erforschen der Höhlen in unseren Bergen. Ich habe nie jemand anderen kennen gelernt, der diese Leidenschaft teilte. Einmal bin ich mit Jack gegangen, und er hat gesagt, er würde lieber in einem Bergwerk sein. Ein andermal bin ich mit Etta gegangen, und sie hat die Wände ausgemessen und die Möglichkeit eines Einsturzes berechnet, statt sich für das Moos und die Steinformationen zu interessieren. Deswegen bin ich höchst erfreut, als Theodore bereit ist, mit mir einen Ausflug in die Cudjo's Caverns zu machen, während Jack sich von Max zeigen lässt, wie man Windbeutel macht.

Alles ist so, wie ich es in der Erinnerung habe: der niedrige Eingang, die schwierige Fußbrücke und der Bach unter den Felsen. »Ist es nicht seltsam? Alles ist so wie damals«, sage ich zu Theodore.

»Es ist ja auch nicht Disney World. Hier werden keine Verbesserungen vorgenommen. Hier ist nur die Natur am Werk. Es hat Hunderte von Jahren gedauert, bis alles so war wie jetzt, und es wird weitere Hunderte von Jahren dauern, bis sich die Dinge verändern.«

»Wenn ich jetzt was sage, lachst du dann auch nicht?«

»Niemals.«

»Ich leide an einem vorzeitigen Verlassenheitstrauma, weil Etta weggeht. Jedes Mal, wenn ich daran denke, kriege ich Beklemmungen. Was ist das nur?«

»Du bist wie alle anderen auch. Du möchtest am Vertrauten festhalten. Es wird dir seltsam vorkommen, wenn dein Tagesablauf nicht mehr von Ettas Bedürfnissen bestimmt ist. Die Arbeit wird nicht mehr den gleichen Stellenwert haben, weil du nicht für die Familie arbeitest, sondern für dich selbst. Deswegen musst du alles neu ordnen. Außerdem ist es beängstigend, wenn man in deinem Alter noch einmal von vorn anfängt. Wer macht das denn schon? Niemand. Und warum nicht? Weil es so schwer ist.«

»Danke. Jetzt geht es mir noch schlechter.«

Theodore lacht. »Aber es ist die Wahrheit. Tut mir Leid.«

»Das erklärt noch nicht meine körperlichen Symptome. Das Herzstolpern zum Beispiel.«

»Bist du in den Wechseljahren?«, fragt Theodore ganz direkt.

»Was?«

»Du weißt doch, die Wechseljahre. Wenn deine Eierstöcke beschließen, die Produktion einzustellen.«

»Ich weiß sehr gut, was es ist. Ich habe nur meinen Ohren nicht getraut, dass du mich das gefragt hast.«

»Warum nicht? Es ist doch ganz natürlich. Dabei kommt es vor, dass sehr vernünftige Frauen ohne jeden Grund plötzlich ausrasten, und das hast du in letzter Zeit doch getan.«

»Damit du es weißt: Ich bin tatsächlich in den Wechseljahren. Beziehungsweise der Wechsel ist fast vollzogen, und ich bin am Ende der Qualen. Und mir ist auch klar geworden, dass die jungen Frauen in den Bergen es richtig machen. Es gibt einen guten Grund, die Kinder mit zwanzig zu bekommen. Wenn man sie mit Ende dreißig bekommt, verlassen sie die Mutter gerade dann, wenn deren Menstruation aufhört. Das ist nicht schön, und mit Sicherheit ist es nicht leicht.«

»Deinen Selbstbeschuldigungen zum Trotz meisterst du alles ganz prächtig.«

»Danke für die Unterstützung.«

»Max und ich wollen am Ende des Sommers an den Lake Tahoe fahren. Möchtet ihr mitkommen?«

»Jack und ich wollten immer mal dahin.«

»Ihr könntet Etta zu ihrer Universität bringen und dann zu uns stoßen. Ich verspreche dir, dass ich mir die Ferien nicht von deiner Trauerkloß-Familie ruinieren lassen werde. Ihr müsst Etta schon in Virginia zurücklassen. Meinst du, das schafft ihr?«

»Ganz bestimmt.« Und ich meine es ernst. Ich möchte Ettas großen Erfolg nicht mit meiner Traurigkeit trüben. Sie geht zur University of Virginia, um Architektur zu studieren – welche Mutter würde sich nicht darüber freuen?

Den ganzen Juli über bekommen wir regelmäßig Postkarten von Etta, auf denen sie über ihre Ausflüge ans Mittelmeer berichtet, die sie mit Chiara, Giacomina und Papa macht. Unterdessen stelle ich Listen mit all den Dingen zusammen, die sie in ihrem ersten Jahr an der University of Virginia braucht. Iva Lou und ich fahren zum Einkaufszentrum Fort Henry Mall und besorgen die Ausstattung für ihr Studentenzimmer: Handtücher, Bettwäsche und eine lederne Collegemappe (hoffentlich gefällt sie ihr). Zurück in Cracker's Neck, hilft mir Iva Lou, die Pakete auszuladen. Da kommt Jack aus dem Haus. Sein Gesicht ist aschfahl. Ich lasse die Pakete auf der Veranda fallen. »Ist was mit Etta?«

»Nein, nein. Es geht ihr gut.«

»Warum guckst du dann so?«

»Sie hat angerufen, während ihr weg wart, und hat gesagt, sie ruft in einer Viertelstunde wieder an. Sie will uns etwas sagen.«

»Aber sie fliegt morgen nach Hause. Ist was mit dem Flugticket?«

»Das hat sie nicht gesagt.«

»Warum hast du sie nicht ausgefragt?«

»Sie hat sich nicht ausfragen lassen, Ave.«

»Wahrscheinlich ist gar nichts. Wahrscheinlich hat sie für jeden von euch auf der Ponte Vecchio ein Silberarmband gekauft und will nun wissen, was sie eingravieren lassen soll. Zieht um Himmels willen keine voreiligen Schlüsse.« Iva Lou sieht aus, als wollte sie mich schütteln.

Es sind die längsten fünfzehn Minuten meines Leben. Und sie sind so lang, dass ich die Muße habe, mir die schrecklichsten Szenarien auszudenken. Ich weiß nicht, welches davon ich für das wahrscheinlichste halte, aber mein Magen ist verknotet vor Angst.

Endlich klingelt das Telefon. Jack macht mir ein Zeichen, im Wohnzimmer abzunehmen, während er die Treppe hinaufrennt, zum Telefon im Schlafzimmer. Iva Lou geht in die Küche und gießt sich eine Cola ein.

»Was ist passiert?«, sage ich ohne Begrüßung.

»Ma.«

Ich atme tief ein.

»Ich heirate.«

Ich kann nichts sagen und lasse den Hörer fallen. Iva Lou rennt ins Wohnzimmer, wirft einen Blick auf mich und macht mir ein Zeichen, ich solle mich setzen. Sie hebt den Telefonhörer auf und gibt ihn mir. Dann setzt sie sich neben mich und hält das Ohr ganz nah an den Hörer, um alles mitzukriegen.

»Etta, was meinst du damit, du heiratest?«, fragt Jack, als hätte er sie nicht richtig verstanden.

»Ich heirate.«

»Nach dem Studium?«, frage ich mit schwacher Stimme.

»Nein, in sechs Wochen.«

»In sechs Wochen!« In der Kehle habe ich den Geschmack von dem Cheeseburger, den ich mir mit Iva Lou bei Pal's gegönnt habe.

»Wollt ihr gar nicht wissen, wen?«

»Wen?«, fragen Jack, Iva Lou und ich wie aus einem Munde.

»Tante Iva Lou?«

»Entschuldigung, Etta. Ich hab gerade abgenommen, weil ich Lyle anrufen und ihn fragen wollte, ob ich was zu essen mitbringen soll.«

»Stefano Grassi hat mir einen Heiratsantrag gemacht, und ich habe ja gesagt.«

»Aber was ist mit dem Studium?«

»Ich werde an der Universität in Bergamo studieren. Es gibt hier eine gute Fakultät für Architektur.«

Jack spricht mit erregter, hoher Stimme: »Was ist mit University of Virginia? Du willst alle deine Pläne einfach über den Haufen werfen? Wie kommst du bloß darauf?« Sein Protest macht keinen Eindruck auf Etta, die bloß ins Telefon seufzt.

Ich mache meinen Gefühlen Luft: »Bist du wahnsinnig geworden? Du bist erst achtzehn. Du willst heiraten? Was denkst du dir nur dabei?«

»Mom. Ich bin erwachsen, und ich kann tun, was ich will.«

»Du bist achtzehn, du willst das Studium sausen lassen und heiraten, und das zeigt mir, dass du keineswegs erwachsen bist!«

»Bitte, Ma. Ich gebe euch mal Großvater.« Etta gibt den Hörer an meinen Vater weiter.

»Ciao«, sagt er leise.

»Was ist bei euch nur los, Papa?«

»Sie sind verliebt«, sagt er schlicht.

»Himmel. Hat Chiara nicht aufgepasst?«

»Sie ist keine gute Gouvernante.«

»Allerdings. Du aber auch nicht!«

»Es tut mir Leid. Aber man kann dergleichen nicht aufhalten. Ich weiß, dass sie jung ist, aber sie weiß genau, was ihr Herz will. Stefano ist ein guter Mann. Ihr kennt ihn ja. Sie wollen es so. Es ist, als würde ein großer Felsbrocken vom Berg herunterrollen. Man kann sich ihm nicht in den Weg werfen, man muss zur Seite springen.«

»Papa, mir wird ganz schlecht.«

»Ave Maria, hör mir zu. Du darfst sie auf ihrem Weg ins Glück nicht aufhalten. Sonst verlierst du sie.«

»Dafür ist es zu spät.«

Ich lege den Hörer auf. Soll Jack mit ihnen reden, und mit ihr. Ich kann das nicht. Ich kann nicht glauben, dass das wirklich passiert.

»Ein schöner Schock.« Iva Lou steht von der Couch auf. Ich fange an zu weinen. Iva Lou fühlt sich hilflos und fängt an, im Zimmer auf und ab zu gehen, dann sagt sie: »Es könnte schlimmer sein. Sie könnte unglücklich sein oder krank oder irgendwas Schreckliches. Sie ist verliebt, sie klingt glücklich. Warum ist das so schrecklich?«

»Sie ist noch ein Kind.«

»Nicht für die Behörden.«

»Was wissen die schon«, jammere ich. Jack kommt ins Wohnzimmer. Er nimmt mich in die Arme. »Unsere Tochter bringt mich ins Grab«, sage ich.

»So darfst du das nicht sehen.«

»Sie macht das mit Absicht. Sie hat mein Leben zerstört.«

»Beruhige dich, Ave.«

»Wir haben Abend für Abend mit ihr die Hausaufgaben gemacht, wir haben sie zu einem Vorbereitungskurs ans Mountain Empire College geschickt, wir haben sie unterstützt, als sie ihr Praktikum hatte … und wofür? Alles umsonst.«

»Sie sagt, sie will in Italien studieren.«

»Ein schöner Traum. Wann denn? Und wie? Wer soll das bezahlen? Du weißt doch, was passiert, wenn Mädchen im Teenageralter heiraten. Sie kriegen Kinder und sitzen zu Hause, und das Leben geht an ihnen vorbei. Vorbei!«

»Das ist ein bisschen extrem ausgedrückt«, sagt Iva Lou leise.

»Es stimmt aber!«

»Wir stehen unter Schock. Wenn wir uns etwas beruhigt haben, überlegen wir, was zu tun ist.«

»Jack, wach auf. Das Pferd ist getürmt. Sie heiratet. Hast du das nicht gehört? Sie hat uns nicht um unseren Segen gebeten. Das bedeutet ihr gar nichts. Sie tut, was sie will und wann sie es will, und sie hört nicht auf unseren Rat. Sie hat nie auf unseren Rat gehört.«

»Sie hat ihren eigenen Willen.«

»Und wohin hat sie der gebracht?«

»Wir kennen Stefano doch –«

»Den? Den bringe ich um!«

»Das meinst du nicht im Ernst.«

»Und ob. Mit bloßen Händen bringe ich ihn um. Wie kann er es wagen, ihre Pläne zu durchkreuzen? Was ist das für ein Mann, der eine Frau daran hindert, zu studieren? Ich sage euch, was für einer. Einer, der eine Sklavin zur Frau will, die für ihn kocht und sauber macht und die ihn bedient.«

»Du weißt, dass das nicht stimmt. Er ist selbst ein gebildeter Mann.«

»Ach, hör doch auf.«

»Das stimmt aber. Und er ist ein guter Mensch. Es könnte schlimmer sein. Sie hätte anrufen können, um zu sagen, dass sie irgendeinen dahergelaufenen Fremden heiratet.«

»Was soll ich nur machen?« Ich gehe ans Fenster und überlege, ob ich loslaufen soll, nach Lee County, bis mein Herz stehen bleibt und ich tot umfalle.

»Jetzt kriegst du erst mal einen Drink.« Iva Lou guckt zu Jack hinüber. »Wo habt ihr bei euch den Fusel?«

Wenn man in Zeiten von Stress trinkt, schlägt der Alkohol leider nicht sofort an. Ich muss mehrere Gläser Whiskey trinken, bis ich eine Wirkung spüre. Ich bin nicht stolz darauf, dass ich mich in dieser Krise auf den Jack Daniel's stürze, aber mir wird klar, dass es für alles ein erstes Mal gibt. Nachdem Iva Lou mein Jammern und Wehklagen zwei Stunden lang angehört hat, geht sie. Sie hat geduldig zugehört, und dann konnte sie nicht mehr. Jack ist in der Küche und macht etwas zu essen. Ich nehme alle meine Kraft zusammen und gehe auch in die Küche. Iva Lou hat Ettas Sachen fürs College auf der Bank unterm Fenster aufgebaut. Bei dem Anblick muss ich weinen.

»Jetzt komm mal. Du musst was essen.« Jack stellt das Essen auf den Tisch.

»Ich fahre nicht nach Italien.«

»Wir müssen fahren.«

»Ich fahre aber nicht. Ich werde diese Sache nicht unterstützen.«

»Ave, sei nicht voreilig.«

»Es gibt viele Menschen, die ihre Kinder verstoßen und ein glückliches Leben führen.«

»Nenn mir einen.«

»Ich kenne zwar niemanden persönlich, aber ich bin mir sicher, dass es sie zuhauf gibt.«

Jack setzt sich und nimmt meine Hand. »Ave?«

»Jack, wie konnte sie uns das antun?«

»Mir gefällt es so wenig wie dir, aber ich glaube nicht, dass sie es tut, um uns wehzutun. Sie lässt sich von ihren Gefühlen leiten. Sie ist verliebt.«

»O Mann.«

»Denk doch mal daran, als wir verliebt waren.«

»Wir waren fünfunddreißig!«

»Gut. Schlechtes Beispiel. Nehmen wir meine Mutter. Sie war sechzehn, als sie sich verliebte, und siebzehn, als sie heiratete.«

»Damals waren wir noch eine Kolonie.«

»Die Menschen in den Bergen haben immer jung geheiratet. Ich sage das nicht, um sie zu verteidigen, ich will damit nur sagen, dass ihr die Vorstellung nicht fremd ist.«

»Wir haben sie nicht in diesem Sinn erzogen.«

»Du darfst nicht denken, dass sie es getan hat, um uns zu kränken.«

»Also gut, nehmen wir an, sie sind verliebt. Ein Mädchen von achtzehn Jahren kann überhaupt nicht wissen, was Liebe ist. Sie hat zwei Freunde gehabt, beide Male hat sie die Sache beendet, weil die Jungen ihr zu langweilig waren. Sie wirft ihr Leben weg, bevor sie die verschiedenen Möglichkeiten ausprobiert hat. Wahrscheinlich ist er der erste Mann, mit dem sie geschlafen hat, und jetzt ist sie süchtig nach ihm.« Ich mag kaum glauben, dass ich das gesagt habe, aber ich bin überzeugt, dass es stimmt. Sie hat sich von einer Laune verführen lassen, und in diesem einen Moment hat sie den Rest ihres Lebens weggeworfen.

»Ich glaube nicht, dass es so ist.«

Ich sehe Jack an und erkenne, dass er so verstört ist wie ich, aber er kann damit besser umgehen und verurteilt Etta nicht gleich, sondern vertraut darauf, dass er seine Aufgabe als Vater gut erfüllt hat und sich alles zum Guten wenden wird. Ich wünschte, ich könnte seine Sichtweise teilen.

»Du bist ein Optimist mit rosaroter Brille«, sage ich zu ihm.

»Bist du nicht froh, dass sie einen Italiener heiratet?«

»Im Moment soll sie gar keinen heiraten!«

»Dein Vater ist bei ihr. Giacomina. Nonna. Sie ist umgeben von ihrer Familie. Schließlich ist sie nicht mit einem Sträfling nach Albanien durchgebrannt.«

»Jack, wie man es auch dreht und wendet, es ist falsch. Sie ist wahnsinnig! Sie will heute dies, morgen das! Als ich mit ihr in Indiana war, hat sie mir einen endlosen Vortrag darüber gehalten, dass sie ein Mensch der Berge ist, eine MacChesney, dass sie die Berge liebt, und jetzt zählt das alles nicht mehr, und sie will in Italien leben, mit ihrer Sandkastenliebe. Ich verstehe das nicht.«

»Wenn das alles so stimmt, dann muss sie ihn wirklich lieben. Sie hat sich auf die University of Virginia gefreut, sie war ganz aufgeregt. Das würde sie nicht aus einer Laune heraus aufgeben.«

»Ich erkenne sie nicht wieder, Jack. Ich kann es mir nicht erklären.« Ich kann kaum noch richtig sprechen. Ich bin völlig betrunken. Ich klinge wie ein alter Saufkumpan, den jemand am Montagmorgen nach einer durchzechten Nacht auf dem Fußboden von Ray's Café vorfindet.

»Wir müssen es akzeptieren.«

»Warum fällt dir das so leicht?«

»Weil ich weiß, dass es ihr Leben ist und dass sie es leben muss.«

Ich schiebe die ganzen College-Sachen auf den Boden, lege mich auf die Bank und rolle mich zu einer solch kleinen Kugel zusammen, dass man mit mir Hockey spielen könnte. Ich bin so traurig, so enttäuscht. Es ist, als hätte ich ein schönes Schloss gebaut, und kaum, dass ich mich einen Moment umdrehe, bricht ein Feuer aus, und das Ganze brennt zu Boden. Jetzt verstehe ich auch, warum Leute anfangen zu trinken: An manchen Tagen erfährt man Neuigkeiten, denen man einfach nicht gewachsen ist.

Der Flug nach Italien ist so böig, dass Jack und ich zwischendurch befürchten, wir werden es nicht schaffen, heil zu Ettas Hochzeit zu kommen. Unser anfänglicher Plan, das Vorhaben zu boykottieren, ist gründlich misslungen. Als wir drohten, wir würden kommen und Etta holen, hat sie das Datum vorverlegt. Jack und ich sind zu Vater Rodriguez gegangen und haben mit ihm über die Sache gesprochen, und er hat mir klargemacht, dass ich ihre Entscheidung in meinem Herzen annehmen muss, weil meine Tochter mich jetzt braucht und eines Tages nur noch mehr brauchen wird. Ich habe mich noch nicht dazu durchgerungen, die Hochzeit zu akzeptieren, habe aber beschlossen, so zu tun, als ob, und vielleicht wird sich eines Tages ein Sinneswandel in mir vollziehen, und ich werde mich mit der Entscheidung meiner Tochter anfreunden können. Selbstverständlich sind das meine vom Verstand diktierten Überlegungen, es ist nicht mein Herz, das so spricht.

Theodore wird uns in Mailand vom Flughafen Malpensa abholen. Als ich ihn anrief und ihm die Geschichte mit Etta erzählte, hat er sofort seine Ferienpläne fallen gelassen und umdisponiert. Jack und ich haben auch Max nach Italien eingeladen, aber er fand, er wäre nur im Weg, und besucht stattdessen seine Familie. Wir haben ein Auto gemietet und wollen sofort nach Schilpario fahren, wo die Hochzeit eine Woche nach unserer Ankunft stattfinden soll. Fünf Wochen sind seit Ettas schicksalsträchtigem Anruf vergangen, und wir haben seither miteinander gesprochen, aber die Gespräche waren angespannt und von gestelzter Höflichkeit. Von Stefano Grassi habe ich einen fünf Seiten langen Brief bekommen, in dem er mir, praktisch in Form einer mathematischen Formel, darlegt, warum die Beziehung mit Etta Bestand haben wird. Ich habe ihn gelesen, aber ich habe nicht die Kraft, ihn ein zweites Mal zu lesen.

Jack findet, dass ich mich schon ganz gut abgefunden habe, aber es fällt mir schwer, mit ihm darüber zu sprechen, weil er die Sache viel zu optimistisch sieht. Ich kann niemanden finden, der richtig versteht, warum ich am Boden zerstört bin. Sogar Fleeta hat nur gesagt: »Sie ist ja nicht mehr fünfzehn. Sie ist achtzehn. Es ist legal.« Theodore ist der Einzige, der auf meiner Seite steht. Zum Glück kommt er zur Hochzeit. Ich brauche ihn sehr.

Nach dem Essen schläft Jack ein, sodass ich etwas für mich sein und nachdenken kann. Wieder einmal habe ich das Gefühl, jemand bedroht mein Glück. Indem Etta so jung heiratet, unterbricht sie die natürliche Reihenfolge der Ereignisse, die aus Schulabschluss und anschließendem Studium besteht, gefolgt von ein paar Jahren der Unabhängigkeit, in denen man Erfahrungen sammelt. Dann erst bindet man sich an einen guten Mann, mit dem man einen Hausstand gründet und später, wenn man will, Kinder bekommt. Ich hatte schon so viele Pläne für Ettas Hochzeit. Ich hatte Fotos von Hochzeitskuchen und italienischen *regali*, kleinen Geschenken für die Hochzeitsgäste, aus Zeitschriften ausgeschnitten. Ich hatte mir überlegt, was für ein Hochzeitskleid und Schleier ihr stehen würden – weiß scheint mir ungeeignet, ich glaube eierschalenfarben würde besser zu ihrer Hautfarbe passen. Ich hätte diesen Tag zu einem glücklichen Tag für sie gemacht, zu einem Tag voller Überraschungen und schöner Dinge. Ich hätte die Familie ihres Mannes mit offenen Armen empfangen und wäre eine großzügige und freundliche Brautmutter gewesen. Aber so war ich an der Planung der Hochzeit meiner Tochter gar nicht beteiligt. Sie hat mich nicht nach meinen Ideen gefragt und uns lediglich mitgeteilt, wo und wann die Trauung und die Hochzeitsfeier stattfinden.

Am Flughafen von Malpensa ist es sehr voll. Ich bezweifle, dass Theodore uns finden wird, was mich in meiner jetzigen Lage nicht überraschen würde. Jack schiebt unser Gepäck durch die automatischen Türen, da höre ich schon Theodore rufen und entdecke ihn in der Menge.

»Das Auto steht da drüben, gehen wir.« Theodore küsst mich und gibt Jack die Hand, dann nimmt er zwei von unseren Taschen. Wir laden alles in den Kofferraum des schwarzen Volvo und steigen ein.

»Wir wollen, dass diese eine glückliche Reise wird, einverstanden?«, sagt Theodore und sieht mich im Rückspiegel an.

»Ich gebe mir die allergrößte Mühe.«

»Das stimmt«, sagt Jack zu Theodore.

»Es könnte schlimmer sein«, sagt Theodore.

»Ach ja?«

»Sie könnte auch den junge Boggs heiraten, der damals in die Apotheke eingebrochen ist und das Valium gestohlen hat.«

»Da ist was dran, Theodore«, sage ich ohne Überzeugung.

Als wir in die Berge fahren, kann ich die Magie der italienischen Alpen, meiner Lieblingslandschaft, nicht genießen. Ich könnte ebenso gut auf dem Weg zu meiner Hinrichtung sein. Mir kommt es so vor, als ginge alles zu Ende, obwohl ich weiß, dass meine Tochter am Anfang eines neuen Lebens steht. Obwohl mich alle dafür schelten, werde ich das bedrückende Gefühl nicht los, dass die Ehe unter einem schlechten Stern steht.

Papa und Giacomina kommen uns auf der Einfahrt entgegen. Papas Umarmung beruhigt mich, und bei Giacominas herzlicher Begrüßung fühlen wir uns willkommen geheißen.

»Wo ist Etta?«, frage ich.

»Sie ist in der Kirche. Sie kommt jeden Moment nach Hause.«

»Du solltest froh sein, dass sie kirchlich heiratet«, sagt Theodore leise zu mir.

»Hör auf zu scherzen«, flüstere ich zurück.

Giacomina führt uns in unser Zimmer, und als sich ein günstiger Moment ergibt, zieht sie mich in ihr eigenes Schlafzimmer. »Wie geht es dir?«, fragt sie mich zärtlich.

»Ich bin ja gekommen.«

»Ich weiß, dass es schwer für dich ist.«

»Ich wünschte, ich wäre Schauspielerin und könnte in eine Gestalt schlüpfen, die mich durch diese Tage leitet. Ich werde mir sehr große Mühe geben, freundlich zu sein. Und glücklich. Wie geht es Etta?«

»Sie ist verliebt«, sagt Gicaomina schlicht. Papa ruft von unten, und Giacomina entschuldigt sich und geht.

Verliebt. Was für ein kleines Wort, das alles beschreiben und nichts bedeuten kann. Diese Italiener! Sie haben es mit der Liebe. Die Liebe ist der Daseinszweck überhaupt, die Liebe ist die große Heilerin, sie ist die Energie, die hinter allem Schönen steht, ob es nun reife Beeren in einer Silberschale oder zwei Liebende auf einem Tandem sind. Träumer. Sie sind alle Träumer.

»Mom?« Etta steht in der Tür und sieht mich an.

»Es tut mir Leid, mein Liebes, dass ich so böse auf dich bin«, sage ich leise. Ich sehe sie an, und natürlich schmilzt mein Herz. Dies ist meine Tochter, und ihr Glück liegt mir am Herzen, viel mehr als mein eigenes. Aber ich kann meine Enttäuschung und meine Sorge nicht verbergen.

»Ich weiß.« Sie setzt sich auf einen Stuhl und zeigt auf den Stuhl neben sich. »Wie war die Reise?«

»Nicht besonders gut«, sage ich.

»Du findest mich zu jung.«

»Ach, Etta, das ist doch nicht der einzige Grund. Du traust meinem Urteil nicht. Du möchtest nicht auf mich hören und aus meiner Erfahrung lernen. Ja, natürlich bist du jung, aber du bist auch impulsiv. Wenn du wirklich verliebt bist und wenn es Bestand hat, warum musst du es so überstürzen? Kannst du nicht nach Hause kommen und studieren und Stefano danach heiraten? Warum hast du es so eilig?« Die Fragen, die ich ihr die ganze Zeit stellen wollte, purzeln nur so aus mir heraus.

»Weil es das Richtige für mich ist.«

»Woher weißt du das? Du hast einen Studienplatz, und du hast dich darauf gefreut, mit dem Studium zu beginnen. Macht es dich nicht traurig, dass du deine Zukunftspläne aufgibst?«

»Aber ich gebe sie gar nicht auf, Ma! Mein Leben wird nur reicher. Ich werde mein Studium haben und gleichzeitig meinen Mann.«

»Wie ist das gekommen?«

»Ma, seit damals, als ich acht Jahre alt war, weiß ich, dass ich Steafano heiraten will.«

Ich fühle mich zurückversetzt in das Haus in der Via Davide, wo Etta auf einer Liege neben meinem Bett geschlafen und mir erzählt hat, dass sie eines Tages Stefano Grassi heiraten wird. Damals fand ich es niedlich, dass sie so weise sprach und glaubte, die Zukunft vorhersehen zu können. Natürlich habe ich nicht im Traum geglaubt, dass sie es ernst meinen könnte. Als ich alle Schlüsselerlebnisse in ihrem Leben noch einmal Revue passieren lasse, so wie ich es in den letzen Wochen schon oft getan habe, wird mir klar, dass Etta sich selbst nie belogen hat. Sie sieht mich an und wartet darauf, dass ich etwas sage. Aber ich kann nichts sagen. Ich mache die Arme auf, und meine Tochter wirft sich hinein. Ich fange an zu weinen.

»Es tut mir Leid, dass ich mich so schwer tue«, sage ich.

»Das ist nicht so schlimm.«

»Nein, du hast es verdient, glücklich zu sein.«

»Du auch, Mom.«

»Mach dir um mich keine Sorgen, ich komme schon klar.« Wem will ich hier etwas vormachen? Mein Leben wird nie wieder so sein wie zuvor. Ich werde sie gehen lassen, und vielleicht kommt sie wieder zu mir zurück, aber sie wird nie wieder mir gehören. Aber das ist mein Problem, nicht ihres.

»Ich muss dir so viel zeigen.« Sie nimmt meine Hand.

»Gibt es irgendwas, das ich tun kann?«

»Massenhaft.«

Etta geht mit mir in ihr Zimmer im ersten Stock, in dem es aussieht wie in einem Brautaustattungsladen. Sie hat kleine Tischgeschenke gemacht, kleine Beutel aus goldfarbener Seide, mit Mandeln gefüllt und mit einer Pfauenfeder am Verschluss.

»Die sind aber schön. Wie viele Gäste kommen denn?«, frage ich.

»Nur die Verwandten und ein paar Freunde. Insgesamt vielleicht dreißig.«

»Hast du schon ein Kleid?«

Etta nickt aufgeregt und zieht den Reißverschluss an einem Kleidersack auf. »In Italien trägt die Braut Weiß, aber das Kleid hat kleine Farbtupfer.« Etta zieht ein beigefarbenes Kleid mit hoher Taille und einem runden Halsausschnitt heraus. Der Saum ist mit kleinen rosa und hellblauen Rosenblüten bestickt, und den Rücken hinunter hängen Satinbänder in den gleichen Farben wie die Stickerei.

»Das ist ausgesprochen hübsch!«, sage ich.

»Meinst du das wirklich?«

»Ich finde es sehr schön. Genau so eins hätte ich auch für dich ausgesucht.«

Etta umarmt mich so heftig, dass ich befürchte, in der Mitte zu zerbrechen. »Oh, Ma, ich bin so glücklich.«

»Erzähl mir doch, wie es kam. Wie, wann, von Anfang an.« Ich setze mich auf ihr Bett, und sie setzt sich neben mich.

»Als ich hier ankam, sind Chiara und ich nach Sestri Levante gefahren, weil wir ein paar Tage am Strand sein wollten. Als wir dort ankamen, hörten wir, dass Stefano Grassi dort ein Projekt betreut, und plötzlich kriegte ich richtig Sehnsucht nach ihm. Er war bei Zia Meoli gewesen und hatte mich zum Abendessen eingeladen. Also sind wir ausgegangen.«

»Und da ist es passiert?«

»Nein, es hat eine Weile gedauert. Aber Mom, ich glaube, Stefano hat in seinem Brief an dich geschrieben, dass er mich seit unserem letzten Besuch hier liebt. Ich weiß, dass ich da noch jung war, aber er hatte eine feste Freundin und hat mit ihr Schluss gemacht, weil es ihm unaufrichtig erschien und weil er hoffte, dass er und ich eines Tages zusammen sein würden.«

»An den Teil in seinem Brief erinnere ich mich.«

»Mom, als ich klein war und du mir die Geschichte von deiner Mom und Großvater erzählt hast, fand ich das so romantisch – wie sie verliebt waren und sich treffen wollten, hier in Schilpario, wie Romeo und Julia.«

Ich könnte mich treten, weil ich ihr diese romantischen Ideen in den Kopf gesetzt habe, obwohl sie natürlich der Wahrheit entsprachen. Ich bin an allem schuld! Aber ich sage nichts und mache ein Zeichen, dass sie weitererzählen soll.

»Jedenfalls, dann sind wir miteinander gegangen, und Großvater hat aufgepasst, und dann Giacomina, und wir haben uns ganz viel gesehen. Und als es beinahe Zeit für meine Abreise war, Ma, da konnte ich nicht weggehen. Stefano wollte, dass ich nach Hause fliege und aufs College gehe und nach dem Studium zurückkomme. Aber ich konnte mir nicht vorstellen, ohne ihn zu sein. Ich habe es versucht. Ich wusste ja, dass ich zu Hause Verpflichtungen hatte, aber das war alles unwichtig, nur Stefano war wichtig. Ich will mein ganzes Leben mit ihm verbringen. Und ich will nicht warten. Warten ist sinnlos.«

»Aber du hast mir gesagt, du bist ein Kind der Berge!«

»Ma, guck doch aus dem Fenster. Hier gibt es auch Berge. Sie heißen einfach nur anders. Die Menschen hier sind genau wie die Menschen in Big Stone Gap. Sie haben ihre eigene Musik und ihre eigenen Speisen und ihre Eigenarten. Sie mögen es nicht, wenn Fremde zu ihnen kommen und ihr Leben verändern. Es gefällt ihnen, dass sie so abgelegen leben und dass Besucher sich verirren, wenn sie zu ihnen kommen wollen. Die Frau, der die Patisserie gehört, ist genau wie Tante Fleeta – eine richtige Kratzbürste, aber sie würde alles für einen tun. Und dann gibt es eine Frau, die in dem Bekleidungsgeschäft arbeitet, die ist so wie Tante Iva Lou, frei und ungebunden. Es gibt sogar einen Spec Broadwater, er ist Förster und muss den Wasserstand der Flüsse kontrollieren. Eigentlich ist es nicht viel anders. Ich fühle mich hier zu Hause.«

»Darüber bin ich froh. Denn dies wird für den Rest deines Lebens dein Zuhause sein. Stefano ist Italiener und wird wahrscheinlich sein Land nicht verlassen wollen.«

»Das ist mir recht.«

»Ich kann verstehen, dass du verliebt bist und von deinen Gefühlen überwältigt und dass du lauter schöne Dinge erlebst. Aber hör dir an, was deine alte Mutter dir zu sagen hat: Ich mache mir keine Sorgen um die nächsten ein, zwei Jahre, ich weiß, dass du lange Zeit im siebten Himmel schweben wirst. Aber ich mache mir Sorgen um deine Zukunft. Wenn du nämlich dreißig bist oder einundvierzig und dann eines Tages aufwachst und erkennen musst, dass du deine Jugend für eine große Liebesgeschichte hingegeben hast. Du kannst diese Zeit in deinem Leben nicht ein zweites Mal haben. Und ich will nicht versuchen, dich umzustimmen. Ich sehe ja, da ist das Kleid, da sind die Schuhe, da die *regali*. Du bist entschlossen. Ich möchte nur erklären, warum ich nicht vor Freude in den Himmel gesprungen bin, als du angerufen hast. Ich war krank vor Angst um dich.«

»Mama, du machst dir sowieso immer Sorgen um mich.«

»Ich weiß. Ich habe mir Mühe gegeben, und ich habe versucht, dir die Werte zu vermitteln, die meine Mutter mir mitgegeben hat. Das waren keine komplizierten oder außergewöhnlichen Dinge. Sie wollte, dass ich mir selbst und meinen Überzeugungen treu blieb. Und als ich so heftig reagiert habe, wurde mir klar, dass ich meine Überzeugungen auf dich übertragen wollte. Aber dies ist dein Leben, nicht meins.«

Etta umarmt mich, und zum ersten Mal seit dem Tag, an dem sie geboren wurde, habe ich das Gefühl, dass sie mich braucht. »Ich möchte dir etwas versprechen«, sage ich zu ihr. »Ich verspreche, dass ich bis nächsten Samstag, wenn du heiratest, so weit bin, dass ich ganz für dich da sein kann.«

»Das weiß ich, Ma.«

Theodore und ich machen einen langen Spaziergang in die Berge und halten vergeblich nach den Pfauen Ausschau. Entweder sie sind weggezogen, oder ich habe da, wo die Kiefern nahe am Bach stehen, den falschen Weg eingeschlagen. Trotzdem, die Ausblicke sind atemberaubend und wecken Erinnerungen an unsere Höhlenausflüge im Lee County.

»Du bist fast wieder die Alte, Ave.«

»Findest du?«

»Ich wusste, dass du dich berappeln würdest, wenn du sie siehst.«

»Da hattest du Recht.«

»Das Telefon behagt dir nicht so recht. Und lange Briefe langweilen dich. Außerdem war es klar, dass du dich quälen würdest, bevor du Etta gehen lassen konntest. So bist du nun mal.«

Ich lege meine Arme um Theodore, ich bin so dankbar für seine Freundschaft. Wer würde schon seine eigenen Ferienpläne aufgeben, um zu der Hochzeit eines Teenagers zu reisen? Wer sonst heitert mich mit seiner positiven Einstellung und seiner sonnigen Laune auf, wenn ich mich meinen düsteren Vorahnungen hingebe? In meinen Krisenzeiten gibt es eine Konstante, einen Menschen, der mich jedes Mal vom Abgrund zurückholt, und das ist Theodore Tipton.

»Wie findest du Schilpario?«, frage ich ihn.

»Ich frage mich schon die ganze Zeit, wo sie Heidi versteckt halten.«

»Es ist genau wie in *Heidi*, das finde ich auch.«

»Ich könnte mir vorstellen, dass dein Vater mich mit einer Schale warmer Milch und einem zerlaufenen Käse auf den Dachboden schickt. Erinnerst du dich noch an die Stelle?«

»Was anderes hat das arme Kind nicht gegessen, immer nur Ziegenmilch, Käse und ab und zu ein Stück Brot mit knuspriger Kruste.« Ich bin erstaunt, dass ich mich so gut an die Geschichte erinnere.

»Die Stadt ist bemerkenswert. Mir gefallen die Häuser, und die Menschen sind sehr interessant.«

»Danke, dass du mitgekommen bist.«

»Erstens hatte ich gar keine Wahl. Du warst in Selbstmordstimmung. Zweitens, wen interessiert schon Lake Tahoe? Ich kann mir doch *Guys and Dolls* bestellen, wenn mich das Verlangen nach dem Glücksspiel packt. Nein, das hier ist was Großes. Deine Tochter heiratet, und da gehöre ich dazu. Schließlich bin ich ihr Patenonkel. Wer sonst könnte so hoch über dem Meeresspiegel einen schmissigen Toast anbringen?«

»Kein anderer als du.«

»So ist es.«

»Giacomina hat gesagt, sie kocht heute Abend Risotto.«

»Die Frauen hier sollen jeden Tag, den ich hier bin, etwas Leckeres auf den Tisch bringen. Ich will jedes Gericht aus dem Liebeskochbuch probieren. Bevor wir wieder runterklettern, zeigst du mir bitte noch die Wiese mit den Sonnenblumen?«

»Glockenblumen. Nein. Die ist da drüben. Ganz, ganz weit da drüben.«

»Jetzt verstehe ich das auch.« Theodore lacht.

»Was?«

»Dass du dich hier mit Pete Rutledge einlassen konntest. Hier könnte man denken, dass der Rest der Welt nicht existiert.«

Als Theodore und ich zurückkommen, haben wir gerade noch Zeit, uns vor dem Essen zu waschen. Ich bin erstaunt, wie schnell ich wieder zu mir selbst finde, wenn ich mich zu Hause fühle. Die Alpen haben eine sehr beruhigende Wirkung auf mich: die Luft, die zartduftenden Wiesen, das Wasser, so klar und kalt, dass es mich bis tief in die Poren hinein reinigt. Auf dem Weg ins Esszimmer treffen wir Jack.

»Stefano ist gekommen.«

»Ich dachte, er wollte morgen kommen.«

»Er möchte uns heute Abend sprechen.«

»Hast du mit ihm geredet?«

»Ja, gut zwei Stunden lang.«

»Gut. Dann ist er ja aufgewärmt«, sage ich zu meinem Mann.

»Halt dich zurück, du Peitschenschwingerin. Es handelt sich um deinen zukünftigen Schwiegersohn. Lass ihn heil für die Hochzeit«, sagt Theodore beschwichtigend.

»Oh, keine Angst.«

Nie war es in diesem Haus so still. Ich glaube, selbst die Steine in den Mauern haben Angst, dass ich das Haus zum Einsturz bringen könnte, wenn ich dem Mann gegenübertrete, der meine Tochter aus der University of Virginia, aus Cracker's Neck Holler und aus der amerikanischen Gilde der zukünftigen Architekten geraubt hat.

Im Esszimmer ist der Tisch gedeckt. Stefano steht allein am Fenster. Es sieht aus, als würde er etwas beobachten, aber es ist Abendessenszeit, und die Via Scalina ist menschenleer.

»Stefano.«

»Hallo, Ave Maria.« Er streckt mir die Hand entgegen.

Aber ich schließe ihn in die Arme. »Danke für deinen Brief. Du hast alles gesagt. Ich werde mich also kurz fassen. Ich wünsche euch alles Glück in der Welt.«

»Etta hat mir gesagt, Sie hätten sich ausgesöhnt.«

»Das haben wir auch. Gott sei Dank.«

»Es tut mir Leid, wenn wir Ihnen Schmerz zugefügt haben.«

»Das habt ihr gewiss. Aber ich komme langsam darüber hinweg.«

»Ich werde Etta ein guter Ehemann sein.«

»Das weiß ich. Und ich weiß, dass sie dir eine gute Frau sein wird. Aber ich möchte, dass du mir etwas versprichst.«

»Natürlich.«

»Ich möchte, dass sie ein Studium beginnt und auch abschließt. Es ist sehr wichtig, dass sie eine Ausbildung hat.«

»Ich bin der gleichen Meinung, und sie denkt auch so.«

»Lasst das nicht aus dem Auge, sonst setze ich mich ins Flugzeug, komme hierher und mache euch das Leben zur Hölle.«

»Ich verstehe.«

Theodore will die Gegend kennen lernen und hat einen Ausflug nach Bergamo mit Stefano, Etta und Jack arrangiert. Papa besteht darauf, dass ich mich vor der Hochzeit ausruhe, und er hat Recht, ich brauche Ruhe. Ich möchte auf den Fotos gut aussehen, und wenn man über fünfzig ist, braucht man vier Stunden mehr Schlaf pro Nacht. Ich sage mir, dass all die großen italienischen Schönheiten mit über fünfzig besonders schön sind. Nicht umsonst habe ich ein Foto von Sophia Loren in meiner Brieftasche. Sie ist mehr als zehn Jahre älter als ich, aber immer noch eine überaus attraktive Frau. Weil ich mir so viele Sorgen um Etta gemacht habe, bin ich so dünn geworden, dass ich jetzt die Größe tragen kann, in die ich zuletzt als Teenager gepasst habe. Und was mir die Natur an Silberfäden durch das Haar gewirkt hat, wurde mit Hilfe von Lady Clairol in ein Kastanienbraun umgewandelt. Ich will am Samstag gut aussehen, vielleicht so gut wie nie zuvor. Ich werde ein zinkgraues Festkleid mit einem weiten Rock tragen (von meiner Mutter natürlich), und wenn ich mich dann sehr mutig fühle, stecke ich mir eine Gardenie ins Haar, das ich hochstecken werde.

Ich liebe die Spiegel im Haus meines Vaters, sie sind alt und fleckig und reflektieren das Gesicht in einem goldenen Schein, bei dem Linien und Falten nicht auffallen. Jetzt, da ich älter werde, danke ich dem lieben Gott und meinen italienischen Vorfahren für meine kräftige Nase und meinen Kiefer, denn – so hatte meine Mutter mir schon versprochen – sie halten die Haut straff und lassen einen zehn Jahre jünger erscheinen, wenn man es braucht.

»Ave, ein Besucher für dich!«, ruft Nonna von der Küche. Seit Tagen hat niemand sie gesehen. Sie bäckt einen Hochzeitskuchen, und offenbar ist das eine weitaus kompliziertere Aktion als das Knacken von Geheimcodes im Zweiten Weltkrieg. Ich springe die Treppen hinunter, zum ersten Mal seit langem bin ich wieder mit mir selbst im Reinen, ich eile in die Küche – und bleibe abrupt stehen.

»Pete?«

»Ave.«

»Ach du liebe Güte. Was machst du denn hier?«

»Etta hat mich zu ihrer Hochzeit eingeladen.« Pete Rutledge lächelt.

»Wirklich?«

»Hat sie dir das nicht erzählt?«

»Nein.«

»Na, aber du hast hoffentlich nichts dagegen, oder?«

»Nein, natürlich nicht. Es ist schön, dass du gekommen bist«, sage ich zu ihm. »Es ist alles so schnell gegangen. Im Herbst sollte sie aufs College gehen, und dann ist sie nach Italien gegangen, um Ferien zu machen, und hat sich verliebt, und jetzt sind wir alle hier versammelt, und du bist auch hier – wer hätte das gedacht. Wo ist Gina?«

»Wir lassen uns scheiden.«

»Nein!«

»Es hat nicht geklappt mit uns beiden.«

Nonna steht dabei und hört zu, obwohl sie kein Wort Englisch versteht. Sie sieht mich an und erwartet, dass ich für sie übersetze, was gesprochen wurde. Aber ich sage nur, dass ich mit Pete einen Spaziergang machen möchte. Sie zuckt mit den Schultern und geht wieder in die Küche, wo sie weiter Cherubime aus Marzipan knetet.

Spontan schlagen Pete und ich den Weg ein, der an der Kapelle vorbeiführt. Ich versuche, abzubiegen in die Richtung zum Sportzentrum, damit ich ihm die neue Eislaufbahn zeigen kann, aber er nimmt meinen Arm und führt mich zu dem alten steinigen Pfad und den Berg hinauf.

»Wohin gehen wir?«, frage ich ihn.

»Ich weiß nicht. Wir lassen uns treiben.«

»Jack ist in Bergamo. Er kommt heute Abend zurück.« Ich sage das in einem munteren Ton, aber eigentlich meine ich: Du bist vielleicht geschieden, aber ich bin immer noch verheiratet, also halte dich bitte an die Regeln.

»Gut. Ich freue mich, ihn zu sehen.«

»Warum hat es mit dir und Gina nicht geklappt?«

»Man kann nicht heiraten, um verheiratet zu sein. Man muss es wirklich wollen. Ich glaube, dass es nur dann funktioniert.«

»Für wen hat es denn nicht funktioniert?«

»Für keinen von uns. Ich bin viel unterwegs, und es kam mir so vor, dass wir jedes Mal, wenn ich zurückkam, wieder von neuem anfangen mussten, statt auf dem aufzubauen, was schon da war. Es war seltsam. Ich dachte, ich würde sie lieben, und ich hoffte, dass sie mich liebte, aber wir haben beide festgestellt, dass verheiratet sein etwas ganz anders ist.

Es muss getrennt von der Liebe funktionieren, fast jedenfalls. Meinst du nicht auch?«

»Ich glaube, du hast Recht.«

»Du klingst, als wärst du dir nicht ganz sicher.«

»Je älter ich werde, desto mehr glaube ich daran, dass es Glückssache ist.«

Auf dem Weg den Berg hinauf erzählt Pete mir von seiner Arbeit. Sein eines Standbein ist der Marmorimport, und das andere seine Dozentenstelle an der NYU. Er hat endlich eine Wohnung in New York, in der Nähe vom Washington Square Park (und das heißt auch, in der Nähe von Theodores Wohnung). Er reist viel nach Italien, hauptsächlich, weil er gern in Italien ist, aber oft aus geschäftlichen Gründen.

»Wo gehen wir hin?«, frage ich, aber ich weiß schon, wohin uns der Weg führt. Pete strebt auf die Wiese mit den Glockenblumen zu.

»Du weißt es.«

»Das ist eine schlechte Idee.«

»Was?«, fragt er unschuldig.

»Die Höhenluft da oben bekommt mir nicht, und ich tue Dinge, die ich nicht tun sollte.«

Dann atme ich tief ein. »Dinge, die ich nicht tun will«, verbessere ich mich.

»Bist du dir da sicher?«

»Ja. Ich liebe meinen Mann. Er ist der richtige Mann für mich. Natürlich, ich habe fast zwanzig Jahre gebraucht, um das herauszubekommen. Was immer passiert und was immer ich tue, er wankt nie. Er hat mir zur Seite gestanden, als ich in den Wechseljahren war und solche Hitzewallungen hatte, dass ich fast mit dem Jeep in den Powell-Valley-See gefahren wäre, um mich abzukühlen. Als mein Freund Spec starb, war es ein bisschen so, als hätte ich einen Vater verloren, und Jack hat mich getröstet. Als wir den Anruf bekamen und erfuhren, dass unsere achtzehnjährige Tochter heiraten will, hat er mich zusammengehalten, als ich auseinander zu brechen drohte. Meine Erfahrung ist vielleicht nicht besonders groß, aber ich glaube, eine besseren als Jack MacChesney gibt es für mich nicht.«

»Ich verstehe«, sagt Pete leise.

»Und deshalb werde ich ehrlich gesagt nie wieder zu dieser Wiese gehen. Nicht mit dir, nicht mit einem anderen. Ich möchte mir die Erinnerung an das, was war, bewahren, mit dir. Das können wir haben, aber das ist auch alles. Verstehst du?«

»Ich verstehe.«

Als wir den Weg bergab und in den Ort gehen, denke ich die ganze Zeit nur das eine: Bald kommt meine Tochter nach Hause.

Ich helfe Giacomina, den Tisch abzuräumen. Die Ausflügler kamen aus Bergamo zurück und waren überrascht und erfreut, Pete Rutledge anzutreffen, und erzählten dann, vom Wein erregt, in lebhaften Einzelheiten und unter vielem Lachen Geschichten von Ettas erster Italienreise und von Petes Besuch in Big Stone Gap.

Am Spülstein tritt plötzlich Theodore hinter mich. »Wir müssen uns unterhalten«, flüstert er.

»Ich bin gleich fertig.«

»Nein, sofort.« Theodore nimmt meinen Arm und zieht mich zur Küchentür. »Was hast du vor? Warum hast du mir nicht erzählt, dass du Pete eingeladen hast? Du solltest mich in diesen Höhenregionen nicht ängstigen.«

»Ich war das nicht. Etta hat ihn eingeladen.«

»Warum ist er denn gekommen, selbst wenn sie ihn eingeladen hat? Was will er?«

»Mich«, sage ich witzelnd. »Ich habe mir gedacht, an Ettas Hochzeitstag sage ich zu Jack, dass es zwischen uns vorbei ist, und reite dann mit Pete auf einem Esel in die Berge.«

»So wie er dich ansieht, hätte er nichts dagegen.«

»Das ist längst vorbei.«

»Ja, aber wir sind hier im Land, in dem die Zeit stehen geblieben ist; sieh dich besser vor.«

Etta geht früh zu Bett; damit sie an ihrem Hochzeitstag frisch und ausgeruht ist. Ich lasse ihr Zeit, sich fertig zu machen, und gehe dann in ihr Zimmer. Sie sitzt im Bett und liest.

»Störe ich?«

»Kein bisschen.«

»Was liest du da?«

»Shakespeare. *Wie es euch gefällt*. Auf Italienisch.«

»Warum liest du das?«

»Stefano hat es mir gegeben. Es handelt von Menschen, die verwechselt worden sind und ihre wahre Identität wieder finden, indem sie sich verlieben.«

»Klingt interessant.«

»Weißt du, bei Shakespeare enden alle Stücke entweder mit einer Beerdigung oder mit einer Hochzeit.«

»Daran erinnere ich mich.«

»So, als wären das die wichtigsten Tage im Leben – wenn man heiratet und wenn man stirbt.« Etta lächelt.

»Wir haben nie unser Aufklärungsgespräch geführt, stimmt's?«, sage ich zu meiner Tochter.

»Doch. In Bruchstücken, mal hier, mal da, im Laufe der Jahre. Ich habe die Fakten begriffen, Ma. Mach dir keine Sorgen.«

»Weißt du, es gibt nie die perfekte Gelegenheit für so ein Gespräch. Du kannst mir glauben, ich habe mich sieben Jahre lang darum bemüht.«

»Du hast es sehr gut gemacht, Ma.«

»Ich bin aber nicht zu dir gekommen, um mir sagen zu lassen, wie großartig *ich* war. Ich bin gekommen, um dir zu sagen, wie großartig ich *dich* finde. Es ist ein Privileg, deine

Mutter zu sein. Ich musste daran denken, dass ich immer ein großes Aufhebens gemacht habe, wenn du etwas falsch gemacht hast, statt die Dinge hervorzuheben, die du gut gemacht hast. Und jetzt weiß ich, was für eine Zeitverschwendung es ist, wenn man sich mit den Dingen aufhält, die eigentlich nicht so wichtig sind. Ich musste zwei Kinder bekommen, um das zu lernen. Ich bin einfach nur froh, dass ich das kapiert habe, bevor du mich ins Altersheim steckst.«

Etta wirft den Kopf zurück und lacht. »Ich stecke dich doch nicht in ein Altersheim.«

»So etwas darfst du einer Mutter nie versprechen. Vielleicht ende ich eines Tages dort und mache Sahnebonbons, zusammen mit den Schwestern Tuckett.«

»Du bist doch jung, Ma.«

»Danke. Ich hätte nie gedacht, dass ich das als Kompliment werten würde, aber großer Gott, ich nehme es als eins.«

»Ma, ich liebe Stefano so sehr.«

»Das weiß ich.«

»Wir wissen, dass wir noch jung sind, aber wir fühlen uns bereit.«

»Dann wird es auch gut gehen, Liebes. Es geht gut, wenn man das will.«

»Würdest du Dad noch einmal heiraten?«

»Unbedingt. Wir sind sehr unterschiedlich, aber irgendwie bewundern wir das, was uns unterscheidet, statt uns darüber zu ärgern. Und lass es dir gesagt sein, er ist ein sehr ungewöhnlicher Mann. Es gibt keinen besseren als deinen Vater, warum sollte ich also einen anderen nehmen?«

Etta sieht mich einen Moment so an, als wollte sie etwas fragen. Da ich sie seit Beginn ihres Lebens kenne, weiß ich, was sie fragen will.

»Warum hast du Pete eingeladen?«, frage ich sie.

»Er gehört für mich so sehr zu Italien. Damals, als wir im Sommer hier waren. Ich weiß noch, wie wir zu dem Marmorsteinbruch gefahren sind und wie er mit uns im Zug nach Florenz gefahren ist.«

»Daran erinnerst du dich?«

»Ja, sicher. Er hat dich glücklich gemacht, Ma. Nach Joes Tod hast du kaum jemals gelacht. Und als wir in dem Sommer nach Italien kamen, hast du wieder angefangen zu lächeln. Und an einem Abend hast du sogar getanzt. Da wusste ich, dass du wieder glücklich sein konntest.«

»Pete war ein guter Freund. Er ist es auch heute noch.« Ich sehe Etta an. »Und mehr war er nie. Ein guter Freund.«

»Das habe ich mir auch gedacht, Ma.«

»Es ist die Wahrheit«, sage ich. »Es war freundlich von dir, ihn einzuladen. Dad mag ihn auch.«

»Ich weiß! Siehst du, sogar das sollte passieren. Dad hat einen guten Freund gefunden, weil du einen gefunden hast.«

»Erfährst du das von den Sternen?«, frage ich sie.

»Dazu brauche ich die Sterne nicht.« Etta sieht mich ernsthaft an. »Hast du einen Rat für mich, Ma?«

»Du willst wirklich meinen Rat hören?«

»Ja.«

»Nun, dann rate ich dir, Geduld mit Stefano zu haben. Er ist ganz anders aufgewachsen als du. Er hatte keine Eltern, und das bedeutet, dass es in ihm eine Leere gibt, die niemand für ihn füllen kann. Ich weiß das, weil ich es am eigenen Leib erfahren habe. Als meine Mutter starb, hinterließ sie mir einen Brief, in dem stand, dass Mario Barbari mein Vater ist und nicht Fred Mulligan, und ich habe sehr lange gebraucht, um zu verstehen, was da passiert war und was es bedeutete. Und Stefano wird auch viel darüber nachdenken, warum sein Leben so verlaufen ist, wie es verlaufen ist. Und wenn du klug bist – und das bist du ja – und wenn du wie dein

Vater bist – und auch das ist der Fall –, dann weißt du, wie man damit umgeht.«

»Wie ist Dad damit umgegangen?«

»Er hat mir zugestanden, deswegen traurig zu sein. Und er hat zugehört. Er hat auch nie versucht, das zu ersetzen, was mir entgangen ist, und hat mich einfach so geliebt, wie ich war, in dem Wissen, dass die Traurigkeit Teil von mir ist.«

»Daran werde ich denken«, sagt Etta. Dann fragt sie mich: »Ma, habe ich alles eingepackt?«

»Du hast deine Sachen gründlicher gepackt als Iva Lou damals, als sie mit uns nach Italien gekommen ist.«

»Meinst du wirklich?«

»Das meine ich wirklich«, sage ich. »Ihr werdet wunderbare Flitterwochen haben. Rimini ist perfekt dafür.«

»Danke für alles, Ma. Dass ihr gekommen seid und dass ihr mich unterstützt.«

»Ich habe hier etwas für dich.« Ich gebe Etta ein in weißes Papier gewickeltes Päckchen mit einem rosa Band.

Etta reißt das Päckchen auf. »Ein leeres Tagebuch?«, sagt sie und blättert das ledergebundene Buch durch.

»Dein Vater und ich –«

»Mein eigenes Hochzeitstagebuch! Stimmt's, Ma? Ich habe das immer so gemocht, dass ihr euch jedes Jahr etwas in das Buch geschrieben habt.«

Ich halte die Tränen zurück, denn mir wird bewusst, dass sie alles mitbekommen hat, auch die guten Sachen. All die Jahre haben wir Etta nicht aus den Augen gelassen, und währenddessen hat sie uns die ganze Zeit beobachtet. Vielleicht ist sie jetzt so weit, dass sie ihre eigene Geschichte schreiben kann. »Ich habe ein etwas dickeres Heft genommen, weil du so jung heiratest«, sage ich scherzhaft. »Dad und ich kommen mit einem dünneren aus, weil wir schon so alt waren, als wir geheiratet haben.« Etta und ich lachen.

»Und noch eins. Ich möchte, dass du keine Angst davor hast, Kinder zu bekommen. Wir haben Joe verloren, aber es lag nicht in unseren Händen. Ich verstehe heute noch nicht, warum es passieren musste, aber selbst wenn ich es wüsste, würde ich nicht einen Tag, den wir mit ihm hatten, weggeben.«

»Ich auch nicht«, sagt Etta leise.

»Wenn möglich, entscheide nie aus Angst. Versuche die Entscheidungen für die großen Dinge im Leben aus Liebe zu treffen, dann kannst du nicht irren.«

Etta und ich halten uns lange in den Armen. Dies ist der Moment, in dem ich meine Rolle als Mutter, die Rolle im Leben, die am wenigsten von Dauer ist, ablege. Jetzt fängt eine neue Geschichte an. Das nächste Kapitel müsste sich eigentlich ganz leicht schreiben lassen.

Ettas und Stefanos Hochzeitstag, der 3. September 1998, ist der schönste Tag, den ich je erlebt habe. Das Kopfsteinpflaster auf der Via Scalina auf dem Weg zur Capella di Santa Chiara glitzert in der Sonne. Der Himmel ist wolkenlos und von einem strahlenden Blau, die Luft ist ein wenig kühl, sodass ich mich wie eine Gräfin in eine Seidenstola hülle. Mein Mann sieht sehr gut aus in seinem dunkelblauen italienischen Nadelstreifenanzug mit dem roten Einstecktuch. Am Morgen beim Anziehen haben wir kein Wort miteinander gesprochen. Er hat mich nur alle paar Sekunden geküsst.

Zia Meoli und Zio Pietro sitzen in der Kapelle in der ersten Reihe. Vor der Trauung gehe ich ins Chorgestühl hinauf und spreche ein Gebet bei dem Buntglasfenster der Heiligen Mutter Gottes, das mein Urgroßvater vor so langer Zeit entworfen und gefertigt hat. Ich bete zu meiner Mutter und zu Ave Maria Albricci, die sich meiner Mutter angenommen hatte, als die allein war und nur mich Ungeborenes zur Gesellschaft hatte. Jack kommt die

Treppe hinauf und sagt, die Trauung werde gleich beginnen.

Don Andrea, der Priester, der auch Jack und mich getraut hat, steht am Altar. Die Alpenluft muss ihm gut tun, denn er sieht so gesund und kräftig aus wie an dem Tag, als wir vor ihm standen. Etta hat darum gebeten, von ihren beiden Eltern zum Altar geführt zu werden. Vor uns gehen Giuliana, Federicas Tochter, die ein rosa Tüllkleid trägt und einen kleinen Strauß Edelweiß in der Hand hält, und Chiara in einem hellgrünen, schmal geschnittenen Seidenkleid und mit einem kleinen Kranz aus Buchsbaum im Haar.

Giacomina ist die Ehrendame, und Papa steht dem Bräutigam zur Seite. Stefano trägt einen schwarzen Anzug und eine hellblaue Krawatte, und als wir auf dem Mittelgang zum Altar schreiten, wendet er seine Augen nicht einen Moment von unserer Tochter ab. Vorne angekommen, gebe ich meiner Tochter einen Kuss und trete zur Seite. Mein Mann küsst sie und hält sie lange Zeit umschlungen. Ich allein weiß, wie nah sie sich sind, denn ich habe vom ersten Tag ihres Lebens gesehen, dass sie sich von ihrem Vater verstanden und in seiner Nähe geborgen fühlt. Sie sind immer sehr gute Freunde gewesen, und mir ist es ein großer Trost, dass sie das hat, was ich mein Leben lang vermisst habe.

Eigentlich rechne ich damit, dass ich während der Trauung weinen muss, aber das ist nicht der Fall. Ich höre mir genau an, welche Ratschläge der Priester meiner Tochter und meinem Schwiegersohn gibt. Er sagt, die Liebe stehe im Mittelpunkt der Ehe, aber die Bereitschaft zu verzeihen sei das Element, das einer Ehe Bestand gebe. Jack nimmt meine Hand, als er das hört, denn er und ich wissen aus eigener Erfahrung, wie richtig das ist.

»Ist sie nicht wunderschön?«, flüstert mein Mann mir ins Ohr. Ich nicke. Und so ist es. In meinem Leben habe ich keine Frau von so strahlender Schönheit gesehen. Ettas lange braune Haare sind zu einem tief sitzenden Knoten geschlungen, der mit Edelweißblüten geschmückt ist. Sie ist groß und schlank, fast so groß wie ihr Mann, und wie ich sie so nebeneinander stehen sehe, erkenne ich auch, dass sie ihm in jeder Hinsicht ebenbürtig ist. Ihre Augen sind von dem gleichen tiefen Grün wie die ihrer Großmutter MacChesney, die schottischen Sommersprossen schimmern durch die dünne Puderschicht hindurch, und ihr Rosenblütenmund drückt Entschlossenheit aus.

Theodore weiß, was mir durch den Kopf geht. Er lehnt sich vor und ergreift meine Hand. Ich lasse seine nicht wieder los. Ich drehe mich um und lächle ihm zu. Ein paar Reihen dahinter sitzt Pete Rutledge, auch er lächelt mir zu. Hier sind die wichtigsten Männer in meinem Leben, die mich geliebt, angenommen und verändert haben, unter einem Dach versammelt. Welches Schicksal hat uns zusammengeführt? Welches seltsame Karma? Warum habe ich das Gefühl, dass wir schon einmal hier gewesen sind, in dieser Kapelle, die von Weihrauch und Lilienduft erfüllt ist? In manchen Fällen sind es die Blutsbande, die uns miteinander verbinden, aber viel öfter ist es eine Zentrifugalkraft, die uns zusammenbringt, aus Gründen, die wir nicht durchschauen. Musste meine Mutter diese Berge hinter sich lassen und in die Berge von Southwest Virginia gehen, damit ich Jack MacChesney finden konnte? Und warum, nachdem das geschehen war, kehrt meine Tochter an diesen Ort, wo ihre Großmutter geboren ist, zurück und findet hier ihre wahre Liebe? Fast muss ich laut auflachen, aber ich bremse mich noch rechtzeitig. Wir Vilminore-Frauen, wir gehen immer lange Umwege, um nach Hause zu kommen.

Ich habe mir meine Tränen für den Rückflug aufgehoben. Jack versucht zu schlafen, wacht aber zwischendurch auf, um zu sehen, ob meine Tränen inzwischen versiegt sind – was aber nicht der Fall ist. Etta und Stefano sind zu ihren Flitterwochen nach Rimini aufgebrochen, und ein paar Sekunden lang hatte ich überlegt, zu ihnen ins Auto zu springen und mitzufahren. Jack hat mich zurückgehalten, oder vielleicht musste er selbst dem Drang widerstehen. Er und ich haben in den letzten achtzehn Jahren so viel Zeit mit Etta verbracht, und sie war das Thema so vieler unserer Gespräche, deswegen erscheint es mir seltsam, dass wir in dieser Woche kaum über sie gesprochen haben. Wir haben in der Nacht vor der Hochzeit nicht wach gelegen und über sie gesprochen, wir haben beim Frühstück am Hochzeitstag nicht alles genauestens analysiert, wir haben auf dem Weg zur Kirche kein Wort miteinander gesprochen. Allerdings entspricht das dem Wesen meines Mannes: Wenn eine Sache wirklich wichtig ist, dann redet er nicht darüber.

Ich gehe den Gang auf und ab und vertrete mir die Beine. Als ich zurückkomme, ist Jack wach. Ich sinke neben ihm in den Sitz und lege meinen Kopf auf seine Brust. Er schlingt die Arme um mich, und ich lege eine Hand auf seine.

»Warum fahren wir nach Hause?«, fragt er mich.

»Weil wir da leben«, antworte ich.

»Unsere Tochter ist in Italien. Was sollen wir denn zu Hause?«

Jack hat Recht. Pearl lebt in Boston, und da Janine die Geschäftsführung der Apotheken übernommen hat, bin ich eigentlich entbehrlich. Spec ist tot, und seitdem hält mich nichts wirklich an Big Stone Gap. Ich liebe das alte Haus in Cracker's Neck Holler, aber es ist als Familienhaus gedacht, für eine Familie, die sich bei dem offenen Kamin in der Küche zum Essen trifft, die sich in die Zimmer mit den großen Fenstern zurückzieht und auf den Wiesen unterhalb von Stone Mountain spazieren geht. Im Wald wird es einsam werden, wenn zwei älter werdende Menschen nur selten, wenn sie mal in Stimmung sind, in ihm umhergehen. Im Wald sollten Kinder sein, die auf Bäume klettern, im Bach angeln und die wilden Erdbeeren im Dickicht bei der großen Kiefer pflücken.

»Was möchtest du denn machen?«, frage ich Jack.

»Kannst du dich für alle Möglichkeiten öffnen?«

»Was meinst du damit?«

»Kannst du mit dem Herzen denken, statt mit dem Kopf?«

»Ich glaube schon.«

»Was wollen wir mit der zweiten Hälfte unseres Lebens anfangen? Ich sage ›Hälfte‹, weil ich großzügig bin.« Jack lacht.

»Ich habe noch nie darüber nachgedacht.«

»Ich schon.«

»Seit wann?«

»Seit sie uns gesagt hat, dass sie heiraten will.«

»Wir können nicht hinter ihr herziehen und nach Italien auswandern«, sage ich zu ihm. Das Schlimmste, was eine Mutter machen kann, ist, sich bei ihrer jung verheirateten Tochter einzunisten.

»Ich möchte nicht hinter ihr herziehen, ich möchte nur näher bei ihr sein.«

»Meinst du, der König des Olivenöls könnte dich noch brauchen?«

»Möglicherweise.«

Während Jack noch die Arme um mich hat, gucke ich aus dem Fenster, aber es gibt nichts zu sehen. Es ist, als wäre eine schwarze Samtdecke davor gespannt, mitten in der finsteren Nacht. Ich weiß, dass weit unter uns der Atlantik ist und irgendwo der Mond, versteckt in den Wolken. In der Umarmung meines Mannes gibt es nur diese beiden Dinge, derer ich mir sicher bin.

»Wir müssen uns einen neuen Traum schaffen«, sage ich.

»Was meinst du damit?«

»Erst einmal müssen wir ehrlich sein. Wir müssen zugeben, dass eine Geschichte zu Ende ist und dass eine neue anfangen muss.«

»Wir wissen, dass eine Geschichte zu Ende ist, Ave. Gibt es etwas, das du dir wünschst und was du bisher noch nicht gehabt hast?«

»Für einen zielstrebigen Menschen wie mich ist das eine schwierige Frage. Ich habe mich immer für das eingesetzt, was ich wollte, und wenn ich es bekam, habe ich mich glücklich geschätzt.«

»Glaubst du, ich bin Teil deiner Zukunft?«, fragt Jack ohne den leisesten Anflug von Selbstmitleid. »Wenn du könntest, würdest du dich noch einmal für mich entscheiden?«

»Eher tausendmal.«

»Gut. Ich entscheide mich nämlich jeden Morgen für dich.«

Jack schmiegt sich in seinen Sitz und schläft wieder ein. Ich lege seinen Arm enger um mich und beschließe, mich für seine Träume zu öffnen und ihn zu ermutigen, seinem Herzen zu folgen. Wenn wir auf einer toskanischen Ölplantage enden, dann bin ich damit einverstanden.

»Sind sie in den Flitterwochen?«, fragt mich eine weißhaarige Frau, als sie an uns vorbeikommt.

»Ja«, sage ich zu ihr.

»Beim zweiten Mal ist es noch schöner.«

»Das erste Mal war auch nicht so schlecht«, sage ich.

»Sagen Sie ihm das nicht«, flüstert sie und zeigt auf Jack Mac, dann geht sie weiter.

Ich schmiege mich an meinen Mann und tue das, was ich oft tue: Ich atme tief ein und aus, bis mein Atem im gleichen Rhythmus wie seiner geht. Von allen Entscheidungen, die ich in meinem Leben getroffen habe, war die, Jack MacChesney zu heiraten, ganz bestimmt die beste.

Wir fliegen durch die Nacht, und ich bin froh in der Gewissheit, dass ich wenigstens eines im Leben richtig gemacht habe. Liebe ist vielleicht nicht genug, aber wenn es die richtige ist, dann ist es schon sehr viel.

Danksagung

Welch ein Glück, dass ich Anthony Trigiani zum Vater habe! Ich kenne keinen anderen mit einem so ausgeprägten Fingerspitzengefühl für den richtigen Zeitpunkt zum Handeln. Mein Dad liebt das Risiko – wie ein Wagnis ausging, schien ihn nie zu kümmern, auf den Versuch allein kam es an. Solche Furchtlosigkeit ist ansteckend.« Als mein Vater mir das Autofahren beibrachte, sagte er an einer Ampel einmal etwas, das mir für alle Zeit im Gedächtnis geblieben ist: »Wer zögert, ist verloren.« Die Bedeutung dieses Ausspruchs wurde mir erst klar, als ich das ihm zugrunde liegende Prinzip begriff: Entscheide dich und handle. Es funktioniert – beim Autofahren wie im Leben.

Bei Random House gilt mein fortwährender Dank Lee Boudreaux, meiner Königin unter den Lektoren, der fabelhaften Ann Godoff, dem Prinzen der Werbeabteilung Todd Doughty (man wird auf Erden kaum jemanden finden, der mehr arbeitet als er!) sowie Dan Rembert, Beth Pearson, Ivan Held, Laura Ford, Libby McGuire, Victoria Wong, Allison Heilborn, Ed Brazos, Eileen Becker, Steve Wallace, Sherry Huber und Stacy Rockwood. Ich danke dem großartigen Team bei Ballantine unter der Führung von Gina Centrello, Maureen O'Neal, Allison Dickens, Kim Hovey, Candice Chaplin, Kathleen Spinelli und Cindy Murray. Und Dank der unersetzlichen Lorie Stoopack.

Suzanne Gluck, der besten Agentin auf der ganzen Welt und einer noch besseren Freundin, gelten meine Liebe und Dankbarkeit. Dank sei auch der WMA-Hitparade, als da sind Emily Nurkin, Karen Gerwin, Jennifer Rudolph Walsh und

Cara Stein. Mein Dank geht auch an ICM und dort an meine Fürsprecherin Nancy Josephson, an Jill Holwager, Ben Smith, Caroline Sparrow, Betsy Robbins und Margaret Halton. Im Movieland gilt meine Bewunderung und mein Dank Lou Pitt, John Farrell, Michael Pitt, Jim Powers und Todd Steiner.

Dank gebührt zudem Mary Testa, Tom Dyja, Ruth Pomerance, Rosanne Cash, Bill Persky, Joanna Patton, Phyllis George, June Lawton, Larry Sanitsky, Jeanne Newman, Debra McGuire, John Melfi, Grace Naughton, Dee Emmerson, Gina Casella, Sharon Hall, Beth Thomas, Wendy Luck, Sharon Watroba Burns, Nancy Ringham, Constance Marks, Cynthia Rutledge Olson, Jasmine Guy, Susan Toepfer, Craig Fisse, Joanne Curley Kerner, Max Westler, Pamela Cannon, Dana und Richard Kirshenbaum, Marisa Acocella, Sister Jean Klene, Reg Bain, Fred Syburg, Susan und Sam Franzeskos, Jake und Jean Morrissey, Beata und Steven Baker, Brownie Polly, Aaron Hill und Susan Fales Hill, Kare Jackowski, Rhoda Dresken, Bob Kelty, Christina Avis Krauss und Sonny Grosso, Greg Cantrell, Rachel De Sario, Mary Murphy, Rita Braver und Irene Taylor. Ein Riesen-Dankeschön an Caroline Rhea, der Präsidentin des Ave-Maria-Fanclubs, und den beiden Getreuen, Elena Nachmanoff und Dianne Festa – ihnen gebührt meine Liebe und mein Dank und ein großes Essen, bei dem der Alkohol fließen wird. Voller Dankbarkeit denke ich an Michael Patrick King, der mein Lebensfloß seetüchtig gemacht und aufs offene Meer gebracht hat.

Dank den Familien Trigiani und Stephenson, meinen italienischen Verwandten, den Familien Spada, Maj und Bonicelli. Den Menschen in Big Stone Gap und ihren Nachbarn in den Blue Ridge Mountains und den Appalachen meine ewige Dankbarkeit, weil sie mich unterstützen.

Und Tim Stephenson, mein Mann, der mein Leben teilt und den Angsttanz um drei Uhr in der Früh miterlebt, hab Dank für das unermesslich Viele; wollte ich es alles aufzählen, würde es die Grenzen von Rhode Island sprengen.